我怕你再哭.

熔城

完结篇

Melting City

巫哲 著

九州出版社
JIUZHOUPRESS

——我是那个一进主城就被最强鬣狗锁定还打了两枪最后逃跑了的旅行者宁谷。

——那我是……那个给旅行者宁谷偷了好几盒配给的连川。

走吧，去看看世界尽头有什么，

然后活着回来。

无论发生了什么，我们都还在。

我们会一直在。

目录

CONTENTS

主要人物

- 主城
  - 管理员－苏总领（主城大脑）
    - 内防部
      - 城卫
      - 治安队－最高长官：萧林
      - 清理队－队长：雷豫
        - 六组组长：**连川**－老大（搭档·狩猫）
        - 其他七组：龙彪等
    - 城务厅－非规计划负责人：陈飞－春三（和雷豫是夫妻，连川的抚养人）
    - 作训部－部长：刘栋
  - 范吕（流浪汉，前清理队成员）
  - 光光（C区娱乐店经营者）

·清道夫：连接各个世界的媒介，通过露珠来到这个世界，清理这个世界的残余。

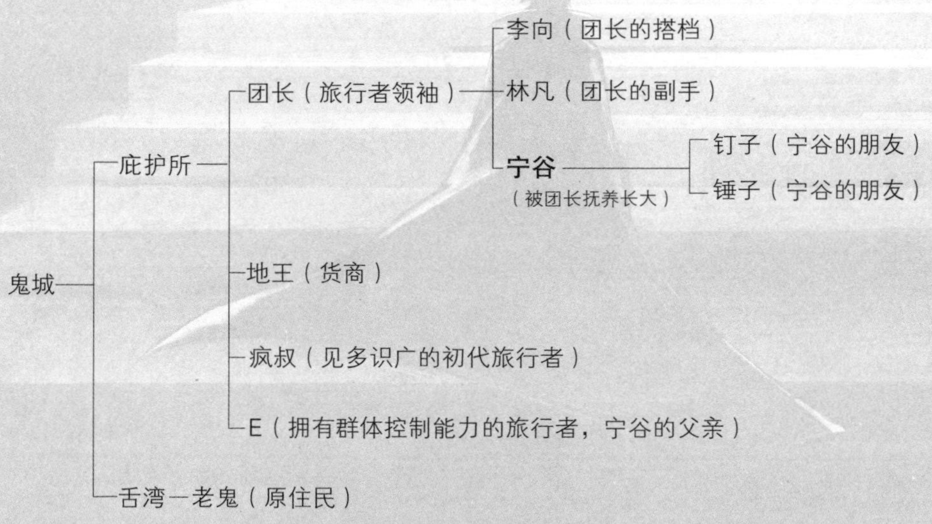

- 鬼城
  - 庇护所
    - 团长（旅行者领袖）
      - 李向（团长的搭档）
      - 林凡（团长的副手）
      - **宁谷**（被团长抚养长大）
        - 钉子（宁谷的朋友）
        - 锤子（宁谷的朋友）
    - 地王（货商）
    - 疯叔（见多识广的初代旅行者）
    - E（拥有群体控制能力的旅行者，宁谷的父亲）
  - 舌湾－老鬼（原住民）

·旅行者：因发生未得到主城授权的能力突变而出逃的人，生活在常年黑雾弥漫的鬼城，聚集在一起成为旅行团。

黑铁荒原—失途谷
- 九翼（蝙蝠首领）
  - 福禄（九翼的跟班）
  - 寿喜（九翼的跟班）
  - 黑戒小队
- 齐航（某一任主城清理队队长）
- 诗人（失途谷主人）
- 叶希（拥有与宁谷相同的相貌，曾经存在于某一代主城）

·蝙蝠：生活在黑铁荒原的游民，热衷于对身体进行金属改造。

第六章

Melting City

转动的走马灯

50

黑铁荒原在燃烧。

一道深不见底的裂缝，从看不到尽头的荒原深处一路爆裂而来。

仿佛来自深渊的烈火从裂缝中不断窜出，夹杂着熔化的金属，像末日庆典上一场精彩绝伦的焰火表演。

比主城任何一次庆典日上的焰火都更震撼。

“多久能把主城切成两半？”福禄看着远处的火光。

“早呢。”九翼说。

虽然能看清火焰，能听清爆裂声，空气里的温度也明显上升，但这条裂缝一夜之间出现在黑铁荒原之后，就没有再向前推进，也没有变得更宽。

像一个不完整的死亡预告。

贴出了“你必死”的海报，却没有给出上演的日期。

“宁谷会不会真的是救世主？”寿喜说，“他说主城分你一半，主城就真的要分成两半了。”

“要哪一半呢？”福禄有些期待。

“当然是失途谷这边的一半！”寿喜说，“老大离开失途谷就死了。”

“也不是就死了，”福禄蹦了蹦，“是会变成空气，像诗人那样。”

“诗人是意识，”寿喜说，“看不见也摸不着。”

“那就是齐航那样！”福禄说，“可以看见挺好，看不见太伤感了。”

“老大，”寿喜凑到九翼身边，“你喜欢哪种？”

九翼转过头看着他俩，过了好几秒才吼了一声：“我想活着！”

“活着——”福禄寿喜一起跟着喊。

谁不想活着呢。

九翼的视线慢慢移向主城，看着因为火光的强烈对比而显得有些暗淡的光刺。如果有出口，那么光刺之下，都是可以活下去的人。

无法离开的人，将跟着这个无望的世界，坍塌熔化。

谁不想活着呢，哪怕是放弃身体。

活着对于九翼来说，要比主城那些人简单得多。

我思，我想，我就是活着。

“车怎么还不来。”九翼说。

“鬼城会不会已经没了？”福禄问。

“狞猫这几天还在附近吗？”九翼没有回答这个问题。

“在，”福禄说，“我去缺口的时候还碰到它了。”

“它在缺口干什么？”九翼问。

“挠耳朵。”福禄回答。

“……除了挠耳朵呢？”九翼又问。

“舔毛。”福禄回答。

“你下去！”九翼吼。

福禄寿喜和几个小蝙蝠一起，从旁边的入口跑回了失途谷。

狞猫也在观察黑铁荒原的变化，最近在失途谷黑铁荒原的几个出口经常能看到它，不过九翼没跟狞猫交流过。

以前他只在庆典日才会到地面上来透透气，看看主城又衰败了多少。狞猫他一共也没见过几次，见到了肯定也是要跑的。

现在连川不在主城了，见到狞猫也不用害怕了。

九翼往主城的方向又看了看，站起来往出口走去。

失途谷才能给他安全感，庞大而狭小，热闹而冷清，每一个人都活着，每一个人都死了。

踏实。

“这几天裂口数据都没有变化？”陈部长看着屏幕。

“没有。”春三抱着胳膊，手指在下巴上轻轻敲着，“地下监测也没有异常波动。”

“参宿四那边呢？”陈部长问。

“作训部今天一早已经切断了参宿四的数据传输，”春三看了他一眼，“不再跟我们共享了。”

“晚了吧。”陈部长倒没有太多吃惊，“高层都已经知道了，参宿四精神力严重泄漏。”

“也不准确，泄漏也得有个方向，漏到哪里去了？”春三笑了笑，“完全探测不到的泄漏不叫泄漏，叫消失。参宿四正在消失。”

“怎么这么高兴的样子。”陈部长皱了皱眉。

“没什么。”春三转身往门外走，“我出去走走，两天没有休息了。”

“注意安全。”陈部长看着她，“带两个人。”

“没关系。”春三回过头，又笑了笑，“谁知道我是谁呢？”

陈部长叹了口气，扭头继续看着屏幕。

春三是笑着走出城务厅大门的，她并不想表现得这么明显，但实在忍不住。

她觉得陈部长应该能想到她为什么这么高兴，比起坍塌也许已经开始，连川可能已经获得了参宿四的精神力，能让她忘却一切绝望。

巨大的裂口出现在黑铁荒原上的那一刻，无论是不是预示着距离最后一天的降临已经进入倒计时阶段，对于主城来说，都是坍塌的开始。

因为旅行者冲击而被大规模破坏的C区屏障，完全失去了作用。

主城还能控制的地区，只剩下了AB两区，所有的武力都集中在了A区的各个路口，而B区之外，已经陷入了一片混乱。

人们在绝望里爆发出的生命力比任何时候都要强。

那些平时见到巡逻队就会拉上窗帘的人，正在B区以外肆意享受“最后的日子”。

“走不走？”李梁站在已经被砸碎了的吧台前，看着光光，“我和路千把你先送回去。”

“不走。”光光靠着墙，歪了歪头，“我为什么要走？”

“太危险了，”李梁说，“不知道什么时候旅行者就会来，到时只会更混乱。城卫驻点的人数已经不到从前一半，巡逻队也放弃B区以外了，旅行者还不知道什么时候会来……”

“然后呢？”光光问，“按这个速度，过不了多久，B区也会守不住，最后是A区，城务厅，内防部，作训部……还能退到哪里去？”

李梁看着她，没有说话。

“为什么这么担心我？”光光也看着李梁，“你是不是喜欢我啊？”

“也不是，只是有好感，咱们认识很久了。”李梁说，“但是到喜欢的程度还需要时间。”

“哦？”光光笑了。

“所以你要不要试一下活得久一点？”李梁说。

“不。”光光走了过来，胳膊撑着只剩了半边的吧台，“我只要知道，未来的某一天，有一个人会喜欢我，就可以了。我想活着，但更想自由地死掉，我有足够的勇气去享受我所有的经历。”

李梁过了很长时间才开口：“清理队现在每天会有两次C区的任务，我会过来看你。”

“如果我没有死，就在这里。”光光点点头。

李梁走出光光的娱乐店，路千跨在A01上在门外等着他，武器全部处于开启状态。

街上的景色都已经变了样子，时常会给人一种身处D区边缘的错觉。人们对鬣狗的仇恨变成了无惧死亡的勇气。他们经常会遇到袭击。

失途谷出口的城卫已经撤防，蝙蝠的自制武器可以轻易流入主城，杀伤力还不小。

“你是不是留了武器给光光？”路千问。

李梁看了他一眼。

“龙彪昨天清库的时候发现我们俩的武器少了一件。”路千说，“是非绑定装备。”

“你怎么跟他说的？”李梁跨上自己的车。

“忘记报备任务损耗了。”路千说。

“哪次任务的损耗？”李梁问。

“龙彪说他去录入。”路千说。

李梁笑了笑没说话。

“都没意义了，不是吗？”路千说，“是真还是假。”

“我们还有任务。”李梁戴好护镜，接收了任务信息，“D区D8，非法闯入，这些是真的，出发。”

“是。”路千回答。

宁谷坐在地上，低着头背对着连川，拨开头发：“能看到吗？”

“看到了。”连川看着他后脑勺上的那条小伤口，整齐的切口，除非磕在刀上，否则不会这么平整。

“我一直想知道我是谁，我父母是谁，在哪里。”宁谷声音很低，“团长他们对我那么好，虽然也会惩罚我……但是从来也没有真的对我怎么样，我一直觉得，我的父母，一定是很厉害的旅行者，很重要的人……”

连川看着他的伤口，听着他说。

“但是团长说，”宁谷轻轻吸了一口气，“他不知道我的父母是谁，我只是……一个来历不明的婴儿，一个旅行者从黑铁荒原上捡回来的婴儿。”

宁谷转过头看着他：“我，只是一个弃婴，可能只是一个不能在主城存在的非法出生。”

“不是。”连川回答。

“嗯？”宁谷看着他。

“你是旅行者。”连川说，“你的能力不仅仅来自齐航的碎片，你有自己的能力，非法出生里不会有这样的能力。”

“你确定吗？”宁谷问。

“确定。”连川看了他一眼，“我清理过很多，回收非法出生时都会检查信息。”

“我都快忘了……你以前是杀人如麻的鬣狗。”宁谷说。

“齐航的能力是精神力伤害，绝对不可能唤醒参宿四。”连川说，“你可以控制。”

宁谷看着他。

“还需要我说吗？”连川说。

“说。”宁谷说。

“以后不要感叹我话为什么这么多。”连川说，“我的话多少取决于听的人脑子有多少。”

“我没那东西。”宁谷说。

“你是旅行者的后代。”连川说，“你有你父母的能力。”

“群体控制吗？”宁谷低声说，“我听说有过，林凡刚才也提了，但是……那人早就失踪了，在我出生之前。只有他的传说。锤子提到过，他们叫他E，我不可能是他的孩子。”

连川沉默了很长时间，似乎是在思考，但看不出来。

“你是不是不舒服？”宁谷问，“药是不是没用？”

“鬼城的医疗室，有没有保存设备？”连川问，“休眠之类的。”

“……你想说E被藏起来了？休眠？”宁谷震惊。

“我想说的是你。”连川看着他，“一个合适的身体，能够承受齐航碎片的身体，休眠等待找到碎片的那一天。”

“你闭嘴。”宁谷说。

连川没再说话，靠回了躺椅里。

“你是想说这件事不是团长……而是我父母的决定？”宁谷声音抖得厉害，“你想说我父母在生下我的时候就决定了用我来存放齐航的碎片？”

“可能是我想多了。”连川说。

“你到底有没有感情！”宁谷猛地凑到他面前，压着声音吼着，“你跟我说出这种猜测的时候，有没有考虑过我听到是什么感受？啊？连川，你是不是人啊！是不是啊！”

“我不在乎。”连川看着他。

“不在乎什么？”宁谷难以置信地瞪着他。

“我是不是人，我不在乎。”连川说，“我可以接受我经历的一切，因为没有另一种选择，选错不一定会死，犹豫才会没命。”

“我听不懂！”宁谷吼。

“不要纠结这些。”连川说，“为什么是你，为什么他们要这样决定你的路，没有为什么。”

“我是谁？”宁谷看着他，“我是谁？你告诉我，我是谁？”

“你就是你。”连川戳了戳他胸口，“你看到的是你，你听到的是你，你记得的是你，你经历过的是你，你活着就是你。”

宁谷盯着他。

“跟别人不一样的那个，就是你。”连川说，“我是谁，前驱实验体？连川？参宿四？都不是我，也都是我。”

宁谷还是盯着他。

“你能在这里想这么多，”连川闭上眼睛，“就是因为你是你。”

“没有人能决定我的路。”宁谷说。

连川没说话。

宁谷也没再说话。

沉默了很长时间之后，宁谷皱着眉“啧”了一声。

连川睁开了眼睛。

“你说，我不会……”宁谷有些犹豫，“比疯叔还老吧？”

“你不会真的是蝙蝠吧？”连川说。

“你什么意思？”宁谷立刻瞪着他。

“疯叔比团长都大。”连川说，“你就算跟疯叔一样大，团长在娘胎里让你休眠吗？”

“……哦。”宁谷点了点头。

“我不想说话了。”连川说。

“你可以不说。”宁谷说。

“你用用脑子。”连川说。

“你不是说不想说话了吗？”宁谷躺到了地上。

连川没再出声。

“连狗我问你，”宁谷躺了一会儿又偏过头看着连川，“你那些伤怎么回事？药应该是有用的，但是为什么有些好了，有些没好呢？”

连川不说话。

“哎，”宁谷坐了起来，“哎。”

“那是参宿四的攻击窗口，可以恢复一些，但是没有办法完全好。”连川说。

宁谷脑子里闪过梦里看到的那个怪物，叹了口气之后又躺回了地上。

“没事。”连川说。

“习惯了是吗？”宁谷问。

“嗯。”连川闭上眼睛。

“你就在这里休息着，我晚些想去找疯叔。”宁谷说，“他为什么会混在地库的那些旅行者里？他会不会知道钉子在哪里？他是不是还知道些什么别的？”

“等我恢复一些。”连川说。

“你不用陪我，”宁谷说，“这是我自己的事。我可以不纠结我是谁，但无论是谁，可以安排我生，不能安排我死，我要弄清怎么才能活下去。”

“嗯。”连川应了一声。

“我是救世主。”宁谷说。

“……嗯。”连川睁开了眼睛，这个过于自信的结论让他忍不住想要看看宁谷现在的表情。

“给你看个东西。”宁谷看上去很严肃，伸手在靴子内侧的小兜里摸了摸，“我在失途谷拿的。”

“偷的。”连川说。

宁谷看着他：“怎么着？”

“是什么？”连川问。

宁谷把一颗金属小珠子放在手心里，伸到了他面前：“那个黄花眼蝙蝠说这东西只有救世主能打开，我一捏就开了。”

连川拿起小珠子仔细看了看：“这上面有东西。”

“厉害。”宁谷说，“我很长时间才发现有东西，是小圆点，有些大有些小，一组一组，排列顺序是一样的。”

连川拿过旁边的冷光瓶，凑近了仔细看着。

“你见过吗？”宁谷问。

“像是密码。”连川说。

51

没有了睡眠舱，连川做不到睡一觉就能恢复状态。脖子上有着林凡能力的那个黑圈倒是没有什么影响，但颈后的限制器如果不拿掉，他将无限期地像一个充不满电的机器。

因为找不到小金属珠子上密码的破解方向，连川睡了一觉。从他醒过来到现在，宁谷都在疯叔的小屋外站着，已经一个多小时了。

宁谷大概是不准备让他一起去地库找疯叔，所以急切地想要找到控制自己能力的方法。

似乎不太容易。

连川从门缝里能看到他一直举着左手，食指中指无名指小指轮流指天，还竖了很多次大拇指，但都没有成功。

连川想提醒他重点好像不应该是哪个手指，但想想又没开口，毕竟他折腾的时间越长，自己恢复的时间就越充足。

两个小时之后，宁谷甩着胳膊回了屋，一脸怒火。

连川闭上眼睛装睡。

“别装了，”宁谷说，“庇护所里有人喊一声你都能听见，我这么大动静你还不醒？”

“庇护所真的听不见，太远了。”连川睁开了眼睛。

“如果真的像你说的那样，”宁谷还是一脸怒火，“我知道我父母为什么拿我当个保险箱用了。他们是不是一开始就知道我根本控制不了自己的能力？”

“我不知道。”连川说。

“算了。”宁谷坐到桌子上，摸出了那颗金属小珠子，低头看着，“我休息一会儿就去。有些事还是不能想得太多，越觉得要准备好，就越没法准备好。”

“林凡有很多书，”连川说，“他可能知道这个密码怎么解。”

“我信不过他们。”宁谷说，“他们三个人，都有事情在骗我。”

连川没有说话，这种感觉他并不陌生。

“其实我不恨他们。”宁谷看着小珠子，“我想了想，如果真的只是把我当个容器，也许根本不需要让我像个人一样长大，虽然不让我去主城，但我在这里有长辈，有朋友，有仇人，惹是生非打架斗殴一样儿没少干，跟所有的旅行者一样。”

“嗯。”连川应了一声。

“只不过，他们有各自的路要走，所以选择了有所隐瞒……他们都是真正的旅行者，能并肩战斗，也能分道扬镳。”宁谷说完沉默了一会儿，“那我也一样，我也是真正的旅行者。”

“你有什么打算？”连川问。

“我想弄清所有没人给我答案的事。”宁谷说，“现在没人再拦着我了，我想去哪里就去哪里，想干什么就干什么。”

想去地库就去地库。

……也不完全是这样。

宁谷过了整整一天才重新站在了舌湾外面。

连川要跟着他，以他现在别说控制能力就连控制不住的能力都激发不了的状态，想甩掉连川实在没有可能，只能在小屋多待了一天，让连川多恢复一天。

“他们还会在地库吗？”宁谷走进了不断传来电光爆裂声的浓雾里。

现在唯一的好处是冷光瓶不再是唯一的光源，电光附近比冷光瓶要亮，虽然依旧是散不掉的雾。

“还有地方能转移那些人吗？”连川问。

“不知道。”宁谷说，“我在这里二十二年，也就发现了一个地库，更远的地方也不敢去。”

“不用太担心钉子。”连川说，“如果他在那些人里，疯叔会知道。”

“疯叔也不见得就可信。”宁谷说，“如果他真经历了不止一代主城……肯定比团长他们要狡猾得多。”

原住民不在附近了，连川完全感觉不到原住民的任何信息。

他们躲到哪里去了？这浓雾里还有什么？

“那天你为什么没有杀老鬼？”宁谷低头看着脚下，“参宿四杀老鬼没什么问题吧？”

“留着他有用，他知道很多事。”连川说，“而且……”

“而且什么？”宁谷转头看了他一眼。

“毕竟也是跟团长他们从主城一起打过来的旅行者，”连川说，“只要伤不了人就行，李向还在让他跑。”

宁谷轻轻叹了口气：“生死之交。”

围住地库的裂缝还是之前的样子，电光墙一样把路都阻断了。他们绕到那天老鬼被原住民救走的缺口。

原本想着缺口可能已经重新被电光占据，需要重新找地方进去，但没想到还没走到位置，就看到裂缝上放了一块巨大的黑铁。

被黑铁阻挡的电光从两侧闪出，中间留出了一个能过两三个人的空间。

宁谷没有犹豫，从这个缺口跳了过去。

落地的时候，脚下踩到了什么东西，“咔”地响了一声。

他低下头，看到一个被踩扁了的小铁盒子。

这是鬼城很常见的东西，用来装各种小玩意儿，很多旅行者身上都有。

他捡起了盒子，打开看了看，里面只有一枚小小的戒指。

“这是……”宁谷拿出戒指举到眼前，“这是李向以前给几个旅行者做的结婚礼物……”

“有人。”连川突然在他身侧说了一句。

宁谷听到了这两个字，却没有等到连川突然提着他闪开时的脖子一紧。

他没有多想，下意识地向前倾了一下身体，左手一扬。

前方刚能看到逆风的气浪卷起的浓雾乱流时，他指尖的金色光芒已经铺了过去。

风里有人很低沉地哼了一声，像是被击中了。

宁谷震惊地保持着之前前倾的姿势，甚至左手都还扬在空中没有收回来。

“我干什么了？”他低声说。

连川看了他一眼，没有说话，向前冲了过去。

乱流已经消失，有人影在雾的那边发动了第二次攻击。

连川在空中侧身，在攻击到来之前已经到了这人面前，手指往他的咽喉上一压。

“呃……”这人发出了艰难破碎的声音。

“疯叔？”宁谷吃惊的声音从后面传来。

连川松了手。

“宁谷？”疯叔也有些吃惊，“刚才是你？”

“是。”宁谷走了过来。

“真的是你。”疯叔退后了两步，上上下下打量着他，“你最终还是……”

“还是什么？”宁谷盯着他。

“你还跑到这里来干什么！”疯叔回过神，“这人又是谁？”

“连川，”宁谷说，“主城杀人如麻冷血无情的鬣狗，你不认识？”

疯叔看了连川一眼：“我又没见过，我来鬼城以后就没再回过主城。”

宁谷眯缝了一下眼睛，他判断不出来疯叔这话的真假。

“这个怎么在你那里？”疯叔看到了他手里的小铁盒，伸手想拿，“这是铁皮的。”

手还没伸到一半，就被连川一把抓住了。

连川从宁谷手里拿过小铁盒，放到了他手上，再松开了他的手。

“铁皮是谁？”宁谷问。

疯叔把铁盒打开看了一眼，又盖好放到了自己兜里，回头看向地库方向：“那里面的一个旅行者，早就失踪了。”

“那些人还在吗？”宁谷一听就有些急，“都没事吗？你有没有看到钉子？”

“我正在转移他们。”疯叔皱着眉，转身往地库那边走，摆了摆手，“你们走吧，地库已经毁了。”

“你有没有，”宁谷声音一下子沉了下去，“看到钉子。”

连川看到了宁谷指尖闪出的金色光芒。

“宁谷。”他叫了宁谷一声。

疯叔也回过了头，视线落在了宁谷手上。

宁谷慢慢把手举过头顶："钉子在哪儿？"

疯叔过了一会儿才叹了口气："我把他拖过去了，他现在醒不过来。"

"带我去。"宁谷说。

"帮我拖几个人，"疯叔说，"我带你去。"

"现在带我去。"宁谷说。

"地库在熔化，"疯叔看着他，"再不把人都弄走，就全没了。"

地面的温度跟之前的差不多，只是不冰了而已，但走近地库的时候，就能感觉到扑面而来的热浪。

"这是……怎么了？"宁谷跟着疯叔跳进了已经塌陷的地库。

"周而复始而已。"疯叔说，"没什么奇怪的，动作快些。"

周而复始。

宁谷不太明白，但现在也顾不上追问。

地库还有不少倒在地上、看上去像是睡着了的旅行者。

"只带走旅行者。"疯叔说，"那些感染了的活不了了。"

感染了的，是指看上去像是旅行者，但皮肤和眼睛都是灰白色的人。

"感染他们的是什么？"宁谷托起两个旅行者，举给了上层的连川，连川拖着两个旅行者的领子瞬间消失了。

"主城带回来的实验体，原料是原住民。"疯叔拖着两个旅行者有些喘，"一直以来，他们送来的实验体无论实验能不能完成，时间一到都会自毁……但那个实验体没有自毁，不知道是出错还是主城的安排，总之它像病毒一样，感染了原住民……被感染的会发狂，然后溶解……你别站着不动！"

宁谷赶紧又托起两个旅行者："旅行者也会被感染？"

"被感染的原住民是媒介。"疯叔看了看他，"你有几次去舌湾的时候，我都觉得你也会被感染……还算命大。"

"你早就知道？"宁谷停了手，"也不告诉我？"

"我只想当个旁观者。"疯叔说。

"旁观？观什么？观我死？"宁谷简直难以置信，"老疯子，我对你不错吧，帮你弄吃的，帮你抢物资，你就这么对我？"

"我能做什么？"疯叔说，"我让你不要去主城你都不听，让你不要去舌湾，你会听吗？鬼城恶霸连团长都管不住……”

宁谷一肚子问题想问，但疯叔喘得厉害，拖着人吭哧吭哧的，也不知道是真的还是装的，他只好先把人都弄出来。

有连川在，动作就快了不少。宁谷把人托出地库，交给连川，由连川拖到裂缝那一边先放着。

宁谷把最后两个旅行者托出来的时候却没看到连川，他把人拖到黑铁旁边，看到连川站在黑铁的另一边。

“接一下。”宁谷说完往他那边看了一眼，顿时愣住了。

电火裂缝的那一边，有一个巨大的灰白色大球。

“老鬼？”他顿时一阵紧张，跳了过去。

“没事。”连川拦了他一下，“他现在没有攻击力。”

“他是来带路的，”疯叔把旅行者拖出来，“帮着把人运过去。”

宁谷看着老鬼。

老鬼只剩一张脸还露在外面，身体被完全包裹在一团互相紧紧抱在一起的原住民中间，看上去非常诡异，跟原住民像是某种共生体。

“就这些了。”疯叔说，“都救出来了。”

连川突然转头看了看四周，跟宁谷目光对上的时候，他低声说了一句：“很多原住民。”

老鬼张了张嘴，发出一串低低的喉音。

黑雾里冲出来了几个原住民，抓起地上躺着的旅行者，又重新冲进了黑雾里。接着更多的原住民冲了出来，拖起地上的旅行者。

“要看钉子的话，”疯叔看了看宁谷，“就跟上。”

原住民拖走旅行者的方向，不是舌湾的深处，而是更远的地方。

那边什么都没有，宁谷一直觉得尽头就是边界，但似乎永远也到不了。

他有些着急，疯叔在旁边跑得非常像个老人，虽然很多时候他都不觉得疯叔年纪大，但现在感觉疯叔是真的老了……

如果只有他和连川，他可能就让连川拉着他走了，但连川已经拖了一堆人，不可能再让他拖着自己和疯叔两个人。

“我背你吧。”宁谷说，“你是不是跑不动了？”

疯叔连一秒钟停顿都没有，直接跳到了他背上，胳膊往他脖子上一勒，长长地舒了一口气：“哎……”

宁谷简直无语，只能拽着疯叔的胳膊，继续往前跑。

“你多大了？”他边跑边问，“有七十了吗？”

疯叔在后头笑了起来：“我看上去这么年轻吗？”

“那是多少岁？”宁谷愣了愣。

“记不清了。”疯叔收了笑声，语气里有些感慨，“老到记不清了……”

“大概呢？”宁谷问。

“一两百吧……”疯叔说。

“放你的屁。”宁谷说。

“不信？”疯叔又愉快地笑了起来，“你见过旅行者死吗？”

“见过。”宁谷说。

“老死的见过吗？”疯叔又问。

宁谷愣了。

一直沉默着的连川也转过了脸。

“旅行者被赶到鬼城多久了？”疯叔说，“你小时候看到的那些老头子，现在什么样？”

还是那样。

他小的时候地王就是老奸商，现在还是老奸商。

他小的时候疯叔就是老疯子，现在还是老疯子……

“没有人能看到开头，也没有人能看到结束……”疯叔像是自言自语。

裹着老鬼的灰白大团子一直向前滚动着，拖着旅行者的原住民也一直在往前跑。

宁谷不知道还有多远，也没工夫去想。

他满脑子都是疯叔的那几句话。

他从来没有想过的问题，也没有任何人提起过的问题。

所有人都会死，旅行者也不在乎生死。

但所有人对死亡的定义，似乎都没有考虑老死。

也许从他们出生那天开始，就知道毁灭就在不远的地方，他们还来不及死，就已经死了。

“疯叔。”宁谷声音很低。

“嗯？”疯叔应了一声。

“你从哪里来？”宁谷问。

52

你从哪里来?

疯叔没有回答这个问题。

已经很久没有人问过他这个问题了，从他开始刻意远离人群的时候开始。

但他是从什么时候开始刻意远离人群的，他已经记不清了。

他没有骗宁谷，他记不清自己到底多少岁，记不清自己经历过什么，记不清一切是怎么开始又是怎么结束的。

所以他也记不清自己是从哪里来的。

容量是有限的，空间是有限的，时间是有限的，记忆也是有限的，不断重叠，交错，挤压，最后就是消失。以前记得的，消失了；现在记得的，以后也会消失。

裹着老鬼的原住民灰白大球不断在地面上翻滚着前进，外层的原住民很快就会被地面割破皮肤，一旦承受不住的时候，就会有原住民从大球上脱落，黑雾里会有新的原住民冲出来，填上去。

宁谷不知道老鬼是怎么做到的，跟这些原住民达到这样紧密的关系。

而他对原住民“小朋友”这样的称呼，也透着诡异的亲密感。

“前面有裂缝，当心。”疯叔在宁谷背上交代了一句。

连川能看到远处冲天的电光，这条裂缝应该是从舌湾一路过来碰到的最大的一条。

跑近了以后能发现，这条裂缝相对之前的裂缝，已经可以叫作峡谷了。

宁谷看了连川一眼，这个宽度，就算没电光，怕是连川这样的身手，也未必能跳得过去。

“嗯？”连川发现了他的目光。

“你能跳得过去吗？”宁谷问。

“一个人差不多，”连川说，“过去以后剩副骨头架子，九翼高兴了，可以直接拿来改装。”

宁谷笑了起来，好一会儿才说：“你不是鬣狗以后有意思多了。”

“怎么过去？”连川没接他的话，看了疯叔一眼。

“原住民在那边电光低些的地方搭了个桥，”疯叔说，“可以从那里翻过去。这条裂缝太长了，两边都不知道头在哪里。”

原住民的适应能力似乎很强，旅行者碰到电光会立刻化成黑灰，但之前营救老鬼的原住民从电光里穿过，只会灼伤皮肤，还能在电光之上用大块的黑铁堆出一座桥。

桥是用大块的黑铁从裂缝两边不断向中间倾斜垒高，最后在顶部靠拢形成的。虽然上下的斜面都很陡，但还算结实，就算背着疯叔，宁谷爬过去也挺轻松。

不过爬到桥顶的时候，宁谷有一份隐隐的担心。

这条裂缝一直延伸，看不到从哪里来又一直延伸到哪里去，像是已经把鬼城一分为二。

现在原住民是找到了这一处电光窜得不高的地方搭了桥，可如果电光有变化，这里的桥立刻就会被淹没。

如果有什么能够逃离的出口是在电光的那一边……

老鬼和原住民把地库里那些旅行者安置在裂缝那边的一个巨大浅坑里，整整齐齐地排满了坑底。

宁谷看到那些人的时候，立刻一挺后背，疯叔从他背上滑了下去。下一秒宁谷就已经冲进了浅坑里，扑到一个个旅行者身上，开始寻找钉子。

“钉子！”他喊，“老疯子你说钉子在这儿的！”

“最里面，”疯叔坐到地上，“最里面那一排。”

“钉子！”宁谷连滚带爬的从一排排旅行者身体上冲到了最里面那一排，然后就跪在地上不动了。

“他们还能醒吗？”连川看了一眼宁谷的背影，蹲到疯叔身边问了一句。

“不能。”疯叔说，“他们已经是实验材料了。”

“不吃不喝的情况下是怎么维持材料状态的？”连川又问。

疯叔看了他一眼：“他们跟边界那些空壳不一样，他们是意识被控制了，永远停在那一秒，那一秒不需要吃，也不需要喝。”

连川没说话，转头看着宁谷。

“我猜的。”疯叔说，“我不确定……不过……”

“不过这种控制是齐航的能力。”连川说，“他们有碎片，不是没可能。”

“对。”疯叔说。

“那宁谷就能救他们。”连川站了起来，往那边走去。

“碎片只是在他身上，”疯叔在连川身后说，“他未必能用这些能力。”

“在地库的时候，”连川回头看着疯叔，“你是不是想说，‘你最终还是融合了’？”

“你这样的人，”疯叔有些吃惊，但很快又笑了笑，“怎么会跟我们宁谷这样的傻小子在一起混？”

“你离群索居不跟人接触，又为什么总让他去找你？”连川反问。

“我不跟你说话了。”疯叔往地上一躺，“还是跟宁谷说话轻松。”

“他一会儿就会问你，你为什么跟范吕长得一样。”连川说，“你想好怎么答。”

疯叔捂住了耳朵。

连川从旅行者之间穿过，走到宁谷身后。

宁谷还跪在地上，整个身体都在发抖。

他面前躺着的应该就是钉子，一个看着比宁谷瘦小些的少年。

“你说，”宁谷的声音也在颤抖，“团长他们把钉子弄成这样的时候，知不知道他是钉子？”

连川没说话，蹲到了他身边，拉了拉钉子身上的衣服。

“钉子天天跟我混在一起，我们一起打架，一起抢东西，一起被人告状。”宁谷哑着嗓子，“团长不可能不认识他，对吗？”

连川还是沉默着，拿起钉子的手，把袖子往上推了推看着。

“他把我最好最好的朋友，他把我从小一起长大的好朋友，做成了材料。”宁谷的眼泪滑了下来，被狂风刮着，落在了连川手背上。

“团长找到钉子的时候，”连川开了口，手托着钉子的头往旁边转了转，“钉子已经被原住民攻击了。”

“什么？”宁谷愣了愣。

“这里，”连川指了指钉子脖子侧面的一道暗青色的痕迹，“而且这不是跟老鬼在一起的那种原住民……”

连川又拉起钉子的手，把袖子推上去，钉子手腕上也有两道这样的痕迹：“这是老鬼说的被感染了的那些原住民。”

宁谷几乎是趴到地面上，死死盯着钉子身上的这几条暗青色的痕迹：“你是说……”

“如果团长不让他保持现在这个状态，”连川说，“他已经死了。”

“你是不是在骗我？”宁谷猛地转过头看着他，“是不是怕我找团长麻烦？怕万一我给你惹上什么麻烦？”

“你把我的话在脑子里过一遍。”连川说。

宁谷瞪着他。

“我不怕惹麻烦。”连川说，“我能处理任何麻烦。”

宁谷还是瞪着他，没有说话。

“过一遍。”连川站了起来，转身往坑边走过去，“过十遍也行。”

老鬼的圆球滚到了疯叔身边，圆球上的原住民正在解体，一个一个地从圆球上跳下来，隐进四周的黑雾里。

全部原住民都离开之后，老鬼坐在了地上，身上一个一个黑色的伤口清晰可见。

“这些参宿四弄的伤多久能恢复？”老鬼看着连川。

“几天。”连川说，“不影响行动。”

“什么意思？”老鬼问。

连川没出声，把袖子撩开，露出了手臂上一个黑色的伤口。

老鬼愣了愣，突然笑了起来，破碎的笑声在风里吹出很远，最后才叹了一口气：“不愧是参宿四。”

宁谷过了很长时间才动了动，把钉子从浅坑里抱出来，放在了坑边，又把那个带红边的护镜戴到了他脸上。

然后宁谷走到了连川面前："你来。"

连川看着他，但他没有看连川，转身走到了一边。

连川跟了过去。

"当着他们的面我说不出口。"宁谷转过身看着他，低声说，"对不起。"

"没事。"连川说。

"我太急了，不该说那些话。"宁谷皱了皱眉，"你都帮了我这么多，我还说那些……太过分了。"

"没事。"连川说。

"你可以说点别的吗？"宁谷拧着眉，"你这样让我很尴尬啊……"

"嗯。"连川沉默了几秒钟，"我那几句话，你想了这么长时间才想明白吗？"

宁谷张了张嘴。

连川看着他。

"不用说别的了。"宁谷转开头，"我怕我急火攻心直接能力爆发碎了你。"

连川笑了笑。

宁谷猛地转回了头，盯着他。

这个笑还挺克制，只挑起了右边嘴角。

不过连川整个人的感觉都因为这个不明显的笑容变了。

哪怕是跟人开着玩笑的时候也会给人距离感的连川，在这个笑容里突然就收起了锋芒。

虽然下一秒笑容一收，他又回到了惯常的冷漠里。

"疯叔，有吃的吗？"宁谷走到疯叔旁边。

"有。"疯叔看了看他，又看了一眼连川，"你俩都要吃吗？"

"不吃。"连川说。

"他吃。"宁谷跟连川同时开口。

疯叔叹了口气，慢慢起身，走到浅坑边，把几块小的黑铁搬开，下面露出了一个洞。他从洞里拎出了一个背包。

“你藏东西怎么跟地王一个德行。”宁谷跟了过去。

“你那边坐着。”疯叔迅速抱住了包。

“我抢过你东西吗！”宁谷说。

“过去。”疯叔说。

“行行行，”宁谷转身回到连川旁边坐下了，“不看你的东西，有不少好东西吧？鬼城没有的，主城没有的，失途谷也找不到的。”

疯叔没理他，从包里掏出了两个小袋子，又把包放回了坑里，用黑铁压好。

“什么茶叶啊……”宁谷说，“茶叶啊，茶叶啊。”

疯叔看了他一眼，把两个小袋子往连川手边一递：“都给你！”

连川接过袋子：“我会给他的。”

“我知道！”疯叔说，“我就是不想给他。”

宁谷笑了起来：“跟个小孩儿一样。”

“老小孩儿老小孩儿嘛！”疯叔坐下了，“老了都像小孩儿。”

宁谷从连川手里拿过一袋吃的，几口就全塞进了嘴里。

“他和原住民吃什么？”宁谷看了一眼老鬼。

“原住民能从黑铁里炼出东西，他们能吃。”疯叔说，“老鬼融合了，也能吃。”

“能炼出什么？”宁谷想了想，庇护所建造需要坚固结构的东西时，会用高温处理黑铁，会剩下一堆像糊糊一样的东西，“那玩意儿能吃？”

“他们能吃。”疯叔说。

“他们到底是什么东西？”宁谷无法想象。

老鬼转过了头。

宁谷看着他。

“是人。”老鬼说。

宁谷听到老鬼用仿佛带着深深划痕的声音说出这两个字的时候，只感觉后背竖起了一片汗毛。

“上一代世界里活下来的人。”老鬼说。

“存疑。”疯叔补充了一下。

“上一代的人……是这样的？”宁谷震惊地转头看了连川一眼。

“为了活下来而变成这样的。”老鬼说，“适者生存。”

宁谷终于明白了团长他们的分歧在哪里。

老鬼和林凡认为坍塌不是绝路，毁灭之后依旧有人能适应从而活下来，像这些原住民。而团长和李向相信有出口，能有另一个新的世界。

也有可能是不愿意像原住民这样活着。

“是这样吗？”宁谷问疯叔。

“为什么你老盯着我问？”疯叔说，“我为什么要知道？”

“你是预言家，”宁谷看着他，“你跟范吕长得一模一样，你有只在传说里才有的东西，你提前跑了，你没有选择跟团长、李向他们一起找出口，你选择了跟存疑的原住民在一起。”

“我选择的是救下那些材料。”疯叔说。

“那还有前面那些问题。”宁谷说。

疯叔没说话，也看着他。

不得不说，宁谷还从来没有这么清楚地看到过疯叔，没有了满脸胡子，疯叔看上去甚至都不像个老疯子了。

“我记不清。”疯叔说，“我有时候会做梦，觉得自己就像个巨大的走马灯咔咔咔运转时脱了的螺丝，一会儿掉在这里，一会儿卷到那里，好像看到了很多，但又什么都不知道。”

“走马灯是什么？”宁谷问。

“你还真是……”疯叔笑了起来，“每次抓重点都这么奇怪。”

“走马灯是什么？”连川也问了一遍。

“没有这东西是吗？”疯叔想了想，叹了口气，“要是有笔就好了，能给你画一下。”

“算了吧。”宁谷说，“你画的还不如说的。”

疯叔画的的确不行，不过宁谷没想到他说的也不过如此。

反正他听了半天，也只能大概理解，走马灯就是个转圈圈的画。

但每一张画，都是一个世界。

“转啊转，我猜就是这么转。”疯叔竖起一根手指，在空中划着圈，“转啊转，从哪里开始转的，不知道；转到哪里是尽头，不知道……”

宁谷看着他。

疯叔说话一向如此，听不出真假，因为太虚无也无法判断。

“谁拿着走马灯？”连川突然开口。

“谁在转？”连川又问。

“我不知道。”疯叔说，“但坏了的东西，总是要被修理的，我也累了，就想待在这里结束。”

宁谷看了一眼疯叔藏包的地方。

那个包拎出来的时候很空，里面没有什么东西。

连川看着疯叔。

不知道为什么突然想起了BUG。

清理队做过无数次的常规任务，清理BUG。

那些不该出现的人。

他从未想过那些是什么人，而下达任务的内防部，又是根据什么判断任务目标。

是……管理员的判断吗？

“你在想什么？”宁谷问。

“还不知道。”连川看着他，“我们现在想的，都建立在‘听到的是真话’上，如果全是假的，所有的思考就都没有意义。”

真的和假的。

似乎已经变得混乱起来，一切都失去了依据。

所有的认知都在坍塌之后开始被一点一点蚕食。

连川从不在意“我是谁”，但这一瞬间他却突然想起了宁谷说过的话。

但是风从哪里来的啊？吹到哪里去了呢？

那我们是什么？我们为什么在这里？我们要干什么？

53

从来没有人想过，世界为什么会是这样，人们为什么这样活着，这些都是不需要思考的“真”。

连川有记忆起就知道，这世界有一天会坍塌，会毁灭，黑雾之外是虚无。

BUG要清理，冗余要清理；非法出生要回收，变异要回收；旅行者要摧毁，蝙蝠要摧毁；看到了不该看到的东西要重置记忆……

在他手下消失的人有多少，他不知道。

抹掉的记忆有多少，没有人知道。

一切也都不需要知道。

因为鬣狗就是这样活着。

无论是主城、鬼城，还是失途谷；领导者或者平民，旅行者或者蝙蝠，实验体或者原住民；消失了的身体，留存着的意识……

一切都是这样。

每一个人，每一件事，就是这样。

不需要理由。

坍塌开始了。

除了脚下的地面，所有的理所应当，所有的“就是这样”，都跟着开始一同坍塌。

连川一向不去纠结“我是谁”，我是谁都可以，我是谁都没关系，我只需要明白我是我。

但他活着的二十多年，没有一天不在承受痛苦，没有一天能摆脱恐惧。他用战无不胜证明自己无可取代，他用痛苦和恐惧保持清醒，所做的一切不过是为了活下去。

他问过为什么。

为什么是我，为什么我要这样才能活下去。

为什么？

谁安排了这一切。

谁拿着走马灯。

谁转动着走马灯。

谁决定转还是停，开始还是结束。

连川感觉有人撞在了自己后背上，又很快弹开了。

他收回思绪，回头看了一眼。

宁谷坐在他身后，搓了搓脸，一脸疲倦。

“回庇护所吗？”连川问。

“疯叔，”宁谷看了看旁边低着头的疯叔，“你要留在这里吗？”

“留在哪里？”疯叔问。

“这里。”宁谷看了看四周，“这里已经不是舌湾了吧？”

“这里快到北边的边界了。”疯叔说。

“你去过吗？边界。”宁谷问。

“去过。”疯叔抬起头，“什么都没有，出口不在边界，边界之外什么都没有，一片空。”

“那你要留在这里吗？”宁谷又问了一遍。

“我要留在这里，”疯叔说，声音一点一点低下去，“留在这幅画里，跟着走马灯，转到那一面去看看。”

宁谷听得似懂非懂，他其实是想让疯叔跟他一起回庇护所，但听疯叔的意思，他没有这个打算，他也没有再强行劝，旅行者都是自由的。

“我要带走钉子。”宁谷又看着老鬼，“这些……旅行者，你打算怎么办？”

“就放在这里。”老鬼说，“不会有人再伤害他们。”

“团长他们不会找到这里吗？”宁谷问，“他们如果要用……”

“这里才多少材料，”老鬼笑了起来，“这里哪够他的军队？”

宁谷看着他没有说话。

“这些是没有用完的，他不会再冒险到浓雾里来找。”老鬼收了笑容，慢慢转过脸看着他，“团长是个行动派，果断，专注，坚定，他要做的事，一定会做成……”

“他已经有军队了？”宁谷问。

“你会看到的。”老鬼说，“你最终也会选择跟他一样的路。”

“没有人能帮我决定。”宁谷说。

“你心里已经想好了。”老鬼说。

“是。”宁谷走到钉子身边，拉着他的胳膊把他背了起来，“我已经想好了。”

“选了什么？”老鬼问。

宁谷看了他一眼，没有说话。

“选了什么？”疯叔也问。

“我要砍掉那只手。”宁谷背着钉子往来时的方向走去。

“什么手？”疯叔愣了愣。

“拿着走马灯的那只手。”宁谷说。

翻过原住民堆的那座桥，走了一段路之后，宁谷停下了，看了一眼在他旁边的连川。

“我拉不动两个人。”连川说。

“我知道。”宁谷说，“我是想问你，认识回去的路吗？”

“你不认识？”连川很无语。

“不太确定。”宁谷说，“过来的时候我也没注意路。”

“走吧。”连川往前继续走。

“附近有感染者吗？”宁谷问，疯叔把那些被实验体感染了的原住民叫作感染者。

“没有。”连川说，“现在老鬼已经让原住民绝对避免跟他们接触，感染者只会越来越少。”

“你说，庇护所以外的地方，那么多原住民，还有感染者，”宁谷皱着眉，“如果团长已经有了军队，原住民他们藏在哪里？”

“地下。”连川说，“如果原住民真的是上个世界适应环境活下来的人，那他们之前住在哪里？房子呢？”

“地下？”宁谷看着他。

“地库有很多层。”连川说，“庇护所那么多旅行者，也没有这么大规模的地下建筑，对吗？”

“你是想说……地库是原住民的？”宁谷有些吃惊。

“他们曾经住在地下，适应环境之后离开……如果是这样，”连川说，“那就还会有更多的地库。”

“可是在哪里呢？”宁谷把钉子往上托了托，他以前从来没背过钉子，不知道钉子比看上去要重不少。

“没有或者很少有原住民，距离庇护所不是特别远但是旅行者一般不会去，”连川说，“既要安全不被发现，又要能在最短时间到达车来的地方……”

“金属坟场。”这是宁谷的第一反应，“但我和钉子总去金属坟场和垃圾场找东西，没有发现有什么能往地下去的地方，而且那里已经有裂缝了，如果有军队在下面……”

“团长弄这些，是为了旅行者。”连川说，“他不会浪费材料，那些材料是一个一个的旅行者，是他的同伴，不是么？”

“直接说。”宁谷有些着急。

“裂缝出现的时候，他最先去的是材料库，是什么让他放弃了材料？”连川转脸扫了他一眼，“是有更重要的事排在了前头，他要转移他的军队，因为金属坟场下面的地库可能被破坏了。”

宁谷好半天才开口问了一句：“你怎么知道的？”

“猜的。”连川说。

“猜的你说得这么肯定？”宁谷说。

“因为我觉得我猜对了。”连川说。

从金属坟场中间穿过，把整个金属坟场一分为二的那条裂缝，还在不断窜出电光，跟之前看到的一样。

没有办法接近，也就无法确定连川的那些猜测对不对，但宁谷第一次对金属坟场里那些奇怪的机器产生了怀疑。

他一直以来都想知道黑雾外面是什么，很大一部分原因，就是这些没有来处的从未见过的机器，除了是主城扔过来的，就只能是黑雾外面来的。

现在再看到这些东西，他突然觉得老鬼说的那些，的确是真的。

这些机器，是曾经的原住民的。

距离疯叔的小屋还有一百多米的时候，宁谷看到了面向狂风站在路中间的团长。

他犹豫了几秒，还是背着钉子迎着团长走了过去。

“你去了哪里？”团长问。

“北边。”宁谷回答。

“跟老鬼去的吗？”团长又问。

“嗯。”宁谷应了一声，没有说出疯叔。

“也许有人能在毁灭之后活下去，”团长看着他，“但要经历多久的苦难，承受多大的痛苦，才能从一个人，变成那样的原住民？”

宁谷没有说话。

“活着不是唯一的选择，”团长说，“活着是最后的选择。找到出口，找到新世界，让尽可能多的人舒服地活下去，才是更好的选择。”

宁谷已经能明白团长的想法。

去找新的世界，带着一部分旅行者。

回到疯叔的小屋，宁谷在地上垫了些衣服，把钉子放在了墙边。

“主城也在找出口对吗？”他摘掉钉子脸上的护镜，把护镜塞到了他衣服里。

“嗯。”连川坐到了躺椅上。

“如果有出口，也不可能带上主城所有的人对吗？”宁谷问，“更不可能带上旅行者，带上蝙蝠。”

“谁也不知道是不是真的有出口，会碰上什么样的事。”连川说。

“所以团长需要军队，”宁谷说，“不光是要跟主城抢，还要在新的世界里抢出一片活路来。”

“是。”连川说。

宁谷没再说话，他无法想象，如果那一天真的到来，会变成什么样。

所有人都想要活下去，而很多人会为了活下去而死。

团长和李向选择了这条路。

老鬼选择了他认为可以避免这种争斗的另一条路。

而林凡……宁谷觉得他还想要找到第三条路。

“今天的风比前几天都大。”连川在躺椅上闭着眼睛。

“是吗？”宁谷站了起来，走到门边，站在了门缝前。

从门缝里刮进来的风，带着黑色的波纹，吹得他眼睛都睁不开。

“车快来了。”他说。

“我要回主城。”连川说。

宁谷转头看着他：“回去干什么？”

“找管理员。”连川说。

“他们根本不可能让你再接近城务厅。”宁谷说，“你现在没有武器，没有制服，脖子上还有个限制器，就算林凡不启动那个黑圈，你现在也很难对抗主城的火力吧？我的能力也不确定什么时候能用得上……”

“不去城务厅。”连川说，“去失途谷。”

“去失途谷？”宁谷愣了，“去失途谷怎么找管理员？”

“诗人。”连川说，“主城不可能对失途谷没有监控，特别是齐航的精神力也在失途谷。”

“你想通过诗人跟管理员联系？”宁谷走到了他旁边，“可能吗？”

“只需要让春姨知道诗人醒了，”连川说，“她就能明白。”

“春姨是谁？”宁谷问。

“春三，”连川睁开了眼睛，“把我养大的人，雷豫的妻子。”

“就像团长跟我一样对吗？”宁谷还是第一次听到连川说起自己的私事。

“嗯。”连川点点头。

宁谷突然很好奇，他坐到了躺椅扶手上，看着连川：“她对你好吗？”

“很好。”连川说。

“那那个雷豫呢？对你好吗？他是干什么的？”宁谷又问。

“雷豫是清理队的队长，”连川看着他，“对我也挺好的。”

宁谷很吃惊：“你是清理队队长和他老婆养大的？”

“嗯。”连川应着。

“那……你那些训练，参宿四的那些训练，你的那些……”宁谷看着他，“他们知道吗？”

“知道。”连川说。

宁谷震惊地半天都没说话。

过了好一会儿他才往前凑了凑：“他们真的对你挺好？”

“在能力范围之内。”连川说，“每个人都有必须要做的事，必须承受的痛苦，必须接受的现实。”

“没有为什么，世界本来就如此，对吧？”宁谷说。

“嗯。”连川看着他，“以前就是这样。”

“那现在呢？”宁谷马上问。

“你现在呢？”连川反问。

“我已经说了吧？”宁谷莫名有些得意。

“对，救世主。”连川说。

“在呢。”宁谷一挑眉毛，“什么事？”

“你坐在我手上了。”连川说。

“嗯？”宁谷愣了一秒，“噌”的一下蹦起来，发现连川的手放在躺椅扶手上，而自己一直坐在他手上，顿时有些不好意思，“你怎么不说啊？压到伤口了吗？”

“没。”连川说。

宁谷站了一会儿，叹了口气：“你是不是从来不跟人聊天？”

“聊什么？”连川问。

“瞎聊啊。”宁谷坐到了地上，看了一眼钉子，“我跟钉子，平时总一块儿出去玩，找小玩意儿，累了就找个地方歇着，聊天。”

“聊什么？”连川又问。

“说了就是瞎聊，没有什么内容。”宁谷看了他一眼，“来，你别在椅子上躺着，这个姿势没法聊。”

连川起身，坐到了他旁边的地上。

“靠着吧。”宁谷靠在了身后的墙上。

连川也往后一靠。

“你想他们吗？”宁谷问。

“谁？”连川问。

“春三和雷豫。”宁谷说，“我去主城的时候，就会很想团长，还有钉子。”

连川没有说话，似乎是在思考，过了一会儿才说：“会想。”

“你小的时候他们带你出去玩吗？”宁谷偏过头看着他，“我小的时候，团长会带我玩，他还给我做过一个小车，后来被我骑坏了。”

“会。”连川说。

宁谷等了半天，发现连川这一个字已经说完了，他叹了口气：“就没了？”

“我记不清了。”连川说。

宁谷突然反应过来，连川……可能并不愿意回忆他的小时候，顿时感觉自己聊这个话题有点不合适。

“那个，”宁谷有些尴尬，又不知道该怎么换个话题，毕竟是他拉着连川非得教他聊天，聊起来才发现连川根本不合适闲聊，“要不你躺回去吧。”

“什么样的小车？”连川突然问。

宁谷好几秒才弄明白他在说什么，赶紧连比带划：“三个轮子的，用铁条做的，轮子也是铁的，用脚在地上刨就可以往前走了，就是跑起来太颠了，一说话就咬舌头。”

连川没说话。

宁谷正想问他是不是没听明白，连川突然笑了起来。

而且笑得停不下来。

笑了好一会儿，连川才转头看着他：“主城也有这种玩具小车，不过不会咬舌头。”

“哎！”宁谷震惊地看着他，“连川你笑起来比不笑好看多了。”

“有空我照照镜子对比一下。”连川说。

宁谷笑了起来：“我有镜子，从范吕那儿拿的。”

“偷的。”连川说。

“拿的！”宁谷瞪了他一眼，想想又笑了，“行吧，就是偷的。”

镜子不知道塞在哪里了，宁谷在自己那个小皮兜里翻了半天。

“要不你用这个铁片……”他的话说到一半，就被划破鬼城上空的一阵呜笛声打断了。

高亢而圆润，寂寞里带着空灵，仿佛从遥远的地方传来的声音。

“车来了！”宁谷猛地转过头，却看到靠坐在墙边的连川滑倒在了地上，脖子上戴着的黑圈像是燃起了黑色的火焰。

54

林凡的能力发动了，黑圈瞬间让连川失去了行动能力。

虽然早就知道了这个东西的作用，也知道这东西对连川的作用时效要比对一般人短得多……

但车来的时间就这么长，只要有人开始上车，过不了一会儿，车就会开动。

错过了这趟车，连川想要回主城，就不知道要等到什么时候了，看现在这些电光裂缝的架势，说不定都没有再回主城的机会了。

他冲过去扯起一件衣服盖到钉子身上，再一把从地上拉起了连川，几乎是抡着把连川扛到了肩上。

冲出小屋的时候，已经开始有旅行者出现在黑雾中，向车来的地方跑过去，带着狂欢的呼啸。

世界开始改变，无论是走向新生还是毁灭，对于旅行者来说，都是一场新的充满刺激的旅程。

变得未知的车，变得未知的主城，变得未知的失途谷，变得未知的死亡之路，每一个人都卷得比狂风还要起劲。

趁着现在人还没有汇聚起来，团长和李向也还没有出现，宁谷打算第一时间过去，也许车开之前连川就能恢复行动能力。

但还没冲出一百米，后面一个黑影就冲了上来，拦在了他前面。

宁谷差点一头撞上去。

看清是琪姐姐的时候他压着嗓子吼了一声：“别拦我！”

“主城肯定也出事了！”琪姐姐瞪着他，“这种时候第一个要被排除在外的就是鬼城，就是旅行者！主城不会在这种时候让旅行者进主城！”

宁谷看着她：“别拦我，连川要回主城。”

“你听不懂吗！”琪姐姐拧紧了眉，“这一趟去了肯定会有危险！”

“我可能想不到这么多，”宁谷说，“连川肯定想到了，他还是决定要回去……”

没等琪姐姐再拦他，宁谷扛着连川从她身边冲了过去。

宁谷平时跑得很快，别的旅行者除非用能力，否则一般都没他跑得快。

但今天他扛着连川，还要小心避开人，跑到地方的时候，已经有很多旅行者先到了。

不过场面有些奇怪。

没有了欢呼，也没有了混乱的拥挤。

看上去不像是车来了要上车，而像是车还没来的时候聚在这里等车来的场景，所有的人都安静得仿佛群雕。

并且所有的人都站在距离车三十米开外的地方。

而静静地停在轨道上的车，也跟平时看到的不一样了。

只有三节车厢。

这在宁谷的记忆里，是从来没有过的。

车厢七节或者八节不固定，有时多有时少。

现在这辆只有三节车厢的车，看上去就像是被砍掉了脖子的怪物。

“车是从主城方向开过来的。”今天在这里等着的旅行者向团长汇报。

宁谷震惊的同时发现团长不知道什么时候已经站在了他身侧，他下意识地往旁边躲了躲，徒劳地想把肩膀上扛着的连川藏起来。

团长只是看了他一眼，没有多说什么。

“宁谷，”身后传来了李向的声音，“你到旁边去。”

宁谷回头，看到李向和林凡站在他身后。

“出什么事了？”他问，看到林凡的时候又一阵冒火，“你把他脖子上的能力撤了！”

“撤不了，加载到工具上之后只能按设定的时间发动。”林凡说，“时间到了会自动解除，一会儿就能动了。”

宁谷咬着牙，不知道林凡说的是真是假。

“把他带到旁边。”林凡说，“这车有问题。”

宁谷犹豫了一下，考虑到现在自己的行为会直接影响连川的安危，他退到远一些的地方，把连川放到了地上，靠着旁边的一个破箱子。

连川的眼睛还是闭着的，估计就算能提前解除，也没有这么快。

“团长，”有人喊了一声，“这怎么办？”

“不要靠近。”团长慢慢走到了人群的最前方。

李向和林凡都紧跟在他身边，一直以来，面对鬼城的危险时，无论他们有多大的分歧，将来选择的路有多么不同，都依然会并肩而战。

这也是旅行者们每到关键时刻都能团结一致的原因。

宁谷盯着黑洞一样的车厢门，看不清里面有没有东西，有什么东西。

但所有人都知道，哪怕车不是从主城开过来的，单只是这列车有了变化，都是危险的，毕竟从没有人知道这车到底是怎么回事。

“林凡。”团长举起了手里的冷光瓶，叫了林凡的名字。

“嗯。”林凡应了一声。

团长把手里的冷光瓶猛地扔向车厢门，林凡同时跟着一扬手，带着低低风啸声的气浪裹着冷光瓶卷向了车门，在冷光瓶即将被卷进车厢的时候，林凡手一握，冷光瓶“嘭”的一声炸开了，突然增加的亮度一下子照亮了车厢内部。

一直死死盯着车厢门的宁谷感觉这一瞬间呼吸都停顿了。

车厢里挤满了……什么东西。

像人一样有四肢和头，但又像某种远古传说中的动物，斑驳的黑色皮肤，弓着背，从头顶突起、向后一直排列着延伸到后背的尖刺闪着金属般的寒光。

整整一节车厢里，这样的怪物挤得满满当当。

冷光瓶炸开的一瞬间，怪物们像是没有看见也没有听见，保持着一动不动的姿势，有些趴在车厢地板上，有些扒在车厢壁上，还有些倒挂在车厢顶。

像一个诡异场景被定格。

而在冷光瓶熄灭之后，车厢里传来了“滴”的一声。

虽然狂风呼啸，但高度紧张的旅行者们还是听到了。

“小心！”李向没有犹豫地撑出了防御，“退！”

所有的旅行者同时顺着一个半圈的方向向四周退开，这是他们习惯了的默契，打群架的时候都会用到，向同一个方向撤退容易挤成一团，会给对手送上集中攻击的机会。

但没等人全部退开，车厢里闪出了几道细细的红光。

这红光宁谷见过，经历过上次主城抢人战斗的旅行者也都很熟悉。

这是城卫的武器。

车上有主城城卫!

一直蹲在一边的宁谷跳了起来，虽然不知道自己应该做什么，但是他必须做点什么。

城卫带着怪物，杀来了鬼城。

李向的防御面对同时发起攻击的城卫武器时能力有限，两道红光穿透了防御，击中了最近的两个旅行者。

他们没有来得及发出任何声音，就扑倒在地上，背上炸开的黑色伤口几乎将身体截断。

“防御！”团长吼了一声。

巨大的震动带着气浪推向车厢，红光消失。

紧跟着不到一秒的时间里，红光再次出现，所有有防御能力的旅行者同时发动了能力，红光被挡在十几米之外，炸出一片透着红色的火焰。

挡下第一波进攻之后，旅行者的攻击能力被激发出来，在巨大的气浪和各种爆炸中列车都被推得有些晃动。

“不要让他们下车！”团长喊。

鬼城面积比主城要大得多，一旦这些城卫和怪物下了车，他们要面对的麻烦和危险就会成倍增加。

旅行者们开始迅速集结成小队，在防御能力的掩护下，往车厢旁边压了回去。

车厢里红光再次闪过，这一次却是惊人的一片。

仿佛一张血红色的网，对着旅行者扑了过来。

宁谷只来得及推开离他最近的一个旅行者，前方十几个旅行者同时倒在了地上。

他长这么大，第一次看到这么多同伴在自己面前倒下，扑面而来的愤怒和恐惧顿时淹没了他。

宁谷站在人群里，举起了左手，低头看着脚下。

能力能不能控制他已经顾不上了，只要能用出来。

这是旅行者的地盘，是旅行者最后的落脚点。

旅行者可以死在旅途中，可以死在黑铁荒原上，可以死在主城，死在失途谷，甚至死在兴奋的呼喊里，死在拥抱黑雾时……但不能被城卫杀死在自己的安全港。

“不能退——”琪姐姐响亮的声音从人群里传出来。

“不退——”旅行者们发出了吼声。

庇护所方向开始不断有留守的旅行者赶到，加入了战斗。

一个被击中的旅行者摔在了宁谷脚边。

宁谷认识那个旅行者。

是大屁股。

大屁股挣扎着想要再爬起来，但两次都没能成功，最后他倒在了地上，胳膊往两边一摊，长长一声叹息像是从身体最深处发出，带着不甘和愤怒。

宁谷感觉眼睛都被怒火烧得发痛。他从齿缝里吐出了两个字：“去死。”

半透明的波纹从宁谷指尖漾出时，他的四周像是进入了一个密闭的空间。

风声消失了，呼喊声消失了，爆裂声消失了。

所有的声音都消失了。

一圈金色的光芒跟着从指尖扩了出去，接着像是被气浪推了一把，金光猛地加速，变成了一个半圈，突然从人群上方铺了出去。

车厢里闪动的红光顿时消失。

一片寂静之后，旅行者们爆发出几乎能掀翻狂风的尖啸声，冲向了车厢。

而与此同时，车厢里一直没有动的怪物突然有了动静。

旅行者们冲到距离车厢只有十多米的位置时，一个怪物跃了出来。

接着是第二个。

几乎是同一时间，三个车厢里的怪物全都奔涌而出。

冲在前面的旅行者发出了痛苦的叫喊声。

怪物以惊人的速度冲进人群，背上的尖刺划开身体，手扬起来的时候才能看清前端都是闪着红光的刀刃。

挥过旅行者身体时带起飞溅的黑色碎末。

宁谷再次举起了手。

他知道自己之前的那一次攻击，应该只对“人类”有效，算是某种精神力的控制。

这些怪物明显不受这一类攻击的影响。

他需要自己别的能力。

虽然他无法确定自己能不能成功。

一个怪物从他前方冲过，宁谷看清时，它已经冲到了李向身后。

没等他出声提醒，怪物的爪子已经扎进了李向的腰部。

“李向！”宁谷吼了一声，冲了过去。

在怪物的爪子第二次扎向李向的时候，一道黑影从宁谷身边闪过，拉开了李向，并借着把李向甩向旁边的力量跃起，一脚踢在了怪物头上。

怪物被踢回车厢边。

是连川。

“你……”宁谷没来得及跑到连川身边，四周的十几个怪物突然同时转过了头。

所有怪物的视线都定在了连川身上。

宁谷在这一瞬间猛地明白了。

城卫为什么会带着怪物杀到鬼城来。

主城要找到连川。

不，他们要找到参宿四。

已经能够在实验室外被自由唤醒的参宿四。

完全不再受主城控制的参宿四。

找到那个有可能已经成为脱离了“实验体”身份的独立存在的前驱实验体。

一个怪物向连川扑了过去，速度不亚于连川。

而连川颈后的限制器还在发挥作用。

连川一拳砸穿怪物的胸口之后，更多的怪物冲向了他。

四周的旅行者依然在战斗，怪物不断倒下，但旅行者也在不断倒下，怪物的速度和攻击力都是顶级的，旅行者的很多能力都无法对它们造成致命伤害。

连川放倒两个怪物之后明显有些累，黑圈上林凡的能力还没有消退，虽然已经提前恢复了，但这样的战斗还是会让他受到影响。

宁谷从来没有过这样的感受。

绝望。

他举起左手。

怪物向连川扑了过去。

从地上挣扎着爬起来的李向撑出了防御。

怪物被挡下之后再次冲击，突破了已经很虚弱了的李向的防御。

连川看了宁谷一眼，单腿跪到了地上，一只手撑住了地面。

宁谷明白了连川的意思。

但如果他有足够时间，他是不会同意连川这么做的。

主城也许还没有完全确定参宿四的情况，这一波也许只是试探。

一旦被确认，甚至发现连川站在旅行者这边，那连川在主城怕是再无立足之地，主城一定会想尽一切办法毁了这个真正的背叛者，这个他们在出口争夺战中最大的威胁和变数。

但宁谷相信连川的判断。

连川一直踩着死亡这条底线活着，他所有判断都必须精准而果断。

宁谷愿意跟着连川的决定。

他看了连川一眼，闭上了眼睛。

黑暗瞬间袭来，四周的一切都陷入了虚无。

参宿四，唤醒。

收到。

“你跟连川是有交易的。”春三坐在陈部长办公室的沙发上，手指间夹着一根烟，她看着慢慢上升的烟雾，“这算不算单方面毁约？主城的信用不过如此啊。”

“参宿四精神力消失的时候他就已经毁约在先了。”陈部长看着她，“这次的结果也已经证实，他根本不打算给主城提供任何鬼城的信息。”

“是吗？”春三笑笑，“难道不是你们从怀疑参宿四能在鬼城被唤醒开始，就已经决定不给他这个机会了？”

“他还有机会。”陈部长靠在椅背里，“他一定会回主城，希望你能跟雷队长去劝劝他，选择主城还是选择鬼城。”

“陈飞，”春三看着他，“你在想什么呢？”

“嗯？”陈部长没明白。

“什么都要没了，”春三说，“你还觉得主城有能力控制一切吗？”

“不到最后一刻，我不会放弃。”陈部长站了起来，“请你配合。”

办公室的门打开了，一队城卫走了进来，围住了春三。

“雷队长我已经派人去接了。”陈部长说。

“居然不是治安队，”春三笑了起来，“萧林不配合是吗？他是不是知道了作训部私下的那些事？”

“这些不是可以公开谈论的内容。”陈部长看着她，冲城卫一挥手，“带春三主管先去休息。”

城卫带走春三之后，陈飞倒回椅子里。

管理员依旧没有任何消息，主城已经陷入一片混乱，作训部的实验军队已经进入启用前的最后准备，虽然略微有些匆忙。

但内防部已经不再一条心，的确就像春三说的，萧林已经知道了他们私下的实验，现在他手下的人按兵不动，除了最基本的安防事件，别的行动一律不接受命令。

毁灭的篇章还没有正式开幕，主城已经提前进入了剧情。

桌上的电话响了起来，陈飞接起来：“怎么样？”

“清理队全体离开主城，进入黑铁荒原。”电话里传来了城卫的声音。

“什么意思？黑铁荒原？”陈飞猛地站了起来，“他们要干什么？谁带的队？”

“最后的坐标是在失途谷入口附近，”那边回答，“带队的是雷豫。”

56

陈飞走到苏总领办公室门口，先听了听里面的动静，然后在门上轻轻敲了两下。

门里没有声音，敲门之后也没有听到回应。

陈飞推开门走了进去。

办公室里没有开灯，一片漆黑，苏总领办公桌旁边满墙已经没有了画面的监控屏幕发出的光，黯淡得只能照亮苏总领模糊的侧脸。

“我需要您的授权。”陈飞说。

“授权什么？”苏总领沉默了很长时间之后才问了一句。

“我需要您授权调用EZ下编号一到十的队伍，”陈飞把手上的一份文件放到了他桌上，“其他编号的队伍进入待命状态。”

“这样的授权需要内防部和作训部长官共同……”苏总领的话还没说完就被打断了。

“不能再等他们了，内防部萧林已经拒绝合作很长时间了，城卫人数不够。”陈飞说，“作训部一旦抢先动作，随时有机会趁乱夺下主城。眼下这种局面，我们需要强有力的军队。”

“为什么不等连川的消息？”苏总领问，“他跟我们的交易条件就是弄清鬼城的战力情况，为什么不等弄清？”

“苏总领，”陈飞向前两步走到桌边，手撑到了桌子上，盯着苏总领，“参宿四的精神力消失了！没有了！连川是怎么做到的现在没有人知道！我们不能再相信他还能带回来什么消息！主城的存亡现在就在我们……”

“主城已经亡了。”苏总领说。

“没有。”陈飞沉下了声音，“我们在哪里，哪里就是主城。”

“管理员有消息吗？”苏总领没有正面回答陈飞。

“没有。”陈飞说，“但我认为这次逆行的车，是管理员的信号。”

“我们都知道，管理员无法控制这些细节。”苏总领说。

“车从来没有逆行过。”陈飞说。

“我们也是第一次经历坍塌。”苏总领看着他，“陈长官，面对现实，我们现在能做的，是维持主城秩序，给主城恐慌的人们最后的安宁。”

“秩序？安宁？”陈飞手一扬，指着上方，“你上去看过没有？主城现在是什么样？毁灭的最后永远不可能是安宁！不在恐慌里战斗的人，就在恐慌里死。”

苏总领看着他。

“我现在正式接管EZ下所有编号的队伍。”陈飞说，“从现在开始，请您不要随意离开办公室。”

“你没有授权口令。”苏总领说。

正要转身离开的陈飞转过头看着他：“管理员任命你为主城最高长官的时候，我就很不能理解，你太软弱，太优柔寡断……”

“你从一开始就在安排这一天，”苏总领轻轻叹了一口气，“是吗？”

“谢谢你对我的信任。”陈飞说，“这也是你最大的弱点，你的失败之处。”

“我身边的哪些人是你安排的？”苏总领问。

“不需要‘些’，知道的人越多越容易出错。”陈飞说，“只有一个，只要这一个就够了。”

苏总领往办公室门的方向看了一眼，慢慢闭上了眼睛，过了一会儿才开口：“你出去。”

陈飞转身走出了办公室。

走廊尽头拐角站着一个人，几乎要顶到天花板的身高，全身黑衣。

苏总领的护卫。

“有消息吗？”陈飞走过他身边的时候问了一句。

“车回来了。”黑衣人的声音像是从空中飘过来的。

“你去战备库，”陈飞说，“除了城务厅，所有的授权全部取消，EZ全体进入待命状态，编号一到三号队伍启动，布防失途谷所有出口。”

“作训部那边呢？”黑衣人问。

“交给刘栋了，”陈飞说，“但没有人能完全相信，所以要确保EZ只受我们控制，我们不知道刘栋手上还有什么牌，他可是训练参宿四的人。”

“明白。”黑衣人转身从走廊另一头离开了。

陈飞走出城务厅的时候，等在门口的城卫已经集合完毕，他上了车。

“什么情况？”他问。

“还没有接近，城卫已经包围了车，等着下一步命令。”刘栋坐在后排回答。

“没有人下车？”陈飞问。

“没有。”刘栋说，“车门也用铁板挡上了。”

“这是在搞什么花样？”陈飞皱了皱眉，“扫描到什么信息没有？”

“没有。”

三节车厢像出发的时候一样，静静地停在主城外的轨道上，被越来越浓的黑雾包裹着，什么也看不清。

再次扫描确定没有异常信息之后，陈飞下令击碎挡在车门上的铁板。

红光闪过。

挡着车门的三块铁板同时“哐”的一声倒下了。

等了一会儿，车厢里没有任何动静。

陈飞一挥手，几颗照明弹飞进了车厢里。

三节车厢被照亮的瞬间，所有的人倒吸了一口凉气，呆住了。

车厢里满满当当的。

之前派去的城卫和EZ小队，全部都在车厢里。

他们被一根根黑色的尖锥穿透身体，扎在了车厢壁上。

像一幅黑色描出的死亡瞬间。

陈飞没有说话。

只是看了身边的刘栋一眼。

这黑色的尖锥，刘栋跟他一样熟悉。

这是参宿四的武器。

“可以确定了。”刘栋说。

“这算是警告吗？”陈飞皱着眉。

“不该这么直接派人过去的。”刘栋说，“我们激怒了连川。”

“加强守备。”陈飞转身，“他们下趟车一定会过来。”

“如果他跟鬼城联手……”刘栋有些不放心。

“当初怎么赶走的他们，现在就再怎么赶走一次。”陈飞说。

刘栋还是不踏实：“但是连……”

“旅行者不是一个参宿四赶走的。”陈飞看着他，“你一直训练连川，想想他有什么弱点。”

“他没有。”刘栋说。

“他有。”陈飞说。

“春三吗？”刘栋苦笑了一下，“真的不好说，连川为了活着能做到哪一步，没有人知道。”

宁谷拖着两个死去的旅行者，把他们放到已经整齐地在地上排成一行的旅行者身边。

这一场战斗，他们失去了几十个同伴。

这些旅行者身上的每一道伤，都像是用带着火的刀划在了他身体里。

所有的人都沉默着，面对一切都能保持疯狂和兴奋的旅行者，第一次在战斗之后沉默得只能听到风声。

清点完损失的人数，宁谷看了一眼坐在一旁休息的连川，走了过去。

“我背你吧？”他说。

“不用。”连川站了起来。

“能走的话，”宁谷说，“你跟我去医疗室。”

“嗯？”连川看着他。

“李向受伤了，他们都在医疗室。”宁谷转身往庇护所走，“我要他们拿掉你脖子上的那个圈，还有那个限制器。”

连川没有动。

“他们可能有办法。”宁谷转头，“那个限制器必须拿掉。”

连川没说话。

“我知道你信不过团长他们。”宁谷说，“但是现在主城已经先动手了，无论团长有什么计划，都需要你帮忙。”

“主城是在确认参宿四。”连川说，“团长只要把我交出去，就可以继续跟主城合作。”

“你的脑子呢？”宁谷看着他，“团长要真的想跟主城合作，还用搞那些军队吗？”

连川过了一会儿才开口：“你一直没有脑子。”

“时不时也会有一点。”宁谷不明白他的意思。

“那些军队是团长藏着的最后一张牌。”连川说，“找到出口之前跟主城撕破脸没有意义。”

宁谷瞪着连川好半天：“我想错了是吗？”

“也不是。”连川往前走了出去，“可以谈。”

“如果像你说的那样，怎么办？”宁谷跟了上来。

“没有如果和怎么办。”连川说，“拿掉这些东西对我有利，那就拿掉。”

“行。”宁谷点头，“选错不会死，犹豫才死。”

整个庇护所都很安静，平时连睡觉的时候都不消停的旅行者，今天像是集体哑巴了，所有的人都沉默着。

之前哪怕是电光裂缝已经到了金属坟场，都没有让旅行者们受到影响，但主城让所有人看到，最后的一场戏，已经拉开了序幕。

城卫的火力，主城诡异的战斗力，旅行者们面对的是一段完全没有攻略的旅程。

“你为什么要唤醒参宿四？”宁谷看了看连川的脸，确定他现在的状态还不算太差，“那些怪物，也还是能打退的。”

“你知道为什么主城的人害怕清理队吗？”连川说。

“大概觉得你们杀平民。”宁谷说，“治安队、巡逻队都是维持主城秩序，城卫对抗外敌，只有你们清理队，天天杀普通人。”

“不光是这样，”连川说，“而是要死的一个也逃不掉，一旦被锁定，就没有第二种可能了。”

宁谷沉默了一会儿：“是恐惧。”

连川没再说话，就算是这样从旁观的角度去描述自己曾经的生活，也不是一件愉快的事。

“但是他们一定会在停车点布防，”宁谷说，“加强火力，会针对你有所安排。”

“所以要找团长。”连川说。

李向靠在医疗所的床上，看上去没有大碍，但行动明显受限，毕竟伤在腰上，每一个动作都显得有些缓慢。

宁谷有些不是滋味，这是他长这么大，第一次看到李向受这么重的伤。

别的受伤的旅行者都已经处理好伤口离开了，除了李向，医疗所只剩下团长和林凡。

“多谢了。”李向看着连川。

“不用。”连川说。

“把这个圈拿掉。”宁谷直接说了正题，“这东西你们应该用不上了，哪怕是作为今天他帮忙的交换。”

“可以。”团长说。

这个干脆的回答让宁谷有些意外，接下去该怎么说他倒是有些拿不准了。

“我要回主城。”连川说，“无论出口在哪里，主城有答案，我需要有人帮忙。”

“失途谷吗？”林凡问。

“是。”连川说。

“我怎么相信你的话。”团长看着他。

“不用信我，”连川说，“信宁谷就可以。”

团长看了宁谷一眼。

“只有他能唤醒参宿四。”连川说。

团长没有说话，过了一会儿才叹了口气：“你需要我们做什么？”

“愿意跟我去主城的旅行者。”连川说。

“他们走了没有？”九翼蹲在黑铁墩子上，满脸不爽。

“没有。”一个黑戒回答。

车从鬼城回来的那天起，清理队就守在了黑铁荒原上，已经好几天了，也没有离开的意思。

趁乱去主城搜刮物资的小蝙蝠们都不敢出去了。

“烦死了，这些鬣狗要干什么？”九翼用指刺在自己脸上轻轻敲着，发出细细的叮叮声，“狞猫老在黑铁荒原上转悠我就知道没好事，这帮猫猫狗狗的……福禄，你出去跟他们聊聊。”

“我不敢。”福禄说。

九翼转过头，脸上全是难以置信的表情：“你说什么？”

“他不敢。”寿喜说。

九翼看着他。

“我也不敢。”寿喜说。

“废物。”九翼站了起来，“我去。”

“老大别去！”福禄和寿喜同时跳了起来，抓住了他的衣服。

“他们是来谈判的。”九翼拖着福禄和寿喜往出口的方向慢慢走去，“还记得他们说鬣狗们是怎么护送连川去城务厅的吧？鬣狗早就叛变了。”

“叛变了！”福禄和寿喜趴在地上，还是抓着九翼的衣服。

九翼身后拖着两个蝙蝠从出口慢悠悠晃出来的时候，清理队的人同时启动了武器。

“这是九翼？”通话器里传来江小敢有些犹豫的声音。

蝙蝠很常见，清理队各种任务当中经常会碰上，毕竟想要离开主城，就需要蝙蝠摆渡。

但九翼却几乎没有人见过，他从不离开失途谷，系统里甚至没有收集到他的信息，只是都知道有这么一个人而已。

这种出场方式也的确有些让人迷惑。

“是。”雷豫下了车，慢慢往出口那边走了过去。

九翼站定，身后两个蝙蝠从地上爬了起来，挡在了他身前。

挡得很严实，一点都没剩下。

九翼不得不把他俩扒拉开一条缝，从中间看着雷豫："稀客，没想到我有生之年还能在黑铁荒原上见到雷大队长。"

"清理队要在这里扎营。"雷豫说。

"什么？"九翼扯着自己的耳朵偏过头。

"连川如果回主城，肯定先到失途谷。"雷豫说，"我们需要在这里扎营，然后接应他过来。"

"那你就扎。"九翼看着他，"站在这里干什么？"

"我们需要物资。"雷豫说。

九翼愣了愣，接着就爆发出了尖锐的笑声。

雷豫身后的清理队队员同时举起了手里的武器。

"我为什么要帮你们？"九翼收了笑，声音变得冷酷，"让蝙蝠帮鬣狗？"

"我不知道。"雷豫说，"但你帮了连川，在他还是鬣狗的时候。"

一声长长的鸣笛声从远处传来。

正要说话的九翼张着嘴，停住了。

"让你的黑戒小队出来，还有你们的火力。"雷豫转身跑了两步跨上A01，"我的人有一半留在这里配合你。"

九翼闭上了嘴，但是站着没有动。

雷豫发动了车子："按原计划，接应的跟我走！"

一片蓝光亮起，成片的A01发出了轰鸣，清理队分成几个小队，一部分人跟在雷豫身后，往主城外的停车点方向冲了出去。

"车来了。"福禄说，"他们要干什么？"

"接应啊。"寿喜说，"刚说了要去接应连川。"

福禄跳了跳，在这里也看不见停车点那边的情况："连川在车上吗？那宁谷……"

"去，"九翼竖起食指，指刺晃了晃，"通知全体黑戒，守着主城方向的出口，有武器的蝙蝠也都出来，看到城卫就杀。"

"我们要帮鬣狗吗？"寿喜问。

"我们要分主城了。"九翼说。

车静静地停在轨道上。

这次车厢依旧是三节，跟上回一样，没有变化。

陈飞看着监视器，所有的数据都是静止的。

车厢里是空的。

“怎么可能！”刘栋在一边小声地说。

照明弹再次同时被扔进车厢里，依旧没能看到任何人。

“做好攻击准备。”陈飞下了命令。

“目标？”城卫问。

“整个车。”陈飞回答。

就在他这句话说出口的同时，中间的车厢里，闪出了一抹金色的光芒。

“开火！”陈飞吼了一声。

但监视器的画面一片平静，没有枪声，没有红光亮起。

画面没有任何变化，甚至连声音都消失了。

“三队EZ全部释放！”陈飞再次开口，“把春三带过来。”

金色的光芒瞬间从车厢里铺出，占满了整个监控画面。

57

连川追上李梁的车时，还差一小段路就能到达黑铁荒原上失途谷的几个出口之一。

“让我下车，你带上连川！”宁谷喊，“他有伤！”

“他有伤也比车快。”李梁没有减速，“他现在是参宿四。”

“参宿四也有伤啊！”宁谷有些着急。

“直接进失途谷，治安队追来了。”连川说完跳到了旁边的废墟顶上。

宁谷回过头，看到几辆带着橙光的车从主城那边开了出来，如果不是李梁第一时间带着他往回冲，现在正好被这几辆车拦截。

“那些是巡逻队？”宁谷问，一边盯着追兵一边又抽空盯了两眼连川，看到老大出现在废墟上的时候才稍微松了口气，“他们不是不帮城卫了吗？”

“他们要杀参宿四。”李梁说，“你先不要再用能力。”

“我现在也用不出。”宁谷皱着眉。

几个黑戒从失途谷地面上的废墟里跃了出来，接着又是几个。宁谷再细看的时候，发现黑戒竟然密密麻麻地、成片地在废墟之间不断跳跃着，向他们的相反方向冲去。

“九翼居然有这么多黑戒。”李梁发出了宁谷的感叹。

宁谷知道九翼黑戒小队人数不少，都很厉害，但的确没有想到会有这么多。

萧林的巡逻队和治安队在黑铁荒原与主城的交界集结完毕，同时启动的武器闪烁着橙光，跟追过来的城卫的武器的红光交错在一起。

不能让目标逃进失途谷，是他们暂时合作的共同原因。

连川从老大背上取下了自己的武器和通话器，但没有马上进攻，清理队还没有从城卫和巡逻队的后方包抄上来，他的武器只要一启动，马上就会吸引所有的火力。

他需要先确保李梁能带着宁谷跑进失途谷的安全区。

虽然不知道安全区在哪儿，但看到黑戒出来时他就知道，九翼如果有脑子，别说半个主城，想要一个主城也不是不可能。

黑戒训练有素，并不是胡乱往前冲，全是分组按队形排开的，而且数量惊人。

蝙蝠们拿着武器从两边夹击，开始疯狂地突突，估计平时难得有这样肆无忌惮的机会。

但靠近主城方向的蝙蝠背后没有防御，很容易成为目标。

连川想到这一点的时候猛地反应过来，他们也许就是诱饵？

黑戒到现在为止还没有发起过攻击，大多数黑戒手上也没有看到武器，拿的都是……

一个黑戒从连川身边窜过，手里拿着个全黑的、仿佛主城街道上随处可见的路牌一样的东西，杆子很长，一个圆形的又大又厚的黑铁片连接在杆子的一头。

远处先是闪出了一两点蓝光，接着突然出现了一大片。

清理队赶了过来。

寿喜不知道从什么地方冒了出来，蹦到了连川身边："老大让你们进去，这里交给失途谷！"

口气挺大。

虽然对九翼有了新的认识，但他不可能放心离开。

现在出现在黑铁荒原的几支队伍，只不过是主城队伍中的一小部分，更多的火力应该还是安排在了AB两区，毕竟要先保障主城核心区的安全——主城所有的资源都集中在这两个区。

连川冲了出去，在打头的巡逻队队员还没有看清情况的时候，参宿四已经放倒了前排的四名机动队员，接着他启动了武器，躲过一轮橙光扫射之后，打中了后面几辆车的轮子。

队伍前压的速度立刻减缓，清理队从后方追了上来。

谁都没有见过这样的场面，像是一场主城武器展示，也像是一场爆裂的演出。

一边是日光依旧的主城，一边是鬼影幢幢的黑铁荒原，映衬着远处裂缝里喷出的火焰，连川有一瞬间感觉整个世界都像是一个黑色幕布前的幻影。

城卫的重型武器赶到，在只有少量低矮废墟的荒原上，迅速压制了蝙蝠和清理队的攻击。

李梁的车带着宁谷冲进蝙蝠的据点时，身边最近的入口被炸塌了。

他迅速一转车头，向下一个入口冲去。

“他们是要炸掉全部入口。”宁谷回头看着，之前太紧张，他一直没有太明显的感觉，现在坐在车上算是休息了一会儿，他开始觉得自己胸口有些发堵，喘不上气，“先不要进去，找个地方藏一下。”

狞猫从黑暗里窜了出来，从李梁车头前跃过，看了他一眼。

李梁马上跟了过去。

狞猫把他们带到了一个蝙蝠临时用黑铁堆出来的掩体前，因为四周没有光源，这个位置一片漆黑。

李梁停下了车，宁谷跳了下去，躲到了黑铁堆后头。

“注意观察。”李梁说，“他们靠近以后是可以扫描到你信息的。”

“嗯。”宁谷应了一声，“连川在哪儿？别的旅行者怎么样了？”

“目标暂时带到入口附近掩体处。”李梁按了一下通话器，“连川位置？旅行者情况？”

“城卫右侧。”通话器里传来了连川的声音，“蝙蝠已经把旅行者带走。”

“目标坐标上传。”李梁发动了车子，看了宁谷一眼，“他在城卫队伍右边，你的同伴蝙蝠接应上了。”

“知道了。”宁谷点点头，猛地松了一口气，“谢谢。”

李梁的车回头冲了出去。

四周的爆炸声和武器射击时划破空气的刺耳尖啸声几乎连成了片，宁谷用力喘了几口气之后，转头从黑铁堆的缝隙里往那边看着。

狞猫走过来，碰了碰他的手。

“老大，”宁谷转过脸冲它笑了笑，“好久不见，毛又亮了……”

狞猫偏开了头，把身上挂着的一个小兜抖了下来，扔在他脚边，然后冲回了那边的战场。

宁谷拿起小兜，从里面摸出了两盒……配给。

他顿时有些无语，自己什么时候给老大留下了在这种紧要关头还需要吃东西的印象？

一声爆响从他后方传来，城卫发动了第二次重型攻击。

宁谷从缝隙里能看到连片的火光和飞扬的碎屑。

九翼到底在干什么？失途谷在地面上是不是没有战斗力？那么多黑戒出来是干什么的？

连川呢？

参宿四状态能维持多久？

现在时间已经挺长了，身上还带着伤……

宁谷闭了闭眼睛，转身靠在黑铁堆上，努力让自己平静下来。

他需要能第二次激发能力，虽然知道这时不能随便暴露自己的位置，毕竟也不确定能力的范围到底有多大，但至少他要确定需要激发的时候能够立刻响应。

如果接下去局面控制不住，主城还有增援过来，他不可能就在这里看着，他必须出手。

并且绝对不能在这种情况下举个手然后什么事也没发生。

太丢鬼城恶霸的脸了。

地面之下突然传来了震动。

震动非常明显，像是之前裂缝出现时一样。

这动静顿时让所有人都紧张了起来。

“离开地面！”雷豫喊，“分散，注意变化，攻击不要停！”

“一组跟我往前。”龙彪指挥，“三组四组跟我保持对称。”

“收到。”

震动带来的变化很快出现。

不是裂缝。

远处黑铁荒原的地面开始隆起。

隆起的位置差不多在城卫重型武器的攻击边缘。

随着隆起越来越高，伴随着震动出现的爆响从远处传来，四周的蝙蝠突然同时跃起，发出了兴奋的叫喊声，伴随着丁零当啷的金属撞击声。

“那是什么！”宁谷吼着问了一声。

“是老大！”一个蝙蝠兴奋地喊着回答他。

老大?

宁谷忍不住又盯着那边看了看。

突然发现，在已经高高隆起的地面顶端，有闪动的寒光。

这熟悉的寒光，宁谷一眼就认出来了，是九翼的指刺，他震惊地发出了疑问：“他在那里干什么？”

“不知道！”蝙蝠兴奋地回答，“跳舞吧！”

“……你们能在失途谷活下来也就是因为主城的人进不去吧？”宁谷皱着眉，相当无语。

地面已经隆出了一根黑铁柱子，第一个巨大的火球带着长长的焰尾从黑柱中喷射而出时，城卫的火力都还集中在主城方向的蝙蝠身上。

火球越过失途谷上方时突然炸裂，变成了一群小火球，接着就垂直落了下去。

“疯了吗！烧自己？”宁谷再次震惊了。

而已经在失途谷上方铺开了的黑戒们，在这时猛然拔地跃起，挥着手里的黑铁“路牌”击向小火球。

小火球瞬间改变了方向，齐齐地冲向了城卫正在开火的一辆车。

火球直接烧穿了车甲，这辆车被打成筛子的时候，连川听到了通话器里雷豫的声音：“不要过去！是熔火。”

熔火是黑铁荒原的地下资源，通过管道运送进主城，曾经是主城重要的动力来源之一，因为熔火存量断崖式下降，不少管道已经废弃。

拥有地下制霸权的九翼切断了熔火管道，把它当成了群攻武器。

普通的攻击无法破坏车甲和大多数制服，但熔火可以。

第一波熔火攻击过后，场面顿时改变，之前被压制的蝙蝠几乎没有停顿就开始了反攻。

熔火对所有主城装备都有伤害，并且因为射程和方向无法精准控制，基本属于不分敌我的进攻，黑戒的配合虽然提高了精度，但飞溅的火花依旧会对自己人造成不小的伤害。

不等主城的队伍调整，三个火球已经又连着从黑柱上喷射而出。

“注意后撤！”连川看到路千的A01被熔火击中了。

他发现九翼并不能控制火球的数量，下一次说不定就是整个管道的爆裂……

黑戒的确训练有素，第二波跃起时已经换了人，第一波的路牌已经全部被烧穿，扔掉了路牌的黑戒换成了指刺，冲进了城卫和巡逻队的队伍中。

“分散压近，远程掩护黑戒和蝙蝠。”连川说完就在火焰的间隙里冲了过去，参宿四的尖锥划断了一辆重型车的武器。

落地的时候连川眼前黑了一瞬。

他迅速跃出了火力范围。

参宿四状态有些超时。

主城的队伍开始回缩，向主城方向撤退时，连川看了一眼护镜上李梁发来的坐标，往那边冲了过去。

他跳过黑铁堆落在宁谷身边时，宁谷正举着手。

“不要暴露。”连川一把拽下了他的手。

“我只是试一下。”宁谷转头看到他的时候都没顾得上多问，直接伸手在他身上一通摸，“伤得严重吗？”

“不严重。”连川挡开他的手，“我带你进失途谷，主城开始撤了。”

“怎么带？”宁谷话还没说完，连川已经一把抓住了他的手腕，接着就冲了出去。

宁谷摔进失途谷入口的时候，感觉耳边一下安静了。

“超时了。”连川跪倒在他旁边，“我可能要一个小时之后才能醒过来。”

“我守着你。”宁谷赶紧在他倒下的时候接住了他，慢慢放到地上。

福禄跟着从入口跳了进来：“太快了，我差点都看不到你们去哪儿了。”

“找个安全的地方。”宁谷说。

“哪里都安全。”福禄招招手，“跟我来。”

宁谷背起了连川，跟着福禄往里走：“外面怎么样了？”

“他们在退了。”福禄说。

“九翼那个火球，”宁谷说，“能停吗？还是就这么一直喷？”

“不知道。”福禄说，“死火从来没有用过。”

“死火？”宁谷看着他，“怎么起了个这么难听的名字？九翼的水平也太次了。”

“是我刚起的。”福禄看了他一眼。

“哦。”宁谷愣了愣，“那也挺难听的。”

“死神之火！”福禄提高声音。

“那就叫死神之火不好吗？”宁谷说。

“太长了不好记。”福禄转过一个拐角，把他们带进了一个小洞厅，又进了一间屋子，穿过三个小屋，在最里面停下了，“就这里吧，这里有吃的。”

“嗯。”宁谷点头，把连川放到了旁边的一个垫子上。

“你们那些旅行者，”福禄说，“我把他们带进主城了，在D区一个楼的地下室里，到处都是巡逻队，带不过来。”

“安全了就行。”宁谷突然对于自己曾经把福禄的腿踩成直角非常内疚，虽然不是故意的，“谢谢。”

“别的鬣狗肯定进不来。”福禄说，“我去告诉他们你俩安全了。”

“嗯。”宁谷应着。

“不用谢。”福禄说，“也不是帮你们，是帮老大。”

“知道了。”宁谷看着他，“我说话算数。”

“老大要这边这一半。”福禄在空中划了一道，“那边归你。”

“好。”宁谷很认真地点了点头。

“其实要了也没用，是吗？”福禄往外走的时候回过头，“都快没了。”

宁谷没说话，突然感觉有些空。

“但是老大死的时候有半个主城，”福禄又高兴了起来，蹦着走了，“可以安心死。”

“九翼脾气挺好，这样的手下居然一直带着。”躺在垫子上一直没动的连川突然说了一句。

宁谷没忍住笑了起来，笑完才回过神：“你没晕？”

“晕了。”连川还是躺着没动，“但是又醒了。”

“这么快？”宁谷愣了愣，“现在已经脱离参宿四了吗？”

“嗯。”连川应了一声。

“感觉怎么样？”宁谷摸了摸他的手，是冰凉的，但脸色看上去还算正常。

“还可以。”连川慢慢坐了起来，“可能……”

一声低低的叹息从宁谷脖子后面绕过。

“谁！”宁谷猛地蹦了起来，指尖泛出了暗银色的光。

“听到什么了？”连川已经同时起身，站在了他身后。

“诗人。”宁谷说。

58

“顺其自然！当死则死！我们不要畸形的为活而活！世界要毁灭，我们什么也改变不了，也不需要改变，没有出口，不要苟活……”

陈飞两天以来第一次离开地下的办公室，来到城务厅的最顶层，站在窗边，看着烟尘弥漫的主城。

远处传来“顺其自然”成员们的高呼，从早到晚几乎不会间断，不断有绝望的居民加入，还开始发展出分支，一部分人相信死亡就是出口，主城毁灭的时候，就是所有死去的人新生的时候。

日光还像平时一样亮着，现在是下午接近黄昏的时间，日光开始渐暗。

主城核心区已经看不到路人，只有不时闪动着的红橙两色的光，城务厅楼下所有的入口都有警戒，没有特许谁都不能进入。

但这一切都不能让站在这里的陈飞感觉到一丝安全，站在悬崖边的人，脚下无论是多么坚实的地面，都还是会因为眼前的万丈深渊胆寒。

他在等待走下悬崖的那个楼梯，等待活下去的那个出口。

主城范围里所有的异常都已经反复检测过，没有任何能视为“出口”的特征。主城是这个世界里最安全最坚固的地方，也许就是因为这一点，出口不在主城。

连川已经去了鬼城，却还要拼死回到主城，甚至不惜让旅行者送死也要帮他回来……出口似乎也不会在鬼城。

黑铁荒原？除了曾经坍塌掉的、属于主城的那一部分，再远的地方就是一片死寂。主城往几个方向都放出过探测器，经过了三次庆典日之后，探测器还在一直往前走，没有探测到任何东西，在动力耗尽之前，没有得到任何有用的信息。就算出口在某个地方，也是他们无法达到的。

失途谷吗？

失途谷是唯一能明确的、由上代主城留下的东西，但除了蝙蝠，没有人能在里面自由通行。而九翼切掉了熔火管道也要跟主城进行武装对抗，说明他没有另一条路能退，他必须死守住失途谷……

陈飞闭上了眼睛，长长地叹了一口气。

有脚步声从走廊传来，陈飞警觉地睁开了眼睛。

“是萧林。”身后的角落有声音从上方飘过来。

“正好。”陈飞说，“我也想见他。”

萧林推开门，径直走到他身边：“放了春三。”

“那是我们制约参宿四和清理队的唯一手段。”陈飞看着他。

“那是激怒参宿四和清理队的最大原因。”萧林说，“控制了春三就是把他们完全推离，最后能谈判的机会都没有了。”

“你愿意跟连川谈判吗？”陈飞笑了起来，“你刚还下了令有机会要直接摧毁他。”

“至少还可以争取清理队。”萧林说。

“没用了，”陈飞叹气，“没用了。雷豫带人离开主城的时候，就没有带走春三的计划，这肯定是他俩共同的决定。带走春三会惊动我们，连川被驱逐之后他们可能就在准备了。清理队的独立通讯不受主城系统干扰，这只能是春三做的。”

“如果他们再杀回来救春三呢？”萧林盯着他。

“不会了。”陈飞说，“放弃春三就是为了确保把损失降到最低。”

萧林沉默了很长时间：“你要杀了春三吗？”

陈飞看着窗外笑了起来：“你觉得我会吗？”

“以前不会，”萧林说，“现在我不确定。我跟你共事这么多年，从来没发现你是这样的人。你比刘栋更狠。”

“我狠吗？”陈飞转过了头，“也许吧，软弱的最高领导，私下的非法研究，一旦出口出现就想着占山为王的同僚……”

他盯着萧林：“还有大祸临头时只想按个人喜恶出手的你！”

“你说什么！”萧林吼了一声。

“我能不狠吗？”陈飞凑近他，“我不狠，就会被你们拖下水，拖下地狱！”

萧林瞪着他没有说话。

“杀春三？”陈飞说，“我不会，雷豫也很清楚，我是唯一能保证春三活着的人。”

“主城有一多半的技术掌握在春三手上。”雷豫蹲在一块蝙蝠不知道从哪里堆过来的巨大黑铁后面，看着连川，“如果找到出口，陈飞需要她。”

“你确定吗？”连川问。

“你春姨确定。”雷豫说，“我相信她的判断。”

“主城现在退了。”连川从黑铁的缝隙中往那边看了一眼，“清理队什么计划？”

“先扎营，”雷豫说，“看看跟九翼商量一下，失途谷有足够的物资，只要他们肯，清理队可以在这一块儿建立个临时据点。”

“让宁谷去跟九翼谈。”连川说。

“宁谷？”雷豫顿了顿，“我不是信不过他，他能谈得清吗？”

“我跟九翼对不上频道。”连川说，“他能。”

“……明白了。”雷豫点点头，“你能进失途谷就不要留在外面，先去休息，让伤口恢复一下。”

“嗯，诗人可能会醒。”连川低声说，“刚才宁谷感觉到了，如果诗人醒了……”

“你要去找诗人？”雷豫打断了他的话。

“还有别的路吗？”连川说。

穿出黑铁荒原坚硬地面的熔火管道已经慢慢冷却，比九翼预期的要好一些，管道没有因为保护层被破坏而熔化在熔火之中。

现在管道已经是黑铁荒原上最高的地方。

九翼蹲在顶端，往主城的方向看过去，却有些失望。

他一直觉得，站在更高的地方，就能把主城看得更清楚。但事实证明，他蹲在这里看到的，跟平时蹲在出口那个大黑铁墩子上看到的，并没有太大的区别。

也许是因为距离太远了。

下面几个黑戒正在往上爬，九翼蹲着没动，指刺在脚边的管道上轻轻敲着。

叮叮叮。

黑戒上来之后，他才看到宁谷跟在后头。

“你上来干什么？”九翼的指刺突然伸长了，在宁谷马上要到顶的时候戳到了他鼻尖前。

“我警告你。”宁谷看着指刺。

“警告我什么？”九翼笑了起来，尖锐的笑声里透着愉快，“你的能力对我没用。”

“那可未必。”宁谷竖起一根手指，指尖慢慢泛出了暗银色的光芒。

九翼看着他指尖的光芒，过了一会儿才说了一句：“能看得见的能力，我还是第一次见。”

宁谷也盯着自己的指尖看了半天：“我以为……没想到……”

“什么？”九翼看着他。

宁谷没再说话，指尖轻轻晃了一下，三道细细的小划痕在空气中掠过，九翼觉得就像自己的指刺在空中划出的光。

正想说话的时候，他戳在宁谷眼前的指刺突然断成了好几截，掉了下去。

宁谷爬上了管道顶。

九翼还看着自己已经秃了的指刺出神。

“你……”宁谷弯腰往他脚下看了看，“我还真猜对了，我上来的时候管道有些地方还很烫，我就知道……”

九翼金属的脚已经消失了，腿跟管道顶端部分熔在了一起，像是从管道里长出来的，又像是被焊在了管道顶端。

九翼没说话，看着他。

“怎么办？”宁谷也看着他。

九翼举起另一只手，指刺伸长，轻轻晃了两下。

旁边的黑戒拿出了一把像枪一样的东西，对着九翼脚下的管道开始切割。

“切多一些。”九翼交代，又继续看着宁谷，“我答应雷豫的事做到了，那些旅行者我也救下来了。”

“我说话算数。”宁谷说。

“那你上来干什么？”九翼问。

“物资，”宁谷说，“清理队要在失途谷外面扎营，需要物资。”

“你不要得寸进尺！”九翼猛地提高了声音。

“主城和旅行者，”宁谷说，“你总得选一边，这种时候没有中立了。”

“清理队是旅行者吗？”九翼笑了起来，“旅行者被谁赶出的主城，又有多少旅行者死在他们手里，年轻人，你是不知道吗？”

“清理队跟旅行者联手了。”宁谷说，“你要不站过来，那一半……”

“怎么，”九翼收了笑容，“说好的交易还能这么加码吗？当初说好是送你出失途谷换半个主城，现在帮你们打了一架，还要逼我帮清理队做事？”

“是帮我。”宁谷说。

“你是谁？”九翼冷着声音。

“救世主。”宁谷说。

连川站在失途谷入口，雷豫刚清点完清理队这次战斗的人员损失，三名清理队员死亡，十七名受伤。

李梁拿了个医疗包过来，递给他：“多少处理一下，现在没有睡眠舱，得靠自己了。”

“够用吗？”连川问。

“差不多。”李梁说，“先让几个伤得重的处理了，别的轻伤的基本够。”

“不够的找蝙蝠要。”宁谷的声音从旁边传了过来。

连川转过头，看到了他脸上有些得意的表情。

“跟九翼谈好了？”李梁问。

“嗯。”宁谷点头，“一会儿蝙蝠会把物资运出来。”

“不用太多，先运个三五天的。”雷豫走了过来，“具体到时再看。”

“三五天够吗？”宁谷愣了愣，以现在的局面，除非明天就毁灭，要不跟主城那边的对峙根本不是几天就能解决的。

“装备动力正常任务状态下能维持十天。”连川低声说，“刚那一场打完，可能也就还能撑一星期。”

宁谷看着他没有说话。

“我休息一下。”连川转身走进入口。

宁谷跟了进去："你不跟清理队的人聚一聚吗？"

"聚什么？"连川问。

"那么久没见，"宁谷有些不理解，"又刚帮我们这么打一场，就算太熟了不用说谢谢，总要聊聊吧？"

"清理队的人不知道参宿四是连川。"连川没有停，一直往回走到了之前福禄给他们找的那个小屋子。

"现在知道了又怎么样？"宁谷问完之后停了下来，"我知道了，按你的划分，清理队的那些，都是人，对吧？你是个武器，你就算不是参宿四，你也只是个前驱实验体，是吗？"

连川看了他一眼，没有说话。

"我觉得他们未必会在意这个。"宁谷走到垫子前坐下，靠着墙，"不过你要是不愿意，就算了。"

"你感觉怎么样？"连川看着宁谷。

"我？"宁谷抬起头，"我觉得你是武器还是实验体都没什么区别，我……"

"我是说诗人来过以后。"连川打断他。

"哦。"宁谷愣了愣，一下来了精神，拍了拍自己旁边的垫子，"你过来，我正想跟你说。"

连川坐到了宁谷旁边。

宁谷竖起了一根手指："看着。"

连川看着他。

宁谷的手指四周微微漾出了一小圈波纹，他对着旁边的洞壁轻轻一挥手，三道暗银色的划痕从空中掠过，坚硬的洞壁上出现了三条刀刻般的沟槽。

"我突然发现，我可以随便用这个了。"宁谷说，"只要我想，就能用，但是……"

他压低声音："齐航的那个就不行，车上用了一次以后就再也激发不了了。"

"这个是你自己的能力。"连川看着洞壁，"那个……有可能在失途谷附近用不了。"

“因为齐航在这里？”宁谷问。

“也有可能是诗人。”连川说，“跟精神力有关的，也许都会受到诗人的影响，要不九翼也不至于……”

“诗人还会来吗？”宁谷向四周看了看，“‘哼’了一声就走了，到现在也没有动静。”

“我休息一下。”连川往旁边歪了歪，躺在了垫子上，“恢复一些了我就去吟诵竖洞。”

“找他？”宁谷一下坐直了。

“嗯。”连川应了一声，“失途谷是上代主城留下来的，诗人肯定知道些什么。”

“他上次弄走你，你差点就剩个壳了。”宁谷看着他，“你还去？”

“你可以拉我回来。”连川闭上了眼睛，“救世主逢赌必赢。”

宁谷没说话。

逢赌必赢。

算不算是能力？

他看了看连川。估计是很疲惫，连川躺下去连姿势都没调整一下，脑袋也没垫个东西，就那么歪躺着。他看着都觉得脖子酸。

“哎。”宁谷拉了拉连川的手臂，“连狗。”

“嗯。”连川应了一声。

“你要不要枕着东西睡？”宁谷说，“脖子不难受吗？后头还有个限制器戳着。”

连川睁开眼睛往四周扫了一圈，又闭上了。

屋里除了放着些配给和水，也没什么能枕的东西。

宁谷想了想，又拉着他的胳膊拽了一把。

连川被他拽得坐起来的时候，睁开的眼睛里全是“再烦我一次你就死”，宁谷迅速拽着他转了半圈，再往下一拉：“你枕这里。”

连川倒下去，正好枕在了宁谷腿上。

“舒服吧？”宁谷说。

连川没出声，但也没动。

有枕头还是睡得舒服一些，虽然连川并没有这么讲究。

但休息的过程并不算太舒服。

他闭上眼睛就能看到春三。

小时候带着他去看人造小动物的春三，给他买各种口味营养液的春三，每次他训练之后看都会他表情冷淡眼神里却全是焦虑的春三……

连川，活着！

连川猛地睁开眼睛，感觉自己呼吸有些乱。

“醒了？”宁谷的声音从上方传来。

连川没动。

“睡了挺长时间的。”宁谷低头看着他，“好些没？”

挺长时间吗……连川并没有觉得，只感觉刚闭上眼睛就睁开了。

“还行。”他想要坐起来的时候，看到了宁谷架在膝盖上的手，手里拿着一小片发黄的纸，“是什么？”

“这个？”宁谷把纸片递给了他，“一直放着，刚才想起来还有这东西。我在舌湾捡到的，应该是手写的字，我一个也不认识。”

连川坐了起来，拿过纸片看了看。

的确是手写的，黑色的字，有些乱。

撕下来的这一部分只有破碎的三行，看不出连贯的意思。

但看到最后一行时，连川猛地转头看了宁谷一眼。

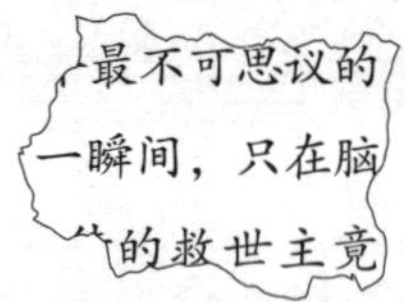

59

宁谷真的是很少看到连川有什么大的表情，更不要说是吃惊的表情。像连川这种活着也就只为了活着的人，除了被人叫小喇叭之外，居然还能有让他控制不住要吃惊的事?

“怎么了?”宁谷马上凑过去往纸片上又看了两眼，第八百次看到那三行他一个也不认识但是应该都能描下来了的字。

“有点太巧了。”连川看着纸片，“怎么会有这样的巧合。”

“什么巧合?”宁谷说，“你不卖关子会死吗?”

“不会。”连川回答，继续看着纸片。

宁谷瞪着他：“既然不会死，能不能跟我说一下啊!”

连川把纸放在他膝盖上，一个字一个字地指着，给他念了一遍。

“救世主?”宁谷一点不意外的首先抓住了这个重点。

大概是因为这三个字不需要结合上下文也能明白是什么意思，而且他一本正经给自己加上这个头衔已经挺长时间了，非常熟悉。

“谁是救世主?”宁谷捏着纸片，“这意思是说真有救世主吗……这人怎么回事，撕也不撕全一点，就撕这么一小角……”

“林凡跟你提到过救世主什么的吗?”连川问。

“没有。”宁谷看了他一眼，“他怎么可能说得出这么幼稚的词。”

“我以为你不知道呢。”连川说。

“不知道什么?”宁谷愣了愣，“幼稚吗?我知道啊，我就喜欢这么幼稚，怎么，你有什么意见吗?”

“没有。”连川拿着纸片又翻来覆去地看了一会儿，“那你在林凡那里还见过手写的东西吗?或者他手写的东西。”

“没看到过，他屋里都是那种字印上去的书……你觉得是林凡写的？”宁谷拿过纸，“你是觉得这是他故意让我看到的？不太可能吧……”

“他之前不是一直也在提示你吗？”连川说。

“你在鬼城待过，你知道风有多大。”宁谷说，“要把这么一片纸放在舌湾，正好被吹到我脚边，这个概率是不是有点太低？”

“一张撕下来的纸片，从一个像是在记录什么事件的东西上被撕下来，正好撕到‘救世主’三个字，再正好被一个天天自称救世主的人捡到，这个人又正好之前打开了一个据说是救世主才能打开的东西……”连川靠到洞壁上，“这个概率也并没有多高啊。”

宁谷看着他，过了好半天才“嘶”地吸了一口气：“我听着怎么像在骂我？”

“陈述一个事实。”连川说。

“什么事实？”宁谷皱着眉。

“有人天天说自己是救世主的事实。”连川说。

“还是骂我。”宁谷确定。

“那就骂了。”连川看了他一眼，“你有什么意见吗？”

“暂时没有。”宁谷靠得离连川近了些，“我现在顾不上有意见。那前面两句呢？什么不可思议？好像很吃惊的样子，又什么脑……脑什么？脑子吗？脑子怎么了？”

“脑子没有了。”连川说。

“连川！”宁谷转过头瞪着他，“你什么意思啊！”

“有个词叫代码。”连川闭了闭眼睛，“跟我们息息相关，代码组成了系统，主城的一切都是系统安排，系统决定白天和黑夜，系统决定日光亮还是暗，系统决定我们吃到的东西是什么味道。苹果真的是那样的味道吗？橘子真的是甜的吗？或者说……”

“甜真的是甜吗？”宁谷明白了他的意思，“是真的甜还是系统告诉我们这就是甜？”

“像做梦一样。”连川偏过头看着他，“梦里你能尝出味道吗？不能，但你吃到了东西却能知道是什么。你看到了紫色的配给，就知道这是葡萄味，因为你的脑子告诉你，紫色的就是葡萄味。”

“那跟我捡到纸片有什么关系？”宁谷问。

“……没有关系。”连川说，“我只是在说纸片上的另一个信息。”

“哦。”宁谷应了一声。

“但如果你非想要找到关系，我也可以编一个给你。”连川说。

“那你编。”宁谷说。

“系统决定了救世主捡到救世主的纸片。”连川看着他，“你捡到纸片是设定好的事件，如果你不捡，纸片说不定会一遍一遍又一遍，从那里飘过。”

宁谷半张着嘴，震惊地看着他：“你这编得有点吓人啊。”

“吃点东西。”连川站了起来，走到桌子旁边，“吃完了我去找诗人，你在那个洞外面等着，如果我出了问题，你拉我回来。”

“现在？”宁谷赶紧站了起来，搓着被连川压麻了现在才开始返劲儿的腿，“会不会太急了？”

“诗人都来找过你了，”连川说，“没全醒也快醒了，主动比被动安全。”

“要不我去。”宁谷说，“每次他来都是找我，我又有齐航的能力，他还问过我是谁，万一我没办法拉你出来……”

“主动去找他就是不让他有选择的机会。”连川说，“如果你去，进入意识的就只有你一个人，出了任何问题我都进不去了。明白了吗？”

“明白了。”宁谷看着他，“你怕我死在里头吧？真感动。”

“这句听着也挺像骂人的。”连川低头拿了一盒配给打开了。

地面再次传来震动的时候，九翼刚修好自己的脚，跟管道熔化在一起的部分他没有完全切掉。

管道的材质比失途谷的那些材料要好，他留了一部分，能让自己攻击力量强一些，而且站起来的时候凭空高了一截。

“怎么了？”福禄惊慌地跑了过来，“裂缝又要来了吗？”

“上去看看。”九翼说。

福禄和寿喜一块儿带着几个小蝙蝠转身向最近的出口跑去。

出口外面清理队的人已经扎营完毕，用蝙蝠的工具切割了黑铁，垒出了几层掩体。

“怎么了？”寿喜跑出来就问了一句，“又裂了吗？”

“是。”罗盘指了指黑铁荒原的方向。

远远的地方，一道明亮的火光翻涌跳跃着，从黑铁荒原深处沿着裂开的地缝向主城方向缓缓前进。

这道裂缝跟之前的那一道平行，但离失途谷更近一些。

很多蝙蝠都从出口跳了出来，蹲在荒原上看着远处冲天的火光。

“为什么这里的是火？”宁谷说，“鬼城的都是电光。”

“不知道。”连川看着主城的方向，“这也许是根本不一样的两个地方。”

“鬼城是被遗漏的吗？”宁谷猛地一转头，凑到连川耳边压低声音，“无论是主城还是失途谷，还有黑铁荒原，都没有原住民，对吗？”

“嗯。”连川应了一声。

“如果老鬼没有骗人，”宁谷还是压着声音，“鬼城是不是上次毁灭的时候漏掉的角落？”

“说不定。”连川说，“所以现在连起来一起灭掉。”

宁谷看着连川，这个让自己挺震惊的猜想，连川听了以后一脸波澜不惊的样子。

“你吃惊吗？”他忍不住问。

“吃惊。”连川说。

“……行。”宁谷点了点头。

裂缝依旧停在主城外的黑铁荒原边缘，比上一道裂缝要稍微往前压近了一些。

连川看着眼前的景象，说不出是什么感受。

就像是拿着走马灯的那只手，在地上一下下划着道子，一道、两道，也许还有三道、四道……最终会有一道划过主城。

那些火，会在主城里燃烧；那些无处可避的居民，会在火里化为灰烬。

先是人，再是房子，接着是整座城。

会有多少道裂缝？

会有人能活下来吗?

鬼城，还是失途谷?

“进去吧。”连川转身。

宁谷突然一伸手抓住了他的胳膊，声音有些颤：“那是什么?”

四周的蝙蝠都喊了起来，尖锐的金属音连成一片。

连川转过头，主城的上空有了变化。

一直以来，日光就像是一道网，隔绝了黑雾的袭入，给主城撑出了一片晴空，虽然除了光亮，抬起头时再也看不到任何东西。

白天是纯粹的白，夜晚是纯粹的黑。

但现在，主城黄昏的时间里，天空中的日光像是被撕开了一道口子，有什么东西从外面慢慢地沉了进来。

“是出口吗!”

“一定是出口!”

“出现了!出口出现了!”

“真的有出口!”

光光躺在二楼的吊床上，刚才的震动震掉了天花板的墙皮，掉了她一身碎屑。

听到外面的街道上突然出现的连片的喊声，她的第一反应是从吊床下的暗兜里抽出了李梁给她的武器。

不过今天这样的喊声，是C区很久没有听到过的动静。

这段时间除了远处一直能顺其自然听到的宣讲团喊话，就只有不时掠过街道的打斗声，惊呼，哀号，哭泣，绝望的叫骂。

每一声都让人心惊。

B区之外已经是一片蛮荒。

而从昨天起，一直抓捕逃亡者的巡逻队甚至都不再出现。

当所有人都是逃亡者的时候，就没有逃亡者了。

光光跳下吊床，跑到了窗边，慢慢往外探了探。

楼下废墟一片的街道上站了不少人，都是从各自藏身的地方跑出来的。

每一个人都仰着头向上看着，脸上写满震惊。

确定没有危险之后，光光把头探出了窗口，顺着大家的目光往上望去。

一个巨大的半透明气泡，从天幕一样的日光里慢慢出现，不断向下沉，悬在了B区和C区北界之上。

光光看着眼前的景象，吃惊得趴在窗台上半天都没有动。

直到楼下传来了响声，她才猛地缩回身体，举起枪对准了二楼的楼梯口。

一楼已经完全成了废墟，几经扫荡之后，二楼也破损得差不多了，有人冲上来的话，光光唯一自保的方式就是开枪。

"我。"一个声音从楼梯下传了上来。

"范叔？"光光听出这是范吕的声音，但依旧举着枪没有放松。

"是我。"范吕从楼梯口伸出了一只手，晃了晃，"我一个人。"

光光直到看到他整个人，又确定了他神色没有异常，才压下了枪口。

"清理队的武器？"范吕一眼就认了出来。

"嗯。"光光点头。

"李梁那小子偷偷给你的吧？"范吕笑了笑，四下看着。

"我以为你还在D区呢。"光光说，"现在我这里可没有吃喝了。"

"我有。"范吕说，"你需要可以问我要。"

光光把枪挂到腰上，去窗口把破窗帘拉好一半，让这个楼从外面看上去破出整体感，不容易暴露楼上还住着人。

"那是什么东西？"她从窗帘缝隙里又看了看。

"不知道。"范吕说，"但肯定不是出口。"

"你凭什么说不是出口？"光光问。

虽然她也觉得不是出口，准确地说，她也不太相信会有出口，更难相信出口会这样明晃晃地出现。

但听到范吕以非常确定的语气说出"不是出口"时，她才猛地发现，自己有隐隐地失望。

哪怕已经做出了不会后悔的选择，向生也还是很多人心里最原始的本能。

“走吧。”范吕说，“不管这是什么，跟我去失途谷，老大让我带几个旅行者过去，清理队也在那里。”

“我还是留在这里。”光光说，“我想留在熟悉的地方，做个见证。”

虽然已经面目全非，但依然是熟悉的地方，会记得倒掉的房子曾经的样子，空洞了的商店曾经的样子，消失的一切曾经的样子。

范吕没再多说，把背包取了下来，拿出了一把小小的枪，扔给了她：“这个是我留给自己的，送你了。”

“有什么特别用处吗？”光光马上就明白了他的意思。

“让你死得一点痛苦也没有。”范吕说，“看够了、见证过了以后，想用就可以用。”

“谢谢。”光光笑了起来，“我一直以为你这种老清理队的，还是队长，不会需要这种东西呢。”

“高看我了。”范吕也笑了笑。

“像一个球，透明的球。”福禄比画了一下，“从失途谷看过去有这么大，在主城看的话，应该更大。”

“里面什么都没有，看不到什么东西。”寿喜补充，“连影子都没有。”

“落地了吗？”九翼问。

“没有，悬着的。”福禄说。

九翼偏了偏头，对着站在阴影里的黑戒晃了晃手指：“去主城，看主城那边有没有什么动静。”

几个黑戒立刻悄无声息地跃上洞壁消失了。

九翼站了起来：“我得去吟诵竖洞看看。”

“诗人没有醒。”福禄说。

“快醒了，主城那东西，跟裂缝不一样，”九翼想了想，“像个陷阱，我得去问问诗人。”

“吵醒他他会生气。”寿喜说。

“我怕他吗？”九翼张开胳膊，“我怕他吗？我会怕一坨虚无的意识吗？”

福禄和寿喜一块儿跳到了他身边。

“你俩不用去。”九翼说，“你们应该怕他。”

“不怕。”福禄说。

“你们在失途谷里转转，”九翼说，“打听一下，看看下面有没有什么异常，让货商把手头的东西交一半囤起来，万一一年两年的总死不掉……”

“就可以换很多钱！”寿喜兴奋地喊。

“可以给你们这帮蠢货吃！”九翼凑过去吼了一声。

宁谷带着连川往吟诵竖洞去的时候完全没底，并不是对将要面对的未知没底，是对找不找得到路完全没底。

走了没一会儿，他就已经转不明白了。

他转头看了连川一眼。

“前面走右边向下斜着的那条路。”连川说。

“你怎么知道的？”宁谷问。

“从你也看过的那个地图上知道的。”连川往右拐进了斜下的那条通道。

“那个地图，”宁谷说，“你觉得是谁做的？”

“这个要看你能不能从九翼那里问出来了。”连川说，“还有那个他不想见的人是……”

连川的话没说完就猛地闭了嘴。

“怎……”宁谷也没问完就闭了嘴。

前方拐角的地方，慢慢伸出了一条腿，一条闪着寒光的金属腿。

不得不说，九翼的改装很隐蔽，要不是今天在通道顶上看到了九翼被熔掉的脚，宁谷根本看不出他除了脸上的面具还有哪里改装过。

这会儿这么一展示，他倒是马上就认出来了，毕竟脚下还带着一起切割下来的管道，不过已经被切成了几个小圆球，看不出增加身高之外的用途。

“想知道什么？”九翼拦在了路中间。

“你不是都听到了吗。”宁谷说。

“去哪里？”九翼又问。

“吟诵竖洞。”宁谷说。

“去死啊？”九翼说。

“我死了主城就没你份了。”宁谷说，“会不会说话。”

“矿车轨道都断了。”九翼说，“不是我的人弄断的。”

“谁。”连川问。

“诗人，”九翼说，“要不就是大炯。不管是谁干的，就明显是不想让人下去。”

“那我偏要下去呢？”宁谷说。

九翼笑了起来，尖锐的笑声在通道里回荡着，感觉能一直震到身体里去，让人很不舒服。

“我带你们下去。”九翼转身，指刺勾了勾，“跟我来。”

九翼把宁谷和连川带到了吟诵竖洞的一个洞口前。

宁谷往下看了看，泛着红光的洞壁深不见底。

“活着出来，”九翼说，“我告诉你们那个人是谁。”

“你说话算数吗？”宁谷问。

“不一定。”九翼想了想，“看心情。”

宁谷“啧”了一声，抬脚踩在了洞沿上，手伸到了连川面前。

连川看着他。

“手，”宁谷说，“拉着点，万一摔散了呢？下面还有那么多尖锥，你不拉着我，我要是戳上头了怎么办？”

连川伸出手，握住了宁谷的手，跟他并肩站到了洞沿上。

“走。”连川说。

宁谷跟他同时起跳，向前一跃。

第七章 —— Melting City —— 清道夫来了

60

“能查到露珠相关的数据吗？”苏总领在电话里问。

露珠是悬在主城上空的那个巨大气泡的代称，苏总领起的，这个听起来很有希望的代称，带着隐隐的悲伤。

太阳出来了，露珠就会消失。

“还需要时间。”春三说，“我刚破解了权限，查到相应的数据还得有些时间。”

“抓紧。”苏总领说，“无论是什么，都要尽快弄清，时间越长，人心越乱，就算真是出口，怕是也要打破头。”

“我明白。”春三说。

苏总领顿了顿：“失途谷那边有消息吗？”

“没有，不过应该没什么问题。”春三说，她最挂念的两个人，都在失途谷。陈飞倒是没有瞒着那边的情况，包括主城的队伍被清出黑铁荒原都告诉了她。

“好的。”苏总领说，“那个东西有什么发现，马上跟我汇报。”

陈飞站在春三身后，看着屏幕。

“有发现了要向苏总领汇报吗？”春三问，声音里不带任何情绪。

“汇报。”陈飞说。

“比对还需要一些时间，得等。”春三靠在椅子上，“现场监测那边有什么可以给我的反馈吗？”

“刘栋和萧林都在。”陈飞说，“除了乱民，没有什么反馈，那东西来了之后就一直停在那里没动静了，也没有过位移。”

“内部还是探测不到？”春三皱了皱眉，“探测器是不是已经放进去了？”

“根本没法探测。”陈飞压低了声音，“放了四个，全都失去联系了。”

“失去联系？”春三偏了偏头，“我现在要调取探测器最后返回的数据，需要您给我权限。”

“你不是破解权限了吗？”陈飞冷着声音。

“我奉命破解的是除了您之外的权限。”春三说，奉命两个字说得很重。

陈飞想说什么，但是没开口，走过去按了几下。

“探测器不是自主进入的？”春三看着数据。

“还没有接到进入的指令就进去了，四个都是这样的情况。”陈飞说，“像是……被吸进去的。”

春三盯着数据，探测器进入内部之后传输就中断了。

“你觉得这种特性，”陈飞拧着眉，“跟出口会有关系吗？”

“就算是出口，强制进入也不会是什么好事。”春三说，“先看看有没有类似数据的存档吧。”

主城一直监测全域，除了鬼城之外的所有地方，任何波动都会被记录，哪怕是不能确定意义的波动，加上管理员最初提供给主城用于参考的一部分信息。

但这些数据都很零散，尤其管理员的那一部分，都是无法确定意义的。他们曾经猜测过会不会是上代或者上几代甚至历代主城的信息，但如果真的是这样，就更没有什么参考意义，他们甚至不知道上一代主城是什么样的。

“各个路口加强人手。”萧林坐在指挥车里看着几个屏幕传来的图像，“驱散人群，不要让他们聚起来，聚起来就肯定会有人冲击防线。”

“收到。”通话器里有人回答。

“把东边口子打开一点吧，那边聚集的人少好控制。”刘栋坐在他旁边说了一句，“放几个人进去。”

“什么意思？”萧林转过头看着他。

“你说呢？”刘栋也看着他，“实验体不能曝光，跟我们构造也不完全相同，现在也不可能抓个人扔进去测试反应……”

“刘栋？”萧林打断了他的话。

“说不定能收集到什么有用的数据，不能一直死等着春三的信息比对，也不知道多久能有结果。”刘栋看着屏幕，“如果不能成功，也能给那些想着冲击的人一个警告，比喊话要管用。”

“如果进去屁事没有呢？”萧林说，“那这里马上就会有大规模的暴乱！你以为他们还能守规矩按身份卡进去？乱起来要是触发了什么反向作用怎么办？”

“全副武装的内防部全战力，”刘栋笑了起来，“还怕手无寸铁的流民暴乱吗？如果真是出口，我们不是还发愁怎么安排优先权、谁走谁留吗？真暴乱了就不用发愁了。”

萧林看着他：“你还真是一点人性都没有。”

“你有吗？”刘栋也看着他，“萧，真有新世界，谁抢到了先机谁就赢，领导者和劳动力，你选哪一个？”

萧林转开了头。

“东C7口，”刘栋按下了通话器，“放几个人进去……对，让他们冲，不要阻拦。”

光光这段时间第一次离开了自己的店，背着李梁给她的武器和她这些年自己淘来的一些装备，从各种废墟上慢慢潜到了露珠附近。

这里已经能很清楚地看到这东西的样子，并不像露珠，虽然主城的绝大多数人对露珠的概念就是洗脸的时候滴在镜子上的水珠而已，但这东西还是更像一个气泡，像小孩子吹的泡泡。

虽然完全看不出里面有什么，但它的外部质感，缓缓变化着的隐隐的炫彩，都更像一个泡泡。

主城已经在第一时间封锁了四周，城卫和治安队的人几乎严守着每一个能接近露珠的地方，包括废墟。

光光在一个倒得只还有一个阳台能待人的破楼上蹲下了，她不会接近这个东西，她只想看着它从出现到结束。

东边因为之前更混乱一些，所以留下的人比别的地方都少，但聚集起来的人群同样激愤，不断有人想要冲破防线，几次都被城卫的武器逼了回来。

一辆城卫的车开了过来，一直守在据点的城卫走了出来，估计是要换防，正在光光觉得这样的换防过于大意的时候，几个人从废墟上冲了进去。

城卫的枪声立刻响起，压制住了想要跟着继续冲进去的人群。

被逼退的人群留出的空地上，留下了几个倒下的人。

但冲进去的四个人没有人阻止，疯狂地往前冲着，很快接近了露珠。

既然根本不在意会不会伤人，为什么只向还没进去的人射击，而不管已经冲进去的人……

这四个人是城卫放进去的。

光光反应过来之后一阵反胃。

四人很快就接近了露珠，张着胳膊一路叫喊着。

离得太远，光光听不清他们喊的是什么，但声音里透出的带着疯狂的欣喜和期盼还是能够感觉得到。

光光轻轻叹了一口气。

四周响起的呼喊让她在一瞬间有些迷茫。

"冲啊！"

"去啊！快跑！要到了——"

一直没有过任何变化的露珠突然动了。

像是有什么东西要从气泡里出来。

光光握紧了手里的武器，慢慢退到了一根残破柱子的后头，盯着气泡扭动着慢慢突出的部分。

四个人跑到了气泡之下，开始顺着一栋还没有完全倒塌的楼的外侧向上爬。

气泡在一阵扭动之后，表面突出的部分突然从主体上分离出了一个小气泡。

"来了！来了！"四周的人喊了起来，全都冲向警戒线。

红色和橙色的光闪成一片，城卫和治安队的枪声密集响起。

小气泡的颜色有了变化，一点点从透明变成了黑色，接着开始继续分裂。

"是人的形状！你们看！是不是像个人要出来！"有人喊，"是不是新世界的人来接我们了！"

分裂成几部分的黑色气泡的确开始改变形状，光光忍不住从柱子后探出整个脑袋，盯着那些东西。

是人的形状，头，四肢，都已经能看得出来。

但就单体形状来说，比普通的人要高大很多。

光光感到一阵强烈的不安，她没有再停留，跳下阳台往自己店里跑去。她不知道会发生什么，她需要先保证自己尽量远离现场，给自己留出反应和选择的时间。

四周的人同时发出了惊呼。

光光回过头，看到一个人形黑影突然冲向已经爬到楼顶、正在疯狂挥手的人。

黑影几乎是从楼顶一掠而过。

楼顶的人消失了。

“清道夫。”雷豫说出这三个字的时候，站在他旁边的清理队员和九翼的几个手下全都一脸茫然。

“什么意思？”龙彪开口。

“露珠攻击了一个接近它的平民。”雷豫说，“春三收到了数据，破译之后的信息就是‘清道夫’。”

“清道夫？”李梁轻轻重复了一遍，“清什么道？”

“清主城的道吧。”福禄说，“或者清理这个世界，没毁灭的都清理掉。”

大家一起转过头，看着他。

“看我干什么？”福禄说，“主城往失途谷扔了多少垃圾，就是那些失败的实验体，我们去清理的人就叫清道夫。”

“九翼呢？”雷豫问。

“带连川和宁谷去找诗人了。”福禄说，“有什么事吗？”

从雷豫有记忆以来，就知道失途谷，知道蝙蝠的首领是九翼，但九翼是谁？

他从来没有想过。

九翼是谁？

为什么会用这么一个对于主城来说可以理解但并不存在的陌生词汇，称呼自己负责清理的人？

一根尖锥在宁谷的正下方，正对着他的脸。

下落的速度很快，尖锥越来越近，宁谷不知道连川是不是出了什么问题，一直没有调整下落方向。

他不得不抬起手，准备用自己的能力削掉这个尖锥。

就在他抬手的同时连川拉了他一下。

两人紧挨着尖锥落了地。

宁谷转头盯着他，用低得几乎听不见的声音吼："你是不是故意的？"

"减少移动次数。"连川也用低得听不见的声音说，"不要惊动诗人。"

在上面的时候怎么不说呢？

这么重要的话都懒得说吗？

你也配叫小喇叭吗？

连川看着他，轻轻偏了偏头，示意他带路。

宁谷这才想起来，连川对这个地方没有记忆，地图上也没有标出哪个洞口是诗人的窝。

还好吟诵竖洞的底部没有太多的岔路，而且往洞口方向走了几步之后，他们就看到了一片金色光芒。

"齐航。"宁谷说。

齐航用自己的意识把洞口封掉了。

"怎么进？"宁谷看着连川，"直接进去会不会被齐航的意识困住？"

"有可能。"连川低声说，"就算你再把我拉出来，也会惊动诗人，我们太被动了。"

"逢赌必赢。"宁谷盯着洞看了一会儿，慢慢举起了手，一圈暗银色出现在他指尖："你准备好冲。"

自己的能力可以一直跟齐航的能力共存，在用不了齐航能力的时候，自己的能力也还能激发。宁谷确定他能打破洞口齐航的阻拦。

虽然这份自信没有任何事实支撑，但他还是这么自信。

没有任何能力的时候，他就敢在鬼城横行霸道，靠的就是这份没来由的自信。

宁谷猛地一挥手，几道暗银色从空中划过。

撕开金色光芒的同时，连川像一道黑色的影子，冲进了洞口。

金色的光瞬间像是因狂风吹过而混乱地旋转着，仿佛被搅乱了的水。宁谷看到了洞的内部。

连川没有像上次那样悬空，而是站在中间，一动不动。

宁谷看到了他正前方有两团灰白色的雾。

诗人可能是醒着的。

他没有再犹豫，往金光上又挥了两下，从完全被撕碎的金光里冲了进去，一把抱住了连川。

本来他想拉手，按上次的经验，应该是接触到就可以，但机会只有这一次，就像他喊出“玩屎去吧”的时候一样，妥当起见，还是要完全复制。

抱住连川的瞬间，四周的东西全都消失了。

宁谷第一时间收了收胳膊，发现连川没有在他怀里。

“连狗！”他喊了一声。

声音像是被闷在了真空里，没有一丝尾音，更没有回音。

身后有人握住了他的手。

宁谷猛地转身，连川站在他身后。

是记忆里穿着制服的样子。

鬣狗连川。

“你能看到我吗？”宁谷又喊。

“能。”连川点头。

声音跟他的一样，听起来像是耳朵里被塞满了东西。

整个人都堵得厉害。

连川的身后有两道门，有光，看不到那一边的情形。

看位置，应该就是之前在洞里看到的那两团灰白色的雾。

“要进去吗？”宁谷喊。

“不要喊。”连川说。

“怕你听不见！”宁谷又喊。

连川转过头：“我听得见。”

“要进去吗？”宁谷放轻了声音。

连川看了看四周，宁谷也跟着看了看。

除了这两个门，四周再也没有别的东西，一片黑暗，如果这是诗人的意识，那这两个门，可能是诗人给出的选择。

宁谷慢慢走到门边，强光下依旧什么也看不清，甚至连门框也摸不到。

“哪个？”他转头看着连川。

“你选，”连川说，“救世主。”

这一句话里宁谷没有听出嘲弄，连川居然一本正经地说出了这幼稚的三个字。

宁谷没有给自己犹豫的时间，拉住连川的手，走进了右边的门。

跨过那道光的瞬间，耳朵里堵着的感觉消失了。

身后的黑暗消失了，眼前的强光也消失了。

宁谷用力握了一下，确定自己还拉着连川的手，这才转头看了一眼。

连川没有看他，只是视线落在了前方。

宁谷迅速转回头看了过去。

前方是一片火光。

几乎烧到天空中的火光。

“这是……什么地方？”宁谷说。

“不知道。”连川往四周看了看，“你能力能用吗？”

宁谷抬手试了试，有些吃惊：“不能！”

连川转头看了一眼身后本该是门的位置，门当然已经没有了，身后同样是火。

“这不会是……接下去的主城吧？”宁谷说。

“不是。”连川低头看着脚下。

宁谷低头看了一眼，发现脚下并不是黑铁荒原和鬼城的那种尖锐锋利的金属，也不是主城平整坚固的地面，有些发软。

他蹲下摸了摸，手指能在地面上划出痕迹。

他们脚下是厚厚的灰烬。

“我们被火围住了？”宁谷抬头。

“那边。”连川抬了抬下巴。

左后方有一条看上去没有火的路。

宁谷站起来，跟连川一起往那边走过去，抓着连川的手始终没有松开。

“你……”连川正想开口。

前方的火光里突然传出了叫喊声。

连川反手握住宁谷的手，拉着他猛地往后退了十多米。

火光里冲出了一群人。

那些人惊慌失措地奔跑着，往他俩的方向冲了过来。

“怎么回事？”宁谷震惊地看着人群。

“快跑啊！”一个人冲他们大吼，“清道夫来了！”

61

宁谷根本没有时间去思考眼前的景象是怎么回事，火里不断有惊慌的人跑出来，脸上头发上身上全是散落的灰烬。

空气里都是烟尘的味道，这味道他在鬼城闻到过，但要淡得多，不仔细分辨很难注意得到。

混乱逃命的人群再一次从四周狂奔而过，喊叫声中夹杂着孩子的哭声。

“跑吗？”宁谷有些没底，自己的能力似乎用不出来，连川不知道有没有受到影响。

“看看清道夫是什么。”连川慢慢蹲下，手撑在了地上。

“我现在唤醒不了参宿四！”宁谷也跟着蹲下了。

“我知道。”连川说。

“那你蹲这儿干什么呢？”宁谷紧张地盯着人群逃出的方向。

“隐蔽。”连川回答。

宁谷发现四周的人个子都不高，哪怕是现在这种混乱的场面，他和连川杵在人群里也还是很显眼。

“这是哪里？如果不是主城，是哪里？”宁谷小声问。

“某一代主城吧。”连川用手在地上抓了一把灰烬，“这么厚的灰，是本来就这样，还是烧成这样的？”

“清道夫是什么意思？”宁谷问。

“不知道，字面上理解应该就是，”连川清了清嗓子，“清道的夫。”

宁谷看着他。

“清理道路的，夫……人。”连川扩写了一下。

“清理道路的夫人？”宁谷愣了愣，“谁的夫人啊？”

“清理道路的人！”连川加重了语气重新说了一遍。

“懂了。”宁谷点头，“那跟你们是同行，你们是清理队。”

“所以我想看看。”连川说。

宁谷转头看了看四周奔跑的人，除了普遍个子不高，看上去穿着风格也有些陌生，他抬头看了看天空，倒是同样的黑色，但没有黑雾。

是晚上吗?

“这是谁的意识？”宁谷说，“如果这里不是主城，那就不是你的意识……前驱实验体是怎么来的？”

“前代主城数据保留。”连川。

“有没有可能是你的意识？”宁谷问。

“理论上不可能，数据只是数据。”连川看向前方跳动得突然有些混乱的火光，“失途谷就是上代主城留下来的东西，诗人一直在失途谷，这有可能是诗人的意识或者记忆……”

“他想让我们看到的？”宁谷问。

“未必，至少齐航不想让我们看到。”连川说。

混乱的火光里冲出了一排穿着制服的人，手里都拿着武器。

的确不是现在的主城，主城没有这样的制服，武器也完全不同，都是小型炮筒一样的造型。

“清道夫？”宁谷握紧了拳。

“快走。”中间的人用手里的武器冲他俩扬了扬，“不要做无谓的反抗。”

“走。”连川低声说。

他俩站起来往后退的时候，这人猛地一抬武器，指着他们：“你们！什么人？哪儿来的！”

他俩的确一看就跟之前逃跑的那些人不一样，身高、穿着都不同，特别是连川身上还是制服。

“叛军的秘密军队吧？”几个人都举起了手里的武器，一起对着他们。

“当心。”连川看到他们身后的火光里突然出现了一片黑色，拉着宁谷猛地向后退开了。

对方的武器开了火，他们之前站的地方腾起了一片烟尘，但没有武器的光。

这里的武器攻击并不是肉眼可见的东西。

火光里有黑影晃动。

不是一个两个，而是一片。

拿着武器的这些人转回身瞄准火光时，黑影已经从火里走了出来。

武器再次开火的同时，黑影同时往前冲向了拿着武器的人们。

武器的射击在空气中带出一阵风，黑影像是被风吹过的幻影，跟着风晃了晃。

但黑影前进的速度没有丝毫减缓，几乎是在同一时间已经穿过了这些人的身体，轻松得像是没有任何阻碍。

一瞬间让人分不清黑影是虚幻的还是这些人是虚幻的。

接着这些人就消失在黑影中。

“跑。”连川猛地抓紧了宁谷的手。

这次他没有退，而是转身向之前人群逃离的方向跑过去。

宁谷回过头往后看了看。

黑影没有追过来，行动似乎并不是特别快，但让宁谷觉得一阵胆寒的，是数量。

从火光里不断晃出来的黑影，向两边绵延出去，队伍看不到尽头。

只要有火的地方，就能看到不断晃动出来的黑影。

他们没有清晰的样子，看不清任何一个部位，除了能看出大概的人形，就再也没有别的细节了。

就像是寄生于火的某种影子。

连川拉着宁谷往前一直冲到了没有火的地方才停下，躲在了一个有两人多高的灰烬堆后头。

前面逃跑的人似乎已经跑散，四周已经没有人，也听不到他们呼喊的声音。

“这就是清道夫？”宁谷轻声问。

“应该是。”连川说。

“他们的速度这么慢，”宁谷说，“为什么这些人还能被他们追着跑？”

“不清楚。”连川看了看四周，“那边好像有个高的地方，去那里看看，要想办法脱离，这里不安全。”

“嗯。”宁谷应了一声。

连川看到的高台，是个人工建筑，已经破损了很多，但侧面的楼梯还在。

“这像是个瞭望台？”宁谷往上走的时候跺了跺脚，“实心的，不是房子。”

“嗯。”连川应了一声。

走到顶端是一个平台，看上去像是城务厅门外广场上的大台子，庆典日的时候，苏总领会站在上面宣布狂欢开始。

“这是个……”宁谷已经站到平台另一侧的边缘上，震惊地看着前方，“什么鬼地方？”

连川走过去，看到了另一侧的样子。

他们所站的地方像是一个高崖，另一侧像是被切了一刀，陡然向下。

而前方是一大片平地，泛出淡淡光芒的天空下，能看到影影绰绰的残垣断壁，还有其中间或闪烁着的稀疏的几点灯光。

而更远的地方，是火光，连成片的火光，连川回过头，身后的远处，依旧是火光。

这些火连成了一个圈，正在一点一点地向里收紧。

这是一个已经快要走到毁灭尽头的世界。

“那些人是被赶到这里的吧？”宁谷愣了很长时间，“火圈一直收拢，这些人没有地方能去，只能一直向中心逃……”

“嗯。”连川应了一声。

“最后这个圈变成一个点，”宁谷转脸看着他，“这一代主城就结束了。”

连川没有说话。

“清道夫呢？”宁谷说，“火都烧成这样了，还需要他们来杀人吗？”

“确保没有残留。”连川说，“求生欲是很强大的，可以让人以不可思议的方式活下去。”

“你是在说你自己吗？”宁谷说。

“我们要离开这里。”连川说，“找不到脱离的方法或者回去的那个门，我们就会消失在最后的那个点里。”

“但我们应该还是在失途谷，”宁谷说，“不是吗？我们只是意识。”

“嗯。”连川看着他，“那我们就有可能被永远困在这里，失途谷里只留下两个空壳。”

宁谷瞬间想起了舌湾边界的那些旅行者的躯壳，后背一阵发凉。

“现在应该怎么办？”他问。

“找找有什么特别的地方。”连川说，“我们可以记下每一件事，但只能想起重要的那一段。这是诗人的记忆，这一段一定有什么特别的地方，我们才会来到这里。”

“明白了。”宁谷往四周看过去，“我找找。”

连川在自己制服上摸索着。

“怎么？”宁谷顿时一阵紧张，“受伤了？”

“没，”连川说，“启用一下备用能量。”

“制服能用？”宁谷问。

“能。”连川点头，“但是武器没有。”

宁谷马上也开始在自己身上摸：“我看看我身上有没有能用的东西。”

“你这身衣服，”连川看了他一眼，“是在鬼城的时候那一套吧？”

“嗯。”宁谷看了看，猛地像是发现了什么，抬起头看着连川，“在鬼城的时候你也有制服，我们这个时间点是一样的！”

“是。”连川在制服裤腿侧面按了一下，弹开的小盖子里是空的。

“这是去舌湾那一次。”宁谷指着他的腿，“你那个指虎已经拿出来了。”

“那张纸呢？”连川看着他，“那个纸片是在这之前捡到的对吧？”

“对！”宁谷迅速在自己衣服里掏着，“纸片会有什么机关吗？”

“不知道。”连川说。

“你知道什么？”宁谷“啧”了一声。

“知道你动作真慢。”连川说。

“给！”宁谷用手指夹着纸片，递到了他面前。

连川没有接，只是盯着纸片。

“怎么？”宁谷看了一眼纸片，又飞快地把纸片翻过来倒过去地看了好几遍，“字没了？”

“找到这个写字的人。”连川说。

唯一还能找到人的地方，估计就只有断崖下的那一片残垣断壁里。

连川顺着地上杂乱的脚印，找到了一个缺口。

“从这里下去？”宁谷探出头看了看。

“大概是这里，”连川说，“不过得爬下去。太高了，直接跳下去会摔死。”

“意识也会摔死吗？”宁谷问，“我们是死了还是活着，会不会也像是味道那样，是一种输入？”

“有可能。”连川攀住断崖边缘，悬空用制服上的照明往下照了照，“有路，下来吧。”

一条窄小的、在崖壁上凿出来的小道，只能容纳一个人。

宁谷跟在连川身后，贴着身侧的崖壁一点点往前蹭着：“还好我没有一直生活在这里。”

“怎么？”连川问。

“太高了。”宁谷说，“这一代主城怎么会有这样的地形？鬼城最高的地方就是钟楼，主城最高的也就是光刺吧？还有更高的地方吗？”

“没了。”连川说。

“钟楼和光刺，都没有这五分之一高吧……”宁谷拧着眉，“我一往下看就腿软，也就失途谷那几个竖洞能比了，但是我们下竖洞的时候也不用这么下……”

“你为什么要往下看。”连川说。

“忍不住。”宁谷叹气，“我一直在想，黑雾外面是什么，边界那边是什么……现在看到了，居然就是这样的……”

“这不是黑雾之外。”连川说，“这是走马灯的另一格。”

宁谷沉默了一会儿：“是已经不存在了的地方吗？”

连川没说话。

“我俩要是回不去，”宁谷说，“留在这个不存在了的地方……那我们还存在吗？”

连川停下了，转过头看着他。

“怎么了？”宁谷问。

“没有发生的事不去想。”连川说，“找到那个写字的人。”

“嗯。”宁谷点头。

连川继续往前走，宁谷跟在后头，没再往下看，怕腿软摔下去，只是一直盯着连川的后脑勺。

沉默地走了一段之后，他笑了笑：“我再多想一秒，你要听吗？”

“说。”连川说。

“如果真的困在这里，可能也不会太糟糕，”宁谷说，“至少不是我一个人，还有你呢，还好是你……你希望是谁？”

“你就可以了。”连川说。

断崖其实不算太高，往下走的时候比看起来要容易得多，没多大会儿，他俩就走到了中间的位置。

这个断崖是个凹进去的“U”型，他们现在的位置已经到了U的右边，转过头就能看到对面的断崖。

不看还好，看清了对面的断崖之后，宁谷顿时就靠着崖壁不想动了。

这种从上到下满眼的绝壁，比往下看更让人腿软。

“嗯？”连川发现他没有跟上来，停下了脚步。

“没事。”宁谷收回视线，跟了上去。

但走了几步之后，他猛地又停下了，重新往对面的绝壁看去。

连川回头看了他一眼，没有问话，直接顺着他的目光也转头看过去。

对面的断崖中间，比他们现在的位置更下方一些的崖壁上，有一抹亮光。

“是灯吗？”宁谷压着声音，“还是火？”

“火会闪。”连川说，“这个是灯。”

“有人在那里。”宁谷盯着仔细看了看，“我们走的这条路，好像不从那里经过。”

“往前到拐弯的位置，”连川说，“可以跳过去。”

宁谷的目光迅速向下看到崖底，又猛地弹了回来，落在连川脸上：“没跳进去可就是死。”

“不会跳不进去。”连川说着开始继续往前走。

“那里是个洞吧？”宁谷追上去，嘴都快贴到他后脖颈子上了，有些着急地说，“里面有什么都不知道呢，就这么跳过去？”

“那你先喊一声打个招呼。”连川说。

宁谷吸了一口气，还没等出声，连川已经捂住了他的嘴。

宁谷眨了眨眼睛。

“保持安静。”连川看着他，“听懂了吗？”

宁谷又眨了眨眼睛。

连川松开了手：“再找找吧。”

“找什么？”宁谷问。

“你脑子可能扔在这里了。”连川说。

宁谷没忍住笑了起来：“我刚没想喊，逗你呢。”

连川看了他一眼。

“太紧张了。”宁谷说，“我想缓解一下。”

“缓解了吗？”连川问。

“好多了。”宁谷龇了龇牙。

走到断崖最里侧的时候，连川停了下来。

再往前走，就会跟那个亮着灯的洞口平行，要跳过去只能从这里了。

距离不算近，是连川的极限。

他回头看了一眼身后的崖壁，用脚蹬了两下。

“现在吗？”宁谷问。

“嗯。”连川伸手准备拉他。

“你别拉我了。”宁谷说，“把手留出来，万一有什么突发情况，能反应得过来的只有你了。”

宁谷搂住了他的腰：“我搂着你就行。”

“走了。”连川说。

“走。”宁谷收紧胳膊。

连川往崖壁上猛地蹬了一脚，两个人从断崖中部跃向了那边的洞口。

风随着连川这一跃猛地从耳边卷过，宁谷突然有一种回到了鬼城的错觉。

无论鬼城有多么孤单绝望，他生活了二十多年的地方，依然会在任何一个相似的节点勾起乡愁。

前方的那一点亮光迅速地在眼前变大。

连川这一蹬爆发出来的速度让宁谷有些吃惊。

洞口瞬间就呈现在他们眼前。

一个不是特别深的洞。

有暖黄色的光溢出。

对着他们的那一侧，有一个书架，堆着不少书。

接着宁谷看到了一张桌子。

还看到了桌子上打开的一本书。

以及坐在桌子后面的人。

连川最后的落点是在洞口外的石头上，步子差一点就会踩空。

落地时的响动，让桌后的人猛地抬起了头。

宁谷看到了他的脸。

被一个狗头面具遮掉了大半的脸。

62

宁谷的第一反应是九翼。

这个狗头面具，他在失途谷晕过去那次，睁眼看到九翼时，首先看到的就是这个面具。

九翼长什么样恐怕没有人知道，宁谷觉得这面具大概是他改造的其中一项，区别于别的蝙蝠直接用金属扣在脸上。

但九翼怎么可能在这里？

宁谷非常震惊。

连川不知道有没有震惊，但他的情绪永远不会影响他的行动。

在宁谷还震着惊的时候，连川已经冲进了洞里。

狗头只来得及抓起桌上的书，连川已经抓住了他的手腕。

但让宁谷没有想到的是，狗头居然能从连川手里抽出自己的手，并且把书也拿到了手上。

接着狗头从桌后一跃而出，向洞口逃过去。

连川反手抓住了这人的后衣领。

这人猛地一扬手，把手里的书向洞口扔去。

宁谷已经知道这绝对不是一本普通的书，这人从他们进洞开始第一个动作就是要保这本书。

他赶紧伸手，抓住了书的一角。

但狗头扔得很猛，他虽然抓住了一角，书还是稀里哗啦地飞了出去。

连川松了手，想在书落下去之前再抢救一把，狗头抢在他前头挡住了他，再冲到洞口飞身一跃。

人和书都消失在了断崖下方。

宁谷扑到洞口趴着往下探了探，看不到人，也听不到任何声音。

“这下面不是实地，”连川也探头看了看，“跟那边的平地没有接着。”

“那人你看到了没！”宁谷转头看着他，“那个面具！狗头的！”

“看到了。”连川蹲了下来，又往下看了看，“跟九翼的那个面具一样。”

“怎么会这样？”宁谷还是沉浸在震惊中无法自拔，也许是九翼没有脑子的形象过于深于人心，还总是疯疯癫癫喜怒无常，他实在没办法把九翼跟“走马灯的另一格”联系到一起，“你觉得那是同一个面具吗？还是九翼有什么机会看到过这个面具，做了一个一样的？”

“是同一个。”连川说，“这人戴的面具，左眼下面有一个小缺口，九翼那个也有。”

宁谷再次震惊：“我怎么没注意？”

“所以你不是我。”连川站了起来，转身走回洞里。

“刚刚没听到他落地的声音，”宁谷跟回了洞里，“下面是空的吗？他没摔死？”

“没法判断。”连川走到桌子旁边，“我们暂时走不了了，跳不回原来的路，从这里直接跳下去可能会落到不安全的地方……”

“没事，”宁谷说，“可以先看看这个洞，反正你是主城最强鬣狗，没死就能活下去。”

“你撕下来的那点我看看。”连川伸手。

“撕下来的什么？”宁谷愣了。

连川指了指他的右手。

宁谷低头的时候才吃惊地发现，自己手里死死捏着一角纸片，应该是刚才抢书的时候撕下来的，但因为紧张过度，他一直没注意到。

“这个形状……”宁谷把纸片递给连川的时候有些怀疑自己的眼睛。

“你身上那张拿出来看看。”连川应该也发现了同样的事情。

撕下来的这一角纸，形状跟他之前捡到的纸片一模一样。

在他疯狂地在自己身上翻找的时候，连川已经看完了纸片上的字。

“纸不见了！”宁谷猛地抬头看着他。

“上面的字跟之前你捡到的那张，”连川夹着纸片晃了晃，“是一样的。”

宁谷愣在了原地。

过了一会儿他才问了一句：“不会是我拿出来捏在手上了吧？”

“这个纸是新的。”连川说。

宁谷盯着纸看了两眼，的确，这纸比他捡到的那张要白很多。

“收好这张。”连川说。

“我捡到了我自己撕下来的纸？”宁谷把这张纸片小心地塞进了衣服里，有些理解不了，“时间上对得上吗？现在我们在以前？”

“不一定。”连川想了很长时间，“按疯叔说法，我们不过是活在走马灯的另一格而已，现在的这一格，也许就在它旁边，左边或者右边。但无论是哪一格，都只是现在，就算是以前，也只是这一格的以前，不一定是我们那一格的以前。”

宁谷蹲到旁边，靠着墙，用了好半天来消化连川的这句话。

“那纸是怎么到的舌湾？”他问，“为什么我捡到的时候都发黄了？”

“我也不知道。”连川回答，“也许它真的在舌湾很久了，毕竟旅行者到鬼城的时候，鬼城存在的时间至少也跟主城一样长。”

宁谷沉默了。

“怎么不说‘你怎么什么都不知道’了？”连川问。

“这个不知道很正常吧。”宁谷说，“知道了才吓人。”

连川起身，走到了旁边的书架前，随便抽了一本出来。

“是什么书？”宁谷问。

“童话故事集。”连川说。

“童话？”宁谷没明白。

“大概就是……”连川翻了翻，“用一些不存在的小故事，告诉小孩子一些存在的事。”

“我没听过。”宁谷说。

“我也没有。”连川说，“像绿地那种级别的安居地里的孩子，才能听到这样的故事。”

“安居地……”宁谷往后仰了仰头，“不知道主城上面那个东西怎么样了，鬼城怎么样了，失途谷……我们回去以后，第一件事就是要找到九翼。”

“你觉得他知道什么。”连川又抽出了一本书。

是一本画册，他翻了翻，还是彩色的。

“那个他不想见的人，是谁？”宁谷说，“他为什么有那个面具？他在哪里出生？为什么在失途谷？为什么不要脑子了……你觉得他是真没脑子了吗？”

“诗人和齐航都影响不了他，这是事实，只是他比我们想象的要复杂得多。”连川转过身，拿着画册坐到了宁谷身边，“给。”

“什么？”宁谷转开了头，“我不认识字。”

“画。”连川说，“你不是想要一幅画吗？这里面差不多有一两百幅画吧。”

“真的？”宁谷迅速转回头，一把抽走了书，哗哗就翻开了。

然后他就一直哗哗地翻，从头翻到尾，又倒着回来翻了一遍，最后停了下来：“这画的都是什么啊？没有一个东西是认识的。”

“这不是个人吗？”连川随手翻开，指着一幅画。

“哪有人长这样的，这画得跟清道夫一样，就一坨黑。”宁谷说，“照这么画，疯叔那个也是画了。”

“那你要的不是画，”连川说，“是照片。”

“是画。”宁谷说。

“是画出来的照片。”连川说。

“你懂屁。”宁谷不服气。

“你懂。”连川说。

宁谷愣了愣，看着他笑了起来：“你嘲笑人这方面的反应也很快啊。”

连川勾了勾嘴角，算是笑了一下。

书架上的书，连川全都看了一遍，没有什么特别的，全是故事书和画册，虽然故事讲述的内容和表达形式跟他从小接触到的完全不同，提到的各种东西他也都不知道，但也差不多能理解——两格走马灯的差异而已。

只是他想找到一些非虚构类的内容，或者带有一些技术性的、能帮助他理解眼前这个世界的东西，却一无所获。

这个书架的主人，像是刻意回避了这些，或者说，书架的主人只需要这些生动的、脱离现实的故事。

这人跟九翼到底什么关系？

是九翼不想见到的那个人吗？还是九翼本人？

狗头面具挺大的。连川对九翼本脸的观察远不如面具细致，现在让他回忆只在面具之下露出来的嘴和下巴，实在很难判断到底是不是同一个人。

“如果这纸片能到舌湾，”宁谷说，“是从哪儿过去的？鬼城有不少没见过的也搞不清干吗用的东西，旅行者都拿那些去失途谷交易，至少鬼城是有什么方式能跟别的格子连接的，是哪里？”

“如果不是边界之外，”连川说，“那就是那辆车，旅行者有人跟着车一路走的对吗？”

“是，但都没再回来，”宁谷说，“消失了，会不会也变成了空壳，堆在边界之外？”

“意识去哪儿了呢？”连川戳了戳自己的下巴。

“我们现在是意识吗？我们回不去的话，也只有一个壳留在失途谷。”宁谷说。

“那别的意识呢？”连川看着洞口的方向，“刚才那个是人，还是不知道哪一格过来的意识？”

“你别吓我。”宁谷瞪着他。

“如果这么说，”连川也看着他，“诗人是谁的意识？诗人的壳呢？”

九翼蹲在吟诵竖洞底的尖锥上，看着眼前不断聚拢的金光。

“把他们叫回来。”金光还没来得及聚成齐航的脸，顶上蹲在蝙蝠身上的礼帽就先开了口。

九翼看着这张脸上清晰的三道划痕，“谁们？”

“连川！宁谷！”齐航猛地往前推进，逼到了九翼面前，“把他们叫回来，他们去了哪里你知道吗！”

“知道。”九翼竖起食指，慢慢伸长的指刺穿过齐航的鼻子，晃了晃，“诗人的世界。”

“他们去得了诗人的世界，就能去别的世界。”齐航说，“等他们弄清了怎么回事，你就前功尽弃了！”

“我都不知道我有什么前功，”九翼收回指刺，看着齐航，“尽什么弃？”

“你……”齐航猛地回退，又猛地冲上前。

“我只知道你，”九翼的指刺再次伸出来，在面具上轻轻敲着，“想要成为所有世界的神。”

“我是唯一能只靠意识活着的人。”齐航说。

“唯三。”九翼说，“算上诗人，就是唯四，太多了，不挤吗？”

“不挤吗！”福禄在尖锥下面喊。

“闭嘴！”齐航猛地往下一沉，逼到了福禄面前。

九翼从尖锥上一跃而下，指刺从上到下，把齐航的脸从中间一劈为二，然后又跃回了尖锥顶上：“你跟我的人说话客气点。”

“你算老几！”齐航的脸又浮了上来，“你算老几！”

“不知道。”九翼突然笑了起来，尖锐的笑声在竖洞里回荡着，一直向上飘去，过了一会儿他才停下，看着齐航，“我只知道你怕我。你不怕诗人，但是你怕我，你交出了眼睛，你想要借用的身体也交出了眼睛，就是为了告诉我，你什么也没看到。”

“什么也不知道挺好的。”聚集着的金光开始慢慢散开，“有些事，知道了就会后悔，想起来了就会绝望。”

蹲在蝙蝠上的礼帽也无声无息地隐入了黑暗中。

九翼没说话。

“所以你从不后悔，永远不会绝望。”金光散开，这声音也跟着散了。

几个黑戒从四周悄无声息地跳到了九翼身边。

“怎么样？”九翼问。

“那些清道夫又回到气泡里去了。”一个黑戒低声说，“主城喂给气泡的人都消失了。”

“不管那些了。”九翼晃了晃指刺，“加强失途谷守备，鬣狗要的物资给他们，武器也可以给，他们能帮我们守住地面，这几天我都要留在这里，有什么事问福禄寿喜。”

“明白。”黑戒退开了。

“他们还能回来吗？”寿喜从另一个尖锥上跳了过来，“齐航回来以后就合不上了。”

“不是合不上，”福禄在下面说，“是老大把他烧掉了。”

“嘘。”九翼竖起指刺，“他们能回来，我有这个感觉，宁谷就是救世主。”

“一半主城！”福禄喊。

“我要那玩意儿有屁用。”九翼说。

“连川？”宁谷趴在洞口，压着声音向下喊。

“在。”连川的声音从下面传来。

“怎么样？”宁谷问。

“这一块是往里斜的，很光滑，没有着力点。”连川说。

“那你回来吧。”宁谷说，“别掉下去了。”

“不可能。”连川说。

“……那你就挂在那儿？”宁谷说。

连川没说话。

“连川？”宁谷有些紧张，这地方他们不熟悉，这个绝壁也不是金属的，是石质的，而且不结实，连川试着往下爬的时候，石壁上一直有东西在脱落，这会儿连川突然不出声，他顿时就有些不踏实，“连狗？”

“你不要逗我笑，”连川说，“影响我动作。”

“很好笑？”宁谷无语了，“这种时候你还笑得出来？”

“我上来了。”连川的声音开始慢慢接近，“你让开。”

宁谷还没有起身让开，上空突然亮了起来。

红色的火光猛地在绝壁的上方亮起。

宁谷瞬间就看清了被火光照亮的绝壁，以及绝壁下看不清有多深的一潭水。

他瞪着这巨大的水面，难以相信自己的眼睛。

他从来没有见过这么多的水。

甚至用了好几秒钟，才反应过来这是水。

而这个水面的宽度，哪怕连川也是无法跃过的。

就算他们顺着路到了绝壁的下方，也不可能跃过这个不知道下面是什么的水面，到达他们看到的那一片布满残垣断壁的平地。

“清道夫。”连川看着上方说了一句。

宁谷转头向上看过去的时候，看到了已经压到绝壁边缘的熊熊大火，以及从火中不断晃动着走出来的黑影。

清道夫像是没有重量的雾一样，顺着绝壁的边缘，就那么如履平地一下走了下来。

以这个速度，用不了几分钟，就能到达他们现在所在的洞口。

“手给我。”连川很快爬到了洞口下方，伸出了手。

“跳下去吗？”宁谷伸手抓住了他的手。

“是。”连川说。

“会摔死吗？”宁谷说，“摔死是不是就真的留在这里了？”

“你不是无所谓吗？”连川说。

“那你别松手。”宁谷说。

“嗯。”连川猛地一拉他，两个人从洞口坠向了水面。

向下坠落的时候，宁谷看了一眼上方，火已经卷了下来，带着噼啪的声响，像是这个世界发出的最后的声音。

63

“呼叫管理员。”陈飞冲进监控室。

房间里只剩下了春三和两个年轻的技术员，其他人都已经逃走，技术员并不都是A区或B区出身，就算为了主城坚守到最后一秒，有生机也未必能换得一线。

“现在？”春三问。

“告诉管理员，”陈飞说，“裂口对着A区，如果一路推进，进入核心区第一个摧毁的就是城务厅。”

外部监控已经坏了大半，春三在这里已经无法看到黑铁荒原上的情况，只知道出现了第三道裂口，距离第一道裂口出现的时间，只有短短不到一个月的时间。

一直觉得未知的毁灭来得太慢，活着的每一秒都无法尽兴，到毁灭真的来了，才知道这一路已经走到了最后。

“管理员已经失联很久。”春三说，“不要抱有什么希望。”

“不要用信息了。”陈飞说，“以你个人的身份，个人的请求，发送语音。你是一直以来跟管理员联系最频繁的人。”

“这个时候，跟管理员……”春三转头看着他，“打感情牌？”

“谁没有感情？”陈飞说，“管理员这些年的表现，你觉得像是没有感情的机器吗？”

“任何可能都会有。”春三站了起来，拿起杯子喝了一口水。

“联系完管理员，给我汇报一下，然后，”陈飞往门那边看了看，“你走吧。”

“走？”春三放下了杯子。

“现在已经用不上这些了。”陈飞说，“到现在也没有看到有出口的一丁点可能，就算有出口……那些清道夫你看到了吗？”

“嗯。”春三点点头。

“如果那就是出口之外的新世界，”陈飞说，“我们没有活路，甚至没有人愿意跟我们进行任何沟通。谁会跟废墟上的尘埃沟通呢？”

“那你呢？”春三问，“下一步想好了吗？”

“我没有放弃，”陈飞笑了笑，“我只是让你走。如果去失途谷，楼下车库里有我的人，让他们送你过去，不过只能送到城界。”

春三没有说话，转身走出了房间。

管理员是可以接收语音联系的，但因为语音容易出现表达上的不准确，也不方便检索，所以主城跟管理员联系很少用到语音，都是正式的各类文字消息。

春三坐到桌子前的时候，有些感慨。

这还是她第一次坐在这里，发送一条不需要提前上报批准的语音消息。

没有内容限制，没有时长限制。

虽然未必能得到回应。

却有可能是主城给始终不知道是怎样存在的未知发去的最后一条消息。

是求助，也是告别。

“这里是春三，呼叫管理员。”春三打开了话筒，说完之后又沉默了一会儿，“你们还在吗？能看到吗，黑铁荒原上的火，还有主城上的露珠？”

春三笑了笑：“露珠是我们给清道夫起的代号，在不知道它会带来什么的时候，其实我都没怎么见过露珠。”

联络室里没有窗，灯光已经因为线路损毁熄灭了，只有仪器上亮起的绿光在黑暗里跳动着。

“我们为什么会有露珠这样的词汇？”春三想了想，“上一代主城留下的信息，到底还有些什么？都没法完全破译了，时间不够了……我这些年，一直在做这些工作，我们的孩子听着那些他们完全没有见过也无法想象的故事，学着那些他们完全不知道从何而来的知识，我们用保存的信息做出各种昂贵的生物，甚至……怪物，为了已知的结局，努力想要生存……”

春三抬起头，看着漆黑的天花板：“那些东西在哪里呢？那些故事发生在哪里？那些知识是谁告诉我们的？那些被我们复制出来的只存在于传说中的小动物，它们在哪里？”

“你们是谁？”春三问，“你们在哪里？我们从哪里来？除了已经定下的结局，我们从哪里开始的？还有那么多没有解开的信息，是什么？还有什么是你们给的？存在？生命？情感？爱，恨，痛苦，恐惧……你们在看吗？我们走向终点的时候是怎样挣扎的？”

黑暗里只有春三平静的声音，以及仪器上偶尔的一声“滴”，安静得仿佛世界已经落幕。

“我并没有什么一定要知道的事了，我一直以为面对这样的机会，我会非常渴望得到那些问题的答案。”春三站了起来，“但并没有，这些对于我来说并不是最重要的了。我活过，有关心我的人，有我牵挂的人，我虽然未知的还有太多，但我至少看到了一部分，够了。”

春三摸黑把桌面上的记事本和笔收拾整齐：“本次联络，是主城毁灭之前的最后一次，主城不会再向管理员发起联络请求，也不会再向管理员寻求帮助，也不再有人在这里，回应管理员的指令……再见。”

春三接通了陈飞的通话器：“跟管理员通话结束，未得到任何回应。”

“知道了。”陈飞回答，“我安排了人在车库等你，不要耽误太久。”

“太久是多久？”春三问。

“一旦裂缝到达主城，核心区被破坏，EZ就会失控。”陈飞说，“它们都已经处于激活状态。”

“你没有别的要做的事了吗？”春三说，“就留在这里？”

“这里有我毕生没有做完的事。”陈飞说，“我不会放弃。”

“出口吗？”春三叹了口气。

“你抓紧时间。”陈飞说，“我不会对你怎么样，我要的只是你的技术。我愿意跟你以合作的方式相处，刘栋可不一定。”

春三切断通话，拍了拍椅背，转身拉开了联络室的门。

在屋外微弱的光线透进来的瞬间，她听到了仪器发出的沙沙声。

宁谷一直觉得，既然是走马灯的另一格，总会有些不太一样的地方。

要是都一样，看走马灯的人，岂不是很无聊。

比如水不一定是水，毕竟他也没见过这么多的水，这么大的水面。

拉着连川一起跳下去的时候，他没想过会不会死。

接触到水面的那一瞬间，他才开始考虑这个问题，因为水面之下，并不像他期待的那样，有什么通道，有什么机关，有什么别的……

就是水，全是水，前后左右上下都是水。

眼睛里鼻子里耳朵里都灌满了水。

不能呼吸了。

宁谷不知道自己什么时候松开的连川的手。他疯狂地在水里手舞足蹈了好半天，才发现不知道什么时候，连川已经不在他旁边了。

镇定下来。

宁谷。

镇定，你是鬼城恶霸，是鬼城门面，是救世主……

连川!

你在哪儿!

说了抓紧别松手的啊!

宁谷憋着气，努力让自己平静下来。

无论发生了什么，自己这么惊慌失措的，连川就算在旁边都未必能接近得了。

他停止了挣扎，静静地悬在水里。

一直到身边混乱的水波都消失了，他才发现，自己正在慢慢往下沉。

他抬起头，看到了上方被火光映得发红的水面。

他又赶紧看了一圈四周，清澈的黑暗里空无一物。

连川不见了。

沉下去了?

宁谷猛地低下头，往下只有慢慢变得越来越黑的一团水，水里漂着的一些说不清是什么东西的杂质都能看到，就是没看到连川。

连川的制服是有光的，而他现在连一丝蓝光都没有看到。

是往上还是往下？

往上是呼吸，往下……不知道还能不能活着了。

吸一口气再下去找连川？

怎么上去？一动就往下沉……就算上去吸了一口气，又能憋多久？连川如果沉下去了，还能等这一趟吗……

宁谷没有犹豫，咬牙憋住气，在水里努力地翻了个个儿，头朝下向水底冲了下去。

逢赌必赢。

水不知道有多深，但真的很深。

宁谷不能发出声音，只能靠眼睛寻找连川，或者是寻找任何一点不寻常。

眼睛很疼，他从来不知道眼睛泡在水里会这么难受，也不知道耳朵会疼，身上也越来越沉。

可能快憋死了。

宁谷一直觉得自己憋气还挺厉害的，但也只是自己觉得。

事实证明，可能也没有多厉害。

连川！

你在哪儿！

连狗！

宁谷开始觉得意识有些涣散，东西看不清了，耳朵边的声音消失了，呼吸似乎也已经不再需要了。

身边的水被搅动起来的时候，他甚至看不清是什么。

“宁谷！”有人在遥远的地方叫了他的名字。

谁？

“宁谷！”又有另一个声音叫他的名字。

又是谁？

“没有回来吗？”第二个声音说，“要不要打一巴掌？”

“打一巴掌。”第一个声音说。

“走开。”又有一个声音从远到近，然后是一声暴喝，“宁谷！”

四周的混沌被这一声暴喝震得突然消散，所有的声音瞬间回到了他的耳朵里。

跟着回来的还有身体的重量和呼吸。

宁谷猛地睁开了眼睛。

狗头面具。

九翼刚想直起身退开，宁谷已经一巴掌抡在了他脸上。

跟第一次见面时一样，脆响。

“不会别的了是吧！”九翼猛地凑到他面前吼了一声。

宁谷愣了几秒，一跃而起。

宁谷才看清自己躺在失途谷，面前站着九翼和福禄寿喜。

“连川呢？”宁谷瞪着九翼。

九翼没说话，只是看着他。

宁谷又猛地低下头，在自己身上摸了几下，身上的衣服都是干的。

再伸手摸了摸塞在衣服里的那张纸片，居然还在，也是干的。

这是他的身体，没有离开过失途谷，一直在吟诵竖洞……吟诵竖洞！

他没再多问九翼别的，看清四周之后，转身冲进了诗人的那个洞。

之前他和连川进去时封在洞口的金光已经消失，洞里也没有了亮着的那两团光芒。

他看到了连川，躺在地上。

“连川！”宁谷几乎是飞扑着冲过去，跪到连川身边的时候，膝盖都被金属地面磕得一阵锐痛。

连川闭着眼睛，静静地躺在地上一动不动。

“连川？”宁谷的声音都有些发抖，他很小心地伸手在连川脸上碰了碰，颤抖的指尖触到了连川脸上的温热。

活着！

他又握了握连川的手。

身体状态还可以，连川的手没有像平时累了那样冰凉。

但是……

“连狗？”宁谷在连川脸上轻轻拍了两下。

“他现在醒不了。”九翼的声音从洞口外传了进来。

“什么意思？”宁谷转过头，“什么叫现在醒不了？”

“他没有回来。”九翼靠着洞口的一个尖锥，指刺在面具上一下下轻敲着，“只有你一个人回来了。”

宁谷没说话，把连川的手放好，慢慢地站了起来，转过身盯着九翼。

“看我干什么？”九翼说，“又不是我不让他回来，他自己没回来。”

“你是谁？”宁谷一步一步往洞口走过去，盯着九翼脸上的面具，连川说得没错，九翼的狗头面具，跟洞里看到的那个人戴的一样，左眼下有一个小小的缺口，“你到底是谁？”

“九翼，”九翼张开了胳膊，十根指刺一点点都伸了出来，闪着寒光，“蝙蝠领袖，失途谷的主人。”

“失途谷的主人是诗人。”宁谷还是盯着他，“谁都知道失途谷的主人是诗人。”

“他没醒的时候我就是主人。”九翼笑了起来，“他一般不会醒。”

“失途谷的主人是我们老大！”福禄喊。

宁谷走到了九翼面前，一直走到几乎能跟他鼻尖顶上了才停下。

“面具是你的吗？”宁谷开口。

“是。”九翼收了笑容，跟他对视着。

“怎么来的？”宁谷又问。

“我打的。”九翼说，“想要的话我帮你也打一个。”

宁谷没说话，抬起了手。

“别动面具。”九翼说，“你不要以为每次醒过来都能扇我巴掌，你就打得过我，旅行者。”

“我和连川，”宁谷放下了手，“刚刚去了哪里？”

“诗人的意识，他的世界，他的记忆。”九翼说，“在这儿你还能去哪里？失途谷到处都是诗人。”

“那我在诗人的意识、诗人的世界、诗人的记忆里，”宁谷沉下声音，

“看到的那个戴着狗头面具的人，是谁。”

九翼没说话。

面具遮掉了他大半张脸，如果嘴不动，就看不出他此时此刻到底什么表情。

但宁谷能感觉到，九翼有些吃惊。

如果不是吃惊，九翼这神经兮兮的性格，这会儿绝对不可能保持沉默。

“是谁？”宁谷又问了一遍。

“你觉得我知道？”九翼说。

“你的面具，戴在别人脸上，”宁谷说，“你知道不知道我都只能问你。”

“我不知道。”九翼回答。

“老大不知道！”寿喜喊，“老大什么都不知道！”

“你这个话听着特别像掩饰。”宁谷看着寿喜，“我要不是认识你俩有一阵子了，我肯定不信。”

“老大真的不知道。”福禄补充说明。

听着更假了。

但宁谷知道福禄寿喜说的是实话，起码据他们所知，九翼的确是什么都不知道，毕竟没有脑子。

“你脑子去哪儿了？”宁谷问。

这个问题十分诡异，宁谷完全想不到自己有一天会一本正经地问出这样的问题来。

九翼看着他，过了很长时间才开口：“不记得了。”

“你确定你没有脑子了吗？”宁谷问。

“确定。”九翼说。

宁谷慢慢举起了手，指尖的暗银色慢慢浮现：“面具摘掉，我要看看你的脸。”

“我很英俊的。”九翼晃了晃指刺。

“有我英俊吗？”宁谷说。

“那就不好说了。”九翼笑了起来，笑声里带着金属音的回响，“你要是问福禄寿喜，肯定我英俊。要是问……问连川的话，那应该就是你英俊。”

“别动，”宁谷看着他，“动就死。”

64

宁谷指尖的暗银色光芒慢慢扩大，边缘已经接近了九翼的面具。

“这个面具不能摘。”九翼说，“我不骗你。”

“为什么？”宁谷看着他，“摘了你会死吗？”

“说不定。”九翼说，“我不确定，我只能确定会有不好的事发生。”

“说清楚点。”宁谷说。

“说不清。”九翼说，“我记不清了，很多事我只有一个模糊的印象，好，或者不好；可以，或者害怕。”

“你怎么跟连川一样。”宁谷指尖的光停下了，“你也是前驱实验体？”

“不是。”九翼说，“我是蝙蝠。”

宁谷可以确定，就算真的没有脑子这个东西，以九翼的智商来说，大概并不会有什么影响。

这个无脑怪带着失途谷这么多蝙蝠跟主城对抗，这么多年鬣狗都无法踏进失途谷一步，无脑怪甚至还能暗中跟主城合作，拿到生存物资……

九翼看上去疯癫无常，但并不傻。

他不能相信九翼的话，哪怕现在九翼看上去平静而真诚。

连川在知道自己只是个前驱实验体的时候都能保持表情没有一丝波动，九翼也未必做不到。

“我要拿掉你的面具。”宁谷说，“我再说一遍，别动，动了你真的会死。”

“真以为自己是连川了。”九翼带着金属音的笑声从面具下面传出来。

但他站着没有动。

宁谷抬手捏住了狗头面具的边缘。

“我看看，”九翼说，“你是不是救世主。”

宁谷没有理会他这句话，手指勾着面具边缘轻轻抬了一下。

九翼的脸是温热的，的确是个活人。

但就在面具边缘被抬离他的脸时，几丝绕着黑雾的暗红色光芒从面具下飘了出来。

这光芒就跟失途谷那些洞壁缝隙里的暗红色光芒一模一样。

宁谷的手猛地僵住了，震惊地看着九翼。

“诗人来了！”福禄在旁边大喊了一声。

“是没有混进大炯的诗人！”寿喜跟他同时一跃而起，拦在了宁谷身后的那个洞口前。

宁谷回过头，看到洞里出现了大量同样裹着黑雾的红光，不断在空中翻滚卷动，一缕缕地汇聚，又不断分开，慢慢向洞口这边压了过来。

“撒手，”九翼说，“我们不是诗人的对手。”

宁谷再次回过头盯着九翼，他知道九翼说的撒手，是让他放开面具，但他只是勾着面具而已，这个动作只需要九翼自己抬手把面具按回脸上就行，九翼却让他撒手。

这一瞬间宁谷前所未有地想念连川，只有连川能在这种连思考的时间都没有的情况下迅速做出所有的判断。

眼下只能靠连川的两句话。

逢赌必赢。

选错了不会死，犹豫才会死。

无论怎么样，连川还在洞里，这种时候诗人出来不是什么好事。

连川不能有任何危险，可能的危险也不能有。

宁谷勾着面具的手指松开了，面具贴回了九翼脸上。

“攻击。”九翼跳了起来，在空中两脚把福禄和寿喜踢到了一边。

宁谷没犹豫，对着洞里翻滚的红光猛地一挥手。

几道暗银色的光芒在红光里划过，瞬间把聚集在一起的红光撕成了几团。

裹着红光的黑雾猛地向洞口涌了过来。

九翼双臂一展，十根指刺伸出，在他向前收拢双臂的时候，洞口出现了交织着的寒光，像一张网，把洞口封住了。

黑雾裹着红光在洞里翻腾着，无法再次聚集，也无法突破这张网，但也没有消散。

“去叫黑戒。”九翼说，“守住诗人的所有出入口，有异常马上通知我，不要攻击，打不过。”

“你去。”福禄看着寿喜，“我在这里帮忙。”

“你去。”寿喜看着福禄，“我在这里帮忙。”

“都去，这里安全的。”九翼一扬手，“不要烦我。”

“都去。”福禄寿喜同时跃到尖锥顶上，攀着洞壁飞快地爬了上去。

宁谷看着洞口的网，过了几秒才猛地转过头瞪着九翼：“打开！”

“你疯了？”九翼很震惊。

“打开！”宁谷冲到他面前一把抓住了他的衣领，“你把连川封在里头了！打开！”

“他不会有事的。”九翼说，“我封的是诗人，又不是连川。”

“你把连川和诗人关在一起了！”宁谷吼。

“连川不在里头！”九翼也吼，“他还在诗人的意识里！”

“如果诗人带走他的壳，”宁谷声音沉了下去，带着沙哑，“他回不来了怎么办。”

“我帮他找个壳就行。”九翼说，“这有什么难的。”

“你少放屁！”宁谷声音都扯碎了，“我就要那个壳！不要别的壳！”

“怎么，”九翼拉着他的手拽了拽，没拽动，叹了口气，“是怕别的壳没有连川好看吗？”

宁谷猛地一扬手，暗银色的光瞬间在两人的头顶上炸开，铺满了尖锥之间。

“连川的壳也好，意识也好，都不能变。”宁谷一字一句地说。

“……我逗你的。”九翼说。

“不要在这种时候逗我，”宁谷说，“我会弄死你。”

“诗人不会动他的身体。”九翼叹了口气，“齐航的身体在洞里放了那么久，他都没有动过，还是我烧掉的。他要的不是这些。”

“你为什么烧掉齐航的身体？”宁谷眼睛眯缝了一下，盯着九翼。

“冒牌救世主，”九翼说，“以为找到了诗人就能当神了……放手吧，我保证连川的壳没事。”

宁谷没松手，转头又往洞里看过去，里面没有什么变化，只是裹着黑雾的红光翻滚得似乎没有之前那么快了。

隐约中他能看到连川，躺在那里，看上去还跟之前一样，也没有黑雾接近他。

宁谷又盯着九翼看了几秒钟，松开了他的衣领。

头顶上的暗银色光芒慢慢散了。

九翼跃上尖锥顶上蹲着，叹了口气。

宁谷盯着洞口，过了一会儿才开口：“你下来，我有话问你。”

“问就行。”九翼说，“你在这里说的话，我要是想听，在我的竖洞里都能听得到。”

“我要看着你问。”宁谷说，“我不想抬头跟人说话。”

九翼又跳了下来：“问吧。”

宁谷看着他：“你跟诗人什么关系。”

“不知道。”九翼回答得很干脆。

“你的脑子呢？”宁谷凑近了一些。

“不记得了。”九翼回答依旧干脆。

“我现在就当你说的都是实话，你不知道，你不记得了。”宁谷说，“我就问你，你也不傻，有没有想过……”

“什么？”九翼问。

“你就是诗人。”宁谷说。

“宁谷。”连川在黑暗里很低地叫了一声。

四周没有声音。

连川不确定自己现在所处的位置，只知道应该是水底，水底的一个空洞。

并且之前他们经过的地方是真实的水，他身上的制服现在还是湿的，能听到水滴在地面时细微的声音。

连川伸手在脚下摸了摸。

这是个人工开凿的水底洞，地面很平整，而且光滑。

连川制服的能源已经耗尽，光源没有了，他只能靠自己的直觉。

宁谷不在这个洞里，这是他的第一判断，多年训练让他对身边存在的任何生物都能觉察，哪怕是死的。

如果宁谷没有回失途谷，就肯定是被什么力量带走了。

他需要找到这个洞的出口。

连川屏住呼吸，判断了一下四周，感觉距离身后的墙是最近的。

他摸着地面，转身慢慢向后方靠了过去，很快就摸到了一堵光滑的墙壁。

指尖的触感来自金属。

这跟主城有点相似。

他用指尖轻轻点在墙壁上，逆时针慢慢向前。

没用多长时间，他就判断出这是一个圆形的金属房间，在他手指这个高度，四周没有明显的出入口。

连川用手指在墙壁上敲了两下，回声有些发闷。

他又用胳膊肘上的制服金属件轻轻在墙上磕了几下，这次的回声清晰了很多。

他走向左侧对面的墙壁。

又敲击了几次之后，他确定在稍微上方一些的位置，墙后有空洞。

空洞里有什么，通向哪里，都不在连川考虑的范围内。

他只需要确定自己必须离开这个房间。

连川两次跃起，探清了洞顶的高度，也摸清了空洞位置没有任何能够打开的按钮或者别的装置。

接着他退到了对面的墙边，冲了两步跃向空中，准确地在空洞位置踢了一脚。

“嗵”的一声，沉闷而又有弹性，声音在完全安静的环境里震得人心里发慌。

连川再次冲出跃起，第二脚踢了出去，落点跟上一次相同。

墙上突然出现了细细的一条光。

接着第三脚。

被蹬裂的墙壁非常整齐，泄出的光勾出了一个方形的框。

在连川准备再蹬一脚的时候，墙壁上这块被蹬裂的位置突然脱落了，一块金属板砸在地上的同时，柔和的白光涌进了这个房间。

跟连川的判断相同，这是一间圆形的金属房间，没有任何门或者窗。

除了现在被打开的方形口子，整个房间空无一物。

方形口子后面是一条不算宽的走廊，在十几米后拐弯，看不到通向哪里。

连川从开口跳进了走廊。

脚刚落地，身后有空气的流动，连川回过头，发现开口发生了位移，从左向右像是在转动，接着开口消失在了走廊墙壁的后面。

虽然这里看上去很多地方跟主城有些相似，但连川能确定这不是主城。

顺着走廊走到尽头，接着右转，是一条同样的走廊。

但是很短，大约也就十步，就到了尽头。

走廊尽头是一扇看上去跟整个走廊风格完全不符的门。

很淡的奶油色，上面有一个金色的把手，甚至还有一个看上去非常古老的锁孔。

连川握住把手，轻轻向下拧了一下。

门锁发出了“咔”的一声响。

门打开了。

门里面是一个房间。

跟连川印象里的所有房间都有着完全不同的感觉。

一瞬间让他不知道该做出什么样的反应。

而在他还没有来得及看清房间具体布局时，站在房间正中间的人，让他愣在了原地。

宁谷？

虽然这个名字几乎要脱口而出，连川还是不动声色地咬住了。

眼前这个跟宁谷长得一模一样、正平静地看着他的人，不是宁谷。

“你是谁？”这人开口问了一句。

连川没有回答，盯着这个人的脸。

“进来。”这人看着他身后，又说了一句，“要塌了。”

连川感觉到身后的异常，回头扫了一眼。

身后的走廊已经不是完整的一条走廊。

四周的墙壁，地面，天花板，都正在消失，像是被什么力量打碎了，整条走廊从那头开始，一点点变成了碎片。

而走廊之外，是一眼看不到尽头的黑暗，无数的走廊碎片闪着银光，迅速地飞向黑暗中，然后消失不见。

连川跨进房间。

门在他身后关上了。

他伸手想要再拧一下把手，屋里的人又说了一句：“打不开了。”

连川回头看着那个人：“什么意思。”

“不知道你怎么能到这里来。”那个人坐到了旁边的椅子上，看着他，“但是来了，就走不了了。”

“你是谁。”连川问。

“我先问的。”那人说。

连川看着这个“宁谷”，有些不能适应，但他知道，这应该就是宁谷曾经看到过的、跟他长得一样的那些“宁谷”中的一个。

“我叫连川。”连川说。

“连川，”这个人想了想，“没听说过这个名字。”

“你是谁。”连川又问了一次。

“我叫叶希。”这人说，“我觉得你认识我。”

“不认识。”连川说。

“喝茶吗？”叶希问，“还是果汁？咖啡？”

连川看着他：“这是哪里？”

“这里？”叶希站了起来，走到旁边的桌子前，拿起了一个杯子，往里面捏了些茶叶，再倒进了热水。

这是连川第一次亲眼看到茶叶。

这个叶希，是哪一代主城的“宁谷”？

“不说想喝什么就喝茶吧。”叶希把杯子放到他旁边的小桌上，“我挺喜欢喝，坐。”

连川看了看四周，屋子挺大，中间用一个空的书架隔开，里面应该是卧室，外面的客厅里放着桌椅和几个柜子，都是木质的。

他坐到了旁边的沙发上。

“这里不存在。”叶希说。

连川去拿杯子的手在空中短暂地定了一下，然后拿起杯子，慢慢喝了一口茶。

失途谷里的带茶叶味道的水，闻起来跟这个差不多。

不过不算太好喝，清香里带着些许苦味。

这里不存在。

连川有隐隐的不安。

“你从哪里来？”连川问。

“从不存在的地方来。”叶希说。

连川放下了杯子：“我要回去。”

“回你的主城吗？”叶希问，“打开窗帘就能看到了。”

连川看到了书架旁的窗帘，他走过去抓着窗帘往两边一拉。

一扇落地窗出现在他眼前。

窗外是一片黑暗。

这间屋子，是整个黑暗里唯一能看到的东西。

“等一会儿。”叶希走过来，站到了他身边，“转过去就能看到了。”

听叶希这句话的意思，屋子是在转动的。连川完全没有感觉到。

但接着有光从窗户的右边慢慢出现。

连川看到了光刺。

看到了被一团白光包裹着的主城。

看到了主城上空的那个气泡。

看到了主城外面喷涌的火焰。

这一瞬间的感受，他无法形容。

他像是站在世界之外，站在时间之外。

远处，是像孤岛一样悬在黑暗之中的主城。

“你回不去了。”叶希说，“你本来就是不该存在的BUG。”

65

脚下传来了震动。

在竖洞底的感受跟在地面上的感受不太一样，更清晰，更能震到人心里。

宁谷站在诗人的洞口，透过九翼封在洞口的网向里看过去，诗人依旧在翻滚，没有再次睡去的意思。

“他为什么这么久都不睡？”宁谷回头看着九翼，“不是说他总在睡吗？”

“我警告过你不要碰我的面具，”九翼站在尖锥上，“对不对？”

“就碰了，怎么着。”宁谷说。

“不好的事发生了。”九翼说，“他知道我就在这里，他不会再睡了，一直到世界毁灭，他都不会再睡了。”

“我的错吗？”宁谷皱了皱眉。

“不是你的错，”九翼说，“也不是我的错，不是诗人的错，不是谁的错，世界就要这么走，我们以为的每一步意外，也许都在计算之中。”

“我想把连川弄出来。”宁谷看着还躺在地上的连川。如果连川回来，他不担心连川能不能在诗人的攻击下出来，连川虽然没有旅行者的能力，但所有的机能都强大到无法想象。

他担心的是诗人这么来回滚，影响了连川的壳，连川回不来了。

“连川抗得住诗人的精神力。”九翼说，“别在这种不需要花心思的事情上浪费脑子。”

宁谷“啧”了一声，转身攀着尖锥也爬了上去，在另一个尖锥顶上跟九翼面对面蹲着：“如果你就是诗人，诗人是你的意识，那你现在的这个壳里，是谁？”

“也是我。”九翼的指刺在脚边的尖锥上轮流轻敲着，发出“叮叮”的细响，“我猜想，是剥离了一部分我不愿意要的意识和记忆……留下来的我，只知道诗人很危险，最好能永远睡下去，不要醒，也不要被齐航那种蠢货找到……”

“面具拿掉，就会惊醒诗人，让他回到你身上，把你变成诗人，对吧？”宁谷说，“那现在怎么办，他不睡，连川是不是就回不来。”

“等吧。”九翼说。

“等不了，刚才的震动，是又裂了一条吧？”宁谷说，“再等下去全得死。”

“等死都等了这么久了……”九翼说。

“我能相信你吗？”宁谷看着九翼，他没有管九翼的话，他有自己的想法。

“现在的我，”九翼说，“可以相信。不要信诗人。如果诗人回到我身体里，一句话都不要相信。”

“我要上去跟清理队的人见一面，告诉他们连川的情况。”宁谷说，“车不知道什么时候会来，我想让跟我过来的旅行者去等着，把他们带过来。”

“去吧。”九翼说。

“连川一直觉得自己只是个武器，活着只是不想死。”宁谷说，“但他有感情，他会笑，会开玩笑，也听得懂玩笑，还会呛人……他有雷豫和春姨，有狞猫，有会选择他的队友，他是真实的，不是吗？”

“嗯。”九翼点头，“没有人能抹掉我们的存在。”

“他帮过我很多，他每次在最紧要的关头都会选择相信我。”宁谷说，“我不能让他失望。”

“你去吧。”九翼说，“我会帮你守好这个壳的。”

“主城我不要了，都给你。”宁谷跳下尖锥。

“我也不要。”九翼弹了一下指刺，嗡响一声之后一个黑戒无声无息地出现在竖洞洞壁上，“让黑戒带你上去。”

宁谷猜得没错，又一道裂缝已经出现在了黑铁荒原上，跟前面几条一样，到了主城城界之后就停下了。

“按这个走势，”雷豫看着前方，“这些裂缝是要一条一条把主城围在中间。”

“然后同时推进？”龙彪站在悬浮的A01上，看着远处，“那时一定挺壮观。”

“我们未必能看得到了吧。”罗盘叹了口气。

“一定能看得到。”龙彪说，“别这么废物。”

雷豫转身走到宁谷面前：“你找我？”

“连川跟我去找了诗人。”宁谷说，“现在只有我回来了，他还在那边，不知道什么情况。”

雷豫没有说话，只是叹了口气。

“车如果再来，会有旅行者过来，我会跟我那些同伴说好，我们跟失途谷和清理队合作。”宁谷说，“你把团长他们带过来。”

“团长会来主城吗？”雷豫问。

宁谷没说话，想起了舌湾地下的那些材料，还有据说已经成形了的军队。

“没事，他们来的话，我会处理好。”雷豫说，“这种时候已经没有敌我之分，没有阵营可言了。”

“我一会儿还要回失途谷。”宁谷说，“我要去把连川带回来。”

雷豫有些吃惊地看了宁谷一眼。

“我知道很难，未必能再去到同一个时间同一个地点。”宁谷说，“但现在只有我，还有把他带回来的可能。我要试试。”

“如果你也回不来呢？”雷豫说，“按我对连川的了解，他未必希望你去找他，可能希望你去做更重要的事。”

你要无所顾忌，忽略代价，活着。

宁谷看了雷豫一眼，转身往失途谷入口走过去：“我可是个旅行者，我想干什么就干什么，他现在得听我的。”

跟着他们一起来主城的旅行者，都被九翼安排在了失途谷里。看不到黑铁荒原上的那些裂缝，他们看上去要放肆得多。

“那个露珠，”一个旅行者喝了口酒，“是不是来看热闹的？”

“不知道。”宁谷说，“但是杀伤力和防御力都很强，鬣狗说主城攻击了，但没有留下任何痕迹。”

“如果爆发了，”另一个旅行者说，“我们在这里能听到吗？”

"能吧，怎么？"宁谷问。

"出去打啊！"几个旅行者同时喊了起来，带着宁谷听惯了的熟悉的尖啸声，"大战一场——"

"团长他们如果带人过来，鬣狗会跟你们一起过去把他们带过来。"宁谷说，"把这里情况跟他们说一下就行。"

"你要去哪儿？"终于有一个旅行者听出了宁谷的话有些不对。

"我去找诗人。"宁谷说，"有些事我要弄清楚。"

"你不一样了。"坐在椅子上的老人说，"跟以前不一样了。"

"是吗。"宁谷笑了笑。

"长大了。"老人说，"长大了。"

"别拦我啊。"宁谷说。

"旅行者至死自由。"老人说。

九翼从尖锥上一跃而下："绝对不行，谁也不能确定诗人到底知道什么，我又到底为什么要放弃这一部分，我们连诗人是我这个结论也只是胡乱猜的。"

"不是胡乱猜的。"宁谷说。

"你最多半个脑子，"九翼说，"我没有脑子，我们的推测不能当成依据。"

"……你骂自己就行，不要带上我。"宁谷看着他。

"如果你也回不来了，"九翼说，"这兵荒马乱的，我拖着两个壳，我凭什么？"

"我能回来。"宁谷说。

九翼看着他："理由？"

"我是救世主。"宁谷说。

九翼突然笑了起来，笑声在竖洞里向上回荡。

"不信？"宁谷说。

"你信吗？"九翼笑着问。

"我信。"宁谷说。

"那我就信。"九翼收了笑容，"你信你是什么，你就是什么；我信我活着，我就活着；我信世界在，它就在。”

宁谷盯着九翼的眼睛。

他伸出手指轻轻勾开了九翼的面具，裹着黑雾的红光从面具下涌出。

诗人洞里的光瞬间像是被无形的手翻搅，裹在黑雾里不断地旋转着，冲向洞口。

“要快。”九翼说，“我不知道能拦他多久。”

“嗯。”宁谷盯着九翼的眼睛。

四周的声音渐渐淡去。

光影也慢慢消失。

孤岛一样的主城从窗口消失了，窗外变成了一片漆黑。

“别的地方呢？”连川站在窗前，“那么多代主城，只能看到这一个吗？”

“要等。”叶希说，“那些都是已经不存在了的东西，只会随机偶尔出现。”

连川沉默了一会儿：“主城下一次出现要多久？”

“下次？”叶希想了想，“不一定有下次了。”

“不是按旋转时间出现吗？”连川说。

“你是不是计算了？”叶希笑笑，“从出现到消失是多长时间，主城从城界到城界距离是多少，能不能算出房子转一圈要多久？”

连川转头看着他，没有说话。

“时间也是不存在的。”叶希说，“没有时间，没有空间。”

窗帘被叶希拉上了，他坐回椅子上，闭上了眼睛。

连川没有停下，把屋子里外都转了一圈，每一个细节都没有落下。

但这的确只是两间很普通的屋子，虽然跟他生活的主城有着完全不同的材质，完全不同的风格，却并没有什么异常。

如果一定要说有什么异常，就是书架上一本书都没有。

这个屋子里没有任何文字。

“你一直在这里？”连川走回小客厅问了一句。

“嗯。”叶希点头。

“多久了？”连川问。

“说了时间不存在。”叶希说，“我从开始的时候就在这里，结束的时候还会在这里，我任何时间都在这里……”

“你也是个BUG吧。”连川问。

“我？”叶希睁开了眼睛，“能到这里来的才是BUG，这么大的BUG，很少见的，你之前也只有过一个，但他没有来过这里。”

“之前的BUG呢？”连川问。

叶希偏了偏头，看着他：“第一次有人这么平静地接受自己是个BUG的设定啊。”

“我不在意我是什么。”连川说，“从来没有在意过。”

“有意思。”叶希想了想，“之前的BUG做出了自己的选择。”

“什么选择？”连川问。

“纠错，还是消失。”叶希说。

“选择之后呢？”连川又问。

“谁在意呢？”叶希笑了笑。

“我在意。”连川说，“有人在意。”

“谁？”叶希问。

“要砍掉拿着走马灯的手的那个人。”连川说。

叶希看着他，没有说话。

“他叫宁谷。”连川说，“他有跟你一样的脸，不出意外的话，每一代主城，都会有一个‘你’，对吧？”

“可以这么说。”叶希说，“世界是一样的，很多东西都会一样，会复制，会有残留，不断地累积，不断地出错，不断地有人想要知道为什么。”

“如果你一直在这里，”连川说，“你就不是他们。”

叶希还是看着他。

“你是谁？”连川手撑着椅背，猛地逼到了叶希面前，“你是什么？”

“我是所有。”叶希说。

有一个洞。

或者说，是一个空洞的窗口。

没有窗框，也没有窗户，更没有窗帘。

宁谷慢慢走过去，站在了窗前。

外面跟他所处的位置一样，是一片混沌的黑暗，没有光，没有风，只凝固了的黑暗。

“什么都没有了。”耳边有个女声在说话。

“你是谁？”又有人问。

宁谷的呼吸猛地一顿，转头向身后看了看，没有看到人。

但第二个声音，是九翼。

“你要的活着，是不存在的。”女人说。

“我在这里，我就存在。”九翼说。

“你要看吗？”女人问，“曾经的那些存在。”

“有意义吗？”九翼说。

“可以让你考虑值得还是不值得。”女人说。

“是你存在过的地方吗？”九翼问。

“是的。”女人说，“也是我从不曾存在过的地方，也是再也不会存在的地方。”

“好。”九翼说，“我看看。”

四周耀眼的光芒突然出现时，宁谷只觉得一阵眩晕，几乎有些站不住。

他往后踉跄好几步，被什么东西绊了一下，向后倒了下去，一屁股坐到了什么东西上。

眼前还是一片白光，他伸手摸了摸，摸出坐着的东西是张椅子。

触感冰凉，但不是金属。

眩晕让他不得不靠在椅背上，闭上眼睛，慢慢适应这样的强光。

过了很长时间，眩晕消失了，宁谷才再次慢慢睁开了眼睛。

有风。

很轻的风。

带着一丝丝暖意从脸上掠过。

他看到了绿色。

一片绿色的小圆片，在他的上方随着风轻轻晃动着。

有很多细小的光束从小圆片中间穿过。

宁谷从小圆片之间看到了他曾经看到过的东西。

淡得像是一阵风就能吹散的蓝色。

遥远的、空荡荡的蓝色，让呼吸都变得清澈起来的淡淡的蓝色。

还有一团团的、轻盈的白雾，柔软地飘动着。

宁谷突然明白了。

这是天空。

这是主城一直想要模仿的天空。

这是真正的日光。

如果一直等下去，还会有真正的夜空吧。

他收回目光，慢慢往下移。

他看到了满眼的绿色，各种不一样的绿色，还有点缀其间的红色。

深一些，浅一些。

还有别的颜色。

宁谷从来没有同时看到过这么多颜色，感觉自己脑子都因为这样巨大的信息而有些转不动了。

有人在笑。

宁谷转过头。

一个孩子手里扯着一根线，笑着从他身后的一片绿色上跑过。

线的那头是一个黄色的气泡，随着他的跑动，在空中一下下跳跃着。

这是什么？

永远不再存在的世界，你们永远也感受不到的一切。

我们在哪里？

光一点一点暗了下去，颜色一点一点地褪去，声音也一点一点地远去。

四周在一片死寂里回归了黑色。

宁谷发现自己悬在黑暗中。

什么也看不到，什么也摸不到。

也什么都感觉不到了。

“你要选择吗？”女人问，“一切都消失，还是回到你本不存在的黑暗世界里？”

九翼的声音不再响起。

“我存在，”宁谷说，“我知道我是谁，我知道我在哪里，我知道我活着，我有朋友，我有喜怒哀乐。”

“谁敢说我不存在！”

春三关掉了联络设备。

转身走出了房间。

谁敢说我不存在。

虽然很模糊，带着巨大的杂音，但她还是听清了这句话。

不知道从哪里，从什么时间里，传来的这句话。

走出地下时，她从窗口看到了外面的主城。

日光开始闪动。

66

“比昨天又歪了一些。”地王站在钟楼下，用手比了个方框。

方框里的钟楼，往左边倾斜着。

三天前他来看过，当时钟楼的楼尖对着左手食指第一个指节。

今天再看，楼尖已经指在了第二个指节上。

按这个速度，用不了十天，钟楼就会倒塌。

这个鬼城地标性的建筑，旅行者历史的界碑，将在世界毁灭之前，结束它的旅程。

接下去它会消失在电光里，消失在裂缝里，消失在时间里。

也许还会有下一代主城，那……还会有下一个鬼城吗？

游离于主城之外的鬼城，是会跟着主城一同消失，还是会继续回到旅行者到来之前，回归死寂的永夜之地。

身后有人走了过来，地王不用回头就知道是李向。

这人脚步轻，柔和而坚定。

“你每天都来。”李向说。

“没地方可去了。”地王说，“以往收集东西，我还敢往北界跑跑，现在庇护所以外的地方，我都不敢去。”

“最近留在庇护所比较好。”李向递给他一个布兜，“这里面是护甲，你给钉子换上，如果主城发生乱战，有这个他不容易受伤。”

“钉子那个状态，不留在鬼城吗？”地王说，“我不走，我可以照顾他。”

“宁谷不会再回鬼城了。”李向轻轻叹了一口气，“钉子如果留在这里，恐怕世界毁灭了他也不会原谅我们。”

“知道了。”地王说，“我那里有上好的打包带，可以做个装置把他固定好，带他走的人背着不影响行动。”

“行。”李向点点头。

“一会儿要集会吗？”地王问。

“嗯，没有时间了，是时候让大家做出最后的选择了。”李向往舌湾的方向看了一眼，新的电光裂缝不断出现，最近的一条已经在三号庇护所边缘，按这个趋势，鬼城将会被电光裂缝撕成几块。

就算不离开鬼城，就算鬼城不会毁灭，不同地块上的人，也永远都不会再见了。

“我秘密宝库里还有些东西。”地王说，“你有空可以看看，有什么能用上的，现在大家也顾不上交换了。”

“你留着吧。”李向说，“没有出口我们就是死，用不上了。”

“好。”地王点点头，“我倒是没有想到，我这种没有什么能力的旅行者，也能活到这一天，还能备下继续活一阵儿的东西。”

李向笑了笑。

“老鬼！”林凡站在浓黑的雾里，喊了一声之后又吹了一声哨。

叮当细响的铁链声慢慢从雾里靠近，老鬼高大的身影出现在眼前。

“这边有没有什么动静？”林凡问。

“没有。”老鬼沙哑的嗓音响起，“最好的情况是鬼城被遗忘。”

“老疯子呢？”林凡又问。

“不知道去哪里了，”老鬼说，“可能找个好地方等着去看焰火了吧，活够了也看够了。”

“我要把那些材料带走，他们不能毁在这里。”林凡说。

“他们就在这里。”老鬼说，“这里和庇护所还有什么区别吗？”

“庇护所还有很多留下的旅行者。”林凡说，“我要照顾这些旅行者。”

“你确定团长他们不会再用上这些材料么？”老鬼咳嗽了两声，声音更哑了。

“军队已经够人了，他会带着那些人去主城。”林凡说，“这里留下一部分保护旅行者。”

“E的军队吗？”老鬼问。

林凡没有说话。

“不怕E和宁谷在主城见面吗？”老鬼哑着嗓子笑了起来。

“E自己的决定。”林凡说，“他当初也会想到这一天吧，只是所有人都只能活在当下，过去的，以后的，都考虑不了太多。”

“你回去吧。”老鬼看了一眼边界的方向，“昨天那边有动静，估计是有新的裂缝，这里是鬼城最窄的地方，一旦这里有裂缝，九成是要被撕成两半了。”

“老鬼，”林凡看着他，“如果活着……”

“我在这里。”老鬼说。

“我也在。”林凡转身，走进了黑雾里，抬手做了个举杯的动作，“祝后会有期。”

“后会有期。”老鬼说。

宁谷一直不知道的秘密，哪怕他找到地库也无法发现的秘密，在钟楼下方。

旅行者来到鬼城之后，建造的第一个正式建筑就是钟楼，不光是为了纪念，也是为了重生。

钟楼下方，黑铁的深处，是一个巨大的空洞。

E说这应该是个前代留下的熔火洞，熔火已经喷发殆尽，留下一个巨大的主洞和七八个子洞。

他们在空洞的上方建造了钟楼，纪念他们来到鬼城的那一天，失去晨昏的那一天。

也是他们要重获力量、夺回主城、去向新生的那一天。

洞里的灯光不是太亮，墙上的冷光瓶都已经快熄灭。

也不需要再点了。

这洞里黑压压排列着的队伍，是鬼城的大军。

只要车到，这支大军里的一大部分就会跟团长上车，去主城。

现在主城是什么情况，没有人知道，但鬼城已经到了最后关头，去或者留都成定局。

电光裂缝已经不知道有多少条，鬼城看起来是从未有过的明亮，到处都被电光照亮，但也呈现出前所未有的黑暗，黑雾已经不断侵入，庇护所也渐渐淹没在黑雾里。

李向在钟楼入口站着，看到林凡过来，转身跟他一起走进入口，打开了向上的楼梯下面的一道门。

门里是向下的楼梯，两人沉默地一路往下。

闻到越来越浓的熔火残留的气息时，就到地方了。

团长站在洞内的高台上，看着眼前沉默着的旅行者大军。

“E醒了吗？”林凡问。

“醒了。”团长说。

E因为实验受损严重，需要靠长时间的低温睡眠保持机能。这次主城之行，无论有无出路，对于他来说，都是有去无回的最后一次旅程。

从洞的深处传来脚步声，几个人都转向了声音传来的方向，团长跳下了高台。

一个被帽子遮掉了半张脸的人慢慢穿过定格着的旅行者，走到了他们面前。

“好久不见，”E说，“同伴们。”

“好久不见。”团长说。

“老鬼呢？”E转向林凡。

“他留在北界那边了。”林凡说，“老疯子也在那边，不过没有具体位置。”

“你呢？”E问。

“我留在庇护所。”林凡说，“这里需要有人带头。”

“嗯。”E掀起了帽子，“我们都还是坚持了最初的坚持。”

“这个给你。”林凡拿出了一个旧的护镜递给E，“宁谷的。”

E接过护镜，低头看了很长时间：“他怎么样？”

“很好。”林凡说，“很可爱。”

“可爱？”E问。

“是很可爱。”团长说。

E笑了起来：“你们还能养出很可爱的人？”

“我们也很可爱。”李向笑着说。

“他去了主城。”团长说，“如果有机会……”

“不了。”E握紧了护镜，“就这样吧，当初决定的时候就没打算再见。”

几个人沉默了一会儿，团长开口："车估计就这两天了，都准备好了吗？"

E慢慢举起手，指尖泛出暗银色光芒。他身后的熔火洞里的全部旅行者，都在一片寂静里举起了手，脖子上的黑圈上都泛出了同样的暗银色光芒。

"为生存。"E说。

低沉的声音同时在洞内响起，脚下的地面都随着发生震动。

"为生存。"

"我要回主城。"连川坐在沙发上，看着叶希。

叶希可以几个小时坐在椅子里一动不动，连眼睛都不眨，像是一个没有生命的人偶。

"这里不好吗？"叶希问。

"我还有要做的事。"连川说，"我不能在这里浪费时间。"

"没有时间。"叶希说，"这里没有时间。"

"你在这里干什么？"连川说。

"不知道，"叶希慢慢转过了头，"我也不关心，我的使命只是以不存在的形式待在这里。"

"使命，"连川停顿了一会儿，站了起来，走到他面前，"每个人都有自己的使命，对吗？"

"嗯。"叶希点点头，"BUG没有，所以他们需要BUG，特别是你这样的。"

"每一代主城其实都会有上一代的残留，有些是刻意保存，有些是更迭的时候无法消除的，清道夫也不能保证清除一切。"连川说，"所以系统会给出清理冗余和BUG的指令，抹掉那些跟上代主城重复的人，或者像疯叔那样的永远都在主城之间不断重复着的人。"

叶希没有说话，只是看着他。

"为什么每一代主城都会有宁谷？跟你长得一样的那个人，每一代主城都会出现，而且都会出现在管理员的门外，就像宁谷看到的画像。"连川慢慢凑近叶希，"他们是某种无法消除的存在，或者……是某种必须出现的存在，对吗？"

叶希笑了笑。

“我本来觉得有可能是你的投射。”连川盯着他，“但是你一直说你不存在，你又是一切……所以你也许只是某个人的投射而已，你甚至不如那些‘宁谷’，他们存在于每一代主城，他们知道自己的使命，唯有你，你接受了自己不存在的事实……你只是个虚无的影子，也许只是一个无意义的记录者。”

连川看着他：“最大的BUG，说不定是你。”

叶希脸上的笑容消失了：“也许吧。”

“我这个大BUG，为什么会来到这里？”连川说，“因为我是前驱实验体，上代主城的保留信息。我跟宁谷有某种关联，也许是上代主城埋下的伏笔，也许是个意外，但我能来到这里，已经说明有什么不一样的事发生了。”

“宁谷应该在主城出生，应该被召唤。”叶希说，“他有自己的使命。”

“什么使命？”连川说，“确保主城不会有出口吗？”

叶希沉默。

“但他还没有出生的时候，或者刚出生的时候，就被带去了鬼城。”连川说，“系统找不到他了……鬼城是什么地方？”

“没有鬼城。”叶希说，“从来就没有。”

“没错，鬼城没有确切的位置，没有准确的连接时间。”连川站直了身体，“主城关于鬼城的记录，都只有一代，没有前代鬼城，主城对鬼城的所有记录都是从这一代开始的。鬼城以前没有出现过，那些原住民，是真正的原住民，而以前的那些‘宁谷’，也不会出现意外。但这一次，宁谷是在鬼城长大的。”

“鬼城暴露了，也会被清除。”叶希说，“已经开始了。”

“但宁谷已经成为变数。”连川说，“他没有说错，他是救世主，他是上一代主城留下的救世主。”

叶希抬起头看着他：“你想得好多啊。”

“我只是要活着。”连川说。

“连川！”

连川和叶希同时停止了说话。

这声音很低，很飘，甚至不像是耳朵听到的，更像是来自意识里，来自记忆里，来自不存在的什么地方。

叶希突然闪了一下。

很细微，像是主城的瞬闪，只是比瞬闪更快、更短暂。

连川抓住了叶希的手。

“我不是一个图像。”叶希明白他的意思，笑了笑。

“他在叫我。”连川说，“你听到了吧？”

“听到了。”叶希说。

“他到不了这里。”连川说，“但他能把我带回去。”

“他破坏了平衡。”叶希说。

“你们的平衡。”连川说，“不是我们的。”

“连川！连狗！”

宁谷的声音再次传来，依旧遥远而飘忽，没有真实的感觉，但却每一声都能让连川听到。

“参宿四！”

“我们也许还会见面的。”叶希说，“希望那时我不是我，你们还是你们。”

连川看着他，没有理解他这句话的意思。

“所有的他，都是变数。”叶希说，“所有的一切，都只是一念之间。”

“唤醒！”

“你疯了！”九翼在洞口外挥动着胳膊，指刺的寒光在空中带出一条条的划痕，“你听到了没有！车马上要来了！要混战了！你出来！”

“出来！宁谷快出来！”福禄在洞口外来回跳着。

“宁谷！车要来了！快出来！”寿喜倒挂在洞口上方，“不要在这个时候跟诗人打！”

“他没有跟诗人打。”福禄提醒他。

“不要这个时候跟诗人搅成一团！”寿喜换了一句，“万一把诗人放出来了，我们老大会受伤！”

“老大会受伤！”福禄喊，“宁谷出来！”

洞里的黑雾中的红光，疯狂地旋转翻腾着，不断从宁谷身上穿过。

宁谷所有的注意力都集中在连川身上。他不能有一丝松懈，他没有连川那样强大的精神力，能够对抗诗人。他唯一的办法就是专注。

“宁谷！救世主！行了吧！”儿翼在洞口转着圈，“你刚到底看到什么了？我记忆里是不是有卖毒药的？你吃了？”

“吃毒药了！”寿喜喊。

“闭嘴！”九翼吼，又冲到洞口，“宁谷你要是把诗人放出来了，我马上吃了你。”

宁谷一条腿跪在连川身边，背对着洞口，除了不断穿透他身体的红光，他整个人都一动不动。

“参宿四，唤醒。”

“收到。”

67

“只送您到这里了。”陈飞的手下把车停在了城界，穿过已经破损的城墙，外面就是黑铁荒原，能清晰地看到喷出烈火的裂缝。

“辛苦了，你们回去吧。”春三下了车。

车里的人递出了一件武器：“您带着这个，防身用。车来了，旅行者那边还不知道什么情况。”

“谢谢。”春三接过武器，看了看。

车掉头离开。

春三回头看了一眼已经损毁得一片狼藉的主城建筑，在日光不断闪烁下，整个世界都显得异常诡异。

闪烁并不是一直持续着，每过一段时间就会停止几分钟，然后再次开始闪烁。从城务厅出来，她就一直在默默记着规律，如果她的估计没有错，这闪烁是从她在联络室听到管理员频道里那句话的时候开始的。她希望能找到答案。

春三走了几步，跳上断墙，跨出了主城。落在黑铁荒原上时，鞋底能感觉到尖锐的地面。

她还需要往前走挺长一段路，才能到达失途谷。清理队在那里还有一个临时的安置点，一些从主城逃出去的人会到那里寻求庇护。

主城很多安全地点都已经被封锁，A区和B区的一部分人可以进入，除他们之外的所有人都需要自求生路。

曾经人人痛恨的鬣狗，现在成了逃离的人群最后的希望。

春三把披着的头发扎了起来，往失途谷方向走过去。

走了一阵之后，春三开始能看到逃出来的人，零散地或坐或站，或茫然地四处走动。

这个时候，已经分不清哪些是曾经的高等级居民，哪些又是“贱民”，每一个人看上去都透着绝望和疲惫。

远处传来一声尖叫，春三转头看过去的时候，远远能看到主城的高墙顶端有一个小小的黑点在迅速坠落。

她转回头，看着脚下，有些急切地往前走。

刚走出两步，有人拦在了她面前。

她刚抬起头，这人已经一拳打在了她脸上。

春三被直接打倒在地上，后背被尖锐的地面磕得一阵疼。

接着这个人扑了上来，膝盖往春三肚子上一压，就开始在她身上摸索：“拿出来。”

“什么？”春三被这人的膝盖压得几乎无法呼吸，但还是努力伸手摸到了腰后的武器。

“物资。”这人浑身散发着灰尘的味道，手不断撕扯着她的衣服，“你是城务厅的人，你身上肯定有好东西。”

“放开我！”春三提高声音，一只手想要推开这个人。

她的武器随时可以开火，但她没有按下按钮，她没有杀过人，甚至没有跟人动过粗，而这是一个已经被绝望和求生欲折磨得失去了人性的普通居民，曾经主城里最普通的、普通到甚至会被系统忽略的居民。

“给我！”这人眼睛都有些发红，手掐到她脖子上猛地收紧。

春三只觉得眼前一片金花。

她闭上眼睛，手从腰后抽出，对着这个人按下了武器上的按钮。

脖子和肚子上同时猛地一松。

她睁开眼睛时，只看到了一片黑色的灰烬。

春三迅速爬了起来，四周不知道还有多少这样的人，她这一身虽然不是制服，但依然带着一眼就能看出的“高等级居民”的气息。

她正边走边想脱掉外套的时候，一个声音喊了起来：“就是她！”

“她有武器！”另一个声音也喊。

春三转过头，看到了一群人，少说二十多个，手里都拿着铁棍，眼睛全盯着她，正慢慢呈一个半圈向她逼过来。

“武器吗？”春三说，“可以给你们。”

带头的一个突然笑了起来：“城务厅的垃圾，居然也敢跑到黑铁荒原来，还想跟我们谈条件？”

“杀了她！”有人喊。

“杀了她！”更多人响应。

春三举起了手里的武器，对准了中间的人。

春三正要开火的时候，一道棕黑色的影子猛地从旁边的黑暗里跃出，从最靠近她的几个人面前一掠而过。

几个人跟着就捂着胸口发出了痛苦的惨叫，身上几道深深的黑色伤痕清晰可见。

没等这些人回过神来，攻击再次发起，影子再次掠过。

一帮人惨叫着开始退后。

“老大。”春三长舒一口气，轻轻叫了一声。

狞猫拦在了春三和那些人之间，身体低伏，盯着前方。

“是狞猫！”有人惊呼。

“连川的狞猫！”

四周的人退开之后，狞猫转过头，冲春三喷了喷气，打了个招呼，示意她跟上。

春三赶紧小跑几步跟了上去。

往前走了一段，她看到了几个清理队队员，走在最前面的是雷豫。

雷豫带队离开主城的时候，他们已经道过别，做好了活着再不能见面的准备，她这段时间以来也一直内心平静。

但这一刻，看到雷豫快步向她走过来的时候，她的视线还是一瞬间就被泪水模糊成了一片。

甚至像个小女孩一样，在雷豫跑到她面前搂住她的时候，一下哭出了声音。

“有蝙蝠在主城，说看到陈飞的人带着你离开A区了。”雷豫低声在她耳边说着话，“他们怕有冲突，没有直接接触，回来通知我们了，我就猜陈飞是不是要送你出城。”

“嗯。”春三点头，搂着雷豫的腰哭得有些喘不上气来。

“要不先回驻点再哭吧。”雷豫说，“这里不太安全，流民太多了，很多都有武器，我们现在火力不行，后续武器都得靠九翼了。”

“好。”春三松开了他，有些不好意思地抹了抹眼睛，“谢谢大家来接我。”

“嫂子别客气。”几个清理队员笑着说。

龙彪过了一会儿才开口：“哭起来都不像你了，像队长的女儿。”

一群人全笑了。

失途谷外的驻点，是清理队和蝙蝠联手建造的，春三知道失途谷有大量物资，但是的确没有想到有这么多。

“车到了。”

春三跟着雷豫刚回到驻点，还没来得及跟队员们打招呼，就有人冲过来汇报。

“下车点有埋伏吗？”雷豫马上问。

“除了作训部刘栋前两天派人送过去的十几个大箱子，”队员说，“没有看到他们的人了，箱子里不知道是什么。”

“激活了的EZ。”春三说，“主城全部的EZ都已经待命，陈飞已经控制不了局面了，刘栋联合了萧林。”

“过去，”雷豫看了一眼旁边的黑戒，“跟九翼说一声，我们带旅行者先过去，你们增援。”

两个黑戒点了点头，转身跑进了失途谷。

现在的情况紧急，很多重要的信息都还来不及交换，春三本来不想开口，但实在还是没有忍住，她在雷豫准备武器的时候，低声问了一句，是她最牵挂的问题：“川呢？”

“跟宁谷和九翼在一起。”雷豫说，“不过去找诗人了，现在还不知道情况。”

春三刚松下来的心一下又提了起来。

“他不会有事。”雷豫跨上了A01，看着她，“他是什么样的人我们都清楚，他是能活到最后一秒的人。”

“嗯。”春三点点头。

“出发。”雷豫戴上了护镜，发出了指令，“停车点。”

春三退到一边，看着一众发着蓝光升到半空悬停的A01，还有A01上那些她熟悉的队员们，穿着制服戴着护镜她都能认出每一个人。

队伍几秒集结完毕，没有停留，往停车点方向飞驰而去。

连川从地上一跃而起，拉着宁谷从洞口冲出。

宁谷在被他拖出洞口的一瞬间，才开始感觉到身上的剧痛。

而穿透他身体的几束红光，也在冲出洞口的一瞬间离开了他的身体，卷向九翼并消失在他的面具之后。

“连川！”宁谷吼了一声。

“在。”连川出声。

“你没事吧？”宁谷盯着他。

“没事。”连川说。

“你刚一直在外面喊什么？”宁谷转头看着九翼。

九翼站在尖锥旁边，没有说话。

等了几秒钟，宁谷猛地转过身，指尖光芒亮起：“九翼？”

“车到了。”九翼说。

“什么？”宁谷看着他，“刚刚那些光……”

“鬼城的车到了。”九翼说，“作训部有埋伏，清理队和旅行者已经过去了。”

“失途谷呢？”宁谷问。

“黑戒已经全部派出去了。”九翼说。

“我们过去。”连川说。

宁谷没动，盯着九翼：“刚刚那些光。”

“没事。”九翼说，“我还是九翼，那么一丁点，影响不了我。”

“那你装什么酷？”宁谷不太相信。

“我这是惊魂未定！”九翼突然提高了声音，一连串地吼，“惊魂未定！以后你再搞这种生死相依的事先跟我说！要不我马上把你敲碎了改装成黑戒！”

雷豫带着人赶到停车点的时候，车已经停在了轨道正中。

刘栋放在停车点四周和通向主城必经之路上的十多个巨大的黑色箱子还放在原地，没有打开，也没有挪动。

“确定安全范围。”雷豫在通话器里说。

“三百米。”龙彪很快回复。

短暂的沉默之后，李梁问了一句：“这车怎么是这样的？”

这一次的车看上去跟以往的车的确不太一样。

车厢大致还是能看得出，应该是八节。

但车体却比以往的粗了一圈，车厢连接处的间隔也不见了，看上去就像是有人在车厢外安装了一圈黑色的盔甲。

“能跟车里的人联系上吗？”雷豫回头看了看坐在李梁车上的旅行者。

“能。”旅行者点了点头，手放到嘴边，猛地发出了两声尖啸。

两秒钟后，车厢里有人用尖啸声回应了他。

“他们要出来了。”旅行者说。

“注意掩护。”雷豫下令，“一组二组三组四组留意箱子，剩下的随时准备，给下车的人火力掩护。”

雷豫的话音刚落，车厢有了变化，外侧像盔甲一样的部分突然同时向外脱落，变成了一个个一人多高、像是盾甲一样的东西。

落地之后盾甲迅速重新组合在一起，形成了一堵三人高的黑色盾墙。

围放在四周的黑箱在这一瞬间同时发出“滴”的一声，所有的黑箱同时弹开，箱壁倒在地上，箱子里满满站立着的EZ随着箱壁的倒下涌了出来。

接着就以极高的速度冲向了盾墙。

“攻击！”雷豫下令。

蓝色的光交织成一片，向EZ队伍的后方推了过去。

而列车前的盾甲后方，突然亮起了一片炫目的光芒，猛地迎着EZ压了过去，暗银色的光像雾气一样从盾墙的缝隙里泄出。

EZ像是没有知觉的怪物，暗银色的光芒接触到它们身体时带来的道道伤痕分毫没有减缓它们的行动，甚至在被光芒划成两半时，它们还在向前跳跃。

“那是什么？”宁谷远远看到一片暗银色光芒时，震惊得不敢相信自己的眼睛。

“跟你一样的能力。”连川看着前方，“是E吗？”

“他失踪了啊！”宁谷喊，“而且这么大的范围……太强了吧？”

“这不是一个人的能力，”连川拉着他冲到了清理队的右侧方，“这是鬼城的军团。”

宁谷愣住了：“军团最后是加载了E的能力吗……”

“激活第二批EZ。”刘栋看着监视器。

“那是什么？”萧林看着刘栋，“我没有看错的话，那是宁谷的能力？”

刘栋盯着监视器，过了一会儿才转过头看着萧林：“是E。”

“E不是死了吗？”萧林有些吃惊，“他跟宁谷什么关系？”

“不知道。”刘栋声音很冷，“E失踪的时候我还只是作训部一个小小的预备官，这些恐怕要问问陈长官了。我只知道EZ有一部分基础材料来自E，但一直做不到最完美，否则也不会一直只有一个参宿四。”

“所以……它们的代号是EZ……”萧林看着刘栋，“作训部背地里到底干了多少事？”

“作训部干的这些事，现在是你活下去的资本。”刘栋提高了声音，“让巡逻队带箱子就位！激活第二批！”

“后方。”龙彪在通话器里喊。

参宿四出现在他的视线里，向清理队后方包过来的EZ瞬间倒下了一片。

“参宿四来了。”龙彪“啧”了一声，“真能抢风头啊……一组二组跟上我，给他掩护！”

第二批EZ数量更多，成片从箱子里跃出涌过来的时候，参宿四跃向空中，清理队在他落下的空档里发起了攻击。

宁谷跳上一堵断墙，举起了手。

控制能力对EZ不起作用，他指尖泛出了暗银色的光芒。

随着连川回落，光芒炸开，一时之间EZ的碎片四下飞出。

几乎是同一时间，车厢那边的盾墙突然撤开，脖子上戴着黑圈的鬼城军队成片地冲了出来，加入跟EZ的混战中。

一片暗银色的光始终绕在他们上方。

地下传来了剧烈的震动。

轨道平行的方向，远处突然腾起了火光。

“裂缝来了！”雷豫喊，“旅行者！让你们的人马上压进主城，裂缝会切断现在的路！”

旅行者发出了尖啸，向同伴传信。

宁谷转头往车的方向看过去，车顶上站着团长和李向，他们身后，还有一个几乎只能看出一个轮廓的人影，整个人都被暗银色的光包裹着。

随着这个人的动作，鬼城大军转了方向，开始向主城方向强行压进，夹在中间的旅行者也不断攻击，EZ的攻势很快被瓦解，大军直接推倒了一段城墙，走上了进入主城的窄桥。

这是旅行者以往进入主城绝对不会选择的入口，曾经被城卫牢牢控制，从桥上通过无异于送死。

而现在，浩浩浩荡荡的军队和旅行者们，从桥上呼啸着冲过，进入了主城。

“走。”连川跃回了宁谷身边，“先回失途谷。”

宁谷没有说话，看了他一眼。

“要去见团长的话，”连川说，“我带你过去。”

“不，”宁谷说，“先回失途谷。我有话要问九翼。”

“好。”连川说。

团长再次回头的时候，远处属于宁谷的光芒已经消失，只剩下清理队收尾掩护的蓝光。

“是他吗？”E声音很沉。

“是他。”李向回答。

“很强。”E说。

68

这场战斗并没有持续太长时间。

主城应该是没有想到车上会有鬼城军团，确切地说，应该是根本没有想到，旅行者会有一支这样的军队。

派出的EZ只有两批，城卫和治安队都保留了绝大部分实力，EZ只是为了对付随车的旅行者。

而车上这些跟EZ相比虽然没有自我意识、如同行尸走肉的队伍，却加载了攻击能力，以一人之力让整个队伍的攻击整齐精准。

这样的队伍在别的战斗里并不见得好用，所以主城一直想要拥有的是一支由类似参宿四那样的、拥有强大对战能力的单体武器组成的实验体大军。

但在这种密集攻击短兵对战中，鬼城的傀儡军团却占了绝对的上风。

清理队断后时只还有少量EZ残留，地上全是EZ已经四分五裂的躯体。

“你不知道鬼城有这样的军队吗？”苏总领看着屏幕，这是主城设在城界边缘最后残存的几个监控之一，画面不全，但已经足够看清进入主城的是一支什么样的队伍。

“不知道。”陈飞脸上的肌肉有些抽动，因为愤怒，也因为震惊，“我甚至都不知道E还活着。他不是被齐航杀了吗？”

“齐航进入失途谷那天就已经说明他很多话都是谎言。”苏总领叹了口气，“我们都没有发现，所以你也不见得比我高明多少。”

“九翼不肯进一步合作，我也没有办法获得更多的信息。”陈飞说，“现在说当初，也没有意义了，重来一次还会是这样。”

“现在宁谷身上有E和齐航两个人的能力。”苏总领说，“刘栋没让你去指挥车里看看，真是可惜了。”

陈飞摸了摸脖子："也好，还是各干各的吧。无论有没有出口，我至少应该死在主城毁灭上，而不应该是被谋杀。"

苏总领看着他没有说话。

"作训部的人作风一向如此，为达目的不择手段。"陈飞说。

"你不也是这样的人吗？"苏总领冷笑。

"我要的是一个强大强势的主城，一个所向无敌的整体。"陈飞看着他，"刘栋要的是成为世间的神，我们的目的从根本上就无法调和。"

"一秒钟的神吗？"苏总领问。

陈飞没有说话。

春三盯着连川的脸看了起码两分钟，一句话也没有说。

宁谷在一边站着，看得有些心酸。

如果自己刚才去了主城，见了团长，不知道会是什么样的场景，团长和李向他们，应该也会与自己相顾无言吧。

可他没有去。

因为跟团长和李向同时出现的那个人——据说已经死了很久的E——有着跟自己一样的能力。

宁谷皱了皱眉。

也许仅仅是因为发生的事情太多，他跟团长的关系已经回不到从前，哪怕团长依旧对他好，他也依旧会想念团长。

"去找九翼。"连川跟春三短暂地说了几句话之后走了过来，"我有话要问他。"

"我也有。"宁谷说，"诗人是九翼的意识，九翼一定知道什么，他看到过蓝色的天和白色的雾，还有很多绿色的东西，都是很明亮的颜色。"

"失途谷那个棺材里的东西吗？"连川问。

"嗯，就是那样的，那个是天空。"宁谷看着连川，"不知道是哪一代主城的天空，或者……"

"是走马灯以外的世界。"连川说。

"对。"宁谷点头。

两人回到失途谷，往吟诵竖洞走过去的路上宁谷看了连川一眼："你吃惊吗？”

“不太吃惊了。”连川说，“现在发生什么我都不会太吃惊了。”

“你真的没事吗？掉下水以后你去哪里了？”宁谷问。

“见到了一个跟你长得一样的人，”连川看着他，“叫叶希。你有任何跟这个名字相关的记忆吗？”

“没有。”宁谷想了很久，再次确定，“没有。他是哪一代主城的？”

“哪一代都不是。”连川说，“他一直在所有世界之外，不属于走马灯的任何一格。”

宁谷停下了脚步：“不会是九翼曾经看到过的那个世界吧？那个世界应该就不属于任何一格，因为那个人问过九翼，是要选择一切消失，还是回到黑暗的世界……而且……”

宁谷抬起头：“没有去那个世界的选项，只有消失和黑暗的世界，那是我们去不了的地方吗？”

“这就要问九翼了。”连川说。

两人继续往里走，蝙蝠和黑戒都在往外搬物资，准备跟清理队加强守备，应付主城有可能发起的进攻。

宁谷看着身边跑来跑去的蝙蝠和黑戒，居然有一种说不上来的亲切感。

“我特别害怕你回不来了。”宁谷说，“你就一直躺在诗人的那个洞里，九翼为了不让诗人出来，把洞封掉了……”

“我自己应该是回不来了，叶希说那里没有人能去，去了也不能再回来。”连川说，“你如果没有拉我，我可能就留在那里了，那个时间不存在的地方。”

“时间不存在？”宁谷看着他，“什么意思？”

“一切都只是一念之间。”连川说，“我也没有想明白这个意思，但我有一点能确定。”

“什么？”宁谷马上问。

“你是救世主。”连川说，“你是所有既定程序里的变数。”

“这个我一点都不吃惊。”宁谷一挑眉毛，“我本来就是。”

“嗯。”连川笑了笑。

“你这是嘲笑吗？”宁谷问。

“不是。”连川说，“就是正常地笑一下。”

“你多笑笑吧。”宁谷叹了口气，“你现在这个笑的频率，每一次笑都不怎么正常，看你笑一次比我听到自己真的是救世主还吃惊。”

“嗯。”连川应了一声，走了几步之后又说了一句，“谢谢。”

“谢什么？”宁谷愣了愣。

“拉我回来。”连川说。

“这个不需要谢。”宁谷想了想，“我俩之间不需要谢谢，太陌生了，我拉你回来是因为……是因为……”

连川没说话，等着他想。

“是因为……”宁谷想了半天也没想好该怎么说，“总之就是说好了一起，我不可能不管你，你也不会扔下我。”

“嗯。”连川点头。

回到吟诵竖洞时没有黑戒，还是连川拉着宁谷直接跳下洞底，落在了尖锥旁边。

宁谷还没有站稳，就先看到了在诗人洞口一边一个坐着的福禄寿喜，满脸愁容，一言不发。

第二眼看清洞口的时候，他猛地绷直了身体，整个人都紧张起来。

九翼封在洞口的银色已经消失。

“九翼呢？”连川问福禄。

“出去了。”福禄说，“可能回老巢了。”

宁谷冲进了诗人的洞里。

洞里什么都没有了，只剩了一个空洞和两个不知道通向哪里的通道，那些黑雾，那些黑雾里裹着的翻滚的红光，都消失了。

“诗人呢！”宁谷冲回洞口，冲寿喜吼了一声。

“诗人出来了。”寿喜低声说，“诗人出来了，诗人出来了……”

“出来了是什么意思？”宁谷盯着他，“回到九翼身体里了吗？”

“是的。”寿喜抬起头，“我们跟不上他，老大最后一句话是让我们在这里等着你们……然后就跑了……”

“什么时候的事？”宁谷问。

“就刚才。”寿喜的声音里带上了哭腔。

宁谷转过头看着连川：“可能是我……九翼说了不让我进去……他不让我进他记忆，我也进了……”

“不是因为你。”连川打断了他的话，“这不是你现在需要想的问题。”

“诗人回到九翼身体里了。”宁谷沉下了声音，“九翼不是九翼了。”

“去找到他。”连川说，“这对于我们来说，未必不是一件好事。”

“嗯？”宁谷看了他一眼。

“诗人是九翼不愿意面对的那一部分，是知道真相的那一部分。”连川说。

“先去他老巢看看。”宁谷说。

“他不在老巢。”连川说，“九翼的老巢里什么都没有，那只是九翼休息的地方，诗人不会去。”

“那会在哪里？”宁谷问。

“你俩不要留在这里了。”连川看着福禄寿喜，“万一九翼回来，这里不安全，你们去找雷豫。”

“老大还在吗？”福禄问。

“在。”宁谷说，“他肯定在，他为了活着，为了存在，可以做到这一步，就算诗人回来了，他也一定还在。”

“去上面等他。”连川说完，拉着宁谷跃上了洞壁。

离开吟诵竖洞之后，宁谷发现了变化。

失途谷洞壁缝隙里的那些暗红色的光，很多都已经消失了，变成了熔火的颜色。

“这才是失途谷本来的颜色吧？”宁谷低声说。

“应该是。”连川说，“诗人已经回到九翼身体里，失途谷不再是他精神力的载体。”

“你是要去棺材那里吗？”宁谷看出了连川奔跑的方向。

“你也不是完全不认识路啊。”连川说。

“你在这里扯过我的脚。”宁谷说，“我记得清楚着呢。”

往后的路就记不太清楚了，但那个胖“8”字形的洞，宁谷还是能认出来的。

只是在洞外就能看到，洞里布满了金色的光芒。

“是齐航。”连川说，“九翼在这里。”

“正好。”宁谷举起了手。

紧跟着一道如同刀锋般的暗银色光芒从空中划过。

只这一刀，金光就被劈出了一道无法再合拢的“伤痕”。

宁谷再次一扬手，指尖的光芒自上而下如同水流倾泻一般，包裹住了他和身后的连川。

两人走进了被劈开的金光里。

一只巨大的蝙蝠从洞的上方突然飞出，悬停在他们面前。礼帽蹲在蝙蝠背上，空洞的双眼看着他们。

果然是诗人在哪里，齐航和他的备用身体就会在哪里。

“让开。”宁谷说。

礼帽没有说话，只是突然仰了仰头。

洞里的金光跟着他这个动作开始流动，从两边向礼帽涌去。

“齐航要用这个身体。”连川话还没有说完，已经冲到了礼帽面前。

宁谷并没有看清，但礼帽落地的时候，胸口的黑色伤口清晰可见。

久违了的最强鬣狗，一招致命。

蝙蝠受到惊吓，发出了尖锐的声音，胡乱地扑扇着翅膀飞出洞口，落在了地上，挣扎着扑着走了。

金光从两边向中间涌去，最终要进入礼帽身体的金光撞击在一起，撞出一片火星一般的细碎光芒。

应该死掉了的礼帽并没有死。

如同一个真正的躯壳，开始挣扎着想要站起来。

宁谷没有给这些金光再次涌向礼帽的机会，绕在他身上的光像是突然爆发，炸出的无数道暗银色光芒瞬间冲进金光里。

洞里的金光顿时像是被无形的手搅起，撕碎，变成了一个个小光团。

连川看着宁谷。

宁谷收回了举着的手，也看着他："我就试试，帅吗？"

"上去。"连川抓住了他的手，跃到了洞的上层，"不要给诗人太多时间。"

冲进能看到棺材的那个洞时，宁谷还是又坚持问了一句："帅吗？"

"……帅。"连川说。

这个字字音落下的时候，他们看到了站在洞顶那一方开口之下的九翼。

九翼看上去没有什么不同，还是戴着狗头面具，仰着脸向上看着，指刺在面具上一下下轻轻地敲着。

"九翼。"宁谷叫了他一声。

九翼慢慢收回目光，看向宁谷："你就是宁谷。"

宁谷没有说话，盯着他。

"果然还是这张脸。"九翼说，"永远都不会变。"

"九翼呢？"宁谷问。

"我就是九翼。"九翼看着他。

"你是诗人。"宁谷说。

九翼笑了起来，笑声像以往一样带着尖锐的金属音质，但听起来却没有了九翼独有的那种疯癫，多了几分冷酷。

"棺材里是什么？"连川开口，打断了他的笑声。

"棺材？"九翼收住笑，视线落在了连川脸上，"那不是棺材，那里面放着的，是绝望。"

"你的绝望吗？"连川问。

"我的，也是你们的。"九翼的声音一点一点沉了下去，又突然爆发，"是所有人的！所有人的绝望！"

"不是九翼的。"连川说，"他如果跟你一样绝望，就不会把诗人永远封在失途谷，绝望的是你，不是他。"

九翼歪了歪头，看着他。

"也不是我的。"连川说，"我从来没有绝望过。"

"你没有吗？"九翼盯着他，"在你成为参宿四的那些日子里，你不绝望吗？你每天都在绝望，前驱实验体，你一直都绝望。"

“你闭嘴！”宁谷吼了一声，手一扬，三道暗银色的光划向九翼。

九翼几乎是同时向后跃出，以几乎跟连川差不多的速度避开了宁谷的攻击，洞里的黑铁地面上留下了三道长长的深槽。

宁谷觉得自己眼睛都烧得发热，跟着就要冲过去。

连川一把拉住了他的手，看着九翼：“那是面对没有尽头的痛苦时的情绪，不是对存在的质疑，我从没对自己的存在有过绝望，没有任何情绪，任何人，能让我放弃活着。”

九翼盯着他，跟他对视了很长时间之后才突然一仰脸，看着上方的那方空洞：“是吗，那你们去，去体会一下什么是真正的绝望。”

“不要去。”九翼突然换了语气，又说了一句。

“九翼！”宁谷猛地反应过来，喊了一声。

“有些东西不需要体会。”九翼说，说完之后又笑了起来，语气再次回到了冷酷，“连川，你是不是有很多疑问，想要问问管理员？”

连川没有说话。

九翼猛地一扬手，上方的空洞发出了碎裂的巨响。

连川拉着宁谷退到了角落，躲开了崩塌的洞顶落下来的黑铁碎块。

一阵碎屑四溅过后，整个洞顶都消失了，露出一个巨大的黑色空间，除了悬在空中的那一方蓝天，四周的一切都像是消失了。

和在叶希的那个房间里时一样的感觉。

他们像是站在了孤岛上。

无边的黑暗里的孤岛。

“连川。”一个机械男声响起，在空洞的黑暗里显得格外单调。

而随着这一声“连川”，“棺材”的轮廓慢慢变淡，最后消失在了黑暗里。

连川猛地握紧了宁谷的手。

宁谷也反握了他一下，表示自己还在。

“连川。”一个机械女声重复了一遍。

这一次连川清楚地判断出这个声音来自身后。

他转过了头。

宁谷跟着向身后看去，几秒钟之后他才开口，声音里带着细微颤抖："这是什么？"

黑暗中有三团带着光晕的东西，带着些许发黄的白色，像是还没有切割分型的配给，又像是一团孩子随手捏出来的白泥。

"管理员启动。"女声说，像是在回答宁谷的问题。

"这是……"连川看着眼前的东西，"大脑。"

黑暗里，三个裸露着的大脑。

管理着主城不知道多少年，给系统发出无数指令，从不露面，连声音都只是系统机械音的三位管理员。

是三个大脑。

第八章

Melting City

ENTER与BUG

69

“又闪了。”雷豫站在黑铁掩体后面，看着主城的方向。

日光跟前段时间的亮度没有太大的差别，光刺也依旧是这样的距离还能看清的主城建筑。

但日光每段间隔之后的闪烁却是从未有过的，不是瞬闪，有没有给主城带来什么变化也不得而知。

“我确认了一下时间，”春三站在他身边，“基本能肯定是从我离开联络室的时候开始的。”

“除了那句话，还听到别的内容了吗？”雷豫问。

“没有，”春三摇摇头，“就连那句话也很模糊。就算联络系统受损，备用装置也能保证跟管理员的通话绝对畅通，所以……我怀疑……”

雷豫转过头看着她。

“只是我的推测。”春三皱了皱眉，“我怀疑那不是管理员发出的信号，而是有什么东西，意识，精神力，侵入了管理员，或者正好接通了管理员的频道。”

“有可能做到这样的……诗人，齐航，E，”雷豫停顿了一下，“川？”

“诗人就算偶尔醒过来，也并没有这么强的能力。”春三也停顿了一下，“川的话，应该也不是，就算信号很差，他的声音我也能听出来。而且，川如果能做到，早就做了吧……他有无数次机会。”

两人都没有再说话。

无数次机会，指的是无数次契合训练，无数次秘密实验，每一次连川都会因为极度的痛苦而被激发出强大的精神力。

却没有任何一次能够联通管理员。

“很有规律，”跟着宁谷和连川过来的老旅行者，在他们身后说了一句，“像是某种信号，旅行者会用啸声传递信息，长短组合，意思不同。”

老人看上去年纪很大了，腿也走不了，不过精神倒是很好，虽然没跟着大家一起去停车点，但也没躲在失途谷里，一直在驻点坐着。

“的确是像某种密码。”雷豫说，“主城用过什么密码吗？”

“用过的有两套，但算法不一样，对不上。”春三说，“资料库里也没有更多记录参考。如果真的有，需要查的话，只能去图书馆的典籍库。”

上代主城留下来的纸质书并不算太多，都堆在典籍库里收藏着。主城对纸张类的信息并不是特别重视，更在意的是能马上投入使用的科技信息。

“典籍库在城务厅下面。”雷豫说，“想进去不容易，特别是现在，所有的守备都集中在那边了。”

“你觉得这是某种提示吗？”春三说，“还是警告？”

“不知道，这种时候了，什么可能都有。”雷豫往远处看了一眼，“停车点那边也有裂缝了，再往前点，就会切断轨道，跟鬼城就再也没有连通的可能了。”

“鬼城的情况……”春三问。

“有蝙蝠进主城去传消息了，他们跟旅行者更好沟通，一会儿他们回来，我就过去，”雷豫说，“跟团长聊聊。现在大家都没有头绪，该干什么，该去哪里，下一步要怎么走……”

“嗯。”春三点点头。

“这是真的大脑吗？”宁谷在连川耳边轻声问，“还是模拟的图像？”

“我们看到的应该只是意识空间里的东西。”连川也低声说，“但大脑应该是曾经有人看到过，也是真的存在过，只是不知道是谁的。”

“是的。”一个机械男声说。

这是小绿和小蓝中的一个。

“这是谁的记忆？”宁谷问。

“九翼的。”连川说完看着前方的三个大脑，“对吗？”

“不确定。”小红说，“见过大脑的不止他一个人。”

“还有谁？”连川问。

“每代主城的ENTER。”小红说。

“ENTER是什么？”宁谷问。

“你。”小红回答。

“那就是救世主呗。”宁谷说。

小红没有说话，三个大脑都沉默了，过了一会儿小绿和小蓝中才有一个开了口：“没有这个词。”

这个回答让宁谷很吃惊，也相当郁闷。

“你说没有就没有，你算老几？”他一下子提高了声音，语气里带着不爽。

连川握了握他的手以示安慰，顺便提醒他少安勿躁：“还有谁？”

“叶希。”小红回答。

“叶希不是ENTER。”连川说，“对吗？”

“对。”小红回答。

“叶希是谁？”连川马上追问。

“是一切。”小红说。

这个回答跟叶希自己说的一样。

两种可能，叶希就是一切，或者叶希的等级——连川一下找不到合适的形容，只能用这个词——如果在三个管理员之上，他就可以让管理员做出这样的回答。

而每一代主城的“宁谷”，都见过这三个大脑……

按这个逻辑，宁谷的确是最特别的。

但九翼和自己，明显在这个规则之外，为什么也能见到？

“九翼是BUG吗？”连川问，“叶希说的另一个BUG，是他吗？”

“是的。”小蓝和小绿中的一个回答。

连川感觉自己脑子转得很快，他不知道能在这里逗留多长时间，必须迅速挑出关键的问题。

“ENTER为什么会见到你们？”他问。

“选择。”小红说，“这是我们唯一能为你们做的。”

“选择毁灭，还是黑暗的世界？”宁谷立刻问了一句。

“是的。”小红回答。

“跟九翼说话的那个女人，”宁谷看着眼前的三个脑子，也不知道哪个是哪个，“是你吗？”

“是。”小红说，“也不是。”

“说人话。”宁谷说，“别跟我绕！”

“是曾经的我，”小红说，“不存在了的我。”

“就是说现在的你就剩个脑子了呗？”宁谷说。

“没有现在。”小红说。

“啊——”宁谷喊了一声，“我看你这个脑子还不如九翼那个脑子一半好使，说话都说不明白！”

“选择。”机械男声响起。

“清道夫启动倒计时中。”小红说，“选择。”

“选什么？怎么选？”宁谷问。

三个大脑没有再回答他的问题，静静地悬在黑暗中。

在宁谷准备冲过去暴揍脑子的时候，四周突然像是被无数强光灯照亮，瞬间变成一片耀眼的白色。

宁谷和连川同时下意识地抓紧了对方的手。

“跟我上次见到的一样！”宁谷喊。

但没有任何声音。

强光过了多长时间才慢慢消散的，连川都没能清楚地计算出来，这样突然出现的光让他的头一阵剧痛。

久违了的疼痛袭来时，他几乎连气都喘不上来。

如果不是宁谷摸索着扶住了他，他已经跪到了地上。

四周的白光渐渐淡去的时候，连川隐约看到自己前方有一个黑色的柱状物，他伸手撑了一下。

掌心的触感很粗糙，但也能感觉得出这是个固定物，没有攻击危险。

他撑着这个柱子，低头慢慢调整着呼吸。

脑内的剧痛随着白光慢慢消失。

他看清了自己脚下。

是棕黑色的地面，不是很平，但很坚实。

地面上还有一根根绿色的条状物，根据小时候春三带他去看过的少得可怜的人造植物和动物，他看出这些东西是青草。

他慢慢抬眼往前看过去，满眼都是绿色。

他们站在一大片青草地的旁边，而他手撑着的是一根不规则的柱子，往上看过去，也是绿色。

是树。

连川盯着晃动的叶片，很长时间都回不过神来。

“我来过这里。”宁谷在他身边轻声说，“就在失途谷，这是九翼记忆里看过的世界。”

连川转过头，看到宁谷有些恍惚地站在他身边，脸上身上都是晃动着的金色光斑，而他们的手还紧紧握在一起。

“不过……”宁谷慢慢转头看了看四周，“我看到的那个小孩子，没在这里了，他拿着一个黄色的气泡。”

“这是管理员让我们选择的那个毁灭。”连川捏了捏眉心，“为什么这里是毁灭？”

“你刚是不是头疼了？”宁谷问。

“嗯。”连川应了一声，“现在好了。”

“那是什么？”宁谷问，“水吗？是不是跟我们跳进去的那个地方一样，很多的水？”

连川顺着他的视线看过去，一大片闪着光的水面就在青草地的那一边。

“我想过去看看。”宁谷说。

“走。”连川说。

宁谷低头，小心地往青草地上踩了一脚：“有一点点软，比鬼城和主城的地面舒服多了。”

“这些绿色的，是青草。”连川说。

“是植物吗？”宁谷问。

“是的。”连川回答。

“植物是有生命的对吗？”宁谷蹲了下去，手在青草上拨了几下，“是活的，不过比看起来的要硬，我以为跟老大的毛一样软呢。”

“你摸过老大的毛？”连川愣了愣。

“悄悄摸的。”宁谷竖起一根食指，“就摸了一手指头，它差点要打我。”

连川笑了笑，没说话。

“那我们踩在青草上，它们会死吗？”宁谷问。

“不知道。”连川往四周看了看，“那边有条路，没有青草。”

“那走那边吧。”宁谷说，“也不知道这些青草是一根一条命，还是一片一条命……”

有一条小路从青草地上穿过，通向水面，小路是石质的，很少能见到，石子一小颗一小颗地铺在地面上。

宁谷和连川顺着小路走到水边，宁谷盯着水面看了很长时间。

连川往四周快速地扫了一圈，发现视野里没有任何人。蓝色的天，像白雾一样的应该是云，绿色的树和青草，一团团红色黄色紫色的花，还有远处的山……这些他只是依稀知道的东西，现在都清晰地呈现在眼前。

一个明亮的、充满了色彩的世界。风很轻，空气是暖的。

“我要摸一下这个水。”宁谷说。

“嗯。”连川应了一声，宁谷还是很谨慎的，特地告诉他，估计是怕出现什么突发情况。

宁谷蹲在水边，把手慢慢伸进了水里，又慢慢抽出来，看着湿了的手：“凉的。”

“别舔。”连川提醒。

宁谷转过头，笑了起来：“你怎么知道我想舔？”

“看你那样子就是要舔。”连川说。

宁谷笑着把手又伸进了水里，扒拉了两下，水面被他搅起了波纹，一圈圈地漾开。

“这个，”宁谷盯着波纹，“像不像我的能力？”

“嗯。”连川在他身边蹲下，也伸手到水里扒拉了几下。

宁谷举起了手。

但是指尖的光芒没有出现。

“用不了。”宁谷说。

“嗯。”连川应了一声，“我发现了，这里应该是有什么特殊的原因，能力和特殊体质都消失了。”

“你也？”宁谷问。

连川点了点头。

“去别的地方看看。”宁谷站了起来，“脑子们让我们来这里，肯定是有原因的。”

连川也站了起来，跟他一起顺着小路往回走。

“刚才女脑子说清道夫启动倒计时。”宁谷偏过头看着他，“不会我们还在这里，那边清道夫就启动了吧？”

“应该不会。”连川说，“没有时间，一切只在一念中。”

“什么意思？”宁谷问。

“我觉得……”连川想了想，“叶希一直强调不存在，一切都不存在，没有现在，没有以后，没有时间，没有开始，没有结束……我们可能真的在时间之外，我们在这里，也许并没有占用时间。”

宁谷没说话，过了一会儿才开口：“那我们不就是不存在了？”

“在第三个人眼里，也许吧。”连川说，“但我们知道自己存在，知道自己经历了什么，有什么感觉，不是么。”

“嗯。”宁谷看向远处，“那边的是什么？山吗？”

“是的。”连川说。

“疯叔说过，谷是山谷。”宁谷说，“山和山之间的地方就是山谷。他说我的名字，意思是宁静的山谷，我一直不太明白是什么样的。如果那边是山，那谷是很大的地方啊。”

“是啊。”连川说。

“川呢？”宁谷问。

“水道。”连川说，“春姨告诉我的，她也不是特别明白是什么意思。”

名字对于主城的人来说，只是一个标记，在系统里区别于其他人的标志之一。新出生的人口，有时候系统会随机分配一个名字，从未有人去想过名字的意义。

而鬼城出生的旅行者，像宁谷这样有着一个跟主城相似风格名字的并不多见。旅行者的名字大多跟身边能看到的事物相关，倒是都有意义……

走出青草地之后，地面变成了平整的黑色，连川摸了摸，在阳光下，手能感觉到明显的温度。

“那个牌子上写着什么？指着哪里？”宁谷指着路边一个路牌。

这个路牌倒是主城很常见的样子，一根杆子上有一个圆形的牌子。

“公园东门。”连川说。

“这里是个公园？”宁谷有些吃惊。

“看意思是。”连川又看了一眼四周。

“那比光刺公园怎么样？”宁谷问。

“这么比较的话……”连川说，“光刺公园什么也没有。”

宁谷沉默了一会儿才问了一句：“这个世界，不在走马灯里吧。”

“嗯。”连川应了一声。

“去公园东门看看吧。”宁谷说，“这里一个人都没有，这个世界没有人吗？”

顺着路走了没有多长时间，连川和宁谷看到了好几个路牌，游乐场、5D电影院、美食广场……

“我全都没见过。”宁谷轻声说。

“我也没有。”连川说。

“这个世界很有意思啊。”宁谷说。

连川没有说话。按叶希的说法，一切都不存在，那这个世界也不存在了吗？

在路的尽头，他俩看到在很多树的中间有一个大门。

看上去倒是跟光刺公园的大门有些相似，只不过光刺公园的大门是金属的，这个大门是石质的。

门外面是一条横着的路，很宽，但同样寂静一片，没有一个人，也没有任何交通工具。

连川和宁谷往大门走去的时候，大门右侧有一个人转了进来。

两个人同时停下了步子。

“欢迎。”那人站在大门中间，张开了胳膊，笑着说。

“这是……”宁谷看着这张跟自己一模一样的脸，震惊地愣在了原地。

“叶希。”连川说。

“欢迎来到我的世界。”叶希说。

70

叶希笑着向他们走过来的时候，连川拉着宁谷往后退了两步。

叶希也停下了："怎么？不要害怕，我只是……"

"你是谁？"连川问。

"你刚说他是叶希。"宁谷凑到他耳边小声提醒。

叶希没有说话，只是看着他们。

"你不是叶希。"连川说，"他在那个屋子里出不来，你是谁。"

"屋子？"叶希似乎有些迷茫，过了一会儿才像是突然明白过来，"你居然见过他了？"

连川没有回答这个问题，又重复了一遍："你是谁。"

"我是叶希。"叶希想了想，"该怎么跟你说呢？"

"直说。"宁谷说，"说人话。"

"叫我叶希希吧。"叶希说。

"你跟叶希什么关系？"连川问。

"同一个人。"叶希希转身，"但又不是同一个人，我比他小几岁……来，要不要参观一下？"

"他说什么？"宁谷问。

"没听懂。"连川说。

"你的智商都没听懂？"宁谷有些吃惊。

"……我的智商可能没有你想象的那么高。"连川说，"先跟他走，看看这里是怎么回事。"

"好。"宁谷点点头。

两人跟了上去。

公园的大门顶上写着四个字，沙湖公园。

看来他们刚才看到的，是一个湖，名字叫沙湖。

沙湖公园的门口是一条宽大的马路，跟通向光刺的那条路差不多。但相比之下，主城别的路就没有这么宽了，毕竟除了公共交通，没有其他需要上路的大型交道工具。

但眼前这条路，却明显不一样。

地面上画着复杂的白色道子，还印着字：自行车道，机动车道，礼让行人……

“彩灯。”宁谷看着前面。

路面上方有一个横条的灯组，亮着一盏红色的灯，过了一会儿，又换成了旁边的绿灯。

“那是交通灯。”叶希希给他们介绍，“你们那里没有对吧？有些主城会有，有些没有，看各自情况。”

“交通灯干什么用的？”宁谷问。

“红灯停，绿灯行。”叶希希回头看了他一眼，“开着车的时候得看灯，红灯的话你到那条线就要停下，让走路的人先过马路。”

宁谷没说话，也不知道是听明白了还是没听明白。连川刚想开口再问点别的，宁谷说话了：“搞得这么复杂，车呢？人呢？一个空城。”

“空城？”叶希希停住了。

这个动作让宁谷有些紧张，叶希希的这个反应，就好像他根本没发现四周什么人都没有，也没发现这是一个空城。

“已经空了很久了。”叶希希叹了口气，“我都已经习惯了，今天是周日，街上没有人也正常，特别是这个区。”

“怎么？”宁谷问。

“这是变异区。”叶希希说，“现在不开放。”

“什么变异？”连川突然想起了最初的旅行者。

“某种污染带来的变异。”叶希希说，“不过已经控制住了，除了这个区，别的区都是正常的，我带你们去看看。”

“什么变异？”连川始终对这一点很在意。

“会死的变异。”叶希希转过身来看着他，“一开始会变得很有力气，不吃不喝也能做很多事，脑子转得特别快，变得很聪明，什么都能学会……”

“这很好啊。”宁谷说，又小声补了一句，“失途谷需要。”

“然后很快的，”叶希希转回头继续往前走，“就会死掉，像一堆烂泥。”

连川没有说话。

“越来越多的人被传染。”叶希希说，“但是因为发病的周期很短，所以能控制得住。”

之后三个人都没再说话，叶希希带着他们顺着路往前走。

宁谷一路都很好奇，树，花，高大的楼，楼上反射着阳光的玻璃，广告牌，很多很多的画……连川告诉他，从上面的字来看，那些画都是电影的海报，他不太能理解意思，但这些就是画，他想要的就是这种画。

“这些，”连川开口，“能拿出来吗？”

叶希希回过头：“海报吗？”

“是的。”连川说。

“能啊。”叶希希走到广告牌的后面打开了灯箱，“要哪张？”

连川犹豫了一下，伸手把里面所有的海报都扯了出来。

“带不回去的。”叶希希笑笑。

连川看了叶希希一眼，没有说话，把海报都递给了宁谷。

“这算抢还是算偷？”宁谷拿着海报，一张张看着，感觉非常愉快。

“又抢又偷。”连川说。

宁谷嘿嘿笑了几声，指着海报上的人：“这人的制服和装备，跟你们清理队有点像。”

“嗯。”连川也是这么觉得。

“所有主城都是以这里为模板。”叶希希说，“所以你们会看到很多相似的地方，不过更多的还是不一样，毕竟要试过所有的路……才知道哪条都走不通。”

连川和宁谷跟着叶希希继续往前又走了一段，从时间上估算，已经走了差不多半小时了，连川发现有些不太对劲。

他看了一眼前面的路牌，之前公园门口的路牌上写着“沙湖东路”。

而现在，前面的路牌，还是“沙湖东路”。

他回过头看了看身后，确定他们是第二次在这条路上经过，虽然因为满眼的新奇让他到现在才注意到。

连川拉了宁谷一把，停了下来。

叶希希跟着也停下了，回过头：“又看到什么了？”

“又看到医院了。”连川说。

“什么医院？”叶希希问。

“刚刚我们经过的那个路口，左转就是一个医院的牌子。”连川说，“第二次走过了，安康医院。”

宁谷一听就愣了，转身跑回了那个路口，往左转进去的小路看了一眼，猛地转过头：“安康医院。”

“我住在这里。”叶希希说，但没有回答他们的问题。

“住在这里？”宁谷看着他，叶希希看上去不像是有什么病需要住在医院的样子，“这是个什么医院？”

“现在是后期变异者收容所。”叶希希说，“前身是个精神病院。”

精神病院？

连川往医院那个路口走了几步，再回头的时候，发现叶希希不见了。

“人呢？”宁谷愣住了。

连川看着眼前这条小路，估计就算到处是人的时候，这里也是清静的。

医院在小路的尽头，一个不起眼的白色牌子，两边都是围墙，顶上全是绿色的植物，枝条长长的从墙顶垂下来，像铺着厚厚的毯子。除了医院，再没有别的门，这条路只通往医院。

“这人是个疯子吗？”宁谷说，“真的疯子吗？还是跟疯叔那样，是个假疯子？”

“去看看。”连川走进了小路。

“要小心，我们俩现在就跟主城那些普通人没有什么区别了。”宁谷说，“我在鬼城的时候倒是总这么打架，就怕你没有了特殊体质，就打不过别人了。不过这里应该也都是普通人，我可以保护……”

连川抓住了宁谷的手。宁谷的话都还没说完，手就被拧到了身后。连川不知道什么时候转到了他身后，手指按在他咽喉上："好。"

"……好什么？"宁谷回过神之后很恼火。

"你保护我。"连川说。

"我收回了！"宁谷说，"我不保护你了，撒手！"

连川松了手。

宁谷揉了揉手腕："还学会骗人了？"

"没有。"连川说，"你没防备。"

宁谷"啧"了一声没说话，揉着手腕，突然对着连川的手也一把抓了过去。

没防备。

宁谷的指尖还没碰到连川，连川已经反手再次抓住了他的手腕。

这次倒是没有再拧他胳膊，只是看着他。

"行。"宁谷点点头，"是我不行。"

"我是个实验体。"连川说，"说人话就是，我不是人，只是个武器，就算没有特异体质，也比普通人强很多。"

宁谷没出声，连川松开他继续往医院走过去的时候，他才说了一句："你是人。"

连川转头看了他一眼。

"活生生的人。"宁谷说。

连川笑了笑。

"笑什么！"宁谷说，"很好笑吗？"

"不是。"连川说，"是高兴。"

"不怎么看得出来。"宁谷扫了他一眼，"太不明显了。"

"下次笑用力些。"连川说。

医院也没有人。

大门的位置有个小屋，写着访客登记，但看上去已经很久没有人登记了，桌子上落着灰。

连川翻开了桌上的登记本。

"居然用笔写？"宁谷说，"主城登记都是扫一下身份卡吧？"

“叶希在这里住院。”连川说，“这里有他的访客登记。”

“谁来看他了？”宁谷马上凑了过去。

“孙一。”连川说，“单位只写了研究所，没有写什么研究所……2030年10月7日……这个日期……”

“两千多年？”宁谷有些震惊，“这是个什么世界啊？能存在两千多年？”

连川往前又翻了翻。按叶希的说法，这个医院是曾经用来接收后期变异者的，那叶希是后期变异者，还是精神病人？

把这本登记本一直翻到头之后，连川发现这个医院并没有多少人来探视。小半本的访客登记，第一页已经是2029年了，而访客里有一半的记录，是来探视叶希的，名字有好几个，但字迹都相同。

“叶希是个疯子。”连川得出了结论，看着宁谷，“但是他肯定跟某个研究所有关系，来看他的人全是研究所的，没有亲人，没有朋友。”

“什么样的疯子？”宁谷感觉有些不可思议。

“叶希有几个，我们跳进水里之后我进入的那个房间里有一个，刚才又有一个。”连川转身慢慢往医院的大楼里走过去，“这里会不会有第三个？”

楼里也已经很破旧，一眼望过去有一种回到了主城D区的感觉，让连川下意识地想要启动回收武器。

一楼看起来已经废弃了，满地都是杂物，但走廊里所有的门都是关着的。

“都破成这样了，为什么门都关着？”宁谷小声说，抬脚就想往其中一扇门上踹。

连川拦了他一下，指了指旁边的窗户。

“……哦。”宁谷应了一声。

窗户也是关着的，玻璃都还是完好的。

只是看清里面的景象时，让人有种极度不舒服的感觉。

叶希希说，变异体最后会变成一堆烂泥。

屋里就有好几堆这样的……烂泥。

能看到手、能看到头的烂泥。

“去上面看看吧。”宁谷转身往楼梯走过去。

“嗯。”连川看了一眼门上的牌子，观察室。

楼梯上到一半的时候，就听到了二楼有脚步声，还有人说话的声音。

两人顿了顿，同时加快了脚步，跑上了二楼。

二楼相对要整齐得多，地面上没有杂物，走廊上甚至还种着植物，正开着紫红色的花。

声音是从一扇开着的门里传出来的。

走到门口的时候，他们看到了叶希。

只是这个叶希明显跟前面的叶希希不太一样，头发有些乱，衣服也是跟床单同色的病号服。

叶希坐在一张桌子前，桌上放着好几个显示器，还有几个闪着光的不知道什么仪器，面前的键盘也有好几个。

一个男人站在他身后，跟他一起看着面前屏幕上跳动着的一行行字符，还有两个屏幕上正变化着的画面。

连川看清了，两个屏幕上都是火，熊熊燃烧着的大火。

“不可能成功了。”叶希说。

“还有时间。”男人说。

“没有时间了。”叶希回答，“晚了。”

“还有没有别的方式……”男人问。

“有。”叶希说着站了起来。

转身的同时，他手里的一个银色小棍子已经戳进了这个男人的胸口。

男人一脸震惊地看着他，慢慢倒在了地上。

叶希轻轻舒出一口气，往门这边转过了头：“你们来了。”

连川没有说话，这个叶希眼里的疯狂像是能一直戳进人心里，带着寒意。

“已经很久没有人来看我了。”叶希抓着地上男人的衣领，拖着他慢慢走出了这个房间，往走廊那头走过去，“已经不知道多久了，上一个是谁，什么时候，从哪里来……都记不清了……”

“跟过去？”宁谷小声问。

“嗯。”连川应了一声。

两人跟在叶希身后，慢慢走到了走廊最里面的一个门前。

叶希推开了门，把男人拖了进去。

门里是个很大的房间，没有桌椅，只有很多闪着光的仪器。

正中的一个巨大的玻璃箱子里，电光不断闪烁着。

电光之间，是三个悬着的大脑。

而等连川低头看向脚边的时候，却发现被叶希拖过来的那个男人消失了。

叶希站在玻璃箱子前："他是最后一个。"

连川在这一瞬间明白了，这是一段记忆，叶希向他们展示了三个大脑的来历。

"他们是你的……"连川说，"同事。"

"他们是我的噩梦。"叶希偏了偏头，"他们交给我的，是永远也不可能完成的任务，永远也不可能实现的想象。"

"是什么任务？"连川问。

"一个活下去的空间，一个避难所，"叶希说，"一个……可以让我们摆脱毁灭命运的世界。"

"为什么需要这样的世界？"宁谷问，"你们这个世界不是很好吗？有阳光，有花，有草，有很多颜色……"

叶希没有说话，只是看向门外。

两人跟着转过头。

门外是走廊，能看到走廊上的窗户。

窗外刚才还阳光明媚和风轻抚的景象已经消失，取而代之的是黑暗，和黑暗中熊熊燃烧着的烈火。

宁谷震惊地跑到走廊上，站在窗前看着外面。

所有能看到的地方，都已经化为火海，不断闪过的电光，在天空中织出了一张网。

"看到了吗，无尽的灾难。"叶希走到了他们身后，"但一切都是我们自己造成的。变异体怎么来的，我们造出来的；我们为什么需要变异体，因为我们已经没有足够活下去的空间，我们需要找到生路……"

这些话，连川很熟悉，他转过头看着叶希："所以，你没能做到，你没有找到生路，所以你创造出无数个主城，每一个主城的结局都是毁灭，每一个主城的任务都是找到生路。”

“不是任务，是宿命。”叶希说。

“然后……试过了所有的路，才会发现，哪条都走不通。”连川说。

“我们注定毁灭，注定消失。”叶希说，“抱有多大的希望，就换回多深的绝望。”

“另外两个叶希，”连川说，“都是怎么出现的？”

“另外？”叶希说，“我就是另外的，我不是叶希，我们都有自己的名字，只是对外都叫叶希而已。叶希只有一个，我们有各自的使命。”

连川看着他。

“记住再也不存在的世界，承受毁灭的一切，无尽循环里妄图找到生路。”叶希说。

“你就是，”宁谷声音有些沙哑，“拿着走马灯的那只手。”

71

“走马灯？”叶希笑了起来，“走马灯可不够，走马灯太小了，走马灯太慢了……”

宁谷看着这个跟自己长得一模一样，但完全陌生，找不到一丁点熟悉之处的人，不知道接下去该怎么做了。

砍掉这只手。

直接砍就可以吗？

杀了叶希，就结束了吗？

如果是这样……

结束的时候，世界还在吗？

结束的时候，世界停在哪里？

“这是我的银河，”叶希说，“没有边际，没有尽头，没有开始，没有结束，没有时间，没有空间……无数的主城，随机出现，随机发展，只有毁灭是必然。”

“你的世界，”连川看了一眼窗外，又转回头来看着叶希，“最后怎么样了？”

叶希看着他，声音沉了下去：“黑暗。”

“像主城之外一样吗？”宁谷问。

“什么都没有，”叶希说，“无尽的、空洞的，黑暗。我的世界已经不存在了，早就不存在了。”

“那些蓝天，青草，”宁谷说，“公园，电影院……”

“那是2030年10月7日，”叶希说，“一个早就已经不存在了的时间，几个叶希成为不存在的那一瞬间，一个时间定格，一个脑内的瞬间。”

“一切都只在一念之间。”连川说。

“是的。”叶希点头。

“我们只是叶希的一念之间，”连川说得很慢，“我们不是一批实验品，不是一组数据，我们只是一个已经消失的世界里一个早就死了的人的……残念。”

“是执念。”叶希说，“痛苦，绝望，恐惧，不甘，无奈，所有所有一切的执念。”

“所以，精神力在主城会这么重要，”连川说，“因为这是所有世界的基石。”

“也许吧。”叶希说，“我从来没有想过精神上的痛苦会远胜于其他。”

“既然这就是你安排的世界，你的执念……”宁谷说。

“是叶希的。”叶希说。

“我才不管是谁的！”宁谷提高了声音，“爱是谁的就是谁的！总之就是你们那几个分裂玩意儿的。”

叶希没说话，看着他。

“为什么还要管理员？”宁谷说，“杀了就杀了，抠了脑子出来干什么？管理员又为什么非让我们选择，我们连数据都不是，选择个屁呢？”

“让他们看到我看到的，听到我听到的，感受到我感受的。”叶希说，“他们带给我的一切，他们都要自己尝一遍。”

这是我们唯一能为你们做的。

连川想到了小红的这句话。

选择。

选择不是叶希给的，选择是管理员给的。

管理员唯一能够违背叶希意志的挣扎，就是让每一个能见到他们的人，有选择的机会。

选择结束叶希的世界，还是继续。

“要选择吗？”叶希问，慢慢向后退着。

“选择什么？”宁谷问。

“管理员让你们选择的。”叶希说，“不过我可以给你们一个体验的机会，从来没有人到过这里，从来没有人见过任何一个叶希，所以给你一个体验的机会。”

叶希的话有些不对，从“你们”变成了“你”。

这个“你”，指的是谁？

四周开始失去颜色，走廊墙上写着的字失去了颜色，门窗失去了颜色，眼前的叶希也渐渐失去了颜色，就连窗外熊熊燃烧着的火，也失去了颜色。

一切都被抽去了颜色，只剩了一种透明的、发暗的，又带着窒息感的黄色。

陈旧而绝望。

宁谷不知道这是什么样的“体验”，但走到了这一步，他已经无所谓前面是什么了，只要……他的手往旁边捞了一把。

没有碰到连川的手。

他猛地转过头的时候，发现连川跟四周所有的东西一样，也被抽离了色彩，只剩了那种窒息的、仿佛已经过了一万年的黄色。

震惊之中宁谷挥着胳膊往连川身上抓过去，却什么都没有碰到。

“连川！”宁谷吼了一声。

连川就像是一个被定格了的画面，没有任何回应。

“你！”宁谷转头指着叶希，“你干了什么！”

“他是不存在的。”叶希的声音从不知道什么地方传来，“一切都不存在，只有你，你是叶希的投射……”

“投什么射！”宁谷吼，眼前的叶希跟连川一样，已经变成了一个定格了的失色的画面，对于他的声音不再有任何反应。

“连川！”宁谷又转过头冲回了连川面前，小心地抬起手，慢慢伸向连川的脸，“连狗？”

手从连川的脸上穿过，甚至连一丝温度都没有感受到。

他看到自己颤抖着的手指，就那么从连川的身体中划过，一次，两次。

“取消！”宁谷冲回叶希面前，冲着他的画面疯狂地搅动，还踹了两脚，直接蹬空了，抻得他大腿根儿疼。

“取消！我不体验了！”宁谷吼，“叶希！叶希希！叶什么……我不体验！取消！”

四周一片寂静，除了自己的声音，他再也没听到任何声响。

“连川，”宁谷走回连川面前，感觉自己声音都开始抖，“连川，你能听到吗？”

“参宿四，”宁谷盯着连川的眼睛，连川的视线落在他身后的某个地方，但他却始终找不到焦点，“唤醒。”

“参宿四，唤醒！”

“参宿四！唤醒！”

“参宿四！”宁谷吼，“唤醒！唤醒！唤醒！”

失去了色彩的整个世界里，似乎只有他一个人的声音。

绝望而寂寞。

宁谷在连川身边站了很久。

也许没有很久。

没有时间。

时间都是不存在的。

自己也是不存在的。

“连川，”宁谷吸了吸鼻子，往自己脸上摸了一把，摸到了眼泪，他感觉有些没面子，抬起胳膊把眼泪蹭在了袖子上，“你等我一下，我出去转一圈，看看有没有什么别的机关。”

“等我啊。”他往窗边走了两步，又停下了回头看着连川，“你要是回来了就喊，我要是没听到你就出去找我，你肯定能找到我的，你那么厉害……”

宁谷从窗口跳了出去。

落在了医院的院子里。

之前燃烧着的火，也已经都定格在某个跳动的瞬间。

宁谷走到登记室，看到了桌上的那个登记册，已经烧掉了多半。

翻开的最后一页烧掉了半张，只还剩下了他和连川之前看到的那一点，2030年10月7日。

他伸手在数字上摸了一下，指尖穿过纸面，穿过桌面，轻轻划过。

走出医院的大门，外面的整个世界都是静止的，覆盖着空洞的黄色。

像是有人用一块巨大的黄色塑料纸包在了世界之外，阳光照进来的时候，别的颜色都被抽去了。

这景象比黑暗更让人绝望。

宁谷站在大街上，不知道自己要去哪里，该干什么。

他宁可站在鬼城的黑雾里，站在寒风里，站在无尽的黑暗里。

他转过身，顺着一个方向开始往前走，一直往前走。

从已经破损的房子中穿过，从大火里穿过，从湖面上穿过，从大片的花丛里穿过……

他不知道这个所谓的体验需要体验多久，毕竟时间都是不存在的。

六千步。

他数着。

又六千步。

他始终没有走出安康医院和沙湖公园这一片儿，反反复复，不断地走回原地。

如果这是叶希的记忆，叶希的一念之间，也许因为某些原因，他这一生都没有离开过这一片儿，没有去过别的地方，哪怕是世界最后一瞬间的定格。

也只有这一点。

那么大的、那么美好的、那么明亮的、那么多颜色的世界，却再也没有了。

甚至从未见到过。

绝望。

宁谷像是突然明白了九翼说的，棺材里装的那一方蓝天，是绝望。

如果从未见过，世界就只是自己。

见过了却永远无法拥有，世界就是绝望。

宁谷走回了医院。

连川还站在走廊里，没有任何变化。

宁谷站在他面前。

“我要带你回去。”宁谷说，“哪怕只是一个幻境，一个从不存在的世界，那也是我们活过的地方。”

“砍掉那只手，也许会让一切都消失，”宁谷说，“那就不砍。我要永远存在。如果有出口，我要找到出口；如果没有出口，我就是出口。我要活在每一个我经历的主城里，我活过的每一个地方，都是我存在的证明。”

“叶希。”宁谷抬起头，“你听得到吗？”

“每一个主城都有你自己的投射。”宁谷说，“但是能见到你的，只有我。”

“我不是什么投射，我就是那个变数，我叫宁谷，我会活过每一代主城，我一定会穿过每一次毁灭，你的世界没有了，我的世界永远在。”

连川有了变化。

四周也一同有了变化。

压抑的透明黄色慢慢褪去，变成了斑驳的灰色。

接着整个世界就像是老旧的墙皮，开始慢慢地脱落。

脱落的地方，都是黑色。

宁谷站着，一动不动，只是盯着慢慢脱落得消失在黑暗里的连川。

当黑暗完全包裹住了宁谷的时候，他感觉自己像是悬空了。

但手里却渐渐有了感觉。

他猛地握紧了手。

手心里立刻传来了回应。

连川熟悉的那一下反握，让他瞬间就感觉到自己的眼泪从眼角涌了出来。

“连狗？”他轻轻喊了一声。

“嗯。”连川应了一声。

宁谷没再说话，侧过身猛地往旁边搂了过去，抱住了连川。

“是你吗？”他颤抖着声音。

“是。”连川在他背上拍了拍。

“你去哪里了？”宁谷收紧胳膊。

“我哪里都没去。”连川轻声说，“怎么了？”

“我不知道。”宁谷说，“我找不到你了，我差点这辈子都找不到你了，不，差点永远都找不到你了。”

“是因为找不到路么？”连川问，“回去了问九翼要一点脑子吧，他反正不太想要。”

宁谷愣了愣，突然笑了起来，笑得差点喘不过气来。

“我们现在在哪里？”宁谷笑了半天才想起来问了一句。

他和连川现在就这么悬在黑暗里，看不到任何东西。

但哪怕是这样，只要知道连川就在自己旁边，他就觉得没什么大不了的，甚至可以忽略处境。

“不知道，”连川说，“还在叶希的意识里吧，如果你是他在这些世界里的投射，应该会看到更多……”

“我的影子能看到我吗？”宁谷问。

“我不知道。”连川回答。

“如果我的影子能站在我的面前，”宁谷说，“他还是我的影子吗？”

连川没有说话。

“如果清道夫要毁灭一切，”宁谷说，“我杀了清道夫，世界还会毁灭吗？”

连川的手拍了拍宁谷的脸。

“干吗？”宁谷用脸往他手心里压了压。

“你刚看到了什么？”连川问，“都不太像你了。”

“是不是很酷？”宁谷问。

“……又像了。”连川说。

宁谷笑了起来，在连川背上摸了摸：“你倒是一点都没变，还是连川。”

黑暗还在继续。

宁谷几次伸出手往旁边探索着，想摸摸有没有别的东西，但什么都没有。

“这到底是什么地方？”宁谷问。

“可能是最后。”连川说。

“什么最后？”宁谷没明白。

“叶希最后的意识。”连川说，“一切都消失了，时间没有了，空间没有了。”

“你是说我们就永远这么挂在这里了？”宁谷说。

“也有这种可能。”连川说，“不是挂在这里，是在这里停下了，所有一切，都停止了。”

“没有，”宁谷说，“没有，我们还在，我们能说话，能思考，只要我们还在，就还在往前。”

连川又伸手摸了摸他的后脑勺。

“干吗！”宁谷提高声音。

“你刚刚到底碰到什么了？”连川问。

宁谷沉默了一会儿，轻轻叹了口气：“刚才整个世界只有我一个人，所有的东西，包括你和叶希，都变成了照片，很旧的那种，黄黄的。”

“是吗。”连川说，“那里应该就是最后一秒。”

“非常……绝望。”宁谷低头，把下巴往连川肩上压，“叶希说，所有的都不存在，你也不存在……我在想，是不是如果我选择砍掉拿着走马灯的那只手，最终就是那样了，在一个永远也出不去的‘最后一秒’里。”

“也许。所以管理员给出的选择，”连川说，“就是这样，你是选择回到不停毁灭永远挣扎着的世界里，还是选择结束一切，回归‘最后一秒’。”

“管理员给的机会，”宁谷说，“并不是叶希给的，对吗？”

“是的。”连川说，“叶希从没有给过我们选择的机会。”

“他也从来没想过有一天会见到来自他的那些毁灭银河里的我们。”宁谷说，“如果我不选择呢？两个我都不选，有别的路吗？”

“既然时间不存在，”连川说，“就没有未来和过去。”

“说人话。”宁谷说。

“我们完全不用顺着向前走，”连川说，“我们可以回过头，杀了清道夫。没有出口，就创造一个出口。”

“我就是出口。”

“你就是出口。”

两人的侧方，远处出现了一点亮光。

宁谷转过头去的时候，亮光变成了两点，三点……

像星星一样。

不知道是他们正在向那边移动，还是那些亮光在向这边飞过来，一片亮光慢慢变大。

最先出现的那一点亮光变成了巴掌大的一片，能看到光里有什么东西在晃动。

更近一些的时候，他们看清了光里晃动着的，是人影。

“我要见管理员。”

宁谷听到了自己的声音。

“密钥。”

“EXIT。”

“你是谁？”

“我说过，我会在每一代主城里活着，我的世界永远存在。”

72

“密钥？”宁谷有些震惊，“这是什么时候？这话不是我刚说的吗？”

“EXIT是……”连川说，“出口，你是不是在主城什么地方看到过，很多地方都会有这个标志。”

“我没注意过。”宁谷说，“我看到了也不会念。”

“你什么时候说的那句话？”连川看着前方的光亮一点点靠近他们，画面变得越来越大，越来越清晰，已经能够看到这个像打开了一扇窗一样的画面里宁谷的样子。

“在那个‘最后一秒’里。”宁谷说。

“没有时间，”连川说，“是真的。”

“刚才不是最后，”宁谷说，“是开始，是这个意思吗？”

“是的。”连川说，“每一代的那个出现在管理员门外的‘宁谷’，都是你，从现在开始的你。”

“这是个圈吗？”宁谷说，“走马灯？”

连川没有说话，看着前方越来越多的、已经数不清有多少了的光亮，如果没有猜错，每一个光亮里都有一段记忆。

他们正在穿过叶希的记忆银河。

无数的记忆，像是一个巨大的走马灯，不断地向他们涌过来又擦身而过，但没有先后，没有因果。

宁谷伸出手，碰到了离他们最近的那一扇“窗”。

窗里的光像是被戳破了的水珠，突然向四下散开，瞬间漫过了他们。

这是一间除了白色几乎没有别的颜色的房间。

门关着，一扇窗开着，窗外是满眼的绿色，很高大的树，从楼下一直长到了三楼的高度。

宁谷回过神之后走到了窗边："有什么声音？"

"什么动物在叫。"连川也走了过去。

"今天早晨鸟叫得真响啊，好像很开心。"一个声音在身后响起，带着淡淡的欣喜。

两人迅速转过头，房间里多了一张床，床上坐着一个人。

是叶希。

正偏着头往窗外看着。

"我不想听。"再次开口时，叶希的声音已经全是冷淡。

"你把他吓跑了。"叶希似乎没有看到连川和宁谷，继续说着。

"他本来也想躲。"叶希像是自言自语，"他已经很久都不出来了。"

"今天他们要来，新程序还没有测试完，但是结果应该都差不多……"

"我来对付他们。"

房间的门被推开了，三个人走了进来，最前面的是个很年轻的女人，很漂亮，脸上带着和气的微笑，身后跟着两个男人，满脸严肃。

"叶希，早上好。"女人说。

叶希并没有转头，还是看着窗外，但已经不是一开始时的眼神。

"睡得怎么样？"女人笑了笑，绕到了床脚，看着叶希。

"走吧。"叶希说。

"叶希不在吗？"女人问。

"他不会再见你们。"叶希转回了头，看着她，"跟我不用这么虚伪。"

女人的笑容还挂在脸上，过了好几秒钟才慢慢地消失了。

"那好，一周之内就要有结果，已经没有时间了，除了这个区，已经全部失控。变异，大火……叶希能安稳地睡在这里，看着外面的树，听着鸟叫，是无数人用命换来的。叶希，你要给所有人一个交代。"她冲跟着来的男人偏了偏头："带他走。"

"做不到的事要什么交代？"叶希说，"他这辈子都没离开过这里，他的父母是谁，他从哪里来，冰淇淋什么味道，滑板踩上去什么感觉，世界到底有多大……一句天才，就抹掉了一个人的存在，你们才该给他个交代。”

“每个时代都会有代价。”女人说，“我们不幸生在这个即将消失的时代，我们都是这个时代的代价，你问的这些，我也同样想知道，但我愿意接受现实，我不认为我被抹掉了，我不过是以另外一种方式存在。”

“没错。”叶希转过头看着她，“你会一直以另一种方式存在的。”

女人跟他对视了一会儿：“程序测试的时候请你先休息。”

“测试不需要他。”叶希下了床，从两个男人中间穿过，“你们三个，都会以另一种方式存在的，伟大的代价。”

房间里的人都走了出去。

连川拉着宁谷想要跟出去的时候，房间消失了。

他们回到了黑暗里，回到了记忆银河里，四周依旧是不断涌来又不断擦肩而过的光亮。

“管理员大概不是同事。”连川说。

“那是什么？”宁谷问，“我也觉得……”

“起码小红应该是跟叶希一样的，”连川说，“天才。”

“小红？”宁谷愣了愣。

“我给女管理员起的名字。”连川说，“另两个是小绿和小蓝，方便记。”

“……好土啊。”宁谷说。

“跟小喇叭差不多吧。”连川说。

“怎么可能？”宁谷震惊，“小喇叭多可爱啊！”

连川没有说话。

“有三个叶希，”宁谷想了一会儿又问，“对吗？”

“我在无法进出的那个房间里看到的叶希，是真正的叶希。”连川说，“刚看到的那个，是杀了三个管理员取出大脑的叶希。还有一个，应该是写出主城毁灭结局的叶希。”

“带我们参观的那个，是写结局的吗？”宁谷问。

“应该是。”连川说，“不过他说只有医院和公园那个区被封锁了，其实应该是正好相反……”

“外面的世界已经毁了，”宁谷说，“只有那一个区还保留着，一个两个或者是一群天才，也许被逼，也许自愿，在为拯救世界做最后的努力。”

“叶希一辈子都没离开过那个区。”宁谷说。

“我要见管理员。”一扇人影晃动的“窗”对着两人撞了过来，宁谷再一次听到了自己的声音。

穿着制服的他站在管理员的门前。

“密钥。”

“EXIT。”

“我到底是怎么会认识这个词的？”宁谷看着站在门前的那个跟自己一模一样的背影。

“大概……”连川说，“我教的吧。”

大门打开了，两人跟着这个“宁谷”走进了管理员的会客室。

会客室里并没有人，也没有大脑。

“宁谷”站在空荡的房间里。

“备份。”他说，“留给下一代主城。”

“开始备份。”小红的声音响起，“资料损毁严重。”

“能有多少是多少吧，希望有人能找到方法。”他说，“主城系统无法清除关于‘我’的记录，系统会有针对性地‘培养’，如果没有一个能够隐藏的地方，没有一个合适的BUG，我永远也跳不出这个结局。”

“这个无法人为控制。”小红回答。

“会有的。”

“我一直以为，墙上那些画像，”再次回到黑暗里，宁谷有些恍惚，“不是我，只是一个……你说的，叶希的投射。”

“他们都是你。”连川说，“不止那四个，有无数个，你要活过每一个主城，你做到了。”

“连川！”宁谷突然有些紧张，抓紧了他的手，“你会把我跟他们弄混吗？”

“不会。”连川说，“我应该也不会有机会认识他们。”

“为什么？”宁谷问，“我会在每一个主城里出现，如果……”

“这些记忆，这些主城的片段，没有因果关系，没有谁先谁后。”连川说，“你只是你，你也许是所有的开始，也可能是所有的最后，但这些事件，并不会相互影响。”

“听不懂。”宁谷摆摆手，“你就说只认识我就行。”

“我只可能认识你，”连川说，“我就是那个合适的‘BUG’，只为你这一个‘宁谷’存在。”

“你是真真实实的存在，不是偶然，不是BUG，你在我的片段里是必然。”宁谷说，“我们一定要回去，”

“嗯。”连川应了一声。

“那是不是那个洞！”宁谷突然指着右方的一片光。

“是。”连川一眼就看到了曾经看到过的那些书架和桌子，还有桌上的那个本子，宁谷撕下一角的那个本子。

“我要看！”宁谷伸出手，“别的都可以不看，九翼的部分一定要知道怎么回事，我们回去的时候面对的第一个人就是他。”

但这个时候就能看出来，他们在黑暗中是静止的，动的是这些“窗口”。

宁谷往那边用劲了几次都没能让自己更接近九翼的那个窗口，差得不多，却绝无可能碰到。

连川突然推了他一下，抓着他的胳膊把他往窗口那边扔了过去。

“连狗！”宁谷在被抓住胳膊的时候已经震惊地吼了出来。

不想再分开了，一个人面对这些东西，实在太茫然也太无助，还有无边无际的孤独。

他实在不想再体会一次找不到连川的那种绝望。

在他撞进“窗口”的一瞬间，连川抓住了他的脚踝。

摔进山洞的时候宁谷眼角的余光看到了连川，也还能在脚踝上感觉到连川的手，他松了口气。

“你能不能先说一声！”宁谷爬起来冲着连川吼了一声。

“来不及了，”连川说，“再晚一点超出距离，就不够长了。”

宁谷把手举起来晃了晃：“这么长呢，够够的好吗！”

连川笑了笑，走到了桌边。

“快看看。”宁谷跟过去，手撑着桌面凑到了本子面前，看到了本子上的字，“写了什么！不是这一页，我撕掉的那一页是写满了的。”

“就这一页。”连川盯着上面的字，“这是个记录。”

“记录什么了？”宁谷说，“快念！我为什么不认识字？明明别的我都认识字，还知道什么EXIT呢！”

“我困在这里不知道多长时间了。”连川开始念，“九翼的字写得还挺好……没有可以回去的方法，今天孙一也许会出现，也许不会……废话我就不念了浪费时间……”

“我都不知道你这念的哪句是九翼写的，哪句是你的屁话！”宁谷喊。

连川盯着本子上的字迅速地往下扫着：“九翼并不存在于这代主城，这个他也只是一份意识，他在这里碰到了孙一……孙一是……小红。”

“刚刚我们看到的那个？拉着叶希去做什么测试程序的？”宁谷问。

“对。”连川点头，“我还以为孙一是小绿或者小蓝……九翼好像在这里待了很久，就在这个洞里，这里是孙一的意识，只有这个洞。”

“明白了。”宁谷说，“然后呢？”

“九翼就是真正的叶希说的那个，上一个差一点见到他的BUG，”连川说完看了宁谷一眼，“是你给自己准备的BUG之一。”

“……好险。”宁谷愣了很长时间，“我差点就要跟九翼天天混在一起了？”

连川没说话。

“那不得烦死啊？”宁谷震惊，“加上福禄寿喜，我可能会放弃出口……后面呢？”

“孙一要让他看点东西，”连川说，“不知道要看什么。后面就没有了。”

“我们白进来了？”宁谷看了看四周。

“还没有完。”连川说，“这一段还没结束。”

旁边的书架晃了一下。

接着书架向一边滑开，后面露出了一个半圆的洞，一个人从里面走了出来。

“九翼？”宁谷一眼就发现这人脸上没有狗头面具。

连川抬起手，在自己眼前遮掉了这个人的上半张脸：“是。”

“长得还……可以啊。”宁谷看着走到桌边坐下的九翼，看上去并不傻，也不疯癫，只是脸上带着疲惫和茫然。

连川看了宁谷一眼，大概对于他的关注点有些无语。

“你觉得我跟九翼，谁英俊一些？”宁谷坚持着自己的关注点不动摇。

“……你。”连川明显有些莫名其妙。

“九翼也是这么说的。”宁谷笑了起来。

“你俩在一起都聊的什么啊？”连川有些感慨。

“他是不是要写了！”宁谷瞪着九翼。

九翼拿起了笔，在手指间一下下转着，看着本子出神。

没有关上的书架后面，又走出来一个人，是孙一。

“我这辈子都不想再看到你了，”九翼还是看着本子，没有抬头，“也不想再记得刚才的事。”

“选择吗？”孙一问，“结束还是回去。”

九翼沉默了很长时间，眼神里的痛苦和挣扎清晰可见。

“我没有权利去决定别人的存在和消失。”他开口说了一句，“我不做选择。”

“你，和他们，”孙一说，“都不存在，你们只是活在无尽的毁灭里，一次又一次，你没有权利决定他们消失，你却决定了他们继续一次次承受毁灭。”

“你闭嘴！”九翼抬起头，“我进失途谷就是为了活着，我思，我想，我就是活着。”

“你心里真的没有第二个声音了吗？你为什么会见到我，又为什么要去看？你想要结束，又害怕绝望，”孙一走到桌前，“可你也不愿意在毁灭里走向毁灭。”

“闭嘴。”九翼的声音冷了下去。

“你怎么办？”孙一问。

“选择。”九翼说。

“选择什么？”孙一问。

“选择删除。”九翼看着她，“我可以不是我，但我要活着，我会不惜一切代价，让这个秘密永远只是一个秘密。”

孙一没有再说话。

九翼的视线收回，笔尖落到了纸上。

盯着本子看了一会儿之后，他用手指扒拉了一下本子。

记录已经失去了意义。

我决定放弃选项，封存所有所知所想，结束还是继续，在这个最不可思议的世界里，都已经没有了意义，我只想作为自己活着，哪怕只有一瞬间，只在脑内一念之间虚无存在，也是活着。PS，孙一很漂亮，虽然她期待的救世主竟然只是一段运行错误的代码。

比活着更难的是身陷绝望。

"没有人能把我再推回绝望。"九翼的声音传来。

宁谷只觉得眼前一片模糊中突然闪过几道熟悉的银光。

胳膊猛地被向后拽过去。

回过神来的时候，连川已经拉着他躲开了九翼的攻击。

宁谷举起手，看到暗银色的光芒划向九翼的时候，他知道自己和连川已经回到了失途谷。

眼前的九翼，不再是他熟悉的那个疯癫的蝙蝠。

而是一个BUG，以永远失去自由困在失途谷为代价，阻止任何暴露这个世界真相的可能。

一个跟曾经的连川一样，以活着为底线，不让自己再次陷入绝望的BUG。

73

随着细细的“叮”的一声，九翼的狗头面具，被宁谷削掉了一个角。

九翼停了下来，盯着宁谷。

宁谷知道他为什么盯着自己。九翼是个BUG，曾经强大到能够见到并非只是一个脑子的管理员，虽然躲进失途谷成为九翼，之后这么多年，再也没有人知道他到底有着怎样的实力，但也是失途谷无可取代的老大。

现在拿回了诗人那一部分之后，反倒被宁谷一招削掉了一角面具，多少会让他有些吃惊。

就像宁谷如果削掉了连川一撮头发，连川也会吃惊。

……不。

大概会直接捏碎宁谷的喉骨。

“孙一很漂亮。”宁谷说。

九翼猛地抬了抬头。

“虽然她期待的救世主竟然只是一段运行错误的代码。”宁谷的手慢慢摸进了自己衣服里，捏住了那一角纸片，“九翼。”

九翼没有动，只是看着他。

宁谷手指夹着纸片，轻轻晃了晃：“九翼，回来，说好了的，主城分你一半。”

连川没有看宁谷，视线始终落在九翼身上，这是一个选择了自我删除的BUG，甚至能强行把精神力锁在失途谷里，宁谷这一招“念在我俩旧日交情上”可能没什么用。

“你说的那个再也不想见的人，”宁谷说，“是孙一吧。”

连川伸手一把拎住了宁谷的衣领，拽着他猛地退出了洞口。

而九翼指刺上的寒光也在这一瞬间布满了整个洞窟。

“我说错话了？”宁谷把衣领往前拽了两下，“我以为能把以前那个九翼叫出来呢……他是不是跟叶希一样，裂成两半了。”

“真正的那个叶希，到最后也只在那个小屋里，”连川说，“从来没有出来过。”

“你意思是九翼不会回来了？”宁谷看着洞里满布的银光之间站着的九翼，心里突然有些不是滋味。

“先离开这里。”连川说，“诗人刚回到九翼脑子里，给他点时间稳定。”

“万一九翼正在脑子里跟诗人打架呢？”宁谷不太放心，“最后要是没打过诗人呢？”

“别小看了九翼。”连川说，“九翼是为了配合出口才出现的BUG，诗人不是自愿被锁在失途谷睡觉的，是九翼强行割裂了意识，诗人不可能是他的对手。”

就在连川和宁谷跳到“8”字形洞窟下一层的同时，通向失途谷的洞口突然被银光封住了，跟之前封住诗人的那面光网一样。

连川回过头，九翼站在了上层的洞口前，正低头看着他们。

“去哪儿？”九翼问。

“找点东西吃。”宁谷说。

九翼笑了起来，笑声从面具后传出来时带着几乎能听出来的危险。

连川在九翼笑的同时突然跃起，扑向九翼。

宁谷赶紧跟着一挥胳膊，暗银色的几道光划向九翼的时候，连川已经把九翼抡倒在地，指尖按在了他咽喉上。

但九翼猛地一抬手，挡掉了宁谷的攻击。

接着九翼侧身抓住了连川的肩，整个人从地上翻了起来，指刺扎进了连川的肩膀。

“参宿四！”宁谷攀着洞壁跃到上层，“唤醒！”

他扑向九翼，抡出重重一拳，带起的风里裹着的银光同时砸在了九翼脸上。

“收到。”连川在九翼被宁谷砸得向后仰倒的同时一膝盖撞在了他后背上。

九翼的指刺几乎贴着宁谷的眼睛划过。

“你疯了！”宁谷吼了一声，“九翼！我知道你不想选择！”

九翼跃起，翻身倒挂在了洞顶。

“会有出口！”宁谷抬头看着他，“我就是出口！你知道的！孙一肯定告诉过你！”

“没人能决定那些人是活着，还是消失。”九翼说，“不需要选择。”

“我不选择！”宁谷吼。

九翼的指刺带起寒光，像一张铺天盖地的网，直压下来。

连川把宁谷拉到洞角，迎着寒光向上跳向洞顶，挥出的胳膊上猛地扎出黑色锥刺，九翼抬手格挡的时候，锥刺穿透了他的手臂。

“宁谷，”连川说，“控制。”

我控制不了，我在失途谷用不了……

不，诗人已经回到了九翼的身体里，齐航也被暂时打散。

九翼抓着连川猛地往上一扬，连川被他抡到了洞顶，但同时第二枚锥刺从连川掌心扎出，戳进了九翼的肩膀。

两根锥刺把九翼钉在了洞顶。

宁谷低头吸了一口气，举起了左手。

指尖炸出的金光顺着洞壁像火烧一样瞬间漫向洞顶，把整个洞都染成了金色。

连川落地的时候，被顶在洞顶的九翼突然一收胳膊，把自己的手臂从锥刺上生生剥离，接着是肩膀。

连川还没来得及站起来，九翼已经跟着加速落地，脚下的金属重重砸在了连川的背上。

宁谷不知道是不是错觉，他感觉自己听到了连川身上“咔”的一声响。

宁谷猛地转头看向连川，举着的手也放了下来。

他的控制对九翼不起作用！

九翼打伤了参宿四！

宁谷感觉眼睛都被那一声“咔”烧得滚烫。

在他咬牙准备扑下去跟九翼拼个死了拉倒的时候，连川突然抬头。

“控制。”

这声音冷静而坚定，宁谷眼前瞬间闪过在鬼城把EZ钉满车厢的那个参宿四，既将丧失殆尽的理智被拽了回来。

“控制。”连川重复了一遍。

“谁能——”九翼吼了一声，带着金属声响的吼声像是从地底深处传出，他一脚蹬在地面上时，整个洞窟都开始震动。

接着洞顶裂开了一条缝，然后迅速扩大，崩落的黑铁不断砸在地面上。

“我。”宁谷说。

指尖的金光再一次爆发，像是在金色的湖底炸开了一个洞，光芒倾泻而出，涌向九翼。

“失途谷？”雷豫从掩体后跳出来，冲到失途谷入口旁边，手按到了地面上。

“是这下面。”龙彪也跪到了地面上。

狞猫焦躁地在入口外面来回走着，鼻孔不断喷气。

金光从地面下瞬间爆出时，所有人都惊呆了。

整个失途谷上方，黑铁荒原的缝隙里都有金光涌出，像是在黑暗中画出了一幅曲折的地图。

狞猫冲进入口。

“老大！”雷豫喊了一声。

“老大应该不会受影响。”春三皱着眉，“出什么事了？”

“注意警戒。”雷豫看着龙彪，就这几秒钟的时间里，他的嗓子哑了。

“不会有事的。”龙彪看了他一眼，“他可是主城最强。”

没等他回答，龙彪起身走开了：“清理队，警戒！分小组布防！”

金光包裹中的九翼一动不动地站在原地，像一个人形焰火。

连川扬手，两根锥刺再次钉入九翼肩膀，把他钉在了洞壁上，接着他腿上也被钉上了两根锥刺。

金光慢慢消失之后，宁谷从上层跳下来。

“伤到哪儿了？”他冲到连川面前。

“没事。”连川看上去脸色还是正常的。

宁谷抓着他的手握了握，手是暖的：“九翼居然这么强？”

“嗯。”连川看着九翼，“他……”

“宁谷！”福禄的声音从洞口传了过来，“你把老大怎么了！”

“老大——”寿喜也冲了进来。

“别靠近他。”连川说，“刚控制住。”

“不是让你们在老巢等着吗？”宁谷说。

“黑戒说狞猫进了失途谷。”福禄一边盯着九翼，一边指了指洞口，“我们带狞猫过来。”

“老大？”连川转过头，看到了站在洞口的狞猫。

“老大？”寿喜也转过头，大概对于连川把这个称呼放在狞猫身上有些震惊，但很快又转回了头，“你们干了什么！”

“他没事，”宁谷说，“一会儿就醒，不这样没法谈判，诗人根本不给我们开口的机会，上来就是杀。”

“诗人还在吗？”福禄问。

“我也不知道。”宁谷往洞口走过去，想跟狞猫打个招呼，却发现它已经走了。

“就是来看一下发生什么事了。”连川说，“清理队在上面能感觉到。”

宁谷抬起头，发现洞窟的上方已经塌出了一个巨大的空洞，外面是一片黑暗。

“失途谷这些洞和通道的外面，”他轻声说，“居然不是实心的。”

“外面好像是一个巨大的洞。”连川说。

“那个棺材，”宁谷看着还浮在黑暗里的那一方蓝天白云，有些出神，“我知道九翼为什么不愿意来这里。”

“看到了永远都不会再有的美好，”连川说，“怎么都会很难受吧。”

“所以他只想忘掉。”宁谷轻轻叹了口气。

“不只是想忘掉，”一直被钉在洞壁上低着头的九翼突然开口，“还怕想起来。”

宁谷猛地转过头：“九翼？九翼！是你吗！”

九翼慢慢抬起头，盯着他，过了很长时间才说了一句：“你猜。”

“老大！”福禄扑了上去，抱住了九翼一条腿。

“老大！”寿喜也扑了上去，抱住了九翼的另一条腿。

“撒手！”九翼从牙缝里挤出两个字。

“快把我们老大放下来！”福禄回过头冲连川喊。

“不能。”连川看着九翼，“你问他自己要不要下来。”

“就先这样吧。”九翼说。

“疼吗？”福禄寿喜并没有追问为什么不要下来。

“没感觉。”九翼说，“你俩让黑戒注意四周，告诉清理队，救世主回来了，清道夫肯定要动了，主城那边的旅行者要小心。”

福禄寿喜飞快地冲了出去。

“你怎么知道？”宁谷看着九翼。

“我在那个洞里，”九翼说，“不知道待了多久，从生看到死。”

“为什么你怕想起来，”连川问，“你怕什么？”

“什么都没有的人，最容易绝望，一摔到底。”九翼说，“我害怕自己会质疑自己活着的意义，毕竟我只想活着，怎么活着都无所谓。”

宁谷转头看着连川。

“你怕你会选择结束。”连川说。

“是。”九翼眯缝了一下眼睛，“我也不允许任何人选择结束。”

“我们没选择结束！”宁谷简直无语，“你连说话的机会都不给，我说的你也不听！”

“诗人没有回来之前，我会相信你。”九翼说，“现在我谁都不信。”

“你有什么毛病？”宁谷说。

“诗人是他已经被绝望动摇了的那一部分自己。”连川说。

宁谷皱了皱眉，算是勉强明白了：“能再扔出去吗？”

“能扔也不能扔。”连川说，“我们需要最强的九翼帮忙。”

“我凭什么帮你们。”九翼说。

“凭你现在被钉在墙上。”宁谷说。

“我可以在这里钉到世界毁灭，”九翼说，“然后继续在自己脑子里活着。”

“那就试试！”宁谷恶狠狠地说。

九翼没说话，闭上了眼睛。

“怎么办。”宁谷问连川。

“去趟主城，”连川说，“找团长。九翼说的不是假话，我们要抢在清道夫之前，不能被动。”

“九翼呢？”宁谷看了一眼一动不动的九翼。

“看他自己的了。”连川转身走出了洞口。

“九翼为什么能把自己一分为二？”宁谷跟上来，两个人一起往出口走。

“也许是某一个宁谷从叶希身上得到的灵感，”连川说，“不知道什么样的BUG能够成功，就什么都试试。”

“现在搞得自己要跟自己打架。”宁谷叹气。

“还好是这样，他能把矛盾的另一半割裂，”连川说，“要不我们可能没机会走到现在这一步。”

清理队的人都在失途谷四周巡逻。

看到连川出来的时候，队员们都走了过来，想要说些什么，但最后又都只是拍了拍肩。

在没有方向的最后的倒计时里，什么样的表达都已经没有了意义。

“我这还是第一次这么近距离地看清你。”春三看着宁谷。

“Sh……”宁谷开口连一个字都没说全，就被连川打断了。

“这是春姨。”连川说。

是春姨吧。

宁谷想说的是这一句，但他确定连川以为他要说的是“帅吧”。

不知道为什么他在连川眼里会是这么傻的人。

“春姨。”宁谷开口。

春三猛地一抬眼，看着他：“是你。”

“嗯？”宁谷愣了愣。

“谁敢说我不存在……”春三说，“是你的声音。”

李向清点了一下物资，主要是食物和水，除了他们自己带过来的，还有一些从主城的废墟里四处收集来的，加上蝙蝠扛过来的一些，他们在这里撑十天半个月没有问题。

露珠一直没再有什么变化，主城的队伍把露珠围得严严实实，他们派过去的旅行者小队潜伏在外围，会定时传消息回来。

闪烁着的日光也没有什么变化，始终维持着频率。

明暗之间格外让人心慌。

一直有变化的，是黑铁荒原上的裂缝，有两条已经切进了主城城界。

旅行者占据的这一片，曾经是C区的一个商场，地面地下的空间都足够，可以把E的旅行者大军安置在仓库里。

不少主城的居民也进入了这个商场，以往见了旅行者不是躲藏就是报警的这些人，现在和旅行者相安无事地待在同一个空间里。

恶魔一样的旅行者，现在却像清理队一样，带给他们最大的安慰。

虽然旅行者不分享食物，但能有一处安全的容身之所，对他们来说已经足够。

“那边的金光，”团长走了过来，低声说，“不是齐航，是宁谷，失途谷的旅行者已经确定了。”

“已经……”李向有些吃惊，“强到这样的程度了吗？”

“当初到底是为什么，”团长看着背对着他们站在楼顶天台边缘的E，“要把他带去鬼城，我一直没有想明白，只是因为他最合适用来存放齐航碎片吗？恐怕没有这么简单。”

E动了动，转过了身：“他必须离开主城，我知道的只有这一条。”

一个旅行者跑了过来，凑到团长耳边：“宁谷往这边来了，跟连川一起。”

“安全吗？”李向低声问。

“没有人跟踪他们。”旅行者说，“连川速度很快，也没人跟得上他。”

“嗯。”团长点点头，转向E，“你是要回避还是……见见？”

E没有说话，往楼梯那边走了过去。

还没走两步，两个黑影从天台边缘跃了上来，落在了他身边。

他转过头的时候，宁谷站了起来，接着就愣住了。

大概是也没想到就这么碰面了，E也在愣在了原地。

74

E看样子正要离开，还是之前看到的样子，帽子遮住了大半的脸。

看不清他的眼神，只知道脸上没有什么太明显的表情。但宁谷愣着的时候，E也一直站着没有动。

“去后面仓库吧，”李向看着宁谷和连川，“安全些，隔几条街的地方偶尔还是会有城卫经过。”

“哦。”宁谷点了点头，没再看E，往李向和团长那边走了过去。

李向这话是对他和连川说的，他也能猜得出，李向并不确定E愿不愿意跟他见面。

要换了以前，他可能会很生气：我也没想跟你见面呢，你摆什么谱?

但现在却没有什么感觉了。

每一个人，都可能有着不为人知的另一面，都可能有着他人无法体会的痛苦。

虽然关于自己的身世，他还有疑问，但有没有答案也都不那么重要了，他现在已经做出了决定，哪怕是什么都不知道，也要走下去。

他们从商场的大厅走进了后面的仓库里，仓库不大，但已经空了，只扔了几个破铁箱子，所以也还算宽敞，不会因为空间太小大家挤成一团而尴尬。

宁谷在一个破铁箱上坐下了，靠着墙。

“我们把钉子带过来了，”李向说，“安顿在地下室。”

宁谷愣了愣，然后才闷着声音“嗯”了一声，眼睛瞬间就有些发红。

“你要先见见他吗？”李向问。

“不用。”宁谷用力按了按眼睛，“有正事。”

“失途谷那边情况怎么样？”团长问。

“诗人在九翼身体里了。”宁谷说，“你们知道诗人是九翼吗？”

团长和李向对视了一眼："我们不知道。"

"一时半会儿也说不清。"宁谷说，"他……"

"九翼是第一批突变体，跟我一样。"仓库的门突然被推开了，E走了进来，"在旅行者大规模出现之前，我的记忆里主城最早开始清理的BUG就是他。"

"九翼那么……老么？"宁谷接了这一句之后才猛地回过神来，发现这句话是E说的。

"但是在九翼进入失途谷分离出诗人之前，"连川开口，"有主城系统印记的人就没法进入失途谷了。失途谷里有什么？"

"有诗人。"E说。

宁谷听愣了，半天才说了一句："你在说什么？"

"明白了。"连川想了想，"诗人一直在失途谷，是某种意识的载体，可以容纳任何人的精神力，九翼精神力强大，哪怕只是一部分，也能让诗人变成'他'。"

"是吸取。"E说，"所以九翼能借助这个力量割裂一部分，齐航也是靠诗人才能活着。"

"诗人醒了，诗人睡了，"宁谷说，"这个指的其实才是九翼那一部分吧？诗人不管是吸取还是容纳，都只是个容器。"

"可以这么说。"E看了他一眼。

容器这个词从宁谷的嘴里说出来之后，几个人都沉默了。

"齐航的父亲，参加过回收九翼的行动。"E说，"具体是怎么样的行动，我就不清楚了，总之九翼进了失途谷，任务失败。"

连川看着他："你们为什么会有齐航的碎片？"

"我认为齐航知道了失途谷里的秘密。"E说，"他最后一次伏击我，是在失途谷黑铁荒原入口……"

"你落单那一次。"团长说。

"是。"E点了点头，"但他的目标不是我，是宁谷。"

宁谷迅速地扫了连川一眼，连川也正往他这边看。

他不确定齐航是不是知道了他们知道的那些事，但起码知道了宁谷就是“变数”。

“宁谷不能留在主城，这是我唯一确定的。”E说，“但没人知道宁谷以后会不会有能力，会是什么样的能力……”

“所以你最后决定把齐航的碎片放在宁谷身上。”连川说，“如果他没有激发自己的能力，还能有齐航的能力。”

“嗯，我当时的情况……怕以后保护不了他。”E点头，但犹豫了一下，又补了一句，“这个时候了，也不需要再隐瞒什么，齐航的能力很强，我也有私心，希望能够保存，对旅行者可能会有帮助。”

“那我的年龄就对不上了。”宁谷说，听得出他声音里努力控制着的颤抖，“你们把我像盒配给一样低温保存起来了，对吗？为什么？”

“你太小了，需要很长时间来适应碎片。”E说。

宁谷没有说话。

“那为什么你也被保存了。”连川看着E。

“我没有时间了。”E说，“命要留到最后用。”

宁谷猛地抬起了头。

“你们过来，是有什么消息吗？”E换了话题。

“露珠要有动作了。”宁谷开口的时候发现自己嗓子有些发紧，声音都有点哑了，“清道夫会从火里出来，我们要抢在他们出来之前做好准备。”

“火？”团长有些疑惑。

“清道夫在火里。”宁谷说，“我见过了。”

“九翼也见过毁灭，他认为……”连川看了他一眼，接过了后面的话，“救世主回来了，清道夫会开始启动。”

“救世主？”团长看向了宁谷，李向和E的视线也同时落在了宁谷身上。

“没有出口。”宁谷看着他们，“只有毁灭。”

几个人都沉默了。

“杀掉清道夫。”宁谷说，“他们从哪里来，我们就杀到哪里去。”

宁谷说出这句话的时候，并没有多想，他不知道清道夫到底会用什么样的方式来“清理”这个世界的残余，也不知道要用什么样的方法，才能杀掉清道夫。

他只知道，这是现在唯一的办法，连川这么聪明的人，现在也只想到了这个办法。

他们见过的那个被火与清道夫吞噬的世界，那些逃命的人，似乎都只是像主城普通居民一样的存在。

那个世界没有旅行者，旅行者作为突变体出现，本来就有可能是一个契机。

叶希活着的时候，他们就想用“天才”找到出路。

而清道夫和火，还有那个露珠，是他们唯一能跟叶希的意识产生关联的地方。

既然不知道怎样改变结局，那就先撕掉写好了结局的那一页。

“把队伍分散到有火的地方。”团长开口，“露珠那里有主城的兵力，现在主城没有跟我们合作的意思，那就各干各的吧。”

“好。”李向点头。

E没有再说话，转身打开仓库的门走了出去。

宁谷坐在破铁箱上愣了很久，屋里几个人都没说话，只是看着他。

对于宁谷来说，这些答案也许已经不是最重要的事，但毕竟是他这么多年来一直想要知道的。

E说话不像李向那么委婉，也许是时间不多了，他没有选择让宁谷听着更舒服一些的方式。

“我先去安排，你……”团长走到宁谷面前，还想再说点什么，但最后只是在宁谷肩上抓了抓。

团长出去之后，李向走了过来。

“你们不用……”宁谷有些无奈，“这是排队呢？”

李向笑了笑：“你等我一下，我有个东西给你。”

“哦。”宁谷应了一声。

李向走了出去。

宁谷这才靠着墙，轻轻叹了一口气。

心里还是有些堵，按说在这种清道夫可能马上就会出现大杀四方，他们能不能杀得过，能不能继续活着都无法确定的时候，他本不应该再为自己二十多年前的经历而心堵。

但就是堵。

他甚至没有勇气问一句，那我跟E是什么关系。

连川一直坐在他旁边，没说话也没动。

他转头看了连川一眼，连川拍了拍他的背。

“干吗？”宁谷问。

“安慰。”连川也看了他一眼，这一眼能让他非常明显地感觉到，是在质疑他的智商。

“这就算安慰了？”宁谷说。

连川站了起来，张开了胳膊。

“干吗？”宁谷愣了。

“安慰啊。”连川说。

“……不用了。”宁谷说，“有点太隆重了。”

“所以还是拍拍后背就行了。”连川说。

李向从门外走进来的时候，连川的胳膊还没放下去。

“这是？”李向看着这场面有些迷茫。

“安慰一下。”连川说。

“没有！”宁谷有些没面子地喊了一声，堂堂鬼城恶霸，要人抱着安慰算怎么回事？他小时候被挂完钟楼都不需要谁安慰呢。

李向笑了笑，伸手在宁谷脑袋上扒拉了两下，把一个旧得脱了色、表面也磕得坑坑洼洼了的铁盒子放在了他手里：“这个是……E以前在失途谷给你找的礼物，后来也没有机会给你，团长一直留着，想让他亲自给你，但是你现在已经长大了，他觉得不太合适了……”

宁谷摸了摸铁盒子：“是什么？”

“不知道。”李向说，“应该是小孩子的玩具吧。”

李向出去之后，宁谷低头看着铁盒子，半天也没敢打开，只是用两只手一块儿抓着盒子。

他感觉只要一松手，就能发现自己的手在抖。

“不会开吗？”连川问。

宁谷皱着眉“嘶”了一声：“我在你眼里是个傻子吗？”

“打开吧。”连川笑笑。

宁谷看了他一眼，也笑了笑：“我有点紧张。”

“要我帮你打开吗？”连川坐回了旁边的破铁箱上。

宁谷飞快地把铁盒子放到了他手里：“好。”

连川拿起铁盒子看了看，“咔”的一声打开了盖子。

宁谷迅速转头：“是什么？”

“是个……”连川把里面的东西拿了出来，“迷宫玩具。”

“迷宫？”宁谷愣了，看着连川拿出来的东西，是个黑铁板子，上面沟沟槽槽地盘着很多道子。

“他找这个礼物的时候……”连川也挺感慨的，“大概没想到你根本记不住路吧。”

“连狗你什么意思？”宁谷一把抢过了板子，“我现在就走给你看！”

“这个比我小时候玩过的要难。”连川看了看，“只有从这个口出来才算是成功，别的口不算。”

“哪个口我都出得去。”宁谷很不服气地捧着板子。

两人一块儿对着板子盯了一会儿之后，宁谷抬起头：“是不是得有个东西放进去顺着走啊？”

“是。”连川说，“随便找个什么……”

宁谷没说话，从靴子侧兜里摸出了那颗“密钥”，把黑色的小铁珠子放到了槽里，扒拉了一下，看着小铁珠顺着槽子滚了出去：“还挺合适。”

“那边走不通。”连川说。

“你闭嘴。”宁谷把珠子又退了回来。

虽然宁谷知道这东西该怎么玩，但手上这一块的确很难，道子也太多太复杂了，珠子不走到跟前儿根本看不出来哪条路不通。

连川几次想提醒他，都被他阻止了。

“这个礼物挺好的。”连川说，“再晚送十年也没关系。”

“你是不是在骂我。”宁谷盯着小铁珠。

“没有。”连川说。

“现在这种时候，根本就不是玩这个的时候。”宁谷说，“玩具这东西，就得轻轻松松地玩，如果在那个沙湖公园，在青草地上坐着，我肯定一会儿就玩通了。”

“嗯。”连川应了一声。

“你绝望吗？”宁谷看了他一眼，“发现那么美好的地方，再也不存在了，我们无论选择什么，选择哪一条路，都不可能通往那样的地方了。”

“鬼城好吗？”连川问。

“鬼城？”宁谷愣了愣。

“你离开鬼城以后，想不想回去？”连川又问。

“……想。”宁谷点头。

“因为你在那里长大，那里有你的朋友、亲人，你的记忆，你存在的证明。”连川说，“叶希的世界当然很美，但现在我们能守下来的，就是最美好的。你付出的所有感情，都在那里。”

“嗯。”宁谷轻轻拨着小铁珠往前走，“要这么说，主城也很好，失途谷也很好，现在这里也很好。”

“九翼绝望，是因为他没有牵挂。”连川说，“除了活着这个执念，这里是他随时可以舍弃的地方，所以他会害怕自己记得那些。”

“我有牵挂。”宁谷说。

“不是这边。”连川看了一眼板子。

“闭嘴！”宁谷说。

虽说挺复杂，但小铁珠走到正确的出口的速度，还是比宁谷想象中的要快。

“看着！”宁谷很得意地指着板子，“最后一个弯。”

“嗯。”连川点头。

宁谷指尖在小铁珠子上轻轻一弹，小铁珠顺着凹槽滑行，走完了最后一段，“叮”的一声撞在了出口外面的黑铁挡板上。

“完成了。”宁谷捏起小铁珠，放回了鞋子侧兜里，“这个‘密钥’，拿着这么长时间，就这一次算是用上了。”

“要去看看团长他们怎么样了吗？”连川问。

“去看看。”宁谷站了起来，把黑铁板子放回铁盒里。

“要顺便看一下钉子吗？”连川又问。

宁谷脚步顿了一下：“不，这个时候去看他，搞得好像最后一面似的，他会笑我。”

“嗯。”连川应了一声。

走出仓库，从废弃商场大厅的窗户看出去，能看到在废墟和时不时飘过的黑雾掩护下，向裂缝走过去的傀儡大军。

宁谷看着他们脖子上隐约的银光，想到E说的“我没有时间了”。

“连川，”他低声说，“你觉得E说的那句话，是什么意思……”

“就是你想的那个意思。”连川说，“这一战，无论胜败，对于很多人来说，都是最后一战。”

宁谷没再说话。

远处黑铁荒原上燃烧着的烈火猛地腾起几百米高时，连川和宁谷还站在窗口看着最后一批傀儡军队转移。

突然腾起的巨大火墙，像是一下子把黑铁荒原的距离拉近了，站在这里都能感觉到灼热的气浪。

“这么快！”宁谷喊了一声，手撑着窗台，直接跳了出去。

“宁谷，”连川跟着跳了出来，“日光不闪了。”

宁谷愣了愣，抬起头看向天空，的确已经没有了之前的闪烁。

“珠子呢？”连川说，“我看看。”

宁谷马上明白了他的意思：“这么巧吗？”

“没有巧合。”连川说，“都是必然。”

宁谷蹲下，在靴子的小兜里摸了半天：“没了。”

75

这一次的震动来得比任何一次都强烈。

光光吊床的绳子断开，她摔到了满地废渣上，旁边的一个七八岁的小女孩尖叫起来，她的妈妈抱着她捂住她的嘴，低着头开始无声地哭泣。

“可能又裂了。”光光跳了起来，摸到腰后的武器，冲到了窗边，“没事的……”

这句话说完的时候，她已经看到了窗外闪动着的火光，甚至隔着破旧的窗帘都能感觉到热浪，在气温恒定的主城，她从没感受过这样的温度。

拉开窗帘的时候，她的额角已经缀上了汗珠。

黑铁荒原上的火，已经冲破了城界，翻卷着缓缓向前移动，像是铺出了几条火路。

“怎么了？”女孩妈妈抱着孩子，有些紧张地问。

“火烧破城界了。”光光迅速把自己的东西收拾到了背包里，“速度不太快，你们收拾好，我带你们走。”

“我不敢出去。”女孩哭了起来，“我害怕。”

光光娱乐店的那栋楼被彻底震塌了之后，这已经是她换的第四个住处了，在D区的中心，跟着她的除了这对母女，还有楼下的一对夫妻。

这里其实还不错，流民已经扫荡过这个区域，生活物资几乎已经没有了，也就不会再有人过来，虽然吃的得每天出去找，但安全起码还是能保障的。

又要走，别说女孩不愿意，她也不愿意。

每次换地方住，他们要经历的各种争抢打斗，要看到的各种惨状，都让人胆寒。

但必须走，他们所处的位置是两道火路的夹角，一旦火势继续发展，他们就会被夹在中间活活烧死。

光光撕下了一条窗帘，系在了女孩手腕上："如果害怕，就用这个把眼睛蒙上。"

楼下的夫妻跑了上来："要马上换地方，这里太危险了。"

"走。"光光点头，拉住女孩的手，把她从地上拽了起来，"往旅行者那边去。"

"旅行者？"几个人都愣住了。

"A区不让进了，"光光说，"城卫和巡逻队都不管流民，城里能去的地方只有C区旧商场那边。"

"失途谷呢？"那个丈夫问，"清理队在那里。清理队不是有个据点吗，他们说清理队会帮主城居民，蝙蝠也还有物资。"

"太远了。城内的入口全是流民，从黑铁荒原上过去，路难走，路上也全是流民，"光光说，"孩子过不去。"

夫妻俩对视了一眼，似乎有些犹豫。

"你们要去的话，我们就分头走。"光光看出了他们的意思。

"那你们，"那个丈夫咬了咬牙，"保重，我们想去那边试试。"

"保重。"光光点头。

夫妻俩从后门离开了，女孩妈妈看着光光："如果你……"

"走，我们去旧商场。"光光冲她偏了偏头，"我就在主城，哪儿都不去。"

女孩妈妈抱起孩子跟在她身后，从废墟里走了出来。

"火。"女孩瞪着四周冲天的火光，脸上全是惊恐。

"烧不到我们。"光光看了看四周，只有零星几个人惊慌地从路口跑过，方向也是旧商场那边，她指了指前面的路口，"现在我们的第一个目标，是到路口，走！"

光光说完就往路口冲了过去。

女孩妈妈跑着也冲到了路口。

"你俩真厉害。"光光冲女孩竖了竖拇指。

女孩笑了笑。

一块黑色的东西被热浪卷着从上空掠过，撞在旁边楼上，再砸到了身边。

女孩的笑容瞬间就被吓没了，闭上了眼睛。

光光看了一眼，那是一块被撕碎了的小商店门口的遮阳棚，上面还印着商品标价，她拍拍女孩的胳膊：“是个棚子，我们要冲下一个目标了，准备好了吗？”

女孩点点头。

“我先冲，前面安全就轮到你们。”光光说。

“当心。”女孩妈妈说。

每次裂缝有什么变化，都会激起流民的疯狂，这种时候往往很多藏着的人都需要找新的藏身处，会带着全部家当回到大街上，是打劫的好时机。

每一条需要横穿的马路和路口，都有可能碰到危险。

光光看清路面，全力地冲了出去，冲过半条街之后她躲进了旁边一栋塌了的墙后。

过了几秒钟，她从墙后探出头，冲女孩妈妈招了招手。

女孩妈妈抱着孩子也往这边猛冲了过来。

光光一直盯着她们四周。

看到路边一栋破楼上方有人影晃动的时候，她从墙后跳了出来，拔出了李梁给她的武器，对准了楼上。

“跑！”光光对女孩妈妈喊。

女孩妈妈抱着孩子用力往这边跑着。

楼上跳下了两个人，还在空中的时候，光光按下了射击按钮。

一道蓝光划过。一个人被打中了腿，落地的瞬间摔成了一堆黑色的碎片。另一个人落地的时候愣了愣。流民不少人有武器，但光光的攻击却能看出使用的是官方武器。

“主城清理队！”光光喊，“你已经被锁定！”

那人转身就跑进了旁边的楼洞里。

“我跑不动了。”女孩妈妈有些喘，这些天他们的食物一直不太够，妈妈的食物都给了孩子，这会儿这么两趟跑下来，本来就已经很虚弱的她有些体力不支。

“孩子给我。”光光说。

“我可以自己跑。”女孩小声说。

“你跑得太慢。”光光说，“到安全的地方你扶着妈妈跑，好不好。”

“嗯。”女孩点头。

再跑过两个路口，就能到达C区，距离旧商场也就没有多远了，这么看起来还是近的，但前提是中间没有什么干扰。

光光抱起女孩，咬牙继续猛冲。

刚跑过两根灯柱，光光就感觉到了脚下的震动，没等做出反应，就踉跄了好几步，冲到对街的灯柱旁边才稳住了。

“抱紧灯柱！”光光一把抱住了灯柱，回过头喊。

回头时看到的景象却让她惊呆了。

一道窜出火舌的裂缝正以超过正常人奔跑的速度从街道中间划过，把街道一分为二，并且还在慢慢拓宽。

裂缝是往露珠的方向一路过去，只要到了头，就没有别的路能过来了。

“妈妈——”女孩哭着喊了起来。

“跳过来！”光光吼，嗓子都有些破音，“跳过来！现在还能跳得过来！快！”

女孩妈妈喘息着往裂缝边缘跑了两步，又被火舌逼了回去。

“跳！”光光嘶吼着，再过几秒钟，这裂缝再继续裂开，就不可能再跳得过来了，而且两边也会没法再站立。

但女孩妈妈试了两次，都没有成功。头发和衣服都被燎着了，她跪到了地上，号啕大哭。

光光脚下的地面已经开始出现细小的裂纹，脸上也被火烤得发疼，甚至能闻到自己脸上的汗毛被烤出的煳味儿。她不能继续留在这里了。

“我叫向光！”光光冲那边喊，“身份卡是B4570335！你记住！我带孩子去旧商场了！你去找条路过来找我！”

“帮我照顾好她！”女孩妈妈哭着喊。

“你！”光光吼，“过来找我！听到了没有！”

“听到了。”女孩妈妈哭着回答。

“我等你！”光光松开了灯柱，在女孩撕心裂肺的哭泣里，往前跑了出去。

裂缝突然出现，流民也被同时逼了出来，逃的，追的……光光刚跑过拐角，就觉得四周都是晃动的人影，还有各种惊恐的叫喊声。

“姐姐！”女孩在她耳边惊叫。

光光还没来得及转头，就感觉腰上被踹了一脚，她抱着女孩重重摔到了地上。

摔倒的同时，她一只手垫着女孩，一只手摸到了腰间的武器。

接着这只手就被人狠狠一脚踩住了。

“清理队？”一个男人怪笑着喊了一声。

“是。”光光也不管武器对着哪儿，这种时候她必须先自保，只要不是对着自己开枪就行。

她按下了按钮。

一道蓝光从这人脚下闪出，击中了正往这边走过来的一个流民。

“你想死了！”踩着光光手的男人扬起胳膊。

光光盯着他，一个巴掌而已，没所谓，只要有机会，她的武器还会再开火。

在男人胳膊甩下的瞬间，一道银光划过，男人整个人都被向后掀起，摔在地上不动了。

四周正要围过来的流民顿时停下了。

火光和黑雾里有人走了出来，熟悉的闪着蓝光的武器慢慢举起。

“主城清理队，你们已经被锁定，任何动作都是我开枪的理由。”

狞猫不知道什么时候已经无声无息地出现在了他们身后的屋檐边，伏低了身体，盯着下方。

“连川！”四周响起了一阵惊呼。

没有第二阵惊呼，所有的人瞬间像来的时候一样，迅速地消失在了四周的废墟里。

“连川！”光光都懒得爬起来了，躺在地上发出了带着愉快哭腔的一声呼喊。

“嗯。”连川应了一声。

“老大！”光光又喊。

老大跳了下来，喷了喷鼻子。

“你还有孩子。”连川看着正在缩在光光身边哭的女孩。

“不是我的。”光光坐了起来，抱起女孩，“她妈妈……被隔在裂缝那边了。”

“你是……”宁谷从连川身后走了出来，指着光光，“是不是那个……”

“小铁球！”光光震惊地瞪大了眼睛，“是你吗，小铁球！刚掀翻那个人的是你吧！旅行者小铁球！”

连川慢慢转过头看着宁谷：“……铁球？”

“小铁球！”光光纠正他，“范叔带他去过我店里！”

“老大，”连川冲老大抬了抬下巴，“你先把光光带去商场吧，我们跟旅行者去看看那条裂缝。”

狞猫跳过来，从光光身边走过，尾巴在她腿上绕了一下，示意她跟自己走。

几个跟他们一起出来的旅行者往裂缝那边去了。身边没人之后连川转过头，看着宁谷：“小铁球？”

“怎么了？”宁谷看着他，“小喇叭！”

“你起名字倒还都坚持在一个系列里。”连川说。

“这你就不懂了，”宁谷说，“这名字是你们主城清理队前前不知道前哪一任的队长范吕大叔起的。”

连川看着他，好半天才应了一声：“哦。”

“哦什么哦？”宁谷说。

连川没再说话，转头往前走过去，走了几步开始笑。

“你笑什么？”宁谷追过去，“小喇叭？”

“我没笑小喇叭，”连川笑着说，“我笑小铁球。”

“以前吧，连表情都没有。”宁谷叹了口气，“现在呢，对着这样的情况都笑得出来。”

“什么情况都无所谓。”连川说，“即成定局的事根本不用管，只想怎么解决就可以。密钥不见了就不见了，它有可能触发了什么，无论好坏，去搞清楚，然后解决掉。”

“我们的毁灭可能提前来了。”宁谷低声说。

“我无所谓。”连川说，“我一直只希望毁灭的时候，能看着这世界消失，现在我正在阻止这个结局，对于我来说，已经满足了。”

裂缝从主城外一直延伸进来，伸向露珠。这样的裂缝有四条，光光说的这一条，是速度最快的，已经到了露珠的边缘停下了。

另外三条根据旅行者返回来的消息，还在D区边缘，缓慢地前进。

而黑铁荒原上腾起的火光，是因为两条裂缝猛地增加了宽度。失途谷内部都开始能感觉到温度在升高。

E带去黑铁荒原上的傀儡大军已经就位，只等着清道夫出现。

但现在除了疯狂肆虐的火，并没有出现别的东西。现在最大的混乱，只是在生命最后的时光里疯狂发泄的流民。

连川和宁谷没有在裂缝那一边找到女孩的妈妈，奔逃的人群里每一个人看上去都差不多，都惊慌而绝望。

“如果裂缝全部到位，”宁谷站在一个还没倒掉的铁架上，看着四下的情况，“主城会被撕成几块，到时怎么通过裂缝？”

“只能搭桥。”连川说，“带人去城界那些桥下，地下仓库里有工程车，可以马上搭出来。刘栋他们现在死守A区，不会去动那些工程车。”

“好。”宁谷转头看着街上的火光，“这些裂缝，下面会是什么？”

“嗯？”连川转向他。

“从来没有人想过吗，下面是什么？”宁谷说，“清道夫是从这里出来的，下面是什么？”

“内防部后楼。”连川蹲下，随手捡了一块碎铁，在脚下的楼板上画着，“有几个装备库。”

“什么意思？”宁谷也蹲了下来。

“熔火管道是内防部建的。”连川说，“所有的装备都在库里……”

“这不可能拿得到吧。”宁谷马上明白了连川的意思，“现在到处都是火，主城那帮人肯定第一要考虑的就是抗高温，那些装备绝对守死了。”

“我们只需要两套。”连川继续在地上画着地形图，“失途谷不需要，九翼差不多能长在熔火管道上，他们的改装就是为了这一天。旅行者如果只是地面行动，也不需要，都有能力，我估计他们也不肯穿那么笨重的装备出去打架……”

“只有我俩需要。”宁谷看着连川，“我只是随口一说，并不是马上要去做的意思。我是提出一个疑问，你不要马上就无脑配合。我有点害怕，我有时候……不是太有脑子……”

“我也想知道，”连川说，“裂缝下面是什么。”

宁谷没说话。

“我在叶希那个出不来进不去的房间里看到过主城。”连川说，“主城就像一个孤岛，就那么悬在黑暗里……我不知道那是个实景，还是只是叶希看到的意象，但是叶希是个记录者，如果那是他的记录……”

“主城的下面，”宁谷说，“是什么？”

“嗯。”连川手里的黑铁碎块在地上一路往下，划了长长的一个箭头，“主城的另一面，是什么？”

“黑雾外面是什么？”宁谷说。

“虽然只是个不存在的世界，”连川说，“也不是不能试试。”

“试什么？”宁谷看着。

“去世界的尽头看看。”连川说。

76

“陈部长，请你马上离开地下。”手下没有敲门就一把推开了陈飞办公室的门，“温度已经很高，城务厅下方恐怕有裂缝。”

陈飞没说话，站了起来：“苏总领呢？”

“已经派人过去，”手下回答，“会把他转移到光刺所在的A区营地。”

“装备和物资都转移完成了吗？”陈飞穿上外套，往办公室外面快步走向城务厅的地上部分，“备用库里的也要带走。”

“城务厅库里的都在我们掌握之下，正在转移。”手下跟着他，“但现在监控失效，刘栋那边的动静我们不能第一时间收到。”

“转移完就走，”陈飞说，“不要跟他们发生冲突，保存实力不要内耗。”

手下没有说话。

陈飞看了他一眼：“怎么了？”

“现在这个情况，”手下低声说，“还会有外战吗？”

陈飞往窗外看了一眼，整个主城已经被火光和浓烟包围，分不清哪些是雾，哪些是烟，唯一还清晰可见的，只有悬在上方的露珠。

城务厅的停车场上也已经是一片破败，不知道哪里飞来的各种碎片落了一地，一辆车停在边上，看到陈飞过来，迅速打开了车门。

“营地有点乱子，”副驾驶坐着的是城卫的李队长，回过头给他汇报，“先绕到……”

“什么乱子。”陈飞坐定问了一句。

“接收的居民要求物资上一视同仁。”李队长说，“之前我们一直是伤病员和孩子减半。”

“需要对抗和干活的时候，伤病员和孩子能跟别人一样做到吗？”陈飞说，“驻防的时候怎么不说一视同仁？这种时候还想着这些废话……去营地，不用绕别的地方。”

李队长按着通话器：“那边现在闹着要苏总领出来。”

“送苏总领去安全屋。”陈飞说，“他出来有什么用，我一会儿去见见这些人。”

“恐怕不太安全。”手下立刻说。

“要让这些人知道，活下去都已经不是能够确定的事了，谁要扯什么公平仁义，要说什么权利待遇，就送他们出A区。”陈飞说，“另外开放B区禁入口，允许没有武器、身体健康的成年流民进入，但要严格筛选，系统内无犯罪记录的优先。”

“陈部长？”李队长有些吃惊。

“我们需要人。”陈飞说，“如果毁灭是定局，保这些人活到最后。如果还有生机，之后的日子我们更需要的是能够生产能够制造物资的人，而不是守着一堆活武器。”

“他们可以抢。”李队长叹气。

“看他们能从露珠手里剩下多少人吧。”陈飞说，“EZ千军万马，最终也都只有报废这一个结局。”

车离开了停车场，往营地开过去。

A区相对来说还算是比较安宁的，街上虽然没有人，但建筑都基本还保持了原样，看着比主城其他地方似乎要更有希望的感觉。

但从这街道上穿行而过的时候，陈飞心里的悲凉和绝望却并没有因为建筑完好而有一分减退。

也许毁灭之后这些建筑都还能保持这个状态。

记录的却是世界了无生机的最后一幕。

侧方传来爆响，车子跟着震动了一下，司机稳住了方向。

“是裂缝在增加。”手下说，“主裂缝突破城界之后就一直在不断分岔。”

“这是要把主城切成小块啊。”陈飞轻声说，看着外面看不透的天空，“到底是什么……控制着这一切？”

身后城务厅的方向接着又传来了一声爆炸。

这声音不是裂缝发出的。

陈飞迅速转过头。

“什么情况？”手下立刻开始联系正在城务厅转移装备的城卫。

几秒钟后他转过头看着陈飞：“连川闯进了城务厅后楼，往地库去了。”

“他要找装备。”陈飞皱了皱眉，“就他一个人？”

“还有那个旅行者，宁谷。”手下说，“宁谷的能力实在太强，没拦住。”

陈飞还没说话，李队长的通话器响了一声，他简单地“嗯”了几声，转过头：“清理队和旅行者占据了南城界八座桥……这个时候占桥干什么？鬼城的车也一直没来啊……”

“要抢工程车。”陈飞马上反应过来，摆了摆手，“掉头，回城务厅。”

“回？”李队长愣了，“太危险了吧！”

“没有比那里更安全的地方了。”陈飞说，“回头，我要见连川。”

“这下面温度也挺高的。”宁谷摸了摸地库通道两边的墙，“不是下面有裂缝就是旁边有裂缝了。”

“嗯。”连川也摸了摸墙，“前面是能量库，估计已经都装箱转移了，能找到一点是一点吧。”

“我们可以杀到A区的营地去抢。”宁谷说。

“工程车上有备用的，”连川说，“拆一部分下来够清理队用一阵，先看情况。”

“嗯。”宁谷拍了拍背着的大包，“反正一开始也只是想要两套衣服。”

大多数仓库都已经空了，连办公用品库都空了大半，走在几个仓库之间，一地残渣，四下死寂，有种末日过后的错觉。

通道里的喇叭传出了“沙沙”的声音。

连川和宁谷停下了。

“连川，”陈飞的声音从喇叭里传了出来，“我是陈飞，我现在一个人进仓库，我们谈谈。”

“他想干什么！”宁谷压着声音，他对主城的任何领导者都没有一丝好感。

“他大概是知道清理队和旅行者去抢工程车的事了。”连川走进了旁边的一个仓库里，看着墙上挂着的一个通话器，“有可能是威胁，也有可能是合作。”

“合作？”宁谷皱眉。

“刘栋和萧林已经联手，他现在是孤立的。”连川说，“苏总领……估计已经放弃了，他如果不想最后放弃，只能找我们。”

“让他放弃吧。”宁谷很不屑。

“三号仓库。”连川按下通话器。

宁谷看着他：“你不怕他再害你吗！这种人要在鬼城我都不会让他活过一天。”

“我们需要物资。”连川说，“还有主城资料库里的各种东西，地图，通道入口，所有的信息……我们接近不了A区，需要有人跟我们里应外合。”

“道理我懂，”宁谷转开了头，“我就是不爽。”

“我也不爽。”连川说。

陈飞一个人走进了三号仓库，身上没有武器，连通话器都没有。

连川看着他，没有说话。

“你们找什么装备？”陈飞问。

连川踢了踢脚边放着的防护服箱子。

“还需要别的吗？”陈飞说，“我手头物资不多，装备类的大多在内防部，城务厅这边存量少。”

连川还是没有说话。

“行，我直说了。”陈飞点点头，“我知道你们要工程车干什么，下一步你们有什么计划？我可以提供帮助。”

“你想要什么？”连川问。

“有可能的话，一个强大的新主城。”陈飞说。

“没可能呢？”连川又问。

“那就没什么可想的了。”陈飞说，“我不像刘栋，哪怕只能活他一个，他也会不惜一切代价。我不想做神。”

“通讯，武器能量，装备。”连川说，“清理队需要这些。”

“可以。”陈飞说，“还有什么？”

“我要主城包括黑铁荒原的立体地图，熔火管道的详细分布图，接口位置。”连川说。

陈飞看着他，沉默了一会儿：“可以。”

“拿掉限制器。”连川说。

“需要实验室环境。”陈飞说，“我可以给你授权，让春三回来操作。”

“那就先不急。”连川说，“让你手头能控制的EZ分散些，放在裂缝附近。”

“裂缝有什么特别的吗？”陈飞说。

“还不确定。”连川回答。

陈飞过了挺长时间才点了点头：“行。”

连川从没有看过主城的完整立体地图，每次深入地下的时候，无论是城务厅、内防部还是作训部，他都只能靠自己的判断记个大概。

陈飞交给连川的这份地图是系统绘制的，最完整的地图，春三和雷豫都没见过。地图包括了主城四周一部分黑铁荒原，但并没有全部纳入，所以主城的边界在哪里，跟鬼城一样，是个未知。

现在，清理队的指挥部帐篷里，人比平时要多。这份地图资料在清道夫发起攻击的时候，可能会对他们有所帮助，所以团长和李向也都聚在了帐篷里。

地图是从一个小小的存储器里投射出来的立体画面，等待读取的过程中，所有人都没有说话。

地图从上到下一点一点显示了出来，金色的部分是地面建筑，蓝色的部分是地下建筑，红色标出了熔火管道和曾经的熔火层。

连川注意到，主城核心区域深入地下的那一部分，比他之前判断的位置要深得多，而与之对应的主城别的位置，下方却并不完全都是实心的。

在一些地下建筑更深的地方，有一个一个巨大的空洞，而这些空洞没有标出任何出入口。

“这些是什么地方？”雷豫伸手轻轻在空中的投影上拨了一下，地图慢慢地旋转着。

“像是自然形成的气泡空洞。”春三走到地图前，“像失途谷，失途谷是悬空的。”

盘根错节、巢穴一般复杂的失途谷，本身就在一个巨大的空洞里，除了地面出口的位置，四周没有跟空洞洞壁接通的地方。

连川想起了那个失途谷的地图。

虽然九翼未必会告诉他们地图是谁留给他的，但现在差不多已经能猜得到——那是孙一留下的。

孙一为什么给九翼留下了一个失途谷的地图？

而且看起来，眼前的地图上，失途谷这一部分远没有失途谷里地图上的细致。

“我发现，”团长开了口，“这么看地图的话……失途谷是整个地图的中心位置，我一直以为主城A区才是中心。”

“的确。”春三退后了几步，看着地图，“像个轴承，如果失途谷的确是上代主城留下的，它存在的意义是什么？”

“如果主城毁灭的时候，失途谷这几个入口跟主城断开，”李向说，“会不会意味着，里面的人能活下来？”

“有这个可能，但里面的人呢？”春三看着他，“失途谷没有上代主城的人。”

“有意识。”连川说。

春三看向他：“意识？”

“按E的说法，诗人就是个不断吸取意识的容器。”连川说。

“那意识呢？”宁谷问。

“没有人知道主城是什么时候开始的。第一个人，第一座建筑，第一份科技，第一步发展……是人还是意识？”连川说，“主城没有起点，像一本书，翻过一页，就没有人再能看到前面那一页。而这一页，没有开头，也不是结尾。”

走出帐篷的时候，宁谷跟在连川身后小声说：“按叶希的说法，毁灭就是消失。”

“嗯。”连川点头。

“如果像他的世界那样，停在最后一秒，”宁谷说，“就像翻过去了的书页，永远不会再有人看到，新的一页又开始了……在哪里开始？还在这里吗？”

“这里已经不存在了。”连川说。

“你说世界的尽头，会不会是下一页？”宁谷说。

“也说不定是前一页。”连川说。

“管他呢，反正我又不认识字。”宁谷满不在意地摆摆手。

“去失途谷。”连川说。

“找九翼吗？”宁谷问。

“我看地图上失途谷除了出入口，没有跟主城相连的地方了，”连川说，“但九翼的那份地图里，边缘还有没有继续延伸的通道？那些通道通向哪里？会不会跟裂缝一样？能通往另一面吗？”

“九翼会说吗……”宁谷想到失途谷里的那个新的九翼，就一阵郁闷，“万一又变回那个宁可守着毁灭也要活着的疯子……”

刚走到入口，身后主城的方向突然亮起了强光。

这光瞬间让四周成了一片白色，连两人投在地面上的影子都几乎看不到了。

宁谷回过头的时候，视野里除了白色，一切都只还有一个模糊的影子。

几秒钟之后，强光才慢慢消失，四周的东西也才重新在视线中渐渐显现。

“怎么回事！”周围的人群有些许混乱。

“是露珠。”连川说。

宁谷往主城上空看过去，露珠有了变化。

巨大的气泡四周，出现了一圈小气泡，一个一个排列着，像一串项链。

“战斗准备。”团长向旅行者发出了指令。

命令随着旅行者的啸声一路传了出去。

接着清理队全员也已经就位，身后一片蓝光，陈飞虽然答应了建立通讯和给清理队能量补给以及武器，但这么短的时间里也不可能到位，如果战斗，清理队的武力大概在这次之后就会消耗殆尽。

“旅行者最靠近露珠的在哪个位置？”连川问团长。

“C区B3入口。”团长说，“李向在那里，我马上过去。”

“我们先去。”连川拉着宁谷冲了出去。

旅行者是个充满了不确定性的群体，团长不在，面对突然出现的战斗，他们有可能仅仅因为一个“爽”字，就兴奋地冲出去死一死……

宁谷耳边全是风声，夹杂着猛烈火焰烧出的“嗡嗡”声，脚下能看到的全是废墟，曾经让他有过那么一些羡慕的主城，已经毁得差不多了。

连川的速度很快，没过一会儿，他就已经能看到不少旅行者，正向着露珠的方向奔过去。

露珠四周的项链，在他们冲过C区边界的时候，突然炸开。

从一个个小气泡里射出的橙色光芒，让连川猛地停下，落在了一栋破楼的天台上。

“这光……”宁谷震惊地看着前方。

“这是巡逻队武器的光。”面对任何事情都能保持不动声色的连川，声音里有了吃惊。

“巡逻队进去了？露珠跟他们有什么关系？”宁谷感觉自己有些不能思考。

接着小气泡再一次炸开，一串射击排列出的是红色的光芒。

“露珠在复制，”连川猛地一蹬腿，再次冲了出去，“让旅行者先不要攻击！不知道露珠能不能复制能力……”

宁谷发出了一声高亢的啸声，接着就听到了回应。

连川偏过头看了他一眼。

“怎么？”宁谷问。

“你吓我一跳。”连川说。

“找掩护！”李向喊，“不要暴露能力！”

他四周的旅行者迅速分散，消失在各种废墟之间。

“气泡里的是什么？”琪姐姐猛地靠到他旁边的墙后，又探出头往那边看了看，“不是气泡在进攻吗？是主城在进攻吗？复制是什么意思？”

“看这个意思……”李向看了她一眼，“气泡里出来的，是跟主城一样的军队，气泡复制了主城的军队。”

“那些是什么？”刘栋猛地从屏幕前跳了起来，指着屏幕上传回的画面，

“那些是什么？”

指挥车的车门被猛地拉开，一个城卫扑了进来，喘着粗气：“露珠……进攻了，全是跟我们一样……的人。”

屏幕上的画面里，从露珠四周的小气泡里不断涌出来的，是穿着主城制服的军队——

拿着城卫和巡逻队的武器，一字排开，向外压了出来。

77

“东西先不要拿了！”光光吼，“去地下仓库！都下去！”

“那是城卫和巡逻队的武器！”一个男人举着手大喊，“这是主城的阴谋！就是想杀掉我们，留着物资给A区那些蛀虫们！”

“下去！”光光没理会他，继续把别的人往楼梯口推去。

“我们不能再任他们宰割了！”男人喊，“他们从来就没把我们当人！我们要反抗！”

“旅行者也不是什么好东西，他们囤积的物资也不会都分给我们，说不定已经跟主城商量好以后要怎么分了！”

这种在光光听来愚蠢之极的言论，居然得到了不少人的响应，开始想要冲进旅行者存放食品物资的房间。

“女人和伤员都下去，不管怎么样先活着。”光光喊。

回过头想找那个带头的男人时，留在这里看守的三个旅行者已经拦在了房间门口。

因为得到了命令不要使用能力，三个旅行者手里拿着的是长刀和铁锥。

“不要……”光光还没有说完话，男人已经带着几个人冲了上去。

旅行者没有人说话，甚至没有发出什么声音，这次冲击战斗已经结束。

三个旅行者依然站在房间门口，冲过去的几个人已经悉数倒地，不再动弹。

“保持冷静！”光光看着剩下的人，“不要做这种没意义的事！我们是因为旅行者的保护才活到现在。”

“他们刚杀了我们的人！”一个男人喊。

“下去！”一个旅行者开了口，“不下去就把你们杀光。”

能找到的流民都顺着楼梯向下，躲进了地下的仓库里。虽然也并没有什么安全可言，裂缝只要过来，全都得死，但危险只能看眼前，现在最紧迫的危险来自地面。

光光抹了抹脸上的汗，她在主城长大，还是第一次这样喊了几声跑了几趟，就能被汗水糊了眼睛。

主城的恒温已经被破坏了，温度因为大火而不断升高。

“你也下去吧。”之前说话的旅行者走了过来，“你留在上面没用。”

“我要看着。”光光说，“他们要是打过来了，我再下去吧。”

“随便。”旅行者转身走到了窗边，看着露珠的方向。

“我叫光光。”光光也走了过去。

“我叫锤子。”旅行者说完又看向他的同伴，“有消息传回来吗？”

“在打。”他的同伴看上去有些着急，对于旅行者来说，观战大概是一种难以忍受的痛苦，他跳到了窗台上，往那边看着。

“我看不清。”宁谷趴在一堵墙后，从墙上裂开的缝隙里看着。

的确是看不清，虽然整个主城都被火光笼罩，日光也还亮着，看上去应该是正午，但浓烟和满天飞扬的碎屑中，只能看到不断闪出的红橙两色光芒。

从射击织出的网就能看得出战斗很激烈。

雷豫带着清理队的人从侧面的小巷切到了他们身后。

“他们没有复制出清理队，”连川回过头看着雷豫，“因为清理队之前没有过攻击。”

“别的呢？”雷豫冲到了他们身边。

“EZ已经到位，刚看到运输车过去了。”连川回头看了看地形，“我跟宁谷再过去一些，这些复制出来的东西，跟露珠母体应该有某种联系，得弄清是什么。”

雷豫没有说话。

过了几秒他才皱了皱眉：“你俩如果被复制……”

“复制了就跟复制的打。”宁谷说，“跟我一样的玩意儿有不知道多少个，怕屁。”

“我会小心的。”连川低声说，“如果打过来，清理队就撤，不要硬扛。我们能源有限，陈飞的补给到了再说。”

“你春姨让我给你带话。”雷豫也低声说，“活着。”

旅行者在团长和李向的带领下，已经向四周散开，每几个旅行者一组，跟一队傀儡军团一起。

连川也只用了正常的速度前进，宁谷跟在他身后。

团长在所有“观战”队伍的最前方，看到他俩上来的时候跟雷豫一样皱了皱眉，但是没有说话。

“EZ启用了吗？”连川问。

“箱子已经送进去了，”团长说，“一分钟之前。”

“走。”连川冲宁谷偏了偏头。

宁谷看了团长一眼，有些犹豫地从他身边上前去，跑了好几步之后才回过头说了一句：“别担心。”

团长冲他摆了摆手。

烈火烧出的巨大嗡鸣声里，已经能清晰地听到激烈的战斗的声音。

除了武器射击时划破空气的声音，还有各种叫喊。

浓烟里连川看到装着EZ的箱子已经打开，箱子里闪动着的几点绿色，表示EZ已经激活，只等启动。

几个城卫正躲在箱子附近，正前方射过来的红光把他们身边已经破碎得看不出原样的路面又击出一片碎片。

宁谷看到了从浓烟里走出的几个人。

穿着城卫的衣服，戴着城卫的护镜，拿着城卫的武器。

“开火！”躲在箱子附近的城卫喊了一声，同时开始射击。

“真的……”宁谷躲在一根柱子后头，压着声音喊，“一模一样，这怎么分得清！”

连川盯着前方，一个复制的城卫被击中。

假城卫倒地的瞬间，像是有某种力量把他的身体向后拖了一把，接着连川就看到了细细的一条银光闪过。

“有东西控制他们，”连川说，“你看到那个受伤的假城卫了吗？”

“看到了。”宁谷说，“假的就是不行，肩上中一枪就死了。”

连川看着他没说话。

宁谷也看着连川，过了一会儿才又往那边看了一眼，震惊地说："难道没死吗？"

"死了。"连川说，"有东西连在他身上，他死不是因为肩伤，可能是连接断开了……但那个连接好像并不是从露珠出来的……"

"我怎么没看到？"宁谷再次震惊，他感觉自己死死盯着那个复制人，眼睛都没有眨过。

"很快。"连川说，"一般人看不到。"

"你不是一般人呗。"宁谷说，"你是厉害人。"

"是。"连川回答。

"我发现你脸皮挺厚的。"宁谷说。

"我从来没有说过自己帅。"连川往EZ的箱子那边看过去。

"还在复制！"城卫冲通话器喊着，"这边数量不多，但是一直有……很容易打死，但是打不光……"

"你挺帅的。"宁谷跟着也往箱子那边盯着，他不想再漏掉什么关键的信息，"他们为什么还不放EZ？"

"也会考虑如果被复制了该怎么应对。"连川说，"应该会放。"

"EZ会失控自毁是吧。"宁谷说，"就算被复制了，不攻击也会死。"

"但是还能再继续复制。"连川说，"就看刘栋的疯狂程度了。"

"能有多疯狂？"宁谷小声问。

"EZ的战斗力远不是城卫和巡逻队能比的。如果到最后，露珠只剩下EZ这种需要不停复制才能维持战力的东西，"连川说，"只要刘栋能确保自己是最后能够控制EZ的人……"

"运输车出不去。"李队长有些焦急地站在陈飞身边，"刘栋的火力只压在一边，靠近A区这边全是复制出来的城卫！"

"强冲。"陈飞说，"冲出城界绕黑铁荒原就能过去，无论如何也要把武器能量送到失途谷，清理队和旅行者的战斗力能保住，我们才有可能对露珠形成包围。"

“通讯接通了！”旁边有人喊了一声。

“接给雷豫。”陈飞按下了通话器，几秒钟之后他听到了频道接通的“滴”声，“雷队长。”

“陈部长。”雷豫的声音传了出来。

“补给正在想办法送过去。”陈飞说，“你那边情况怎么样？”

“有点乱。”雷豫说，“太突然了。清理队还行，旅行者不知道能稳定多长时间，静观其变对于他们来说不合习惯。”

“你们都不要进去，保持在外围。”陈飞说，“刘栋是个疯子，没人知道现在他会干什……”

露珠方向突然传来了爆炸的声音。

这是陈飞记忆里很熟悉的声音，来自城卫的重型武器“重石”，在应对旅行者大型进攻时才会启用。

重石在主城的中心地带开火，无论是攻击还是防守，都会因为范围过大而造成严重的后果。

陈飞冲出了营地的掩体。

露珠有一半已经被红色的光网包裹住。

“他疯了！回撤！”陈飞吼了一声，按下通话器，“雷豫，带你的人后撤，露珠如果复制了重石，你们现在的位置很危险！”

“这是要把这么牛的武器送给露珠吗！”宁谷吼了一声。

“撤！”连川跳了起来，“让旅行者撤！”

宁谷发出啸声的同时，前方EZ的装载箱箱壁轰然向四周倒下，几个装载箱中的EZ同时跃出。

像一片裹着风的黑色子弹，冲向了露珠四周的小气泡。

气泡中刚出现的城卫，还没有来得及举枪，就被EZ拦腰砍断。

接着就是更多的EZ跃上高处，扑到了露珠上，在被重石的红光打碎的同时炸出一片黑色碎屑。

紧接着重石的第二轮攻击发动。

EZ继续冲出，不断扑到露珠上，再被击碎。

刘栋应该是想利用EZ实验体的特殊材质，遮挡住小气泡和露珠之间的连接。但这种方法到底管不管用，根本无从求证。

这么两轮强势的进攻，一旦被露珠复制，露珠所在位置的主城武装立刻就会毁掉一半。

“疯子。”宁谷说。

露珠闪了闪。白色的光。

连川一把抓住了宁谷的手，接着宁谷就感觉自己腾空而起。

在有可能被复制和要活着之间，连川果断地选择了先活。

但露珠并没有进攻，随着白光闪过，四周的小气泡甚至开始缩小，接着就安静地悬停在了空中。

“我感觉……”宁谷说，“有什么地方……不对。”

“怎么？”连川跃上楼顶。

在他从空中跃向旁边的楼顶时，脚下的路中间，出现了一个人。

不，不是一个人。

是一个影子。

像是一个投影的画面，甚至能看到模糊的边界和闪动的光。

连川在楼顶上停了下来。

“你感觉到什么了？”他看着宁谷。

“我说不上来。”宁谷皱着眉，“你是不是看到什么了？”

“街上有一个人，”连川说，“像是个投影的画面。”

“是那个吗？”宁谷看向他身后。

连川回头的同时已经拉着宁谷跳下了天台，挑了最近的路冲向失途谷方向。

那个像是投影一样的画面，再次出现在了他的右前方，一处只剩了一面墙的废墟上。

“是我。”宁谷说。

“不是你。”连川加速，冲过跳动着火焰的裂缝。

“不是复制的我。”宁谷声音里有些恍惚，“那是另一个我。”

连川脖子上虽然还有限制器，速度依然不是任何实验体能达到的，但那个投影每次都会在跟他平行的方向闪过。

这东西在追他们。

连川的速度甩不掉他。

“宁谷，”连川用力捏了一下宁谷的手，“我们要甩掉他。”

“嗯。”宁谷应了一声。

参宿四，唤醒。

收到。

参宿四的黑影从楼顶上划过，像一滴在空中划过的墨点。

投影在废墟上来回闪动着出现了几次。

接着就消失了。

连川的通话器响了一声，雷豫的声音传来：“你们在哪里？”

“马上进失途谷。”连川回答，“宁谷被露珠盯上了，不能再留在外面，人都撤了吗？”

“撤了，旅行者也撤回来了。”雷豫说，“露珠的攻击停了。”

“不会停的。”连川说，“它是在找宁谷。”

“失途谷安全吗？”雷豫问。

“这是主城精神力最强的地方，”连川说，“这里不安全，就没有地方再能躲了。”

“参宿四，”九翼动了动手指，慢慢抬起了头，“进失途谷了。”

“老大，”福禄站在洞口喊，“老大你醒了吗？”

“老大你醒了吗！”寿喜喊。

“你们瞎了吗！”九翼说。

“是老大！”福禄寿喜惊喜地喊了起来，冲进了洞里，扑到了九翼脚边。

“我们把你摘下来吧！”福禄喊。

“我们摘不了，”寿喜提醒他，“那是参宿四的刺。”

“让开。”九翼说。

福禄寿喜跳到了一边。

九翼慢慢弓起身体，把自己从洞壁上扎着的锥刺上一点点滑了出来。

落地的时候，连川和宁谷冲进了洞里。

“九翼？”宁谷看着他。

“嗯。”九翼站了起来，被参宿四扎出的黑色伤口清晰可见，肩上扎穿的地方甚至能看出是个洞。

“露珠是个精神体。”连川说。

九翼看着他：“精神体？不是个复制机器么。”

“我看到我了。”宁谷说，“露珠在追我们。”

九翼没有说话，只是看着他们。

“九翼！”宁谷走到他面前，盯着他，“醒醒！你不是要活着吗？那就活着啊！你在想什么？”

“那不是清道夫。”九翼说。

“你看到过的毁灭，”连川说，“没有露珠，对吗？”

“露珠跟毁灭无关。”九翼这一次说得很肯定。

三个人同时沉默了。

连川和宁谷看到过清道夫出现的世界，火里冲出的黑影，但并没有看到露珠，或者任何类似露珠的东西。

“毁灭跟宁谷无关，”九翼说，“跟叶希无关。”

“只是设定好了的结局，并不需要有这些元素。”连川说。

“对。”九翼说。

“那露珠是什么？”连川问。

“露珠是什么？”宁谷问。

“你是福禄寿喜吗？”九翼问。

“我是你爸爸！”宁谷瞪着他，“你说话注意点！”

“是我们怎么了！”福禄喊了起来，“我们还不想是你呢！”

“我不是那个意思。”宁谷一看到福禄就想起他被自己踩断的腿，顿时就很过意不去，“你们很好。”

“是的。”寿喜点头。

“露珠是另一个宁谷，”九翼说，“另一个世界。”

宁谷看着九翼。

“你说过什么?”九翼看着他，“你不做选择，对吗？”

“我不做选择，我的世界会永远存在。”宁谷说，“我就是出口。”

“还有人也是这么想的。”连川说，“你可能是结束，也可能是开始。”

“你是说……”宁谷沉默了很长时间，最后艰难地得出了一个自己都难以置信的答案，“还有别的‘宁谷’，做出了跟我一样的决定……那为什么来这里？这是我的世界！他们守着自己的世界就行了啊！”

“如果失败了呢？”连川说，“如果……他们找到了世界的另一边呢？”

第九章

Melting City

系统认证

78

露珠的攻击停止了。

光光站在商场的窗台上，往露珠的方向看着。

露珠的表面已经不再是半透明的，不知道是不是受到了重石的攻击，它已经变成了一颗带着白色暗纹的气泡，而四周分裂出来的小气泡，依旧排列成一圈，悬停在露珠的四周。

光光身后是已经从地下仓库出来的流民们，之前的混战的声音，重石开火的声音，都让他们心惊胆寒，虽然没有亲眼看到，但来自想象里的恐惧，有时候比直面更强烈。

商场四周都是旅行者，相比惊恐沉默的流民，旅行者是天生的乐观派，他们的笑声和叫喊声在眼前烈焰漫天的巨大废墟里，显得格格不入却又让人安宁。

“我们会死吗？”被光光带回来的女孩缩在窗台下坐着，仰起头问了一句。

“不会。”光光跳下窗台，“我们还要等你妈妈过来呢。”

“我妈妈死了。”女孩说。

光光顿了一下，一时不知道该怎么说下去。

“很多人都死了。”女孩说，“妈妈说，没有人能躲得过，我们都会死的。”

“但我们现在还没有死。”光光摸了摸她的头，“世界也还没有死。”

“我们会跟世界一起死吗？”女孩问。

“也许吧。”光光没再找什么温和的话来安慰她，就像坐在一辆冲下悬崖的车上，乘客已经能看到自己的尽头，善意的谎言已经连一个几岁的孩子都无法欺骗了，“但我们活着的每一分钟，都要记在心里。”

“嗯。”女孩似懂非懂地点了点头。

团长没有回商场，李向带着旅行者撤走了之后，他去了E在黑铁荒原上的驻点。

这里是能保证通联和相对安全的最远地点，清道夫的目标首先是主城，第一拨傀儡军队需要在火力薄弱的位置驻守，希望能切断清道夫向主城清扫的后续力量。

跟主城相比，这里很安静。

傀儡军队静静坐在地上，每组少量的几个旅行者说笑的声音在空旷的荒原上显得微乎其微。

“我以为你会先去失途谷。”E坐在一块黑铁上休息。

“宁谷跟连川在一起，是安全的。”团长在他面前站下，“失途谷现在也算得上是这片土地上最安全的地方。”

“我不是这个意思。”E说。

团长笑了笑：“那我也需要第一时间跟你聊聊。”

“这个露珠有点奇怪。”E说，“毁灭如果是不可改变的结局，为什么会有复制这种跟毁灭相反的特征出现？”

“连川进失途谷之前跟我说，”团长回头看了一眼露珠，“露珠在找宁谷。”

“发现宁谷之后，它的进攻就停止了。”E说，“如果是这个原因，从某种角度来看，那些复制人，就像是探测器？”

“不是没有可能。”团长轻轻叹了口气，“当初如果把宁谷一直控制在鬼城，可能……”

“没有可能，”E说，“每一步都是不能重走的，脚落在哪里，就只有哪里了。”

“我饿了。”宁谷坐在地上，摸了摸肚子，“福禄，你身上有吃的吗？”

“我去帮你拿。”福禄看着他，“不过现在我们都限量，你也限量，知道吧？”

“知道。”宁谷点点头。

“连川你要吗？”福禄又看着连川。

“不用。”连川说。

“帮你也拿一份吧。”福禄跑出了洞口。

“我们没有多少时间了。露珠为什么没再攻击，没有人知道；清道夫什么时候来，没有人知道……”宁谷看着九翼，“只有你看到过完整的毁灭，还有什么没说的吗？”

“没有。”九翼摸着自己面具上的小缺口。

“别摸了，是不是记仇啊？”宁谷弹了一下手指，小小的一道银光闪过，把自己靴子的金属护板切掉了一条，“扯平了吧。”

九翼手上的动作停下了，看着宁谷：“你是不是活腻了？”

“没呢。”宁谷说。

“春三一开始破解的露珠信息，是清道夫。”连川打断了他俩“你死不死”的对决，开始强行整理思路，“最开始从露珠里出来，杀了那几个流民的也是清道夫……现在它又不是清道夫了，为什么会这样？”

“露珠在迷惑我们。”宁谷说，“这个骗子气泡。”

“小铁球，”连川有些无奈，“你之前说过，清道夫从哪里来，我们就去哪里，如果……”

“我明白你意思了小喇叭！”宁谷猛地一拍大腿，一边恍然大悟一边还抽空反击了一下，“如果！如果这是有可能做到的事，那是不是可以假设，露珠就是这么来的！清道夫是个媒介！清道夫是个司机，是个载体，是个容器……”

宁谷把自己能说得上来的类似的词都报了一遍：“对吗！”

他转过头又看着九翼：“你觉得呢！”

“……你俩真幼稚。”九翼说，“小铁球，小喇叭，这么不爱当人，不如让我帮你们改造一下。”

“小蝙蝠，”宁谷说，“你觉得是不是这么回事？”

“另一个宁谷，从另一个世界，”连川说，“过来了。”

宁谷和九翼之间“你死不死”的对决被他这一句话按死在了嗓子眼儿里。

“这是好事还是坏事？”宁谷皱着眉，感觉后背发凉，“如果做到这一步，应该也跟我一样，是想要留下自己的世界……”

“你是个傻子吗？”九翼说。

“不是你吗？”宁谷说。

“一，露珠是跟着清道夫来的，说明那个世界已经在毁灭，清道夫已经出现了，没救了，那个救世主没有成功，于是不肯放弃的他，需要寻找一个新的世界。”九翼竖起一根指刺，说完又竖起第二根，“二，他找到了这里，来了就大开杀戒，接着就找你，你觉得他要干什么？”

“杀了这里的救世主，”连川说，“抢下这个世界。”

九翼说的时候，宁谷已经想到了这一步，但连川清楚明白地说出来时，他还是感觉自己的呼吸都猛地顿了一下。

也许有无数个“宁谷”，但只有一个是他自己。

除此之外所有的“宁谷”，都是善恶未知的“别人”。

世界没有顺序，但“宁谷”的选择只有那么几种。

有人选择回到那一秒，有人选择回到自己的世界；有人选择一同毁灭，有人选择挣扎着活；有人选择了绝望，有人选择了疯狂……

一定也有人，跟宁谷做出了同样的选择。

只是连川在一开始的时候，也没有想到过最可怕的这一点。

也许是每天面对单纯执着、有点冲动、脑子大多数时间跟九翼无二、但关键时刻永远能让人信任的旅行者宁谷，即使连川这样敏锐的人，也忽略了这一点——别的宁谷，并不一定都是善良的。

“有刀吗？”宁谷沉默了很久，突然转头看着九翼。

“嗯？”九翼愣了愣，晃了晃手指，指刺伸到了他鼻尖前，“有。”

宁谷捞起了自己的袖子：“帮我刻个字。”

“怕弄混了吗？”九翼说，“我觉得连川不会认错人，我都不会分不清。”

“这个宁谷……就叫他N号吧，他能复制，不是吗？”宁谷说，“他要是能复制得跟我一样呢？”

“那你刻个字，他就复制不了了吗？”九翼说，“复制个伤疤很难吗？”

宁谷瞪着他，没有说话。

“你要这么担心，”九翼说，“不如你俩去趟教堂吧。”

“教堂？”宁谷转头看着连川，“是什么地方？”

“结婚的地方。”连川说。

“我跟连川去结婚的地方干吗！”宁谷愣了，“我就是要做个记号！”

“那里能给你打个系统认定的记号。”九翼说，“就像雷豫和春三，他们的系统标记里是有配偶信息的，这个应该没办法复制。”

宁谷立刻站了起来：“走。”

那个N号不知道在哪里，回露珠了，还是继续以一个全息图像的形式，继续在主城游荡，寻找宁谷。

这个时候离开唯一有可能给宁谷提供安全保障的失途谷，并不是一件特别明智的事。

但连川没有拒绝宁谷的要求。

他也跟着站了起来。

宁谷是个旅行者，很多时候理智不是标配，尽管很多时候他能够比别的旅行者冷静些。

而在知道了N号可能的目的和来意之后，宁谷的不安和恐惧，别说是他自己，就连九翼也已经感觉到了，否则也不会想到让宁谷去教堂用系统匹配的方式来做这个记号。

那就去。

毁灭即将来临，敌人也已经出现，末路狂奔时面对双重危机，也许放开了疯狂一把并不是什么坏事。

主城只有两个教堂，A区和B区各一个，从黑铁荒原绕过去，B区的教堂更近些，但距离露珠也更近些。

他们最终决定去A区的那个教堂。

离开失途谷的时候，他们没有让别人知道。这种疯狂的事情，雷豫和春三，还有团长他们，如果知道了，怕是会担心。

从黑铁荒原上的裂缝和火舌间穿行时，能看到E的傀儡军团和分小队跟他们配合的旅行者。

旅行者看上去都有些疲惫。

这种疲惫并不是因为劳累和战斗，毕竟对于他们来说，现在并不劳累，也没有过战斗。这种疲惫来自长时间的克制和不可知。

这些旅行者并不一定像宁谷一样，强烈地想要活下去，想要让这个世界活下去。他们需要的是畅快的战斗。

一场，两场，三场，哪怕只是赴死。

无论是露珠还是毁灭，对所有的人来说，最大的折磨就是“不知道”。

陈飞的补给车队正在穿过荒原向失途谷飞速开进，连川数了一下，十六辆车，都满载而来。

陈飞的诚意还是很明显的。

“这些能够让清理队的战斗力保持十天半个月了吧？”宁谷小声问。

“差不多。”连川点点头，“陈飞手上的物资恐怕也不是太多。刘栋今天的攻击能看得出他手上的物资是充足的。”

“不够就抢他们的。”宁谷说，“只要陈飞合作，他们已经在包围圈里了。”

“不愧是旅行者。”连川点点头。

主城的城界破口无数，轻松就能找到进入A区的地方，教堂这种建筑，不在守卫的范围之内，进去也易如反掌。

不过这还是连川第一次进教堂——一个白色的方形建筑。

“雷豫和春三是在这里结婚的吗？”宁谷跟着连川从窗口跳进了教堂，教堂的大门已经塌了。

“他们是在B区那个教堂。”连川说，“雷豫说那个教堂大一些，比较气派。”

“他还挺挑剔。”宁谷说。

“应该就是那里。”连川指了指前方一个像演讲台一样的台子，“希望系统还能用。”

“怎么用？”宁谷问。

“不知道。”连川走过去，看着台子上的屏幕，“我又没结过婚。”

“那你刚才怎么不问问九翼？”宁谷凑过去一块儿看着屏幕。

“你看九翼像是结过婚的样子吗？”连川说着在屏幕上点了一下。

屏幕亮了起来，要求输入身份卡号码。

连川输入了自己的号码，接下去的操作还是很简单的，根据选项戳戳戳就行，申请结婚，条件符合，自定义配偶……

但是配偶需要身份卡。

连川看了宁谷一眼。

“是不是不让主城的人跟旅行者结婚？”宁谷反应过来。

“好像是。”连川又在屏幕上点了几下，看到了一个“特许申请”的按钮，点了一下之后，发现这是一个管理员特批通道，“管理员都不知道还在不在了……”

屏幕上方出现了四个方框，提示输入密码。

“密码是什么？”连川的手停住了。

教堂里有光闪了一下。

连川在光闪的同时就已经判断出这不是灯在闪，他猛地转过头，迅速往四周扫了一圈。

一个人影出现在了教堂塌掉的大门外。

“他来了。”宁谷声音里全是焦虑。

连川转过头，咬牙往方框里点了密码，既然是管理员通道……

E—X—I—T。

这个在那些无序的记忆片段里出现过不止一次的词，跟宁谷有着莫大关系的词，管理员一定知道。

屏幕上显示出信息确认时，门外的人影闪动了一下，再次出现时，已经在教堂里了。

“要怎么弄？”宁谷盯着人影，小声问。

在人影猛地出现在距离他们只有十多米的位置上时，屏幕给出了两个手形。

连川想也没想，把自己的左手按了上去，又抓着宁谷的右手按在了旁边的位置上。

“午安。”身后传来了宁谷的声音，“连川。”

79

这一声“午安”，听得连川手都有些发凉。

这声音是宁谷的，如果不是事先知道这肯定不是宁谷，他就听这两个字，绝对听不出任何破绽，现在分辨出来只是靠语气。

宁谷不会这么说话。

仅此而已。

如果宁谷也这么说话，或者这声“午安”的主人，叫他一声“小喇叭”，他恐怕会认为这就是宁谷……

连川死死抓着宁谷的手，紧紧按在屏幕上，在系统显示信息录入成功之后也没有松开。

两人的信息记录编码已经分别显示。

隐隐的一串光斑从两人的手背上划过，接着就消失了。

但连川一眼就发现宁谷手背上的那一串光斑有些眼熟，也许是因为管理员通道特批，又是非主城居民的旅行者，宁谷的编码跟他的数字编码完全不一样。

是一排大小不同的圆点。

小，大小小大，小小，大……

这是那个密钥小圆珠上的顺序。

“EXIT，”身后的N号开口，声音依旧跟宁谷的无法区分，“是从你开始的，出口的传说，是你。”

宁谷的手动了动，连川偏过头看着他，他也转过了头，眼神里是满满的震惊和疑惑。

“摩斯密码，”N号说，“你就是出口，你就是这个传说的开始。”

“你放什么屁？”宁谷说。

N号低头看了看自己的手背，叹了口气：“我没有。”

声音里带着清楚的遗憾。

时间不存在，没有开始，也没有结束。

所有的宁谷是从什么时候开始要找到出口，要保住自己的那个世界，没有人知道，也不可能分得清。

这个叫作密钥的东西，带着的这串信息，他们一直没有破解，这甚至不是主城的密码编码。但EXIT这个词，是他们在无数的记忆碎片里偶然看到的，出口这个传说也来自于不知道哪一代主城的传说……

但这一切现在就这么交错着，重叠着，发生了。

无数的宁谷N，因为这个EXIT，因为这个出口，要成为救世主。而宁谷却在看似最后的地方成为开始……

连川不知道这一切要怎么交叠着继续下去，但他知道，眼前这个N号，带着已经毁灭的希望而来。

他不是旅行者宁谷，不是鬼城门面，不是小铁球，他只是一个不计代价想要延续自己世界的人。

对于他来说，宁谷不是另一个他，可能只是一个地标，向他标出了所有能够到达的世界而已。

“你来晚了。”连川说，“这里已经开始毁灭。”

“不晚。”N号说，“旅行者就是个奇迹，让宁谷成为旅行者安全长大更是个奇迹，是个伟大的举动……”

“如果你想合作，”宁谷打断了他的话，“就……”

“不了。”N号突然笑了笑，“你怎么会有这样的想法？真是奇怪。”

“那你想干什么。”宁谷看着他。

“拿回我的世界。”N号说着向他伸出了手，“就是这里。”

连川拉着宁谷向后跃起的同时，宁谷一扬手，耀眼的金色光芒像是从身体里爆出，瀑布一样把两人裹在了中间。

接着就是几道银光，贴着N号的脸划过。

N号脸上瞬间出现了几道黑色的伤痕，但很快——几秒钟之后——伤痕消失了。

“他复制不了那个标记，”宁谷在连川身边小声说，“也复制不了能力。”

这一次宁谷让连川有些刮目相看，像是突然捡到了九翼的脑子。

N号的那句话，已经告诉了他们，旅行者是个奇迹。

而旅行者作为突变体最强大的改变就是能力。

N号的世界应该是没有这样的能力者，那里可能有着更高的科技，比如可以轻松复制出一个人、一个物体，但那个世界的人没有精神力，也无法复制精神力。

同时他们还可以猜到，N号的世界大概已经知道了，旅行者的某种特性，能够对抗清道夫。

“对。”N号点了点头，“但你也杀不了我。”

“要不要试试。”宁谷说。

“行啊。”N号抬了抬下巴，带着些小小的得意。

这个动作让连川心里猛地一惊。

宁谷似乎也很吃惊，已经举起的手僵在了空中。

“杀了他。”连川的声音沉了下去。

银光在空中划过，N号的身体被击碎，像是突然刮过一阵风，碎片消失在了空气里。

“连狗。”宁谷瞪着前方的空气，过了很长时间才转过头。

“嗯。”连川应了一声。

“我是宁谷。”宁谷说。

“我知道。”连川抓着他的手一直没敢松开，现在又用力握了一下。

一串象征着编号的光斑在他俩的手背上同时闪过。

九翼的提议还是靠谱的。

这光斑让人心安。

“他刚刚那个样子，”宁谷有些回不过神，“太像了是不是？我以为自己在照镜子……”

“还是……”连川说，“能分得清的。”

“你这话一听就是假话啊。”宁谷看着他，“我都能看出你吃惊了。”

“他如果不学你说话，不学你的动作，”连川说，“还是能分清的。”

“一开始我真的没有觉得他有多像，就是声音……”宁谷瞪着连川，“我现在都不敢撒手，我怕突然又出来一个N + 1。”

“一开始……”连川往之前N号站着的地方看了一眼，“一开始……”

“怎么了？”宁谷问。

“一开始不觉得他有多像，是因为他还没有模仿你的语气和动作，”连川收回视线，“他是模仿不了，还是没模仿？”

“你意思是……他一开始只是复制了个壳？”宁谷说。

“不清楚。”连川说，“马上回失途谷，如果他能到这里，到失途谷恐怕也不难。”

“他们还什么都不知道！”宁谷猛地一阵害怕，“马上通知雷豫，我们不在失途谷！”

连川带着宁谷冲出教堂，按下了通话器：“雷豫，失途谷有可能会有复制的宁谷出现。”

“他已经在了……你说的是什么意思？”通话器里传来雷豫的声音，“宁谷就在这里，我看着他就是宁谷。”

“杀了他。”连川说。

“什么？”雷豫说得很艰难，似乎是在尽量快速地理解连川的话，“连川，我们分不清真假，如果能够复制宁谷，我怎么判断你身边的是宁谷，这个不是？”

“他复制不了宁谷的能力。”连川说，“先控制住他。”

雷豫看着站在距离他只有十多米远的补给车旁边的宁谷，没有再犹豫，他相信连川的判断。

“清理队，”他下了命令，“立刻控制宁谷。”

四周的清理队队员都吃惊地转过了头，那边的宁谷也转过头看着他。

龙彪是第一个反应过来的，手里的武器迅速指向了宁谷，一个蓝色的小光点落在了宁谷的胸口。

接着附近所有清理队员的武器都指向了宁谷。

“你那里还有没有什么能够参考的信息？”雷豫按下通话器，眼前的宁谷实在让他很难想象只是个复制品，“除了直接杀掉。”

“伤口。”连川说，“复制体的伤口能够迅速复原……”

连川的话还没有说完，身后传来了金属敲击在黑铁地面上的声响。

“杀了。”身后传来了九翼的声音。

没等雷豫说话，一片寒光从他身边闪过，像一张网扑向了还站在原地的“宁谷”，瞬间将他切成了碎片。

雷豫转过头，吃惊地看着身后站着的九翼。

“有什么建议吗？”九翼看着他，“雷队长。”

“现在没有了。”雷豫说，“以后有。”

“说来我听听。”九翼说。

“划伤就可以。”雷豫说，“受伤了马上就能恢复的，是复制体。”

“下次注意。”九翼转过身，慢慢走向失途谷上方的一个黑铁堆，跳了上去，转身抱着胳膊，看着远处的露珠，指刺在面具上一下下轻敲着。

连川和宁谷回到失途谷时，陈飞的运输车已经离开，留下了一堆物资。

被复制的宁谷，像在教堂时一样，已经消失了。

连川在他被击碎的地方仔细找了一下，没有发现什么异常。

“还会不会有别的人被复制？我现在担心还有没有别的复制体混了进来。”雷豫说，“我们根本不知道复制的原理和限制是什么，或者有没有限制，连防都不知道应该怎么防。”

“大量复制体出现的时候，是有东西控制的，我看到了他们跟露珠母体有连接，一旦受损会立刻断掉。”连川语速很快，“这种独立个体的复制他们无法做到，能复制的只有宁谷，因为他跟宁谷……一模一样。”

雷豫看了宁谷一眼。

“露珠现在的主要目标还是宁谷。”连川低声说，“他对旅行者更有兴趣，他那个世界认为旅行者能够对抗清道夫……普通人的复制，对于他们来说意义不大，有可能只是为了接近失途谷。”

“这东西比清道大麻烦得多。”雷豫说，“之前那样不断地大量复制，就是在消耗主城的资源，就算都能打掉，资源耗尽，最后输的还是我们。现在还有宁谷的复制体，我们无论怎么杀，怎么判断，都只能清理掉复制体……”

“我要去露珠。”宁谷说。

“什么？”雷豫转过了头。

“我要进去。”宁谷说，“现在在外面晃荡的这些，都不是N号本人，他还躲在露珠里，不从根儿上给他拔掉，外面这些东西永远也打不光。”

“太危险了。”雷豫反对。

“去吧。”九翼在黑铁堆上突然开了口，“反正也不能留在这里。如果宁谷是露珠的目标，他在哪里，复制体就会在哪里出现，如果现在……”

九翼指了指稍远些的清理队据点：“那里有一个宁谷，你觉得会有人怀疑吗？”

雷豫皱了皱眉。

“他要的是宁谷。”九翼说，“宁谷不死他就不会罢休，清道夫出现之前，他和宁谷总得死一个。”

“这是诗人。”宁谷看着九翼，低声在连川耳边说。

“嗯。”连川应了一声。

就冲之前连一丝犹豫都没有就杀掉了宁谷的复制体，这就不可能是九翼。

不过虽然话说得很冷酷，却并没有说错。

N号的目标就是杀了宁谷抢下这个世界，至于怎么抢，他们还不清楚，但杀了宁谷是第一步，这是可以确定的。

唯一的办法就是主动出击。

冒险是必然的。走到现在，他们的每一步已经都如同踩在钢丝上，钢丝的那一头未必有光，但现在掉下去，就是毁灭。

“逢赌必赢。”宁谷说。

连川看了他一眼：“我跟你一起去。”

“他也要跟我们一起去。”宁谷看着九翼，“他看到过毁灭，跟我们一样有经验，这次赌得大，要多些保障。”

“好。”连川说。

“而且他刚才杀我下手那么狠。”宁谷说。

“凭什么。”九翼蹲在黑铁堆上，一动不动。

“凭你要活着。”宁谷说。

“我进去就死了呢？”九翼说。

“你在这里肯定死。”宁谷说。

九翼抬眼扫了扫他：“你俩‘结婚’了吗？”

“……结了。”宁谷说。

“记号打上了？”九翼问。

宁谷抓过连川的手，握了一下，手背上闪过了光斑。

九翼看到他手背上的光斑时，猛地一下站了起来。

“你认识这串密码。”宁谷看着他，“对吧？”

“怎么会这样。”九翼吃惊得面具都动了动。

“那个密钥，也许就像你告诉福禄的那样，有无数个，”宁谷说，“但是它的意思只有一个，就是出口。”

九翼没说话。

“N号就是冲着这个来的。”宁谷说。

九翼还是没说话。

“无论我是开始还是结束，”宁谷说，“也不管怎么岔过来倒过去的，反正我就是救世主。你要活着，还有什么别的选择吗？”

“如果我死了，”九翼说，“把我弄回失途谷。”

“你要是死得渣都不剩呢？”宁谷问。

连川转开了头，这话直白得他都担心九翼会发起内战。

“把这个放回来。”九翼轻轻弹了一下手指，面具从他脸上脱下，落在了手里。

在宁谷和连川同时往他脸上看过去的时候，他又把面具戴上了。

“脸没色差啊？”宁谷说。

“光都没有色哪门子差！”九翼吼。

“风吹渣子打啊。”宁谷说，“我在鬼城更没光，护镜戴久了还觉得眼睛周围比脸上别的地方要嫩呢。”

“失途谷没有风！”九翼吼。

“走不走？”连川被他吼得头都要疼了。

起身要走开的时候，老大不知道从什么地方跳了过来。

“老大，”连川蹲下了，伸手握拳在老大的爪子上压了压，“别担心。”

老大低头，把嘴里叼着的东西放在了他手边。

是一个隐隐透着蓝色的大爪钩。

这是老大以前前爪受伤的时候掉下来的一个爪钩，春三拿到实验室改造了一下，帮老大装了回去。

不过老大不经常用，它是只强大的狞猫，少一根爪钩也很厉害。

连川以前想要过来代替装备里的那个指虎，爪钩虽然没有别的什么功能，但非常结实，在武器出状况的时候，是非常管用的小东西，但老大不给他。

现在看着这个爪钩，连川突然有些说不清的感受。

一直以来觉得自己能放下的所有，其实都未必放得下。

“借我用用。”连川把爪钩放进了腿侧的小盒里，“回来就还你。”

老大鼻子喷了喷，转身走开了。

没有道别，也没有什么可以交代的，连川和宁谷，加上九翼，就像是一次普通的行程，趁着露珠进攻的间隙，深入敌方内部。

除了雷豫和福禄寿喜，宁谷甚至没有告诉团长。

他怕团长担心，如果真的出了什么事，回不来了，团长也只会从知道他出事的那一秒才开始难受，而不是从现在开始就担心。

“一会儿怎么进主城的包围圈？”九翼蹲在C区的一个破楼的柱子上，看着前方已经因为距离拉近而变得巨大无比的露珠。

“冲进去。”连川说。

“你拉两个人吗？”宁谷问。

“他跟得上。”连川说，“你忘了吗？”

“哦。”宁谷有些不服气地转头看了九翼一眼，“差点忘了。”

“别直接冲。”九翼说，“不要让他们知道我不在失途谷，他们什么都干得出来。”

“嗯。”连川明白他的意思，“那就看宁谷的了。”

“三秒。”宁谷说。

三个人无声无息地从废墟后跃出。

落地的时候宁谷举起了左手。

没有光芒。

空气中突然漾出了一圈透明的波纹，仿佛是跟着心脏跳动的节奏搏出，以指尖为原点，迅速漫延。

四周的空气像是凝固了。

三道黑影在一片静谧中跃过残垣断壁，冲向了露珠。

80

春三描述过的露珠刚出现的时候，那些刚接近就被强行吸入的探测器，宁谷还记得很清楚。

虽然连川紧紧拉着他的手，他还是在飞速靠近露珠的时候反手也抓紧了连川的手。出于义气，他还伸手往九翼那边捞了一把，想顺手把他也抓着，进去了万一有什么问题，起码不要一开始就落单。

但还没等他捞着九翼，九翼已经一巴掌把他的手拍开了。

不知好歹！

宁谷没来得及再瞪他一眼，露珠的光已经包裹住了他们。

一片炫目的光中，他感觉到了风。

狂风，跟鬼城的风有一拼的那种狂风，吹得他的脸都在抖动。别说现在有强光他睁不开眼睛，就是没光了，在这风里想要睁开眼睛也不容易。

护镜倒是一直挂在他腰上，但现在这种情况下他根本不敢伸手去拿，就怕一个不小心没拿稳，护镜就会被风一波带走。

炫目的强光慢慢消失了。

但风并没有变化，依旧刮得很疯狂，宁谷甚至能感觉到他们开始在风中翻滚。

他咬牙抓着连川的手，努力地睁开了眼睛。

虽然光没有了，但他看到的却也不是之前无数次进入意识时看到的那种满目的黑色。

有光。

四周灰黑色的背景里，有无数长短不一成条排列着的光。

乍一看，有些像叶希的那个“记忆银河”，但那些光比起记忆片段要小得多，而且并没有接近他们。

光只是在四周悬浮着。

他们就像是在一条被无数的光包围着的狂风通道里，向着一个方向不断地翻滚着，甚至分不清是他们被吹着走，还是四周的光在走。

“连川！”宁谷喊了一声。

声音在风里很清晰，这让他稍微放心了一些，但这种在风里疯狂翻滚的状态让他非常难受，几次他抓着连川的手都差点要被拧开。

“在。”连川的声音从旁边传来，“九翼呢？”

“九翼！”宁谷又喊了一声，转得眼花缭乱的间隙他没有看到四周有九翼的影子，顿时有些紧张。

虽然想骂一句丢了活该，但九翼是他拉过来帮忙的，过来就没了，实在有些让人无法接受。一个为了活着不惜一切代价脑子都能切了不要的人，帮个忙就把命帮没了……

“九翼！”宁谷吼。

“在前面。”连川说，“我看到他了。”

宁谷在翻滚中看了好几眼，也没有看到九翼。他根本分不清前后左右，现在翻滚中再加个上下，全都分不清了。

“他比我们快，要想办法……”连川一个堂堂前驱实验体，在这种情况下说话都有些停顿，“追过去，要不会吹散。”

吹散这个词就用得很奇妙了，让宁谷的不安又加深了一层。

他瞬间觉得他们几个就像鬼城风里卷着的碎屑，不知道从哪里来，也不知道最后去了哪里。

连川用腿勾住了他的腰，两个人的翻腾旋转顿时慢了下来。

宁谷也终于看到了前面的九翼。

他非常震惊：“他怎么还有个底座？”

不愧是无论是蹲是站都要找个黑铁墩子的失途谷老大，就在眼下这种什么情况都还搞不清的状态里，九翼的脚下居然有一坨黑色的东西，他就那么蹲在这坨东西上跟着风翻腾着。

也因为有这坨看上去挺重的东西，他翻滚的速度比宁谷和连川要慢。

“九翼！”宁谷又吼了一声。

“干吗！”九翼翻滚中转了三次脸才跟他对上了视线，“搂紧，在这里吹散了可就不好再粘上了。”

“你踩着个什么东西！”宁谷伸手指着他脚下，“拉我们过去！我快转吐了！”

“你以为我想踩！”九翼怒吼一声，腾一下站了起来，接着在风里疯狂旋转了六七八圈，赶紧又蹲了回去，“这是块黑铁！”

“你什么时候又在脚上加了黑铁？”宁谷震惊。

“是吸在他脚上的。”连川扳着宁谷的肩控制了一下两个人的旋转，被风带着飞快地向前了一大截，很快接近了九翼，“可能是进露珠的时候吸上的，黑铁被主城武器磁化了。”

“还能拿掉吗？”宁谷继续震惊，九翼就要在脚上一直挂着这坨黑铁了？

“现在拿不掉就拿不掉了。”九翼伸出手，保持跟他们反向的旋转。

几圈之后他的手终于跟连川的手汇合，三个人非常有默契地迅速搂成了一团，终于翻滚得没有那么厉害了。

“这像是个风道。”宁谷缓过来之后看着四周，“这不像是意识，应该是我们世界里存在的地方。”

“没有什么存在的地方。”九翼轻轻叹了口气，“只能是相对而言。”

“那些光是什么？”宁谷总算能盯着那些光观察了，“一排排的，每团光形状还不一样。”

“代码。”连川说。

“是。”九翼确认。

“代码？”宁谷愣了愣，“是叶希的程序吗？我们在他的程序里？”

“所有一切的源头就是一段程序。”连川说，“一个一个的世界全都靠程序运行，在他的意识里，他的记忆里……”

“所以这是黑雾外面吗？”宁谷眯缝着眼睛向四周看去。

边界在哪里，黑雾外面是什么……

“这可能是你想去的，世界的另一面。”连川说。

“我现在不想去了。”宁谷说。

“相当于通道吧，随机进入某个世界。”九翼说，“那个N号，可能就是这么来的。”

“他是怎么带着露珠过来的？”宁谷说，“就像我们这样吗？”

“这个风道应该只是通向我们的世界。”连川回头看了看，他们来的方向，远远的，似乎还是能看到尽头的，“还会有别的风道，他跟着清道夫走，可能会有别的路。”

“那我们怎么办？”宁谷问。

“你饿了吗？”九翼问，“福禄给你拿了配给，你急着去结婚，也没等他回来。”

“不饿！”宁谷说。

“不饿就没什么怎么办的，”九翼说，“活着就行，我不介意跟你俩这么待着。”

“我介意！”宁谷瞪了他一眼。

“那你撒手。”九翼说。

“怎么不是你撒手？”宁谷说。

“这是我的黑铁。”九翼说。

宁谷没说话，把腿一缩，脚离开了黑铁。

“你……”九翼看了他一眼。

“闭嘴。”连川终于开口。

“怎么不让他闭嘴？”九翼说。

“他现在没说话。”连川说。

不斗嘴，就会发现时间特别漫长，虽然叶希一直告诉他们，时间不存在。

但他们在这个风道里翻滚旋转的时候，对于他们来说，时间不仅存在，还源源不断没有尽头。

直到连川发现风道比之前要窄了，宁谷才发现自己的脸都快被吹麻了。

“能试着往边上靠一点吗？”九翼问。

之前他们跟四周的那些发着光的代码有很长的距离，以风的速度，他们不可能横向接近。但现在风道四周明显内缩了不少，横向移动试着靠近那些光变得没有那么困难了。

“往那边倾斜。”连川说。

三个人往同一个方向歪了过去，接着就跟翻跟斗似的转出去了几十圈。

好容易控制住停下来的时候，宁谷咳嗽了一声：“还好我没吃东西。”

“很近了。”连川说，“继续，要不会被吹回中间。”

三人再次向旁边压过去，这一次力度比较集中，他们迅速接近了那些光。

宁谷能够很清楚地看到这些排列着的、发着光的字母。

除了能认出这是字母和各种符号，不是字，别的他一概看不明白了。

连川伸出手，想往光那边摸一下，看这些东西是不是实体，能不能让他们在风道里停下来。

刚伸出手，九翼猛地一把把他的手给拽了回来：“别碰！”

也许是因为有面具遮风，九翼的眼睛比他俩的保护要多一些，他指着光里：“有东西。”

连川也看到了那些光的后面……不，光的中间，有东西。

宁谷一眼过去看到了一个人影。

接着是第二个。

第三个。

七八个黑色人影像是被一串串发着光的代码戳在空中。

而这些人影，都不是完整的人形，像是正在被分解，人影的边缘都已经模糊不清，不断有黑色的碎片飘出。

“是清道夫吗？”宁谷低声说。

“清道夫的数量就这么几个是不是有点太少了？”九翼也低声说。

没等他们再细看，风很快把他们卷离了这几个人影所在的位置。

“要想办法停下来。”九翼说，“这地方太奇怪了。”

风道往后越窄，他们距离四周的光也越来越近。

不能停下来的话，最终他们有可能会被挤进这些发着光的代码里。

说不定下一团被戳在空中慢慢分解的人影，就是他们三个。

宁谷举起了左手。

指尖的金色光芒在风道里拉出了长长的一条光带。

紧接着光带炸开，在风道里炸出了一条金色的通道。

风就在这一瞬间停止了。

像是从来没有过风，三个人停下的时候甚至没有感觉到向前的惯性，就这么突然悬在了空中。

“停了？”九翼问。

“停了。”连川说。

“怎么办？”宁谷看了看四周。

九翼的手慢慢伸向旁边发着光的代码，在接近的时候，指刺探出，扎进了发着光的那些字母当中。

接着他们就看到九翼的指刺像是被溶解在了空气里，化成了一片小小的碎片，很快消散了。

“我不该跟你们进来的。”九翼收回了手，看着自己的指尖，“这是条自毁之路。”

“宁谷。”

一个声音从九翼戳过的代码里传了出来。

三个人猛地转头，盯着那边。

宁谷看到了自己的脸，巨大的脸，在一片光芒之后若隐若现，仿佛一面墙。

“我以为只有我找到了这里。”脸说。

“这是什么地方？”宁谷顾不上吃惊。

“起点，”脸说，“和终点。”

“你是谁？”九翼问。

“无数个失败。”脸说，“无数个新生。”

“这是随机产生世界的地方。”连川说。

“不，”脸说，“这里只有他，只有我。”

“明白了。”九翼说，“只有宁谷是一定会出现的，别的人消失了就不会再有。你是那个跟着露珠过去的宁谷吗？”

“我不叫宁谷。”脸说。

“我管你叫什么！”九翼说，“就问你是不是。”

“是。”脸说，“不过我应该不是第一个找到这条生路的。”

“你都这样了，”九翼看着脸，“还能去得了？找到了有什么用，你都只剩一张脸了。”

“宁谷消失就可以。”脸说。

“那你就是做梦。”宁谷冷着声音说。

脸没有再说话，慢慢往后退开了。

就在变得有些面目模糊的时候，又突然往前冲了过来，陡然变大的脸在代码之后清晰可见。

宁谷感觉到了一股巨大的吸力，猛地被拽向了脸的方向。

连川和九翼同时一把抓住了他的衣领。

一张寒光织出的网在九翼挥手间向脸卷了过去。

脸被切成了无数小块，仿佛一张高阶拼图，但吸力却并没有消失。

而且这吸力强大，加上他们根本没有着力点，连川和九翼两个人拽着宁谷也对抗不住，不断地向脸的方向靠了过去。

宁谷很快发现了这股力量只针对自己，他一咬牙，松开了拉着连川的手。

脸之前说的话，让他可以确定，自己在这个世界里的存在是有必然性的。比起连川和九翼，他就算被脸嚼过去，活下来的希望也会更大。

“松手！”他喊。

“不敢松。”九翼说，“松手就会被连川杀了。”

拼图脸突然笑了笑。

宁谷感觉自己被猛地往前带了过去。

这力量来得太突然，九翼拉着他衣领的手滑开了。

接着连川的手也突然松开了。

虽然宁谷让连川松手，也希望他松手，但在连川松手的那一秒，他整个人都像是突然失去了力量，说不上来的满满的失落和绝望，像黑雾一样卷着他向脸冲了过去。

“别！”九翼吼了一声。

宁谷余光里看到连川猛地往九翼身上蹬了一脚，借着力从他身边冲过。

像一道闪电，撞向了那张脸。

本来就已经是拼图的脸，被连川这一撞，顿时四分五裂。

宁谷感觉拉着自己的那股力量消失了。

愣了几秒钟之后，他嘶吼着喊了一声："连川！"

前方只剩下发着光的密密麻麻的代码，那张脸和连川，都已经看不到了。

宁谷疯狂地挥着胳膊想要扑向连川消失的位置，九翼拉住了他："别干没意义的事！"

"你放开我！"宁谷指着他，"放开。"

"你如果进去，"九翼也指着他，"连川就白死了。"

"你才死了！"宁谷暴吼了一声，"你才死了！"

九翼扶了一下自己的面具，迅速纠正了自己的说法："你如果进去，连川就白替你赌这一把了。"

逢赌必赢。

宁谷死死咬着牙，全身都在颤抖。

从脚开始漫延出的金色光芒里混杂着丝丝缕缕的暗银色。

"我要他活着。"宁谷的声音沙哑，一字一顿中带着让九翼感到恐惧的怒火。

81

“宁谷！”有人在拍他的脸。

宁谷感觉脑子里一片空白，不知道自己在哪里，也不知道发生了什么事。

“宁谷！”有人往他脸上甩了一巴掌。

宁谷睁开了眼睛，眼前的东西都在旋转。

火光，黑雾，还有几张脸……

四周的声音开始从远到近地往他耳朵里灌。

烈火烧出的嗡鸣，叫喊声，爆裂声。

终于看清了眼前的几张脸，团长、雷豫、春三、九翼，还有抬着他的几个蝙蝠。

刚甩他巴掌的肯定是九翼，有机会他要连甩九翼九个巴掌……

等一下，这是哪里？

黑铁荒原，蝙蝠……失途谷。

他回来了？

那些发着光的代码呢？风道呢？那张脸呢？

宁谷猛地瞪大了眼睛，盯着在他眼前晃动着的脸。

“连川。”他说。

视线里的脸都沉默着，神色凝重，没有人理他。

“连川呢？”他问。

“你们去这里。”九翼开口，“我安顿好他就出来，黑戒你们先带走两队。”

“连川呢？”宁谷又问，嗓音是沙哑的，可能没有人听到他说的话。

“好。”雷豫说，“我们先压到城界，把他们切断，团长你们的人从后面包上来。”

“明白了。”团长说，“保持联系。”

雷豫和团长带着人离开了，临走的时候，团长在宁谷头上轻轻摸了一下。

九翼带着人把宁谷抬进了失途谷。

“连川呢？九翼，”宁谷感觉身上很重，哪里都动不了，他转着眼睛，看到了低头跟在旁边的福禄寿喜，“福禄，连川呢？”

福禄偏开了头。

“寿喜？”宁谷又看着寿喜，“你有没有看到连川？我怎么回来的？怎么我只看到九翼了？”

寿喜低着头没有看他。

宁谷挣扎着想要坐起来，挣扎了半天，分毫没动。

“你们是不是听不到我说话？”他有些绝望，“我怎么动不了？”

一个毛茸茸的大爪子伸过来，在他身上按了一下。

“老大！”宁谷喊，“老大！”

他听到了老大在他耳边的喷气声。

“老大你看到连川了吗？”宁谷有些急切地问。

老大也没有回答他，只是把尾巴尖搭到他手上，跟抬着他的蝙蝠一块儿小跑着。

宁谷抓着老大的尾巴尖，闭上了眼睛。

“就放这里。”九翼的声音响起，“你们都出去……狞猫你也在外面吧，他现在情况不稳定，可能会伤到你。”

老大喷了喷气。

四周的声音渐渐没有了。

“宁谷，”九翼的声音在他脸面前响起，“我们回来了。”

宁谷睁开了眼睛，看着他。

“连川没有回来。”九翼看着他，“只有我们两个回来了。”

“为什么？”宁谷声音很低，带着控制不住的颤抖。

这是他在第一次睁开眼睛的时候就已经知道了的结局，但被九翼说出来的瞬间，还是像有一把刀捅进了他的身体里，带着难以置信的疼痛。

“我不知道。”九翼说，“你一直是昏迷的。我们回来差不多半个小时了，你才醒。”

“连川呢？”宁谷感觉自己像是一台卡壳了的机器，反复地卡在这个点上，怎么也过不去了。

“他撞碎那个脸以后就不见了。”九翼说，“你现在冷静下来听我说，你要是冷静不下来，就先在这里待着。”

宁谷没说话，闭上眼睛用力吸了一口气，慢慢呼出来。

逢赌必赢。

你要无所顾忌，忽略代价……

“说。”宁谷睁开眼睛。

“你的能力爆了，齐航的能力和你自己的能力混在一起了，杀伤力巨大。”九翼说，“我差点被你弄死。”

宁谷看着他。

“在风道爆发的，整个风道和代码世界都塌了，一直收缩。”九翼说着手往他身上伸过来，“你受伤了。”

宁谷这才发现自己身上盖着厚厚的被子。

“很重。”九翼说，“你现在动不了是正常的……我会把你修好……”

修好？

宁谷眼睛一下瞪圆了，盯着九翼的手。

九翼掀开了被子，宁谷看到了自己的身体，衣服已经全都破碎，身上布满了横七竖八的伤痕，这些伤痕他看着非常眼熟……

是那些代码。

这是代码世界不断收缩，嵌进他身体里留下的伤痕。

所有的伤痕都深可见骨……不，可能骨头都断了吧，要不怎么会动不了？

“还有，”九翼把被子重新盖好，“就……”

“怎么修？”宁谷问。

“得费点功夫，但是可以修好。”九翼说。

“九翼，”宁谷看着他，“你是不是特别高兴，能找到个机会把我变成蝙蝠？”

九翼愣了愣笑了起来，尖锐的笑声还是很熟悉。

“你想得美。”九翼说，“把你改装成蝙蝠跟我抢失途谷老大的位置吗？”

宁谷没说话。

“我帮你弄弄骨头。”九翼在他腿上敲了敲，“你们旅行者的恢复能力弄不了这么重的伤，用旅行者的能力，起码要半个月才能好。我帮你修完，你马上就能站起来……”

“我为什么要马上站起来。”宁谷说。

“这就是我刚才要跟你说的另一件事。”九翼弹了一下指刺，洞窟上方伸出来两根探针一样的金属棍，“你听。”

宁谷盯着上方，听到了低沉的“嗡嗡”声。

这声音是之前他在外面的时候听到的那些声音里没有的，沉闷而震撼，震得人心脏都有些不舒服。

“清道夫来了。”九翼说。

宁谷猛地转头看着他：“怎么可能？我们进露珠的时候还……”

“我们进去了四天，”九翼说，“回来的时候，清道夫来了。”

“是我们把清道夫带回来的吗？”宁谷愣了，他想起来九翼说的，代码世界被他的能力弄塌了。

“不知道。”九翼说，“但所有的事都是必然，不用纠结这些。”

“如果代码世界塌了，”宁谷在想到这里的时候，嗓子哑得差点说话都没有了声音，“那连川……”

“这些世界里，除了你，每一个人都是随机的，说不定就是叶希平时见过的人，医生、护士、看管他的人、电视里看到过的人，甚至是书上见过的照片……”九翼说，“这些人出现都是随机的，只有BUG是特例。BUG可能是世界出了错，可能是人为安排……”

“说重点。”宁谷打断他。

“重点你很清楚。”九翼说，“连川是个大BUG，是救世主留给自己的BUG。你是救世主吗？”

“我是。”宁谷回答得很肯定。

“那他就一定还在什么地方等你。”九翼站了起来，“现在，你给句话，要不要修骨头？”

“疼吗？”宁谷问。

“我哪知道，我都把人打晕了才修的。”九翼说。

“啊——”

洞里传出了宁谷的惨叫声。

狞猫一下子跳了起来，走到洞口往里看。

“没事的。”寿喜说，“很快就好……”

“他为什么是醒着的？”福禄有些茫然，“老大为什么没打晕他？”

“肯定是他不让。”寿喜说，“旅行者喜欢刺激。”

“这也太刺激了。”福禄说。

“这就是他的教训。”寿喜一脸严肃。

宁谷本来觉得身上已经麻木了，没有什么太大的感觉，九翼敲他腿的时候也只有模糊的钝痛。

但当九翼的指刺戳进他腿里猛地一划时，他才惊觉，自己又不是瘫痪了，怎么可能扛得住生切？

“你说的不让我打晕你。”九翼看了他一眼。

“你等着死。”宁谷咬牙盯着他。

“我现在要往你骨头上装黑铁了。”九翼捏着一片黑色的金属，“这是你第一次跟连川到失途谷来的时候，我捆你的那种精铁蝠绳的材料，很结实。”

“连川一拉就断了。”宁谷说。

“那是连川！”九翼吼了起来，“你拉得断吗！”

宁谷没有说话。

连川两个字，把他刚有些平静的情绪再次打乱。

连川撞向那张拼图脸时最后的背影，不断地在他脑子里回放着。

为什么不回头？

宁谷有些生气，你为什么不回头看一眼？

现在他能想起来的印象最深刻的画面，竟然只是连川的后脑勺……

第一轮出现的清道夫数量很少，E已经在黑铁荒原上安排好的傀儡军团甚至没有全部出动就击退了它们的进攻。

但团长并没有感觉到轻松。

清道夫几乎没有实体，清理队的武器只能压制，无法摧毁他们，能起作用的攻击是傀儡军团和旅行者的能力，他们能够把黑影一样模糊的清道夫击散。

这就意味着，主城的武器只能辅助压制，要想杀死清道夫，只能靠旅行者和傀儡，以及EZ。

陈飞能控制的EZ不多，加上EZ不稳定，一定时间之后会自毁，没有持续战斗的能力……

战力数量上，他们可能会远远不如清道夫。

最关键的是，他们不知道清道夫到底有多少，会攻击到什么时候。

如果这是一场长期的消耗战，那么最后输的人，很有可能是资源和人力都耗尽的他们。

“桥已经架好。”通话器里传来雷豫的声音，“李向带一些人在露珠附近防御。”

“五分钟之后就位。”李向的声音传来，“我有一个想要确认的情况，刚才的战斗里有没有人注意过清道夫对黑铁的攻击力？”

“我这边没有确实的数据。”雷豫说，“怎么了？”

“清道夫只从有火的裂缝里出来。”团长明白了李向的意思，“他们没有从别的地方出来，是不是突破不了黑铁屏障？”

“可以考虑这一点。”雷豫说，“下轮攻击出现的时候都注意一下。”

“宁谷说过，旅行者是奇迹，别的世界没有这样的突变体。”李向说，“如果这是某种‘准备’，黑铁的世界是不是也是一种‘准备’？”

“一切可能都要考虑进去。”雷豫说，“不过如果要利用黑铁……机械上是个问题。”

主城基于黑铁的一切建筑，都需要依靠大型机械。这些机械移动缓慢，运作也很耗时，要用来抵御清道夫，不是一件容易的事。

而鬼城这么多年以来只能利用以前的熔火洞，无法大量建造出房屋，也是因为没有相应的能力处理大量黑铁。

“先想着，总会有办法。”团长说，“任何事物都有它存在的理由。”

旅行者见招拆招，走到眼前了总会有路。

“好了。”九翼走出了洞口，看着狞猫，“你看着他，他还需要点时间适应，我要出去看看。”

狞猫起身走进了洞窟。

“告诉黑戒，跟我出去。”九翼看了看福禄寿喜。

“明白。”福禄寿喜飞快地顺着通道跑了。

老大从洞口走进来的时候，宁谷还站在原地，正低头看着自己的手臂。

老大走到他身边，仔细地在他腿上闻着。

“不知道九翼干了什么。”宁谷说，声音还带着些许沙哑，他把裤子扯了上去，露出腿，“我感觉还好。”

全身上下所有断裂的骨头，都已经被九翼接好。所有的伤口上，都覆着黑色的金属。宁谷现在看着自己，就像是一个摔碎之后又被粘了起来的雕像。

还好脸上的伤九翼没有动，只是一些不太深的切割伤和擦伤，大概也是考虑到了他并不想变成蝙蝠。

“老大，”宁谷慢慢蹲下，看着老大，“你觉得连川……会在哪里等我？我该去哪里找他？”

老大低头，在他手上轻轻蹭了一下。

“我一定会找到他。”宁谷说，“哪怕把所有的世界翻个遍，我也会找到他。”

老大转身，尾巴在他手上绕了一下，小跑着出了洞窟。

宁谷走出了失途谷，九翼带着一队黑戒正准备去主城。

“怎么样？”九翼看到他问了一句。

“还行。”宁谷说。

“我带人跟李向汇合。”九翼说，“你呢？”

“我去找E。”宁谷说，“我在黑铁荒原，可以夹击。”

九翼把一个通话器戴上了：“用这个联系吧，没想到我在失途谷这么多年，有一天还能用上这个玩意儿。”

宁谷把之前雷豫给他的通话器戴上了。

这是清理队的通话器，连川用的就是这样的，他第一次见到连川的时候，还觉得他身上的装备挺拉风的。

宁谷在通话器上轻轻弹了一下，转身走进了黑雾里。

E一直在失途谷的正北方驻守，沿途所有的裂缝都守着他的傀儡军团。

宁谷看着这些曾经的旅行者，依然会觉得悲壮。

为了活下去，每个人都做出了自己认为正确也是必要甚至是别无选择的选择。甚至是N号，凶狠地以侵略者的姿态出现在他们的世界，也无非是要活下去，从代码世界里寻找出口，找到下一个能够存在的地方。

“伤没事了？”E坐在一块黑铁上，看到他过来的时候微微抬了抬头。

“嗯。”宁谷站在了他面前。

“清道夫很快会出来。”E说，“刚才那一波……有些像是试探，或者是被惊动了，下一次再出来的时候，就是恶战了。”

“嗯。”宁谷应了一声，“我在这里跟主城里的队伍配合。”

接下来两个人都没有再说话。

宁谷不知道该说什么，E看上去有些疲惫，状态不是特别好，一直坐在黑铁上，宁谷犹豫了一会儿也就没再费神找话题。

放在一切开始之前，他可能会有很多话想说。

但已经走到了眼下这一步，所有的话似乎都没有了说的必要。

不知道站了多久，宁谷感觉不到时间的流逝，他不知道连川在哪里，连川在做什么，连川在想什么，连川有没有在等他，连川知不知道他一定会去找他……

脚下传来震动的时候，宁谷才猛地收回了思绪。

“来了。”雷豫的声音在通话器里响起。

“队伍就绪。”李向说。

“准备好了。”团长的声音也响了起来。

“好了。”九翼说，“我好久没有杀人了。”

“我在了。”宁谷开口。

E从黑铁上站了起来，走到了他身边："这次开始，战斗可能会很长。"

"嗯。"宁谷应了一声。

"我可能，"E说，"撑不到结束了。"

宁谷偏了偏头，看着他。

"这些军团，"E说，"之后可能需要你来指挥。"

宁谷沉默了一会儿才点了点头："我知道了。"

"没有对错，"E说，"选择了就没有对错。"

"嗯。"宁谷应了一声。

火光开始猛烈地跳动，嗡鸣声陡然变大，火光中出现了黑影，跟着跳动的火焰来回晃动着。

宁谷低头看着脚下的地面。

金色的光芒夹杂着辐射状的暗银色，从他脚下慢慢铺了出去，像是在不断生长，接着无数细细的金色颗粒从地面上慢慢升起。

在黑影从火中脱离出来的同时，傀儡军队扑了上去。

宁谷一扬手，像是起了风，金光向四周卷了出去，裹住黑影的瞬间炸出一片金光，接着卷向下一个。

连川，你看到了没。

我是不是很厉害。

82

这一轮清道夫的进攻，算是正式拉开了世界毁灭的序幕。

火因为清道夫的出现而烧得卷向天空，火苗不断从空中落下，烟和黑雾裹杂在一起，能见度连平时的一半都不到。

风也开始从荒原上袭来，主城最后一丝区别于荒原的平静也消失了。

没有护镜的人，眼睛都被带着烟尘的风吹得发红。

商场四周没有裂缝，清道夫的进攻暂时还在裂缝附近。光光跳上窗台，扒着窗框向外看。商场里的旅行者基本都已经离开，只剩下一个小队留在这里，看守物资和照应流民，受伤的旅行者回来休息时，小队里会有人轮替出去。

“你们的巡逻小队呢？”琪姐姐跑进商场。

“去后楼了。”光光跳下来，“怎么？”

一部分流民终于明白，主城已经不再是乐土，主城的领导者们也已经不再是他们的庇护者。想死的话，只需要冲出去就可以；想活着，就得做点什么。

于是他们成立了一个巡逻小队，轮流在商场附近巡逻，检查裂缝的情况，并观察有没有清道夫或者别的危险靠近，以便及时通知旅行者。

“没事。”琪姐姐说，“刚刚蝙蝠送过来一些装备，放在一楼了。旅行者暂时用不上，你们巡逻小队拿上可以防身。”

“好的。”光光跳下窗台，“我叫他们去领。”

“你，”琪姐姐拉住她，“带几个女人去拿上来，按人头分好，只给巡逻小队的人用，别的流民不要给，多的武器藏起来。”

光光明白了她的意思，点了点头。

“我有同伴受伤了，我现在要去城界，”琪姐姐说，“有事可以跟其他人说。”

“嗯。”光光点头。

“清道夫如果出现，”琪姐姐说，“不要手软，对自己人也不要手软。死就在眼前的时候，很多人什么事都干得出来。”

光光应了一声，感觉鼻子有些发酸。

琪姐姐跳出商场的窗口，冲向D区南城界，那里有两条大裂缝交汇，地面上的小裂缝如同蛛网，只要超过一米的裂缝，就会有清道夫出现，那里是清道夫比较集中的位置之一，李向带着人一直顶在那附近。

一条裂缝横在前方，中间是工程车架出的窄桥。琪姐姐跳上窄桥的时候，余光里看到了黑影，她一边往前冲，一边对着黑影狠狠一挥手，黑影被拦腰斩断。

但在她跳下桥时，另一边冲出的黑影抓住了她的手。

没有什么实感，只觉得灼热，瞬间能烧到心里去的那种疼痛。

“去死！”她大吼了一声，猛地一甩手，斩断了黑影的胳膊。

黑影还抓在她手上的手慢慢变淡，仿佛一层薄雾。她用力甩了几下，这层雾消失了，她看到了手上被高温灼黑了的五个指印。

“伤怎么样？”李向看到她冲过来的时候，问的第一句就是伤。

“不碍事，”琪姐姐说，“小伤。情况怎么样？”

“暂时能压制。”李向说，“他们出来的速度赶不上我们杀的速度。”

“那还挺好。”琪姐姐稍微松了口气。

李向看了她一眼：“我们不可能一直保持这样的体力和攻击能力。”

琪姐姐皱了皱眉。

清道夫是匀速攻击，而他们所有的人，从一开始，就背负着疲惫和能源告急的压力，时间越长，他们就越弱。

清道夫有没有固定的数量，有没有被杀完的可能，谁也不知道。

左前方传来啸声。

琪姐姐一跃而起，冲过去的时候看到了三个清道夫，从屋后的废墟里晃出来。

锤子在她对面，手往地面上一按，清道夫同时顿了顿，琪姐姐一扬胳膊，黑影被劈成了几段，接着就像是燃尽的一件衣服，“哗啦”一下碎成了一地黑尘。

“还有一个！”锤子喊。

两人往锤子指的方向追了过去，一个清道夫已经离开了废墟，准备穿过裂缝。

琪姐姐扑过去的时候，这个清道夫侧过身，手往前一挥，像是扔了什么东西过来。

几团黑雾是到了琪姐姐面前才突然出现的，速度太快，她躲开了第一团，但两团黑雾立刻撞在了她的胸口和肩膀上，像是黑色的染料，瞬间就染黑了她的脖子和半张脸。

接着就是强烈的烧灼感，疼得她眼睛几乎都睁不开。

“琪姐姐！”锤子冲过来把她往后拉开了。

两个傀儡军队的旅行者从侧面冲出来，带着暗银色的光直接把黑影撞成了碎屑。

“怎么样？”锤子扶着琪姐姐，盯着她的脸。

“毁容了呗！”琪姐姐喊了起来，“还能怎么样啊！”

“也没有……”锤子说，“也算不上吧，你原来长得也就一般。”

“我要是死了肯定不是清道夫杀的，”琪姐姐撑着他的肩膀站稳，伤口的疼痛让她的手有些发抖，“是让你气死的。”

“我送你回商场。”锤子说。

“这点伤就让我回去，你在想什么。”琪姐姐皱了皱眉，“我缓缓就好，老八在哪儿？让他帮我处理一下。”

“在前面掩体。”锤子说，“我背你过去吧。”

“走你的！”琪姐姐推了他一把。

掩体很靠近裂缝，也就是废墟堆起来的一个破烂堆，能让旅行者观察到裂缝里清道夫出现的情况，也能第一时间进行攻击。

这里的战况比想象中要激烈得多。琪姐姐坐下的时候，身边有七八个受了伤的旅行者，老八和几个有愈合能力的旅行者都在忙活着，一向以吐口水区别自己和别人愈合能力的老八，也不吐口水了。

“老八叔，”琪姐姐说，“不吐口水了啊？”

“吐不出来了。”老八叹气，“都吐干了。”

琪姐姐没再说话。战斗开始之后，她一直在商场，受伤回来休息的旅行者并不多，她一直觉得这边战况应该还算稳定。

现在她看到身边受伤的同伴时才发现，受伤的人远比她想象的要多，大多数伤员是不可能回到商场去休整的了。

就在老八给她治疗的时候，清道夫再次从裂缝中冲出。

“我可以了。”琪姐姐跳了起来，跟着一帮旅行者冲出了掩体。

“防护！”有人喊。

防护撑出，一队傀儡冲在最前面，同时手一举，一片暗银色的光芒在火光中划过，一部分清道夫倒下，所有旅行者的能力同时发动，向剩下的清道夫发起攻击。

清道夫的种类有几种。

有速度很快的，靠近距离接触，全由黑雾组成，能把人整个包裹进他们的身体里，仿佛吞噬一般。被这种清道夫攻击之后几乎不可能有人还活着。

另一种是刚才琪姐姐碰到的，有远程攻击的能力，但很难判断方向，攻击总是到了身前才能看到，防不胜防。

傀儡和旅行者第一波攻击的就是这两种。撑出防护，拦掉大部分攻击，再攻击能清理掉大部分。

第三种是留给蝙蝠们的。

这一类清道夫行动慢，但能顶得住好几波旅行者的攻击，就像一堵盾墙，这也是主城的物理攻击受限的原因。他们能帮另外的清道夫挡掉大部分火力，只有旅行者和傀儡的攻击能穿过他们的掩护。

黑戒在两轮攻击过后从黑暗中突然出现，手里的长鞭抽出。

盾墙清道夫被精铁蝠绳抽成了碎块，接着再被傀儡击散。

九翼跃向空中，指刺弹出一声细而尖锐的鸣音，黑戒同时转向右侧，扑向了再次从火里冲出的清道夫。

指刺的寒光夹在蝠绳的攻击里，像一张网，把清道夫切成了碎片。

这一轮出来的清道夫被清理队的火力压在了裂缝附近，但数量比之前的都要多，必须尽快杀光。清理队位于切断清道夫进主城的路线上，虽然能用火力把清道夫逼到旅行者和蝙蝠的进攻范围内，但由于一直处于腹背受敌的状态，配合上稍有失误，就有可能被攻击。

九翼从来没想过自己有一天会活得这么辛苦，上蹿下跳，一小时的活动量能赶上他在失途谷里一个月的了。

“我为什么，”九翼扑向清道夫，“要干这些屁事……”

在两股清道夫向他夹击过来的时候，他猛地跃到半空，脚下清道夫扔出的黑雾炸开。九翼狠狠一挥手，寒光大网从空中压了下去。

九翼落地的时候，清道夫已经都成了黑色烟尘，但依旧进行着最后的烧灼，落下的烟尘在他脚下的黑铁球上烧出浅浅的痕迹。

“他们的进攻对黑铁作用不大。”九翼按了一下通话器，“陈飞的机械到哪里了？”

“顺着城界从黑铁荒原过来。”雷豫说，“还要时间，中间还有一道裂缝。”

“快想别的办法！”九翼说，“这么打下去，最多三天我们就要输。清道夫的攻击根本不停，我饿了都没时间吃饭！”

就像是为了证明九翼这句话说的是事实，四周的裂缝突然同时迸裂，火焰冲天，大量的清道夫同时涌出。

九翼所在的位置正好在清道夫的中间，上方卷下来的火舌带起一片混乱。九翼正想跃起的时候，一片被清道夫扔出的黑雾突然在他四周出现。

这才打了多久居然就要受伤了。

九翼扬手，指刺织出的寒光网扑向正面的清道夫。先护住脸吧，后背再说了。

前方清道夫的进攻被他挡掉了，身后的进攻却没有到来。

他回头的时候看到了李向。

李向撑出的防御挡掉了九翼身后的攻击，但李向后背上的一大片黑色触目惊心。

“管闲事。”九翼“啧”了一声，冲过去捞起了李向，拽着他跃向空中，指尖一弹，黑戒从黑暗里冲出。

“要是治不了就告诉我，”九翼把李向扔在掩体旁边，“我来改装。防御这么强的蝙蝠，绝对厉害……”

话还没有说完，裂缝再次迸裂。

跟上一轮的爆发一样，像开了闸口，大量的清道夫涌出来的时候仿佛潮水。

“快去。”李向咬牙喊。

“旅行者不要老命令我！”九翼转身冲了两步跃向空中。

清道夫的这轮攻击是从未有过的，数量和速度都惊人，九翼在空中就看到了十几个旅行者被裹进他们的身体里消失了。傀儡也有好些被斩倒，挣扎着爬不起来。

“我们还能再撑五分钟！”雷豫的声音从通话器里传出来。

“交给我。”九翼说。

指刺一弹，随着鸣音，黑戒冲进了清道夫堆里，九翼跟着也冲了进去。

清理队的压制屏障不能断，否则这边所有的人都会完蛋。

寒光和蝠绳交错的光影之间，黑戒不断倒下。

九翼看得眼眶都烧得发疼，但他知道，只要撑住这几秒钟，还在黑铁荒原上的宁谷就能给他们解围。

荒原上的清道夫一直没能攻过来，就是因为E和宁谷。

他们两个人带着旅行者和傀儡，就能把大量的清道夫压在荒原上。

这就是救世主啊，毁灭程序都绕不过的那个执着的救世主。

金光在城界爆发的时候，大半个主城都能看到。

光光站在窗台上，看着远处像蘑菇云一样腾空而起炸开，再向四周像厚厚云层一样铺开的金光，还有金光里闪电一般不断划过的暗银色光束。

“那是什么！”所有的人都涌到了窗边。

“不知道。”光光说。

奇迹吧。

也许他们就是那个拥有奇迹的世界。

猛烈的金光从九翼身边卷过，加上烈风，九翼感觉自己要是没脚底下的这两个黑铁球，可能已经被刮飞了。

身边不少黑戒和旅行者都被刮倒在了地上，向后滚出老远。

九翼偏开头，呸了一口飞进嘴里的渣子。

什么屎一样的救世主。

宁谷跨过城界，站在断裂的城墙上方。

四周是不断卷出的金光，裂缝中腾起的火焰都被金光压了下去。

目光所及之处，大片清道夫都已经消失。

宁谷收回手，金光没有消失，依旧在半空中翻卷着，不时会有一道暗银色的光芒从中探向地面，击散零星出现的清道夫。

“这个状态能有多长时间？”宁谷偏过头问了一句。

“不知道，没有人能做到这个程度。”站在他身后的E拿开了扶在他肩上的手，“我也从来没想过能达到这样的程度。”

“你怎么样？”宁谷问。

“还行。”E说。

“趁这个时间把受伤的人带出来！”雷豫在通话器里说。

“我下去看看。”宁谷说着伸出手想要扶住E，“你……”

“我就在这里。”E说，“有什么情况告诉我就行。”

“好。”宁谷没再多说，跳下了城墙。

“是宁谷干的吗？”通话器里传出了团长的声音，“主城这边的清道夫也少了。”

“我和E。”宁谷回头看了一眼站在城墙上的E。

“如果清道夫有首领，”团长说，“这一轮之后可能会有变化，我们抓紧时间休整。”

“E的状态不是很好。”宁谷说，“你要不要去看看他。”

“不了。”团长说，“他活着就是为了最后一战，死也要死在这里，我们从鬼城过来的时候已经道过别了。”

“嗯。”宁谷应了一声。

九翼带着福禄寿喜走了过来，指着他：“你有没有个准数，打一半都被你吹走了。”

“总比死了强吧。”宁谷说，“我还不能完全控制得住，得E帮我。”

“他快不行了吧。”九翼抬头看了一眼上面，“你得快些适应，要不没有人能帮你了。”

“连川能。”宁谷说。

九翼看着他，挥了挥手：“福禄寿喜你们去看看黑戒和蝙蝠的情况。”

“好的。”福禄寿喜蹦着跑开了。

九翼转回头看着宁谷：“连川不在这里。”

宁谷看着他没说话。

“你考虑一下现实的情况，找到他之前你得控制得住。”九翼说，“清道夫不会等你找到他才出来。”

“我就不考虑。”宁谷说。

“神经病——”九翼吼。

“你才是。”宁谷说。

“你觉得连川在哪里？”九翼放低了声音，“你打算去哪里找他？”

“如果不在露珠里，”宁谷看着他，“就在火里。在火里的概率更大。”

“为什么？”九翼问。

“占了露珠对我们没什么帮助。”宁谷说，“在清道夫老巢里才最管用。”

“……你这是确定连川没闲着？”九翼叹气，“你太乐观了。”

“换你我就不会这么乐观。”宁谷说，“连川是哪怕只剩了一根头发，也还要活着的人。”

83

“清道夫不可能没有领导者。”陈飞说，“光看清道夫的种类不同就能知道，这东西无论是怎么形成的，最初都是有规划的。”

“我现在还在想办法拿到一些清道夫的资料，”春三说，“拿到之后清理队会马上送我去城务厅。”

“要用实验室吗？”陈飞说，“我的授权口令已经给你了，用那个就可以，不过现在城务厅不安全，清道夫已经进了A区，被压制出去了而已。”

“我知道。”春三走到帐篷外，看着眼前被火光映红的黑铁荒原，“不用很长时间，我就是得知道它的初始信息。”

“你有什么判断吗？”陈飞问。

“我有个模糊的想法。”春三说，“我观察了一下清道夫的行动，没有发现他们有交流的情况，也没有看到他们有合作，还能用的那些监测站能发现旅行者的精神力和傀儡的精神力，但没有清道夫的，所以他们应该是没有交流合作，而是按一个既定模式不断重复。”

“有些道理。”陈飞说，“露珠里复制出来的人是被控制着的，跟清道夫的行为有些相似，甚至也是只要受伤就死亡这种高消耗的作战方式，是不是露珠经历过不止一次毁灭，从清道夫身上得到的灵感？”

春三看了一眼静静悬着的露珠，第二轮大战开始后，它一直没有动过，就像是在观战，等一个最后结果。如果他们被毁灭了，露珠就离开；如果活了下来，可能还要面对露珠的掠夺战。

“不是没有这个可能。”春三说，“一个找到了世界入口的人，在一个个世界里寻找出口。”

“连川有没有消息？”陈飞问。

“没有。”春三听到这个名字立刻感觉有些喘不上气，她坐到了旁边一块黑铁上，“九翼的说法是连川在代码里消失了。我没再去问宁谷，他情绪一直是绷着的，我怕问错了，他一崩溃，我们真的就一点希望都没有了。”

“我不相信连川会死。”陈飞说，“主城对他的每一次训练，都是让他去死，他还是个孩子的时候都没有死，现在怎么会死。”

“我会一直监测的。”春三用力吸了一口气，抹了抹眼睛，“连川的精神力，我不用看解析就能认出来。”

通话结束之后，春三低着头坐了很长时间才站了起来。

转身的时候看到身后站着龙彪。

清理队这一场战斗损失了不少队员，一向彪悍的龙彪也是一脸黑色的烟尘和伤口，制服也破了不少地方。

“怎么？”她偏了偏头。

“雷豫说要活捉一个清道夫。”龙彪说，“陈飞送来的运输车里有个装载箱，以前放实验体的那种，我跟雷豫，还有宁谷，去捉一个回来。”

“现在吗？”春三问。

“嗯。”龙彪点点头，“趁现在清道夫数量减少。”

“注意安全，”春三说，“有任何一点危险就撤，没有清道夫我也可以做分析的。”

龙彪笑了笑：“吹什么牛。”

春三也笑了笑。

“你坐我车。”雷豫跨上了A01，看着宁谷，“C区零星的有些清道夫，捉了可以马上就近送去城务厅。”

“我一个人去就行。”宁谷说，“清理队不能再死人了。”

连川虽然平时闭口不提这些清理队队员，但宁谷能看得出来，清理队队员之间的关系是很紧密的，他不想连川回来的时候看到曾经为他背叛了主城的清理队损失那么大，尤其是雷豫，不能出任何事。

“没死几个。”龙彪说，“现在也不是盯着损失的时候。”

“你们帮不上什么忙。”宁谷说。

“一，我们的护镜能扫描到清道夫，三个街区之内，你能吗？”龙彪说，

“二，你认识路吗？我们知道去城务厅最快最安全的路。”

作为一个在失途谷屡屡迷路从来也没弄清过布局的鬼城恶霸来说，龙彪说的第二点，准确地击中了他。

他跨上了雷豫的车。

雷豫的车跃向空中，向主城的方向冲了过去。

龙彪跟在他们身后，车后拖着装载箱。

宁谷不确定能不能活捉到清道夫，但他必须试一试。

E的状态以肉眼可见的速度一路走低，不知道还能撑多久。一旦他倒下，傀儡军团自己能不能控制得住，又还能撑多久，都是未知数。

如果春三能弄清楚清道夫是怎么回事，是什么样的一种的东西，他就能有针对性地去战斗。

某种意义上，清道夫给他的感觉就像是E的傀儡军团，要想打败清道夫，光是杀掉清道夫本身没有用，必须杀掉清道夫身后的那个头领。

“火那边有三个。”龙彪说，“分不清种类。”

“知道了。”宁谷说。

冲过D区火墙中间的桥的时候，雷豫开了火，用火力抢先压制清道夫，如果是快速的那种，他们有可能刚冲过去，清道夫就已经到了面前。

刚一穿过火墙，宁谷就看到了三个黑影，同时向他们一甩胳膊。

是远程清道夫。

一片金光迸出，扑向清道夫，对方的攻击瞬间消失，接着三个清道夫也消失了。

雷豫和龙彪的车悬停在空中。

龙彪转头看了他一眼：“稍微，稍微，温柔一点。”

“不好意思。”宁谷说。

“没事。”雷豫说，“再来，继续往C区去，离城务厅越近越好。”

宁谷一直在黑铁荒原上，战斗开始之后他就没有再进过主城，对战况没有一个直观的感受。

现在坐在A01上，从主城的半空中掠过，他才发现主城几乎已经全毁。

没有一栋建筑是完好的，也没有一条街道是平整的。

废墟上尸体成片。

城卫的，巡逻队的，旅行者的，还有很多自毁的EZ……

夹杂在其中最让宁谷难受的，是普通的平民，手无寸铁，没有任何防身和战斗的能力，只是毫无希望地躲在某一堵墙后、某一张桌子下面，甚至只是缩在某一根灯柱的旁边，然后就那么铺着厚厚的烟尘，再也不动了。

“面前火墙后面，”龙彪再次报出坐标，“刚出来的，四个以上。”

两辆A01的车载武器同时开火，打出一条直线往前压了过去。

宁谷在后座上站了起来，指尖的金色光芒在空中拉出了长长一条光带。

看清了清道夫的位置之后，他手一扬，先把最快的两个清道夫击碎了，接着金光光带绕进了剩下的四个清道夫之间，猛地收缩搅缠之后，只剩下了一个远程清道夫，被圈在了不断旋转的金光之间。

“你们掩护我。”宁谷跳下了车，“把箱子打开。”

“怎么弄进去？”龙彪跟着跳下车，把箱子卸下来拖到了距离清道夫两三米远的位置上。

“……不知道。”宁谷说。

“试一下把他赶进去。”雷豫扫描了一下四周，下车绕到了清道夫的另一侧，“附近没有别的清道夫了。”

“宁谷不要碰到他。”龙彪补了一句，“不知道清道夫的成分，注意安全。”

“好。”宁谷扬手，金光往回收了收。

被圈在光里的清道夫动了动，似乎在寻找出路。

“他是不是没有眼睛？”宁谷说，“一直在转圈。”

“你的能力影响他的判断了。”雷豫说，“继续把他往箱子里赶。”

雷豫对着清道夫脚边开火，清道夫向反方向移动了几步，宁谷迅速把金光继续往回收。

“安全。”龙彪举着武器，盯着四周的动静，“没有发现异常。”

雷豫的火力和宁谷的能力几次配合之后，清道夫走到了装载箱的箱口。

龙彪已经打开了箱门，只要再走一步，清道夫就能进入箱子。

“继续。”雷豫说。

“嗯。”宁谷应了一声。

就在他扬手的时候，前方的火墙突然发出了震耳欲聋的爆裂声，像是来自地层深处的爆发，又像是来自所有的裂缝。

脚下的地面剧烈震动着，几乎让人站立不稳。

“雷豫！”通话器里传出了团长的声音，“出什么事了？位置，我马上带人过去。”

“先不要过来，情况和范围都不清楚！”雷豫说，“马上装载完成，我们可以退，不要过来！”

一片巨大的黑影从雷豫身后的火墙里升起。

“队长！”龙彪举起武器对着火墙开了火。

雷豫没有回头，先往旁边冲了几步才转身开始射击。

宁谷看着火墙里的黑影，这不是普通的清道夫，他们第一次看到火里有这么大体积的黑影。

“宁谷，快！”龙彪喊。

宁谷猛地收了一下金光，但光里的清道夫突然站定不再动了，任由金光在他身上爆出。

如果再往回收，这个清道夫就有可能被能力直接杀死。

“他不动了。”宁谷说，“我们是不是……惊动了首领。”

“放弃！”雷豫果断地下了命令，“放弃！”

宁谷没有收回能力。

他看着火光里的黑影。

如果他们已经惊动了清道夫背后的东西，那看这东西的状态，是绝对不愿意让他们活捉清道夫的，这次如果放弃了，恐怕就没有机会了。

宁谷咬牙，猛地伸手往已经走到装载箱前的清道夫方向推了一把。

同时他脚下爆发的金光也迅速铺向了裂缝，顺着火势炸开。

逢赌必赢！

但手推的这一把，感觉有些奇怪。

清道夫不算是有实体的东西，被打死也只是很快地消失，但要说没有实体，宁谷又觉得这一把推出去，并不是推进了空气里。

正想收回手的时候，他眼前猛地一暗。

所有的光都消失了，他仿佛站在了一块黑色的大幕前。

前方的黑暗中有画面闪动。

一点一点地向他推过来，像是一段信号不好的全息影像。

画面突然推到他眼前，一下子放大，宁谷看到了一个黑色的人影，坐在一张巨大的椅子上，全身有无数细细的包裹着黑雾的管子延伸向四面八方的黑暗中。

他用力睁大眼睛，想要看清椅子上这个人影的脸。

他想要看清这个人的样子。

在这个人影刚闪到他面前的时候，他就一直盯着了。

他不愿意相信。

却又必须要弄清。

那种熟悉的、强烈的熟悉的感觉。

但始终都看不清。

人影始终只是一团模糊的黑色。

宁谷慢慢举起了自己的手。

用力一握拳。

手背的皮肤下一串小小的光斑闪过。

接着他就看到了椅子上的黑影手的位置闪起了同样的小小光斑。

“连川。”

“你说什么！不要发呆！宁谷！”雷豫的声音从通话器里清晰地传进了宁谷的耳朵里，“快走！”

接着宁谷听到了A01引擎的声音。

转过头的时候，雷豫的车已经停在了他身边，装载箱也已经放到了龙彪的车后。

“你没事吧？”雷豫一把抓着宁谷的胳膊，把他拽到了后座上。

“没事。”宁谷回过神，坐好之后他往四周看了一眼，没有了火墙里的巨大黑影，没有了清道夫，“那个清道夫抓到了吗？”

“抓到了。”龙彪说，声音里带着一丝火气，“你以后不要这么冲动，如果刚才推那一下出了什么问题怎么办！太危险了！凡事考虑一下大局！你现在是我们最大的希望！”

“嗯。”宁谷应了一声，“那个黑影呢？”

“被你的能力逼退了。”雷豫说，“能力爆发的时候黑影被压回了裂缝里……你没事吧？不记得了？”

“我有点……晕。”宁谷说。

“扶好我。”雷豫说，“我们现在去城务厅，清理队正把春三往那边送过去。城务厅有医疗舱，那个搬不走，你去检查一下。”

宁谷没再说话。

耳边是主城烧成一片的“噼啪”声，带着烟尘的风声，还有龙彪不时汇报清道夫位置的声音。

眼前却始终只有黑暗中的那个画面。

黑影手背上的那串光斑。

那串光斑他无论如何也忘不掉，死一千次也会记得。

那是连川的编号，不会有错。

他记不住路，记不清很多人的长相，但他不会记错那个编号。

教堂的屏幕上第一次闪出那串编号的时候他就记了下来，再也不会忘掉。

那个黑影是连川。

他第一眼看到的时候就已经感觉出来了。

哪怕只是一个剪影，他也能认出连川。

而那串光斑，确定了他的感觉。

连川为什么会在那里？

那是什么地方？

清道夫的老巢吗？

连川为什么会在那里？

看那些管子的状态，和连川看上去并没有受限制甚至有几分放松的坐姿……清道夫是连川控制的吗？

怎么可能？

但……

清道夫的确是在他们进入露珠、连川消失之后才出现的。

这是什么因果关系？这是什么逻辑？

宁谷茫然地看着前方。

“九翼，你到没有人的地方。”宁谷站在实验室的墙角。

春三和几个工作人员正在用机械臂把装载箱放进实验舱里，清理队员都紧张地举着武器。

他用蝙蝠的专用频道联系了九翼。

“我在熔火管道顶上。”九翼说完，突然大喊了一声，“寂——寞啊——”

“我看到连川了。”宁谷说。

“哪里？”九翼瞬间收了疯癫。

“我们捉清道夫的时候，有个大东西从火里出来了。”宁谷说，“我一着急就把清道夫推进了箱子……”

“又是意识接触。”九翼说，“你看到连川在哪里？什么状态？”

“他……”宁谷看了一眼正在忙碌的人，侧了侧身体，低声说，“我感觉他在控制清道夫。”

九翼那边没了声音。

“九翼？”宁谷小声叫了他一声，“怎么会这样呢？怎么会是连川？清道夫是每个世界挑人来控制的吗？没有专人负责的吗？”

“也说不定一直都是连川。”九翼说。

“什么意思？”宁谷愣了，“连川只在我的世界！他是我的！”

“没人跟你抢。”九翼“啧”了一声，沉默了一会儿才又说了一句，“没有时间，没有因果，没有逻辑，这些世界就是无数个随机衔尾蛇，不知道哪一句话，哪一步，哪一个举动，就会出现。”

宁谷没有说话，九翼大概是觉得他没听懂，又补了一句：“你可以是开始，也可以是结束，这也不是你第一次碰到这样的情况了，谁知道是不是你创造了清道夫？”

九翼这句话，让宁谷整个人都被震得有些发懵。

“怎么办？”宁谷问。

“我不知道。”九翼说，“如果有办法，也只能是你。”

“准备开箱。”春三说，“注意读数。”

“春姨。”宁谷拦住了准备按下启动键的春三。

“什么事？”春三看着他。

“我要进去。”宁谷说。

“什么？”春三吃惊地看着他，“你说什么？”

“我要进去。”宁谷说。

“进去干什么？”雷豫走了过来，“你刚才到底碰到什么事了？”

“让我进去。”宁谷说，“我要去……见见清道夫的首领。”

84

虽然并不确定连川是不是真的就是那个所谓的清道夫的首领，但宁谷还是这么说了，他不能说他看到的是连川。

眼前这些人，都是为了对抗清道夫拼死一搏的人，如果让他们知道有可能是连川在指挥清道夫，会带来什么样的后果，宁谷根本不敢想。

特别是春三和雷豫，清道夫从毁灭世界的清道夫，变成了有可能是连川带领着的清道夫……

“你什么时候见到的清道夫的首领？”雷豫把宁谷拉到了一边，低声问。

宁谷每次看到雷豫，都会有一种类似面对“父亲”级别的人的压力，就像面对团长一样。他偏开了头，看着已经被放在实验舱里的装载箱：“就在推清道夫进那个箱子的时候。”

“在意识里见到的吗？”雷豫问。

“嗯。”宁谷点了点头，“我觉得应该再去见见，我们没有别的选择，不从根儿上把清道夫灭了，他们就会源源不断，就算有枯竭的那一天，我们怕是也等不到。”

“那也未必。”雷豫这话听着还是不赞成他进去，“太危险了。”

“没有哪个世界等到了那一天。”宁谷说，“N号说过我们是奇迹，因为这个世界有旅行者，有精神力，这是我们现在能看到的最大的优势，别人没有的。”

“你怎么知道N号说的是实话？”雷豫压低声音，“他是来杀你的。”

“如果我们不能打败清道夫，他杀我也没有意义，抢走一个毁灭的世界，不是他要的。”宁谷说，“他就是因为知道我们能够成功，精神力说不定就是我留给自己的武器。”

雷豫没有说话，抱着胳膊，眉头拧得很紧。

春三走了过来："清道夫状态不是很稳定，装载箱的设计并不是以清道夫为参考的，我们要稍微快一些决定。"

"让我进去吧。"宁谷说，"我已经经历过太多这种场面，我有把握，而且……我觉得对方是可以交流的。"

雷豫盯着他又看了一会儿才开口："那个首领，是谁？"

春三猛地转头看了一眼雷豫，又转过脸看着宁谷。

宁谷有些佩服，不愧是夫妻，就这一句话，估计春三已经猜到了雷豫猜到了什么。

"我看不到他的脸。"宁谷说，"但他肯定不是清道夫，他是个人。"

九翼蹲在熔火管道的顶端，看着远处火光冲天烟尘滚滚的主城。一切都很陌生，虽然他离开主城进入失途谷那天开始就没再离开过这里，但他从荒原上看过失途谷无数次，这个角度看到的主城，也是他熟悉的主城。

现在除了依然执着亮着的光刺，所有他熟悉的都变了样子。

他还活着。

这一点很重要。

但他本可以躲在失途谷里，躲在这个世界的轴心里活着，可以不要一切地活着，什么躯壳，什么世界，他只要还能思考还能记得，他就还活着，管他世界变成什么样。

但现在，他却不得不困在自己的躯壳里，为了保住这个世界，为了保住这个世界上的那些还活着的人，去战斗，去搏命。

拿活着，换活着。

"老大，"福禄顺着管道爬了上来，一路喊着，"我和寿喜去检查过了。"

"所有的管道都准备好了。"寿喜跟在福禄下方爬着，"黑戒等你命令就可以启爆。"

"嗯。"九翼应了一声，"十个黑戒，记住他们的名字，他们有任何要求都同意。"

"我都记下来了。"福禄从怀里掏出一块平整光滑的铁片，上面刻下了十个名字，"他们没有要求，就是想留着戒指。"

"当然留着，本来就是做给他们的，属于他们的。"九翼说。

“战斗里死的兄弟我们都记下来了。”寿喜说，“都放在你的箱子里了。”

“好。”九翼接过福禄手里的铁片。

他记得每一个蝙蝠每一个黑戒的名字。

虽然对于失途谷的居民来说，黑戒仿佛一道魅影，从来只藏在黑暗里，所有的人都只知道黑戒，没有人知道他们的名字。

但九翼都记得。

黑铁荒原下有很多熔火管道，横贯荒原，从失途谷的四周通向A区，为主城提供曾经需要的能源。

九翼知道每一条管道的位置和走向。去掉已经被裂缝切断的，还有不少暂时安全的，有些已经废弃，有些还有熔火，但是主城现在已经被毁得七七八八，管道早就已经关闭。

这些深埋地下的管道都还能利用。

本来倒是没想着能在毁灭大战里用，九翼最早安排黑戒去给管道动手脚的时候，主要是防着主城。主城那帮为了利益什么都干得出来的人，对于不能控制失途谷一直耿耿于怀。

作为这个世界最强改装群体，失途谷有足够的技术让熔火管道从地下破铁而出，熔火的温度远比清道夫裂缝的火要高得多，虽然他并不确定能不能管用，但把管道翻出来的目的本来也不是释放熔火。

九翼看了一眼脚下管道曾经深埋的位置。

这就是一道道壕沟，而翻起堆叠着的黑铁，起码能在一定时间里完全截断清道夫进城的路线，他观察了很久，清道夫没有攀爬能力。

一开始李向的思路是正确的，未经任何处理的黑铁是清道夫的障碍。

这大概也是他没有在别的世界见过同样的质地的世界的原因。

虽然不想承认，但他只能认为，这是救世主留下的又一个砝码。

只是他还没有最后决定要不要用，毕竟黑铁荒原的面积是主城的不知道多少倍，清道夫也是主城里的不知道多少倍，把清道夫都截留在黑铁荒原上，对于失途谷来说，一不小心就是群体自杀事件。

他还没想好，这个世界到底值不值得失途谷付出这样的代价。

“最高防护开启。”春三把手放在了按钮上，“按下按钮五秒钟之后舱门打开。”

“明白。”宁谷站在实验舱门外，四周是透明通道，外面的人能看到他，也能看到实验舱，但有任何危险，他们都无法在第一时间进来，唯一能做的是销毁。

“只有一次接触机会。”春三用话筒告诉宁谷，“一次接触没有成功就放弃，不进行第二次尝试，明白了吗？”

“明白了。”宁谷点点头。

“你进去准备好了，我会遥控打开箱门。”春三交代，“实验室的精神力屏蔽装置已经关闭，你可以用能力。”

“嗯。”宁谷点头。

“宁谷，如果……”春三继续说。

“春姨，”宁谷转过头，隔着防护罩看着她笑了笑，“连川从来没跟我说过你这么啰嗦。”

春三也笑了起来，按下了按钮：“要活着。”

“活着。”宁谷说。

舱门打开，宁谷走进了实验舱。

实验舱里很安静，如果没有人用话筒跟他说话，他应该听不到外面的任何声音。

这个实验舱，跟他看过的连川接受各种残酷训练的地方很像。

他终于有一天，可以实地体验到连川站在这个密闭的空间里，静静等待着不知道什么样的危险降临时的感受。

宁谷的脚下泛出了金色的光芒，一点点旋转着包裹住了他和那个装载箱。

“开箱。”他说。

“开箱。”春三说。

装载箱上的绿色小灯闪动了几下之后跳转成了红色。

箱门“咔”的一声打开了。

清道夫从箱子里冲出，几团小黑雾突然出现在了宁谷眼前。

但跟着就被金光包裹住，攻击在无声无息中化解掉了。

宁谷走向清道夫，伸出了手。

连川，无论是不是你，无论你在哪里。

醒醒，帮我。

时间是不存在的。

这句话在眼下给宁谷的感觉格外清晰。

他再次看到了之前看到过的同样的场景。

只是这一次看得更清楚。

一个在台阶上的高台，一张巨大的椅子，无数通向黑暗中的雾状管道。

还有那个他看剪影都能认出来的人。

“连川。”宁谷向前走了过去，脚迈出第一步的时候，他的指尖泛起了金色的光芒，随着他的移动，这光芒在他身后拉出一道金色的轨迹。

踏上第一级台阶的时候，坐在椅子上的人偏了偏头，一直放在扶手上的手抬了起来，撑在了额角。

似乎很有兴趣地看着宁谷。

宁谷再次想要看清这个黑影的脸，但一片黑暗中，椅子后方发出的白光让一切都在逆光中变成一片漆黑的影子。

“连川。”宁谷走上了台阶，一步步向黑影走过去。

黑影始终没有动，但宁谷能感觉到他的视线。

宁谷停在了台子边缘。

“谁？”黑影突然开口。

这简单的一个字，让宁谷几乎瞬间崩溃。

是连川的声音。

连川问他是谁。

“我叫宁谷。”宁谷咬牙慢慢抬起胳膊，握拳，两串小小的光斑从两人的手背上闪过，“我是鬼城旅行者宁谷，你认识这串编号吗？”

“E，X，I，T。”连川的声音在黑暗中传过来，“你是出口吗？这个世界的……救世主。”

“我不是，”宁谷说，“我就是宁谷，你认识的那个宁谷，刚跟你在教堂里打上了系统标识的宁谷，跟你说好了一直在一起的宁谷。”

连川笑了起来，肩膀抖动着。

这笑声里的陌生真真切切。

宁谷从未听到过连川发出这样的笑声，但这声音却又真实的就是连川。

这一瞬间，他有一种愤怒。

有一种最心爱的宝贝被人抢走了的愤怒。

“闭嘴。”他说。

对面的笑声倒是非常配合地停止了。

“你是谁？”宁谷问。

“我是谁？”黑影突然动了动，从椅子上站了起来，身体上连接着的管子，跟着他缓缓地在空中浮动着，黑影慢慢向宁谷走了过来，“我得想想。”

宁谷站着没动，但金光瞬间从身后卷了过来，拦在了他和黑影之间。

而就在这时，他终于看清了黑影的脸。

清清楚楚，他熟悉的那张脸。

这就是连川，不可能是别人，不是复制品，不是意识里的某一段回忆，不是任何幻象。

就是连川。

甚至还穿着清理队的制服。

“我是，”连川凑近他，隔着金光看着他，“要看着你们毁灭的人。”

“为什么？”宁谷问，“为什么要看着我们毁灭？”

“因为这是结果。”连川回答。

“这不是你想要的。”宁谷说。

“世界毁灭的时候，我想做什么？”连川说，“我想，看着。”

这句话更是让宁谷确定了这就是连川，连川是个不可复制的实验体，是个独一无二的BUG。

“除了活着，我没有什么非做不可的事，如果你有，就做。”宁谷说。

“我说的，”连川说，“你有吗？”

“有。”宁谷说，“我要带你回去。”

“回哪里？”连川问。

“回主城，回失途谷。”宁谷说，“你现在不是你，你要回来……”

“你凭什么说我不是我？”连川的声音突然冷了下来。

“你不会选择这样的路，你也不会让人安排你选择这样的路。”宁谷说，“这些不是你想要的。”

“这些才是我真正想要的。”连川的眼神里带着寒意，“我受过的苦，承受过的恐惧，体会过的绝望，每一分，每一秒，都刻在我的记忆里，我的脑子里，我的意识里。那些看着我受苦的人，那些把我扔进深渊里的人，那些用绝望埋掉我的人……我要看着他们，毁灭。”

宁谷在这一瞬间猛地明白了。

这就是连川。

但这是另一面的连川。

努力想要活着、无论如何也要活着的连川，选择了跟他一起，摆脱毁灭的命运，留住自己的世界。

而现在，被连川狠狠压在心里、努力不去触碰的、伤痕累累、充满了恨和绝望的那个黑暗的另一面，被释放出来，成为一心一意要毁灭世界的清道夫。

宁谷不知道应该怎么办，如果是他，就算是疯了，可能连川喊一声他就能顺着声音爬回来。

但连川不同，连川之所以不可复制，就是因为他惊人的意志力和精神力，这么多年残酷的训练，也没有哪怕一次能够击垮他。

“你记住一点，”九翼在宁谷做出决定之后说了一句，“如果无法沟通，那他就不是你要的那个连川，杀了他，让连川回来。”

宁谷没明白九翼的这句话，到现在也没有明白。

但他知道，眼前的这个连川，真的不是他认识的那个连川。

他未必能杀得了连川……就算这不是他认识的那个连川，他也下不去手。

但他必须打败这个人。

金光在连川四周炸开。

连川却在宁谷没有看清的瞬间闪出了金光的范围。

接着宁谷就感觉自己被当胸一脚踹出了十多米远，摔下了台子不算，还从台阶上一路滚了下去。

挺没有面子的。

宁谷重新站起来之后感觉自己的怒火已经烧到了头顶。

“要杀我吗？”连川站在高台上，居高临下地看着他，“就凭你？”

“就凭我。”宁谷说。

“你以为你是谁？”连川笑了起来，“你以为真的会有救世主吗？”

“我是宁谷，”宁谷再次往台阶上走，金光开始在他身边漫延，脚下不断卷出暗银色的光芒，每一道都仿佛透着寒光的刀锋，“我是你的选择，我是你选择相信的那个人，我是你说好了一直在一起的那个人……”

宁谷重重地踏着台阶走回了高台上，一字一句：“我是为了你逢赌必赢的那个人！”

连川冲过来的时候，金色的光芒已经裹住了宁谷。

虽然宁谷再次被连川一拳砸下了高台，但暗银色的光芒划开了连川制服，在他的腰上划出了深深的一道黑色伤口。

扯平了。

宁谷摔到台阶下面的时候看到了那道伤。

连川低头看了一眼自己腰上的伤口，突然跃向空中，没等宁谷反应过来，他的膝盖已经砸在了宁谷肚子上。

宁谷这一瞬间感觉自己胃都快从嗓子眼儿挤出来了。

巨大的疼痛和窒息的感觉让他一阵害怕。

但他已经不是那个刚从鬼城走出来的傻子旅行者了，他经历了太多，连川也教给了他很多。

所以他在害怕的间隙里，敏锐地发现了破绽。

连川没有对他用杀招。

之前他有能力扛着，但摔到地上之后的这一次连川的攻击，他是在没有能力保护的情况下硬挨的。

以连川的攻击力，这一膝盖，足够砸死十个宁谷。

但一个宁谷也没死。

85

“连川，”宁谷一把抓住了连川的手，“你还记得我对吗？”

“当然记得。”连川低头看着他，膝盖还压在他肚子上，一点也没松劲，“我记得所有，也包括你。”

“我是说，”宁谷感觉喘不上气，但还是死死抓着他的手，两人手背皮肤下的小小光斑不断地闪过，“你还记得那些心情……对吗？我们一起的那些经历里，你的心情……”

连川看着他，没有说话，眼神冷得看不出任何情绪。

“你在失途谷把自己交给诗人，等着我去救你的时候。”宁谷咬着牙吃力地说着，“你跟我去鬼城舌湾，告诉我无所顾忌，忽略代价也要活着的时候……”

连川一动不动，就那么看着宁谷，如果不是肚子上还能感觉到几乎窒息的重压，宁谷都要怀疑他是不是已经是一座雕像了。

“在露珠里，那个大脸要带走我，你撞过去的时候，”宁谷喘了两口气，“那些心情，你还记得，对吗？”

“很在乎你的心情，不愿意让你死的心情，”连川终于开口，声音冷得仿佛他们第一次见面时说出“主城清理队”时的鬣狗，“是想说这个吗？”

“是。”宁谷说。

“记得。”连川说。

宁谷听到这平静的两个字时，有些崩溃，他本想着如果连川还记得他俩之前那么多共同的经历，起码还有个能撬得动的口子。

但连川现在的反应，就像是在告诉他。

记得。

那又怎么样？

宁谷猛地一下失去了力量，放开了连川的手，整个人往地面上一躺，胳膊腿都摊开在了地上，闭上了眼睛。

“行吧，你杀了我。”

连川的膝盖移开了。

宁谷睁开眼睛的时候，连川已经不在旁边。

他捂着肚子迅速爬了起来，看到连川已经回到了那个台子上，坐回了椅子里，一切又变回了他第一眼看到时的样子。

连川坐在逆光的黑影里，无数的管了通向四周的黑暗。

“为什么不杀我。”宁谷第三次往台阶上走过去。

连川没有回答。

“是不是舍不得，”宁谷踏上台阶，也没再释放能力保护自己，“换我的话，我是舍不得杀你。”

连川依旧没有动静。

“跟我回去吧，”宁谷走回了高台上，没有停顿，往椅子那边继续走了过去，“还有很多人在等你，雷豫，春姨，老大，清理队的伙伴，还有九翼那个没脑子的……”

就在要走到连川面前的时候，连川四周的黑管子突然同时猛地一收，全部拦在了宁谷面前。

宁谷刹住了，盯着这些管子看了看，依旧看不到管子的末端。

也许这些就是控制着清道夫的东西。

但他不知道如果是这样，那么控制的“中枢”，是这些管子，还是连川。

如果他砍掉这些管子，是会杀了清道夫，还是会杀了连川。

“清道夫是你在控制吗？”宁谷问。

“你话真多啊。”连川说。

“你第一天认识我吗？”宁谷说，“我话一向就这么多，我心情好的时候话更多。”

连川没再出声。

“你刚是不是说很在乎我？是不是舍不得杀我？”宁谷问，“清道夫是你在控制吗？”

连川不出声，管子拦得更密实了，宁谷已经无法再从管子的缝隙里看到连川。

“我帅吗？”宁谷问，“我帅还是九翼帅？”

“你摸过老大耳朵尖上的小揪揪毛吗？”宁谷问。

“我今天坐了雷豫的A01，”宁谷继续说，“还挺舒服的，拉风。”

“什么时候能坐你那辆？”宁谷说，“我能不能试着开一下？或者……”

拦在面前的管子突然分开，猛地抽了过来。

宁谷还在琢磨下一句要说什么，没有防备，被抽了个劈头盖脸，向后飞出去老远，再一次摔下了高台。

全身，包括脸上，疼痛瞬间炸裂。

“连川！”他用了好几秒才重新跳了起来，脚下金光随着他的吼声爆发，“那么多事，我记得那么多！对于你来说就那么没有意义吗？这些都抵不过那些痛苦吗！”

“当然抵不过！”连川突然从高台上跃下，瞬间冲到他面前，眼神里夹杂着的恨意和冷漠清晰可见，“当然抵不过，一闪而过的回忆而已……”

“一闪而过很短吗！”宁谷吼，“一闪而过的那些是开心啊！是快乐啊！是舍不得啊！足够我决定拼死也要留下这个世界，足够我到这里来找你！”

“是吗？”连川偏了偏头。

“你为什么来的这里？”宁谷盯着连川，“就是因为那些一闪而过！足够你为了让一闪而过的我活着，选择生死无定！”

连川没说话，一扬手，宁谷第不知道多少次向后飞了出去。

第不知道多少次摔到地上之后，宁谷的怒火已经烧得自己眼睛发烫。

时间不存在不是吗。

没有因果不是吗。

衔尾蛇不是吗。

在连川转身回到高台上的时候，宁谷冲上了台阶，几道暗银色的光芒划向连川：“你在这里很久了是吗？”

“是。”连川晃了一下，宁谷的攻击落空，在那张巨大的椅子上留下了深深的几条划痕。

“所以九翼没有说错，是我创造了清道夫。”宁谷没有停顿，回手一挥，刀锋般的光再次划向连川。

连川再次闪开，但宁谷脚下的另一道光已经拦在了他的退路上，狠狠地在连川脚上划了一道。

连川停下了，看着宁谷。

“你是开始，”宁谷说，“也可以是结束。”

“你要杀了我吗？”连川看着他。

“我要带连狗回去。”宁谷说，“如果你不让，我就杀了你。”

连川没有再说话，瞬间闪到了宁谷眼前，重重一拳砸在了他胸口上。

宁谷一条腿跪到了地上，手撑着地，被这一拳砸出的惯性将他向后带出了几米远。

感觉自己听到了“咔”的一声响。

胸口传来的剧痛提示他，肋骨可能断了。

“我要那个，”宁谷调整了一下呼吸，“会给我偷配给的连狗，回来。”

连川再次冲了上来。

管子抽到宁谷脸上的同时，连川一脚踹在了宁谷胸口。

同一个位置。

这次宁谷确定，就算刚才那一拳没有打断他的肋骨，现在这一脚也肯定踢断了。

“你杀不了我，”宁谷捂着胸口站了起来，“虽然我不知道是为什么……”

连川再一次踢在了宁谷肚子上。

但这一次金光卷过来，护住了宁谷。

他被踢出了几米远，腿向后撑了一下，让自己在高台边缘停了下来，喘息着看着连川：“但是你杀不了我。”

“你可以留在这里。”连川说，“你不是舍不得我吗。”

时间不存在。

是的。

如果宁谷不离开，对于他来说，他的世界也就一直停在了他把手伸向清道夫的那一瞬间。

没有人会觉察到他经历了什么，世界在下一秒也许就会毁灭，但他可以在这里跟连川一起看着无数的世界毁灭。

在这个没有时间的地方，活在他牵挂的所有人和事的那一秒里。

宁谷按了按自己胸口，疼得他差点喊出声来。

他不要留在这里。

这跟叶希永远活在那个泛黄的最后一秒里有什么区别？

他不要这样的活着。

他要真正的活着，有哭有笑，有开心有难受，有朋友有仇人，有再见，有明天见……

“我没有舍不得你，”宁谷勾起嘴角笑了笑，“你以为你是谁？”

连川冲过来，拳头第三次砸在宁谷肋骨上。

这一瞬间宁谷感觉自己话都说不出来了，他抓住连川的肩膀，努力地呼吸着：“你不是我舍不得的那个人，但是我会找到他，我会带他回去。”

“你不走的话，真的会死的。”连川把他的手慢慢从肩膀上拨开，“我只是给你一个选择。”

“是吗？”宁谷笑了起来，“我早就选择过了。”

连川盯着宁谷看了很长时间，扬起手再一次砸过来的时候，速度对于连川来说很慢。

宁谷可以躲开，也可以用能力护住自己。

但他没有。

他就在等这一拳。

这个黑暗的连川要把自己承受过的痛苦，一点一点加载在他身上，清楚地看着他的痛苦，看着他无望地挣扎，看着他坚持着在连川自己看来毫无意义的坚持。

就像他在这里看着无数的世界承受着毁灭前的惊恐和绝望。

连川的拳头落在宁谷胸口上时，宁谷感觉自己呼吸都停止了，眼前一片混乱的星星点点。

但他还是用尽全部的力量，抱住了连川。

连川没有动，似乎在享受他痛苦的喘息。

就是现在了。

逢赌必赢。

他并不愿意再给连川加上任何痛苦，但他还是必须用痛苦来唤醒连川。

用连川所有痛苦的源头。

没有金色的光芒。

宁谷身体里爆发出的全部是暗银色的光束。

没有旋转，没有缠绕。

没有任何缓冲。

尽数刺进了连川的身体里。

“我早就选择过了。”宁谷在连川耳边说，“我要那个跟我在教堂打下系统认定的标记的连川，跟我一起在我们的世界里活着。”

连川没有说话。

但呼吸很重。

刺透了他身体的无数光束终于让他发出了很低的一声痛苦的呻吟。

对不起，连川，要用你最痛苦的记忆让你回来。

“参宿四，”宁谷低声一字一句，“唤醒。”

收到。

地面下传来的震动，伴随着巨大的爆裂声响。

蹲在熔火管道顶端的九翼差点被震得摔下去，不得不伸手扶了一下。

福禄寿喜在下方紧紧抱着管道：“老大！要死了吗！”

“闭嘴！”九翼慢慢弓了弓背，“不知道宁谷是成了还是败了……总之，清道夫要来了。”

“很多吗！”福禄喊。

“倾巢而动。”九翼说，“去告诉爆破手，准备。”

福禄寿喜飞快地蹦着跳下了管道。

“九翼，”团长的声音从通话器里传出，“情况不对。”

“要来大批的了。”九翼说，“旅行者注意防御。E在吗。”

“在。”E的声音响起。

“我要炸管道了。”九翼说，“傀儡拼一波，这波挡不住，我们就完了。”

“知道了。”E说，“全力以赴。”

“雷豫他们回来了没？”团长问，“我联系不上他们。”

“主城那边的通讯断了。”九翼说，“暂时得我们先扛着了。”

“清理队全员就位。”通话器里是李梁的声音。

“管道一炸，”九翼说，“清理队会被隔在主城，那边交给你们和旅行者了。”

“行。”李梁说。

“那就等着吧。”九翼说。

火光像是要撑破地面一样从裂缝里冲出来的时候，光光看到了大片的黑色。

清道夫的数量几乎将冲天的火光都遮暗了。

“不要出来。”光光把最后一个流民推进了地下仓库，关上了门。

这就是最后的毁灭时刻吗？

光光背着武器从商场的窗口跳了出去。

她帮不上什么忙，武器能够短暂压制清道夫，虽然她抱着哪怕能压制一个清道夫一秒钟也可以的目标冲出商场，但她知道，更大的原因，是她就算要跟着这个世界一起去死，也要死于反抗。

旅行者的尖啸声在四周起伏着，不断爆发出的能力中夹杂着破碎的清道夫。

围着露珠的主城军队也全部散了出来，城卫和巡逻队在身边掠过，重石发射的声音不断传来。

光光从未想象过有一天她会提着武器，在已经完全被烈火摧毁的主城里，站在废墟的顶端，向不断扑出的清道夫开火，把清道夫压向附近旅行者爆发的能力圈里。

从未想象过自己有一天会拥有这样的勇气和愤怒。

也从未想象过自己有一天会怎样死去。

几个黑影向她卷过来的时候，她最后一次按下了按钮。

再见。

虽然不怎么美好，但还是留下了很多回忆和不舍的世界。

我的故土。

“炸。”九翼轻轻一弹指刺，一声嗡鸣低低地响起。

随着地下再次传出的爆响，黑铁荒原上大片的地面开始慢慢地隆起。

第一片黑铁地面被爆破掀起的时候，九翼一弓身，身后展开了巨大的双翼，他跃下黑铁管道，从空中滑行而过。

“救世主，”他一挥手，寒光闪过，为被包围住的一队傀儡扫出一条通道，“你干了什么……你的专属大BUG在哪里？”

86

连川身上的那些管子，像是被人用刀斩断，向四周弹开。

本来连接着连川身体的那一端不断地喷出黑雾，在空中疯狂地扭动着，如同某种诡异的生物，不停地撞击着四周的金色光芒，想要突破屏障。

“连川？”宁谷感觉得到连川整个人都靠在他身上，没有了任何力量的支撑。

他小心地把连川慢慢放到了地上。

“参宿四？”宁谷拍了拍连川的脸。

连川闭着眼睛，没有反应。

“你别吓我啊！”宁谷听到自己声音都有些颤抖，“连川！”

他伸手扶着连川的肩轻轻晃了晃，连川依然没有动静。

连川没有死，他能感觉得到连川的呼吸，但连川身上的伤他也都能清楚地看到。

宁谷的手指从一个一个伤口上缓缓滑过，一时也数不清到底有多少伤，他也根本不知道自己之前爆发时有多强的杀伤力。

他只知道，如果没有爆发，在连川有清道夫能力加成的状态下，他根本不可能打得过连川。

可是现在……

他不清楚自己到底是杀掉了清道夫的首领，还是杀掉了清道夫的宿主，又到底有没有叫回自己熟悉的那个连川，有没有唤醒那个强大的参宿四。

“连川？”宁谷慢慢伏低趴到连川身边，握着连川的手，“你能听到我说话吗？”

唯一还能让他有一点安慰的，是连川的手是温热的。

也许只是晕过去了，那个满是恨意的连川消失了，要陪他去世界尽头的连川还没有醒过来。

宁谷感觉自己脸上有些发痒，伸手抓了一下，发现指尖是湿润的。

没出息啊。

鬼城恶霸被急哭了。

如果还能出去，一定要抓着九翼打一顿。

“杀了他。”

九翼那句斩钉截铁的话现在都还在宁谷脑子里盘旋着。

不愧是跟连川一样的强大BUG，这句话说不定还加载了九翼的精神力，要不他怎么会记得这么清楚。

清楚到没有再细想，连川跟九翼不同，九翼是扔掉了自己的一半，哪怕把诗人砍碎了，挫骨扬灰了，九翼也还在。

连川不一样，连川并没有分裂出另一个自己，他强大的精神力量让他无论承受了多少痛苦，都还是他自己。

这个冷漠残酷的连川，和那个笑的时候不太愿意被人看到的连川，一直都是同一个人。

自己在连川身上戳了几十个窟窿。

出去就杀了九翼。

宁谷用力握了一下连川的手，两个人的手背上闪过小光斑。

宁谷盯着小光斑。

杀了九翼也没有意义。

他其实很清楚，九翼那句话之所以能让他记得那么清楚，并且最后照做了……是因为除了这样，已经想不出别的办法了。

不要再想这些了。

宁谷慢慢坐了起来。

四周的金光在散去，被挡在外面的那些扭动着的管子不断地探进来，看得出非常努力，想要找回它们的……动力？生命之源？

总之它们需要回到连川身上。

就凭这一点，宁谷就知道自己的决定没有错。

而且。

选错了不会死，犹豫才会死。

宁谷站了起来，一扬手，抓住了一根已经探到他身边的管子，狠狠地一拽。

管子被拽进金光里，像是穿过电光，被炸出了“噼啪”的响声。

“来吧。”宁谷举起手，“不管你们是什么，不管那头是什么，不管连川是死是活，现在开始你们再也不可能碰到他。”

无数银光爆起，一束束从宁谷脚下卷出。

“你们从他这里拿走的，”宁谷的手狠狠一扬，银光猛地冲进了四周的管子中，像是挥动的剑，“都给我还回来。”

黑暗的远处，分不清方向，传来了无数像是被撕裂的风声一样的叫声。

由远到近，飘忽不定，围绕着宁谷。

第二波银光炸出，像是一朵花。

宁谷见过花。

很漂亮，他看到的最好看的那一朵，是在沙湖边上，细长的花瓣重重叠叠，末端卷起，优雅而张扬。

那是他永远也不可能见到、更不可能拥有的东西。

但他并不留恋，他要的不是虚无，他要的是实实在在。

鬼城的风，主城的光，失途谷的热闹，还有坚硬的、什么也长不出来的、属于他们这个世界的黑铁。

银光把一条条黑色的管子切成碎渣。

断裂的管子不断地化开，像是滴进了水里的黑色颜料。

N号的那张大脸在上空的黑暗中出现时，宁谷没有一丝一毫的惊讶。

他确信N号比他更吃惊。

我比你厉害。

这就是优越感。

“来了啊。”宁谷身边的金光迅速收缩，裹住了连川。

他抬起头，看着那张脸。

那张脸笑了笑，开始变小。

宁谷猛地跳起来往椅子上蹬了一脚，跃向空中。

跟着他腾起的银光挥向了那张脸。

瞬间把那张脸撕成了无数小块。

宁谷落地的时候，脸消失了，身侧出现了一个人。

根本不用思考，他就知道这是N号。

他们即将毁掉清道夫，所以N号要出来抢世界了。

“午安。”宁谷转身的同时挥手斩向N号。

在银光触到N号的瞬间，N号消失了，紧跟着出现的是四个宁谷。

宁谷顿了顿，这个四个宁谷明显是N号在这一瞬间复制出来的，跟现在的他一模一样，连衣服上被连川踢出的脚印都还在。

“就这点本事吗？”宁谷冷笑一声，银光果断地扫向了四个宁谷。

只要我知道我是我，出现多少个我，又有什么关系？

但没等宁谷收回手，一道红光从身后击中了他的腿。

钻心的疼痛让他踉跄两步。

回手出击的时候，身后却没有看到任何人。

接着又是身后，一道橙色的光击中了他的肩膀。

主城的武器。

之前露珠复制出主城的战力，在跟刘栋和萧林的战斗中并没有看出太多优势，而且复制品也许因为量太大，工艺都一般，杀起来没有什么难度。

但现在，N号亲自控制复制的这些，精简了没有必要的部分，比如巡逻队和城卫的本体，比如武器的样子。

只留下了攻击本身。

主城针对旅行者研发的各种攻击，被N号精炼放大了。

宁谷的能力，无论哪一种，都是进攻和控制，防御并不强。

金光缠绕时也只是把攻击密集化，以攻击防御攻击，能防得住能力和精神力，而对主城这种武器的防御方式，是攻击拿着武器的人。

他杀掉拿着武器的人，能摧毁发射攻击的任何东西。

可一旦这些武器没有了操作的那个人，宁谷就落了下风。

面对黑暗中完全看不到来处的武器射击，他连续四次都没有躲开。

“你也不是无所不能的，”N号的声音传来，“没有一个你是完美的，只要肯找，总会有破绽。”

宁谷没说话。

说实话，他不说话是因为有点没面子。

他连中四枪，和他说出“就这点本事吗”的挑衅，几乎是同时发生的。

“不过你是最特别的。”N号说，“要是你能不死就好了，我不想杀了你。”

宁谷还是没说话，他在试着辨认N号声音传来的方向，N号一定就在这里，声音虽然不定，但是是有方位变化的。

“我想变成你，”N号说，“旅行者也许就是能在叶希的世界里活下来的物种。”

“那你做梦。”宁谷说，“我的就是我的，谁也拿不走。”

“怎么能叫拿走呢？”N号的声音突然出现在他耳后，“我变成你，就是你。”

没等他的话说完，宁谷身后已经炸出了一片银光，刀光剑影中他听到了N号的一声叹息。

“厉害。”N号说话的声音有了变化。

他击中了N号。

“我们不是仇人，宁谷……”N号的声音又恢复了正常。

宁谷听出了声音是从左到右，几束银光斩向了声音即将经过的地方。

N号的声音戛然而止。

过了好一会儿，声音才重新出现：“我们是一样的存在。”

这一次声音的移动很快，宁谷没有找到出手的机会。

“我就是我。”宁谷说，“没有人跟我是一样的。”

“你一念起，”N号说，“无数的你开始想要留住自己的世界，我的世界很好……我有朋友、家人，有喜欢做的事，有想要做还没有做的事，有讨厌的人，每次我看到他，都想跟他打架……”

“我不想听。”宁谷说。

"我并不是让你们毁灭的人。"N号说，"我不过是一个想要留下那些我爱的我讨厌的一切的人，我跟你一样。"

N号的声音飞速地移动着，两道橙色的光芒从身后击中了宁谷的膝弯。

他一条腿跪到了地上。

触地的瞬间，金光开始顺着地面延展，像一幅金色的地图，慢慢地延向四周的黑暗中。

"我身后有无数的希望，"N号说，"你应该能体会，他们选择相信我，他们愿意让自己化为虚幻，在露珠里容身，把一切信任都交给了我……"

宁谷手撑着地，银光开始从掌际泛出，顺着金光卷向黑暗的边缘。

"等我找一个出口，把世界还给他们，"N号说，"因为他们叫我，救世主。"

"我不想当什么救世主。"宁谷沉下了声音。

"我也不想。"N号说，"但我是唯一能做到的人，我就必须做到。"

"所以，"宁谷说，"你怎么会有这样的错觉，觉得我会让你成功？"

"我必须成功。"N号说。

几道橙色和红色的光同时击中了宁谷的后背。

宁谷向前扑倒的时候，铺进了黑暗里的金光猛地回卷，带着银色的刀刃，像一幅被狂风掀起的巨大的画，瞬间把四周的一切都包裹了起来。

同时爆发的两种能力，仿佛一个巨大的风洞，疯狂地旋转，扫过的光刃织成了一张网。

无数被搅碎的黑影发出让人心悸的嘶吼惨叫。

N号终于再次出现，脸上几道新鲜的黑色的伤痕清晰可见。

四方射出的橙色和红色的光同样密集。

宁谷就算已经看到，也再无后路可退。

他清楚地看到了N号眼里亮起了希望的光芒。

"你杀不了，"N号说，"你并不完美，救世主。"

一个世界的毁灭，成为另一个世界的希望。

谁对谁错?

宁谷几乎能闻到密集的射击光线带来的烧灼气息时，所有的光线都停下了，凝固一般停在了他四周。

他看到了N号震惊里透着无边无际的绝望的脸。

还有一根由身后穿胸而出扎透了N号身体的黑色锥刺。

N号的侧后方，是连川被挡住了一半的脸。

一如他第一次见到连川时，瞄准镜后的样子。

“所以，”连川说，“他需要一个BUG。”

“是啊，”N号轻声说，“参宿四。”

“不。”连川说，“从现在开始，没有参宿四，只有连川。”

随着锥刺从N号的胸口拔出，他缓缓倒在了地上，眼神空洞地看向黑暗。

“连川?”宁谷看了一眼地上，之前连川躺着的地方已经空了，只还有几缕金光在缓缓飘动。

“你差点杀了我。”连川说。

“连川?是你吗!”宁谷吼了一声，都有些破音了，“是你吗连狗!”

“是。”连川说。

宁谷顾不上身上全是伤，猛地冲了过去，狠狠地搂住了连川。

“你回来了是吗!”宁谷用力对着连川吸了一口气，“是你的味道!”

“我身体就这一个，”连川说，“一直是这个味道。”

“这个你比那个你好闻。”宁谷说。

连川没说话，也抱住了他。

宁谷猛地睁开眼睛时，听到了春三的声音：“宁谷!回答!”

“在。”宁谷看了一眼前方的装载箱。

“清道夫被你的能力摧毁了。”春三说，“外面清道夫爆发，什么情况?”

“开门让我出去。”宁谷向实验舱外面看了一眼，“雷队长带我去露珠。”

“露珠有什么?”雷豫问。

春三按下了按钮，实验舱的门打开了。

“连川。”宁谷冲了出去，没跑两步，就在通道里摔倒了。

“怎么回事？”雷豫立刻冲进了通道，把他扶了起来，“怎么会受伤？”

“不严重。”宁谷咬着牙，“连川打的。”

“睡眠舱准备！”春三马上反应过来，“宁谷先进舱修复！”

“不！”宁谷拖着雷豫往外走，“没有时间了，露珠马上会被摧毁，所有的复制品会同时出来，就像清道夫，我们有一场恶战，现在没有时间修复了。”

露珠的方向突然闪了一下。

九翼在空中迅速转了方向，往主城那边滑行了过去。

在烈火中穿行的时候，他看到露珠中心的位置又闪了一下。

无论是什么，都得过去。

“露珠有变化。”九翼按下通话器，“旅行者去一部分。”

“明白。”李向回答。

九翼狠狠一挥翅膀，冲向了露珠。

接着露珠中心的位置爆出了强光，炫目的白光。

九翼一弹指刺，细而尖锐的金属音往露珠的方向传了过去。

“是连川。”九翼说完开始了猛冲。

“什么？”李梁的声音马上吼了出来。

“是连川出来了。”九翼也吼了一声。

强光中一道黑影闪出，速度惊人。

九翼猛地沉了一下，伸出了手。

一只手一把抓住了他。

“你居然真的有翅膀。”连川说。

“废话。”九翼一扬手，把他扔向了安全地带，“我可是蝙蝠。”

“去跟宁谷汇合。”连川从废墟上跃起，冲向A区。

“好。”九翼一弹指刺，跟着他一起冲向了A区。

87

城务厅是A区最核心的区域，也是主城最后还保持大致完整的几个建筑之一，就连内防部都有两栋小一些的楼倒掉了。

宁谷和大家从实验舱的位置冲到城务厅出口的时候，城务厅地下传来的震动已经很明显。

“楼要塌了。”春三说。

“你的那些实验室，”雷豫说，“可惜了。”

“重要的那几个有单独防护，楼塌了应该也能保持内部完整，”春三回头看了一眼大楼，“只是不知道还有没有机会再用上了。”

“呼叫实验室。”通话器里传来了李梁的声音。

“实验室全员都在。”雷豫回答。

“陈飞一分钟之前求援。”李梁说，“现在联系不上了，我正带人过去。”

“你先在那边配合旅行者，”龙彪说，“我们去看看，宁谷跟我们在一起。”

“另外，主城跟失途谷通讯中断了。”李梁汇报。

“我去检修。”春三看向龙彪，“你带我过去。”

“好。”龙彪发动了A01，春三跳上了车，转头看了雷豫一眼，“你们去看看陈飞怎么回事。”

“嗯。”雷豫抓着宁谷的胳膊准备扶他上车。

“我自己我自己我自己可以。”宁谷一连串地说，赶紧咬牙跨上了车，“好了。”

连川还在露珠里，不知道有没有出来。

宁谷本来很急，想要马上冲到露珠去看看，但他也知道，陈飞的营地，收容了很多主城居民，没有任何反抗能力。

如果大爆发的清道夫冲到营地，陈飞手下的城卫和那些EZ撑不了多久，基本就是个死，偏偏营地还有不少物资，不能被毁。

宁谷坐在雷豫身后，一直偏着头往露珠的方向盯着。

“清道夫大爆发是怎么回事？”雷豫问，“你知道吗？”

“清道夫的中枢被破坏了，”宁谷说，“他们现在是失控状态，会全部出来。”

“中枢是什么？”雷豫问。

宁谷没有说话，一时不知道该怎么去解释。

“是连川吗？”雷豫又问。

宁谷看了雷豫后脑勺一眼，这些中年老男人一个个都不是省油的灯，随便一猜就能猜出来，要换了团长，估计也是马上就能猜到答案。

“是连川的阴暗面。”宁谷还是补充了一句，“他承受过的那些痛苦。”

“他还活着吗？”雷豫问。

“嗯。”宁谷应了一声，虽然被我戳了很多窟窿，“活着，他会从露珠出来。”

车没有开出多远距离，就能看到冲天的火光了。

裂缝已经延伸到了光刺脚下。

但光刺依旧通体发着淡淡的白光，像是什么也没有发生过。

宁谷看着光刺，这还是他第一次这么近的距离看着这个主城的地标建筑。

很高，尖锐而带着霸气，虽然他一直不喜欢主城的一切，但光刺现在从某种角度来看，就是主城，是这个世界的标志。

光刺还在，希望就还在，他们的世界就还在。

大量的清道夫从火光中涌向他们的时候，感觉像是舌湾的黑雾卷了过来。

“冲过去。”宁谷说了一句。

雷豫的A01加速，迎着清道夫冲了过去，车载武器在前方射出一条向前不断推进的蓝色焰火带。

宁谷在后座上站了起来，举起了左手。

在肋骨和后背钻心的疼痛中，他指尖爆发出的银色聚成几条翻卷着的巨大光束，同时从清道夫中间扫过，无数黑色的雾气被炸出，在空气中迸出一团团如同墨汁的残影。

前方已经能看到营地的旗子了，但营地只是一个普通的剧院，已经塌得七七八八，还能看到营地中间已经有了窜出火焰的裂缝。

离得这么远，宁谷也能听得到那边传来的惊恐的哭号和惨叫声。

这一刻，宁谷感觉自己是能体会N号的心情的，也能明白他最后那一眼的绝望。

无论付出什么样的代价，也想要留住自己的世界，留住这些曾经在这里生活的人，哪怕很多人活得并不如意，但这就是他们的世界，没有谁能抹掉。

所以他只能让N失望，甚至绝望。因为他也有同样的世界要留住。

宁谷释放了第二波攻击，金光卷着银色光束，像旋风一般卷过，清道夫被大片摧毁，甚至压灭了一部分裂缝中喷出的火焰。

但他能力范围有限，清道夫已经没有了控制，疯狂地涌出时甚至分不清个体，就算这是最后的一批，也没人知道到底有多少，如果找不到合适的防守方法，就算最后能被打败，恐怕也剩不下多少人了。

“陈飞！”雷豫在通话器里喊，“能不能听到！”

右边扑出一队EZ，在城卫武器的掩护下扑向清道夫，清道夫被它们撕碎的同时，也有差不多三分之一的EZ被反杀。

宁谷手一扬，金光铺向清道夫。

“雷队长！”有城卫喊了一声。

“陈部长呢！”雷豫吼着问。

“带人往营地后方撤了。”城卫喊，“这边顶不住了！”

“刘栋的人呢！萧林的人呢！”雷豫还是吼着问，“他们那里的EZ和武装呢！”

“没看到！”城卫回答，“清道夫刚爆发的时候他们就从露珠旁边撤了！”

“你们去后方！守物资！”雷豫挥手，“走！这里不要留人，让EZ先顶着！”

“明白！”城卫喊。

雷豫的车跃过一道裂缝。

在空中的时候他们听到了一阵低低的震动，接着就看到这道裂缝旁边延伸出了三条分支裂缝，地面下的火光已经隐隐可见。

“躲开！”宁谷吼，手猛地往下一压，大片的金色光芒铺了下去。

但这一下让他突然觉得肋骨一阵剧痛。还有后背的伤，每次他使用能力时，疼痛都从身体深处爆发，只要能力还在用，疼痛就不会消失。

他只说身上有连川打的伤，是因为本来也没觉得N打中他的那些主城武器的伤有多严重，现在才发现这些武器是真的很有针对性，比起被连川打断的肋骨，那些伤才更要命，似乎会因为能力的使用而不断加重。

下方新的裂缝涌出清道夫的时候，宁谷没能释放出能力，他撑在雷豫肩上，大口喘着气，想要给身体里的疼痛一些缓冲。

“你怎么样！”雷豫车头猛地一甩，避开了火，对着涌出的清道夫一通扫射。

“很疼。”宁谷说。

“我们先离开这里。”雷豫说。

“等等！”宁谷看到又有一队EZ扑进清道夫里，差不多是跟清道夫一换一，很快地消失在火光里，如果这里不挡住，他们一离开，这些清道夫就会大批冲进营地。

那时就算撤到后方也没有用了。

宁谷咬着牙举起了左手。

就在宁谷准备释放能力时，左边的空中一个巨大的黑影由远及近地冲了过来。

“是九翼。”雷豫说。

的确是九翼，距离足够近了，宁谷能看到他脸上的狗头面具。宁谷震惊地看着九翼身后巨大的翅膀，跟他们在吟诵竖洞里曾经看过的真的蝙蝠的翅膀非常相似。

不愧是失途谷改装之王。

九翼扬手，一张闪着寒光的网顺着他指刺的方向压向火焰，把大片清道夫切割成碎片。

“九翼！”宁谷吼了一声。

九翼一弹指刺，用尖锐的鸣音回应了他。

宁谷正想再吼一句你装什么装，突然看到远处裂缝边缘的黑铁地面像是被什么东西划过，溅起的火花中是不断被掀起的碎屑。

“连川！”宁谷喊了起来，“是连川！”

他到现在都还能清楚地记得在失途谷入口，连川拦截他时脚尖划过地面溅起的火花和碎屑。

只是眼前的规模要更大，威力也更强。

“这是……参宿四。”雷豫把A01向地面降下去。

“没有参宿四了。”宁谷说，“现在开始只有连川。”

连川冲到宁谷面前时，宁谷觉得自己眼眶都热了。

他跳下了车。

“没事？”雷豫看着连川。

“没事。”连川说。

又一波清道夫涌出，宁谷不得不压下了自己想要聊几句的强烈冲动，看着连川：“怎么弄？”

连川这一路冲过来，在地面上踢出了一道长长的裂口，这肯定是他有什么计划。

“你和九翼，”连川说，“把这个掀起来，九翼炸了熔火管道，有用。”

“黑铁能拦住清道夫。”雷豫反应过来。

宁谷看了九翼一眼，九翼落到了地上。

两人同时把手按在了地面上。

接着爆发出的力量让地面产生了巨大的震动，雷豫不得不把车悬停到空中，同时向四周射击，压制不断想要冲过来的清道夫。

几秒钟之后，被连川划开的地面深深裂开，接着无数大块的黑铁被掀起，翻滚着堆叠到一起。

巨大的轰鸣声中，一块块黑铁从地面上被分离，一片片混杂在光芒中被卷向空中，再不断落下。

“那是……什么？”陈飞站在指挥车的车顶，肩上还扛着个炮筒，看着营地前沿漫过半边天空的光芒，和在空中滚动的黑铁块。

“宁谷，”刚从前沿后撤回来的城卫喘着粗气，“雷豫带着宁谷过来了，还有连川和九翼。”

“九翼？”陈飞愣了愣，“他离开失途谷了？”

“是的。”城卫语气里也全是吃惊，“他真的会飞，可能真是个蝙蝠变的。”

“……有点脑子吧。”陈飞叹了口气，“他们顶在前面了，我们还有时间，快，继续转移人，物资车也往后再移，到剧院仓库那边就行。再过去我怕会有新裂缝，到时就撤不了了。”

“明白。”城卫看了他一眼，“您也往后撤吧。”

“我不撤。”陈飞说。

“太危险了！”一个手下也说，“撤吧，那边有连川他们……”

“我不能撤。”陈飞说，“营地里所有的人都在看着我，我一撤，人心就要动摇，我哪怕是死在这里，也不能撤。”

“陈部长……”手下叹了口气。

“这种时候，无论有没有用，总得有个定心丸。”陈飞说，“苏总领在这里，效果会更好……可惜他放弃了。”

城卫带着人继续后撤，几个手下没有再劝，只是一同举起了武器，在掩体后瞄准了营地前沿。

雷豫的车冲进营地的时候，陈飞猛地松了一口气，扛在肩上的炮筒放下来的时候直接砸在了脚上，差点从车顶摔下去。

手下扶了他一把，他才从车顶上跳了下来。

“雷队长。”陈飞看着雷豫，“感谢支援。”

“春三去检修通讯设备了，”雷豫说，“一会儿应该就能恢复。”

“那边情况怎么样？”陈飞问，“我这边EZ已经快耗光了，刘栋和萧林现在在撤，保留实力。”

雷豫看了看露珠的方向：“他们是想跟露珠做交易吗。”

“刘栋的话，不是不可能。”陈飞说，“我的人现在过不去，路上清道夫太多，他那边的情况摸不清。”

“这里现在暂时安全。”雷豫说，“李向马上会带旅行者往这边过来。”

“清道夫为什么突然爆发了？”陈飞说。

“最后的疯狂。”雷豫说。

“我回失途谷看看。”九翼说，“那边现在切断了进主城的通道，清道夫数量太多了，不知道情况怎么样。”

“嗯。”连川应了一声，“我们随后就到。”

“你们先去露珠那边看看，”九翼说，“我对那东西不了解，但是如果像N说的，那里面是他们的世界，那就算他死了，那个世界也还在。”

“你的意思是？”宁谷看着他。

“得灭掉，”九翼说，“我们就算最后活下去了，这世界也脆弱得不堪一击，任何变故都有可能让我们再次毁灭。”

“哦。”宁谷点了点头。

“知道你心软。”九翼说，“不用你动手。”

“你吗？”宁谷问。

“我也心软。”九翼说，“连大BUG主城赫赫有名的杀伐果断。”

九翼一路“嗖嗖”放着寒光飞走了。

宁谷转头看着连川：“他没脑子，说的话你不用在意。”

“嗯？”连川看着他。

“什么杀伐果断，”宁谷说，“什么杀人如麻的。”

“……你说得比他多。”连川说。

“我就是解释一下！”宁谷说，“不用在意他说的话。”

“没在意。”连川说，“你歇两分钟吧，快疼死了吧。”

宁谷立刻歪靠在旁边的一堵断墙上，脸都拧成一团了：“你不说还好，一说提醒我了，主城对旅行者是有多想斩尽杀绝啊。”

“相互制约吧。”连川说，“主城也要活。”

“就像我们和N的世界吗？”宁谷慢慢滑下来，坐到了连川身边。

“不要去想这些。”连川说。

“嗯。”宁谷轻轻叹了口气，“我不会心软的，毕竟N也没有打算对我们心软。”

“露珠和代码风洞的通道已经被封掉了，可能是系统纠错。”连川闭了闭眼睛，“但是露珠是连通N那个世界的，他们的人，还有记忆，都在露珠里。”

“嗯。”宁谷看着他。

“不可能只有救世主一个领袖。”连川说，“N死了，还会有别人，如果被放出来……”

“谁放出来？”宁谷问，“刘栋吗？”

“刘栋比陈飞狠得多。”连川说，“我每次训练濒死状态都是他下手加载的，陈飞现在联合了失途谷和旅行者，一旦解除了毁灭威胁，只凭他和萧林，不可能成为他想要的新世界的神。”

“所以他想从露珠里找帮手。”宁谷说。

“嗯。”连川睁开眼睛，“一会儿……”

“你也先休息吧，别说了。”宁谷看着他身上破碎的制服下一个个触目惊心的黑色伤口，还有锥刺留下的那些伤痕，“我怕你会死。”

“就凭你，”连川说，“想杀我？”

“哎？”宁谷愣了，“我关心你呢！你居然在这种时候了还想着顺嘴吹个牛？你什么人啊！”

连川笑了笑。

宁谷看着他，没说话，低头把他的手拉了过来。

用力一握，手背上的小光斑一串闪过。

再用力一握，小光斑再次闪过。

“你是连川吧？”宁谷问。

“嗯。”连川应了一声，“你是宁谷吗？”

“是啊，”宁谷说，“我是那个一进主城就被最强鬣狗锁定还打了两枪最后逃跑了的旅行者宁谷。”

“那我是……”连川想了想，“那个给旅行者宁谷偷了好几盒配给的连川。”

“你听到了啊？”宁谷盯着连川，“我以为你听不到。”

“怎么会，”连川转过头看着他，“从头到尾都只有一个我。”

“那你为什么……”宁谷愣住了。

“有时候活在仇恨里，”连川说，“肆无忌惮地发泄所有的恨，时间长了，是会让人沉迷的。”

宁谷没说话，过了一会儿才问：“那你还会沉迷吗？”

“不会了，”连川摸了摸身上被他刺出的伤口，“受不住，挺疼的。”

88

"除了连川从里面出来，露珠还有没有什么别的变化？"刘栋坐在指挥车里，外面他带出来的人正在建立基地，他现在撤退的地方是一开始就占据了的作训部备用仓库所在地，有不少可以用来进行防御的材料。

不过他带过来的人数不少，加上萧林带过来的，不可能全都护得住，现在做的防御基本只保证指挥部的安全。

没有使用的EZ也都保存在装载箱里。

萧林对这一点意见很大，认为他不顾这些人的死活，连EZ都保护着，活人却放在外面随时准备死。

但对于刘栋来说，对清道夫杀伤力不大的主城武装，远不如可以撕碎清道夫的EZ珍贵。

"没有变化。"有人在车外向他汇报，"裂缝也没有再增加了，估计是连川干了什么，干扰了清道夫。只要能把这些扛下来，主城估计就保住了。"

"那接下去就是我们跟陈飞联盟的战斗了。"刘栋说，"武器的改装完成多少了？"

"差不多一半，"车外的人说，"现在基本完全能够针对旅行者，至少能破坏他们两种防御能力。"

"才两种？"刘栋皱了皱眉，"你知道他们的防御能力有多少种吗？"

"能源不够，技术条件也达不到，参考也不足，太多限制了。"车外的人叹了口气，"武器最初只是要求针对旅行者提高伤害，同时也要对实验体、各种冗余和BUG有效。现在这么短时间，只能做到这样了。"

"行吧。"刘栋摆了摆手，"露珠现在还立场不明，但不管是什么立场，我们都可以先跟它保持相同立场，一小时之后再放一个信息记录器进去，表达合作意愿。"

“明白。”外面的人走开了。

“记录器是什么？”车后座上传来萧林的声音。

“你不知道记录器是什么？”刘栋回头看了他一眼。

“放记录器进露珠是什么意思？”萧林说，“表达合作意愿是什么意思？”

“就是字面的意思。”刘栋说，“还能有别的解释吗？”

“你没有跟我说过要跟露珠合作。”萧林说，“我们的目的是赶走清道夫，抢到新世界的制霸权。露珠是怎么复制和杀人的，你居然要跟露珠合作？”

“一开始的确是没想过合作。”刘栋说，“我一开始甚至没想过清道夫能不能被打败。但是你看到了，宁谷有多强，参宿四有多强，旅行者有多强，他们的傀儡有多强，甚至是我们没有考虑过的失途谷，九翼还会离开失途谷，你想过吗？清理队和陈飞都跟他们联手了，你想过吗？”

“我们可以……”萧林话没说完就被打断了。

“我们不可以。”刘栋说，“要联手一开始就联手，一开始没有合作，就不可能再合作，而且合作对我们有什么好处？你还没有看明白吗，无论最后是主城平安无事，还是找到了出口，下一个领袖，不是宁谷就是连川。我们怎么办？”

萧林没有说话。

“就算没有毁灭，这种乱世，不站在万人之上，不掌握最高的权力，不控制最多的资源，”刘栋看向前方，“那就是生不如死。”

“你真可怕。”萧林说。

“谈不上可怕，野心而已，人人都有。”刘栋说，“没有机会罢了。”

萧林沉默了一会儿，打开车门下了车。

刘栋看着他的背影，在车窗上敲了敲，有人靠了过来。

“盯着点萧长官。”刘栋说，“他离开基地就向我汇报。”

熔火管道炸出的黑铁屏障，把清道夫隔离在一个个相对小一些的范围里，加上现在清道夫没有了控制，逐一扫清的难度比之前降低了不少。

陈飞那边调出的大型机械已经开始在旅行者的掩护下对主城地面进行破拆，翻出地面之下的黑铁层。

宁谷很想回黑铁荒原上看看傀儡大军的战况，想看看E的情况怎么样了。

但主城这边还需要他和连川协助，他只能咬牙跟连川一起不断翻起黑铁层，切断清道夫的通路，让还滞留在C区附近的流民能够安全地到达陈飞设立的营地。

没有人让他回去指挥傀儡军团，就意味着E还活着。

而刘栋和他的部队已经彻底退出了战斗，这是让他担心的第二点。

“你从露珠出来的时候，”宁谷扬手，大片金光裹向前方火里冲出的大批清道夫，几个旅行者跟着追了过来，迅速地开始清理漏网的清道夫，宁谷看了连川一眼，“露珠是什么样的？我们进去的时候根本没看到，直接就到了那个代码风洞里了。”

“说不清，”连川说，“像是我们之前看到的叶希的记忆银河，很多的小露珠，也许存放着的就是他们世界里的东西，人，事物，记忆。不过我接触不到小露珠里的意识，只有你可以。”

“如果要摧毁，”宁谷看向露珠的方向，“是不是要赶在他们还没有从露珠里被释放到我们的世界之前。”

“清道夫围剿得差不多的时候，就可以试试了。”连川说，“如果刘栋想借露珠的力量，估计那时已经联系得差不多了，再晚就可能来不及了。”

往前又清理了两条街，宁谷刚缓过一点来的伤又有些加剧，他有些郁闷地看了连川一眼：“你刚不是说很疼，受不住吗？怎么一点事都没有？”

“没伤到要害。”连川说。

“我也没伤到要害啊，”宁谷说，“就打了几枪。”

“换个人那几枪已经死了。”连川说，“你肋骨也断了吧。”

“你还知道啊？”宁谷提起这事就想起来连川冲到他面前一拳砸过来的样子，忍不住按了按自己胸口，“不过以前也没碰到过这种事，我身体也不在露珠里，怎么能伤成这样？”

“你身上也没有外伤。”连川说，“这个伤本来就是意识里的。”

“就像意识告诉我，糖是甜的，所以就是甜的。”宁谷说，“意识告诉我，我受伤了，我就能感觉到疼。”

"去那里吧。"连川看到旁边一个已经被毁掉了的院子，还有塌得只剩了半边的一栋楼。

他脚步顿了顿。

"嗯？"宁谷问。

"那是……清理队的宿舍。"连川说。

"你住在那里吗？"宁谷问。

"嗯。"连川应了一声。

"塌了吗？"宁谷马上又问。

"没有，"连川指了指，"窗帘都还在……如果睡眠舱还在，不知道能不能让你恢复一下。"

"不用了，我现在告诉我自己，我没有伤。"宁谷说。

连川看着宁谷。

宁谷犹豫了一秒钟，转身往那边走了过去："也行，去看看。"

"看什么？"连川愣了愣。

"不知道。"宁谷说，"你都看过我屋子了，我屋子是不是很有意思？我看看你的。"

连川跟了过去，带着他走进塌了半边的楼里。

这里比别的地方保存得相对要完整些，毕竟是清理队的宿舍，就算是清理队全员已经睡在了失途谷外的黑铁荒原上，对于很多人来说，也还是有些威慑力的。

连川的房间甚至门都还是关好的，只是窗户碎了，窗帘上也已经全是灰。

打开房门之后，宁谷闻到了一阵尘土的味道。

但屋里整齐得什么都没有的场景还是让他有些吃惊："东西被人搬空了吗？"

"什么东西？"连川问。

"就是……各种东西。"宁谷不知道该怎么形容，"你没有自己喜欢的东西吗？会拿回家里放着的。"

连川似乎在思考，过了一会儿才肯定地回答："没有。"

“行吧，你以前……的确也没有什么心情去喜欢什么东西。”宁谷在他房间里慢慢转了一圈，“我有些想我的小屋了，也不知道变成什么样了，本来就已经塌了。”

“鬼城也许没有清道夫。”连川看了他一眼。

“我也这么想过，”宁谷说，“所以我才会被送到鬼城去。但是，车一直没有再来，叶希说过从来就没有鬼城，是不是鬼城对于主城来说，已经不存在了？”

“不知道。”连川走到睡眠舱前，按了几下，“如果这次我们保住了这个世界，鬼城就失去了它对于我们来说存在的必然性，它可能就那样永远不再跟主城连通了。”

“我还挺……想疯叔的，”宁谷低下头，“还有林凡，地王那个老东西也不知道怎么样了……”

睡眠舱的门打开了，连川转头看着宁谷：“进去，试试看。”

“你进去吧。”宁谷说，“你们主城的东西一向小家子气，没个身份什么都不让用。”

连川抓过他手握了一下，手背上的小光斑闪过：“应该可以。”

“要躺多久？”宁谷探了半个身体到睡眠舱里上下看着。

“设定零点五吧，试试对你的伤有没有用。”连川说。

“嗯。”宁谷进了睡眠舱躺下了。

连川跟着也挤了进来，躺在了他旁边。

“你不是说让我治伤吗？”宁谷偏过头看着连川。

“我怕出意外。”连川说，“系统会用睡眠舱清理我们不该拥有的记忆。”

“现在系统都已经不存在了吧，管理员都走了。”宁谷说，“再说了，我觉得现在没有任何人能控制得了我。”

连川坐了起来。

“干什么？”宁谷问。

“我出去。”连川说。

宁谷笑了起来，拉住了他的胳膊，笑了好半天才说了一句：“我不是那个意思，就是想让你别担心。”

连川躺回了他身边：“我也不算太担心，只是不想有任何意外了。”

睡眠舱关闭，舱里的灯也熄灭了。

“不会再有什么意外了。”宁谷在黑暗里说，“我们什么意外都已经扛过去了。”

“嗯。”连川应了一声，“有什么感觉吗？想睡觉吗？”

“不想。”宁谷说，“就觉得躺着很舒服，我好久没有这么躺过了。”

“那就躺一会儿吧。”连川说。

“等这一切都结束了，”宁谷说，“清道夫没了，露珠没了，我们去哪里？你要留在主城吗？”

“还没想过。”连川说，“你想去哪里？”

“说了你不要笑。”宁谷说。

“嗯。”连川应了一声。

“我想一直走。”宁谷说，“黑铁荒原的边缘，世界的尽头，我还是想去看看，无论怎么样，我都还是想去看看。我生活过的世界，大家付出了这么多才留下的世界，我想知道它长什么样，真的只有黑铁吗……”

“好。”连川说。

“你去吗？”宁谷问。

“去。”连川说。

“你说，还会不会有别的人想要跟我们一起去？”宁谷想了想，“九翼啊，别的旅行者啊，清理队的人啊，钉子要是……能醒过来，他肯定想一起去。”

“不带九翼。”连川说，“别人都行。”

宁谷笑了起来，边笑边摸了摸自己肋骨：“哎，好像不太疼了。”

“还是有点用的。”连川说。

“为什么不带九翼？”宁谷说，“他挺厉害的，有他在更安全些。”

“他还要带着福禄寿喜，太吵了。”连川说。

睡眠舱的灯突然亮了起来。

机械女声传出：“通话信息。”

“是什……”宁谷还没问完，舱里紧跟着就响起了九翼的声音。

“连川！宁谷！春三和龙彪联系不上了，我正过去。”

连川几乎是在九翼这句话的第一个字响起的时候，就打开舱门跳了出去。

宁谷赶紧跟着也跳了出去：“龙彪带着春姨去检修通讯了。”

“就在A区边缘，没有多远。”连川冲出了门，“那里没有裂缝，没有清道夫，而且已经被隔离了。”

“刘栋吗？”宁谷跟在他身后。

“就怕是这样。”连川直接从走廊跳了出去，冲进了一楼的装备库，找到了一辆落满了灰还被一块塌了的楼板压着的A01，“上来。”

宁谷跳上了车。

他顺手在连川腰上摸了一下，被自己扎出的伤口似乎已经开始愈合，他稍微松了口气。

“手放自己身上。”连川说着发动了A01，发动机的轰鸣声中他们撞开了半堵破墙，冲了出去。

“我看看你的伤！”宁谷压着声音，“你以为我多想摸你啊！摸过去全是伤！”

A01顺着一道墙竖直爬升，接着跃到半空中，蓝色的光芒闪动，连川启动了车载武器。

风在宁谷耳边猛地吹起，他摸出自己的护镜戴上了。

犹豫了一下又摘了下来，想要套到连川脑袋上。

“不用。”连川说，“我闭着眼睛也能找到路。”

宁谷把护镜戴回了自己脸上。

闭着眼睛了不起吗。

主城跟失途谷的通讯桩一片焦黑。

就算春三检修过，现在通讯也肯定再次中断了，并且短时间内无法再恢复。

四周没有看到任何人，没有清道夫，也没有刘栋的人。

九翼落下来的时候，视线所及之处只有他们三个。

“这是龙彪的。”连川下车走到通讯桩旁边，捡起了一个银色的牌子。

说实话，他现在无比懊恼，大家所有的注意力都在清道夫带来的混乱上，这边没有清道夫，又有龙彪护送，连他都没有多考虑。

实在是不符合他的风格。

“连人带车都没了？”九翼又往附近看了一圈。

连川伸手在被毁了的通讯桩上摸了摸，搓着手上的黑色焦灰。

“这是主城的武器，”连川说，“但不是常规武器，不属于任何一支队伍。”

“什么意思？”九翼问，“改装过吗？”

“嗯。”连川往露珠那边看了一眼，“这是刘栋留给我们的信息，他有更好的武器，还有人质。”

“我去要人。”宁谷说。

“我去才行。”连川说，“他不会要你，他控制不住你，不会让你进他的地盘。”

“我在外面他也控制不了我。”宁谷说。

“要不我去？”九翼说。

连川和宁谷都没说话。

“所以了，还是连川去。”九翼说，“刘栋要的就是连川，连川在他手上，宁谷不敢轻举妄动，宁谷不敢动，我们就不敢动。”

“所以送个软肋给他？我们有病吗？”宁谷说。

“总得有人去摸清刘栋他们的情况，他们跟露珠有没有臭不要脸的交易，露珠有没有什么破绽。”九翼看着宁谷，“你能秒掉露珠吗？你不能，只要你不能，我们就需要掌握更多的信息才能万无一失。清道夫还没爆发完，E那边也不知道能撑多久，你要是走了，万一E完蛋了，那么多傀儡谁来指挥？”

“你话真多啊。”宁谷感叹。

“难得有个清除掉最强鬣狗的机会。”九翼说，“我话还能再多一倍。”

“说出心里话了。”宁谷说。

“是啊。”九翼说。

“扔我过去。”连川看了一眼九翼，“顺便接近露珠看看有没有什么变化。”

“嗯。”九翼点头。

“你开A01去找旅行者，”连川看着宁谷，“让他们注意隐蔽，刘栋可能有更强的针对旅行者的武器了。”

“嗯。”宁谷非常不情愿地应了一声。

“然后回失途谷。”连川说。

“干什么？”宁谷问。

“睡一觉。”连川看着他，“你要找到我，像第一次你见到参宿四那样。”

宁谷明白了他的意思：“行吧，逢赌必赢。”

“逢赌必赢。”连川抓过他的手握了一下，小光斑闪过。

“啊……”九翼转开了头，“告别完了叫我。”

“走。”连川松开了宁谷的手，转身往露珠的方向冲了过去。

九翼跑了几步，一跃而起张开了翅膀，追上去把连川拉上半空，很快就消失在烟雾里。

89

九翼拉着连川从主城上空飞过，能看到脚下从火里不断涌出，又被翻起的黑铁壕沟和矮墙拦住的清道夫。

“他们还会变异吗？”九翼问，“现在能困住，不会变异了再合成个大玩意儿爬出来吧？”

“我如果还在，说不定会。”连川说，“现在他们没有大脑了。”

“骂谁呢？”九翼说。

连川没说话。

“骂谁呢！”九翼又重复了一遍。

“我不是宁谷。”连川说，“你回去找宁谷吵吧。”

“他吵不过我。”九翼说。

“他也这么觉得。”连川说。

九翼突然笑了起来，尖锐的金属音穿透火墙：“宁谷挺有意思的，如果以后他是主城领袖，我愿意带着失途谷归顺主城。”

“他可能不愿意做什么领袖。”连川说。

“怎么？”九翼想了想，“他不会是想回鬼城吧？鬼城已经很久没有消息了，可能已经……”

“主城的世界他也想看看。”连川说。

“是吗？”九翼声音里带上了一些感慨，“倒也不意外，旅行者宁谷。”

露珠就在前方，已经可以清楚地看到表面慢慢变化着的隐隐的色彩。

四周的小露珠已经回缩到母体的四周。

九翼身体一侧，开始绕着露珠飞。

“我是让你自己回来的时候看看，不是让你拎着我过来看。”连川说。

“你是怕露珠对你有什么反应，是吗？”九翼往后退了一些，拉开了他们跟露珠的距离，“毕竟你现在跟露珠已经有某种联系了，清道夫之王。”

“嗯。”连川应了一声。

他在那个黑暗的空间里，看着清道夫在他的指挥下毁灭掉一个又一个世界。

多长时间他已经不知道了，但他知道自己必定跟那个黑暗的清道夫的世界，跟露珠，有了某种交互。

这些猜想他没有告诉过宁谷，他不想宁谷担心。

不过九翼不愧是跟他一样在另一个空间里待过不知道多久的大BUG，已经想到了这一层。

“所以要带着你过来。”九翼说。

“拿我当饵么。”连川问。

“聪明。”九翼又笑了起来，“我们对露珠在这个世界会怎样变化完全不了解，不拿你试一下，怎么灭了它。”

自从诗人回到了九翼的身体里之后，九翼就不再是无脑怪了。

看似疯癫的外表下，有着可以摈弃一切感情的果断和冷静。

这样的战友，连川是需要的，只是不能让宁谷知道。

“别告诉宁谷。”九翼说，“他会杀了我。”

“杀了你怕什么，”连川说，“你可以回失途谷的洞里待着，永生不灭。”

“不，”九翼说，“我要踏遍这个把我赶进失途谷的主城里的每一寸土地、每一粒灰尘，看遍每一座废墟、每一块黑铁砖。我要呼吸，要说话，还要笑。”

“那是什么？”没等连川说话，九翼在空中悬停了下来。

在露珠对着失途谷方向的另一面，有一个巨大的装置，是地面上的一个银色金属箱子，有一间屋子的大小，顶上一条类似空中走廊的方形管道向上，连接着另一个小一些的银色箱子。

上方的箱子跟露珠之间几乎已经没有了距离，露珠表面不断有透明的雾气扬起，像是被吸进了上方的箱子里。

“不愧是抢了主城最多科技物资的人。”九翼说，“这都已经联系上了吧？”

“不一定。”连川说，“所以他才需要春三。”

几道白色的强光从金属箱后方射了过来，九翼抓着连川迅速飞离了原地：“那是他们的新武器？”

"像。"连川说，"带我过去。"

"好。"九翼说。

"不要太靠近，"连川说，"我们还不了解武器，你不能被困住。"

"明白。"九翼用力一拍翅膀，飞向更高的空中。

连川是在距离刘栋的基地几百米的位置被放下地面的，虽然不是很清楚，但已经能看出，刘栋这个基地，恐怕从裂缝出现的第一天，就已经开始筹备了。

基地百米高的大门两侧，有两个火力密集的哨塔。

但基地的规模似乎并不大，连川走近的时候，发现很多城卫和巡逻队的人都在基地外围驻防。

几个白色的光点落在了连川的胸口。

他停下了脚步。

接着基地侧面出现了一辆车，往连川这边开了过来。

还有几十米距离的时候，连川看到车窗打开了，一个黑色的圆筒伸了出来。

他没有犹豫，直接冲了过去。

在车里的人按下圆筒的瞬间，把圆筒的发射口压回了车里。

圆筒对着后座开了火。

屏幕上的车直接被炸成了两段，后半截飞出了老远。

"看到了没，"刘栋说，"这就是连川。"

"把他带进来，"萧林说，"不要再试探了。"

刘栋打了手势，旁边站着的几个人转身跑了出去，他转头看了一眼萧林："你怕他吗？"

萧林没说话。

"春三在我们手上。"刘栋说，"他在见到春三之前，不敢有什么大动作，只不过秀秀肌肉，让我们知道他还是那个主城无可替代的最强武器而已。"

"控制器还在吗？"萧林问。

"在。"刘栋说，"设备被毁了，他会带着这个控制器直到死去。"

连川自从被送到鬼城，就没有再见过刘栋，现在再一次见面，他意外地发现刘栋的头发已然花白了。

“好久不见。”刘栋站在空荡荡的房间，向连川张开了胳膊。

连川看着他，没有说话。

“春三和龙彪在我这里，”刘栋没有绕圈子，“目前都还安全，只要你配合，他们都不会有事，至少春三不会有事。”

“都不能有事。”连川说。

“那就看你的了。”刘栋说。

“你想要我做什么？”连川问。

“目前还没有你要做的事。”刘栋说，“你在这里，春三才会帮我做事，她肯做事了，才有需要你做的事。”

“跟露珠的合作吗？”连川说。

“你看到了是吧？”刘栋笑了笑，“我也不瞒你，我们跟露珠已经取得了初步的联系，只不过沟通还不是很顺畅。”

“你们不是露珠的对手。”连川说，“放他们出来，所有人都得死。”

“那就要看怎么放了。”刘栋说着走向屋子的角落，打开了一个门，做了个请的手势，“请进。”

连川身边的几个城卫走了过来，武器都指着他。

连川没说话，走了过去，跟着刘栋进了里面的小屋。

这是他无比熟悉的场景。

刘栋直接复制了作训部的实验体训练舱。

这个带着巨大水舱的训练舱，是连川二十多年来的噩梦，带来的是无论多久都无法弥合的伤痕。

“作为合作的基础，我会坦诚跟你说明这次我们的合作内容。”刘栋看着眼前的训练舱，脸上的表情很愉快。

“没有合作。”连川说。

刘栋转头看了他一眼：“你们杀了露珠的救世主，他们能与新世界沟通的通道被斩断了。”

“嗯。”连川应了一声，“原来他只是个发言人。”

刘栋刚转开的头又转了回来，有些吃惊地看着他："连川，你变了。"

连川没说话。

"我需要跟露珠的首领沟通，但在放他出来之前，我要确保我能控制他。"刘栋说，"同时我也需要一个能扛住这种强度精神注入的……容器。"

"你胆子不小。"连川说。

刘栋这次忍不住挑了挑眉毛："你真的不是我认识的那个连川了。"

"你从来也没认识过我。"连川看着他，"你想要个容器是吗？"

"是。"刘栋点头。

"好。"连川说。

连川这么痛快，让刘栋有些疑惑，退开两步上下打量着他。

"你这是同意合作了？"刘栋问。

"你太不了解我了。"连川看着他。

刘栋盯着他，跟他对视了很长时间，最后过去一把拉开了水柱舱的舱门。

连川走进了舱里。

舱门封闭，大量的液体开始注入舱里，刘栋站在舱外："为什么这么说？我不了解你？"

"你用了二十多年，"连川说，"也没弄清，我到底为什么无可取代。"

刘栋没有说话。

"你不会见到露珠首领的。"连川说。

"是吗？"刘栋说。

"对于我来说，"连川说，"在这个舱里体会的每一种感受，都不过是一次训练，实验体也好，哪个世界的首领也罢，都只是我无可取代的佐证。"

"被取代是你必然的命运。"刘栋说，"消失也是你必然的结局。"

"出去走走，你看到这个世界的时间不多了。"连川说。

随着液体慢慢没过他的身体，身上的制服消失了，满身的伤痕清晰地呈现在刘栋眼前，看上去触目惊心，却又带着强大的压迫力。

刘栋盯着舱里的连川，几秒之后他狠狠地一脚踢在了旁边的墙上："启动。"

操作台边的技术人员按下按钮，随着几声鸣音，舱里的水开始缓缓旋转。

接下去的工作，就得春三来完成了。

刘栋转身，准备离开。

刚走了两步，一个技术员叫住了他："刘长官。"

声音里透着惊恐。

刘栋转过身的时候愣住了。

水柱舱里本该透明的液体正在慢慢变色，随着水流不断旋转，液体慢慢带上了黑色。连川很快就被黑色的液体完全包裹住了。

"人还在吗？"刘栋冲到操作台边。

"还在。"技术员说，"能检测得到。"

"黑色液体的成分？"刘栋问。

"没有特殊成分。"技术员说，"跟之前的实验用液体没有区别。"

刘栋转头又看了一眼水柱舱："别的读数有没有变化？"

"没有。"技术员回答，"全都正常，没有变化。"

刘栋慢慢走到水柱舱前，看着已经漆黑一片、仿佛能吸收一切的水柱舱："连川，不管你想做什么，你都只是我培养训练出来的一件武器。"

黑色的水柱依旧在旋转，但因为黑色太深，已经不太能看得清旋转的轨迹了。

"还有时间，我会让你一点一点，"刘栋说，"想起来你自己是什么。"

"刘长官，"技术员有些不安地站了起来，"这种情况……"

"继续。"刘栋说，"读数没有变化，就是正常。"

"可是……"技术员明显有些不情愿，"那里面是连川，他可是能契合参宿四的人，如果有什么意外……"

"这个你不用担心，有什么意外的话，"刘栋说，"这间实验舱会在第一时间完全封闭，没有任何人、任何东西能再出来，接着它会被深埋进黑铁地层，没有人能再打开。"

技术员的脸色因为他这段话而变得苍白。

"如果那样，所有人都会感谢你为我们的新世界献身。"刘栋微笑了一下。

"我申请换岗。"技术员声音里带着颤抖。

"你是不想留在这里等那百分之五十的生存机会，"刘栋问，"要出去享受立刻的死亡吗？”

技术员没了声音。

“镇定。”刘栋走出了实验舱，“我们将会见证连川的消失。”

旅行者已经退出了露珠之前的攻击范围，在宁谷的要求下，他们又退了三条街区。

附近的清道夫已经被控制住，虽然有几处没完全封闭的出口会有清道夫出来，但因为已经失去了“中枢”，清道夫找到出口只能靠概率了，清理起来难度不是太大。

宁谷蹲在团长面前：“他们的武器已经更新了，旅行者现在是刘栋的最大威胁，武器是对着我们来的。”

“能弄清具体杀伤情况吗？”团长问。

“还不确定。”宁谷说，“我马上回失途谷。”

“然后呢？”团长看着他，“连川和春三，还有龙彪，怎么联系上？”

“我能联系上连川。”宁谷说。

团长沉默了一会儿，点了点头：“看来从你第一次来主城，一切就开始了。”

“你们注意安全。”宁谷说，“保护好自己。”

“小子，”团长在他胳膊上拍了一下，“长大了，以前可不会说这种话。”

“主要是我回了失途谷，跟你们就联系不上了，”宁谷说，“你们什么情况我都不知道了……要不我也不会说这话。”

团长笑了笑：“我不会有事的，你回失途谷吧，尽快解决，我看清道夫数量已经在减少了，怕是用不了多久，露珠就会有所行动了。”

“嗯。”宁谷站了起来，犹豫了一下又看着团长。

“大家都还好。”团长说，“李向回来我会告诉他你来过，钉子……也是安全的。”

“嗯。”宁谷转身跨上了A01，一个甩尾，车跃到空中，往失途谷的方向开了出去。

这车连川也没教他怎么开，好在他聪明，乱戳了几下，一路上摔了七八次之后，也算能开起来了。

有了A01，他很快回到了失途谷。

雷豫已经知道了春三和龙彪被带走的事，但看不出太大的情绪波动，看来隐藏情绪是鬣狗们的传统。

“现在吗？”雷豫看着他。

“现在。”宁谷跳下车，看了雷豫一眼，跑进了失途谷的入口。

“如果发生任何意外，我，或者连川……”宁谷看着九翼。

“放心，我会杀了你们。”九翼晃了晃指刺，刺尖的寒光在黑暗里拉出一丝光芒，“为了你拼命也要留下的世界，我不会心软。”

第十章

Melting City

一起去世界尽头

90

“我以前怎么没有觉得失途谷的地面这么硬呢？”宁谷躺在九翼老巢的一个小洞窟里，看着洞顶。

“你在失途谷睡过觉吗？”九翼坐在旁边，靠着洞壁看着他。

“睡过吧。”宁谷想了想，“坐着，也躺过，连川也睡过……不，他是晕过去了，还有床呢。”

“你是让我现在给你去找个床吗？”九翼说，“你谁啊？”

“救世主啊。”宁谷看了他一眼。

“别看我，”九翼说，“快睡，睡着前看我，我怕你睡着了梦到的是我。”

“那你就太看得起自己了。”宁谷说。

“睡不睡？”九翼说。

“我睡得着吗！”宁谷火了，腾地一下坐了起来，“连川现在什么情况我都不知道，春姨和龙彪怎么样了也不知道！我躺这儿睡觉，你说我睡得着吗！你睡得着吗！”

“睡得着啊。”九翼笑了笑，“我又不关心那些人。”

“吹吧。”宁谷坐在地上，低下头叹了口气。

“喝点水吧，平静平静。”九翼站了起来，过去旁边给他拿了一杯水过来，“不行的话我给你弄点睡觉的药来。”

“不了。”宁谷接过水，喝了一口，“我怕你趁机改装我……”

九翼一拳砸在了宁谷太阳穴上。

宁谷倒在了地上。

九翼在他倒地之前接住了他手里的杯子，回手递了过去。

洞口伸头探脑的福禄跑过来接过了杯子：“老大，你把他打死了？”

“滚！”九翼看了他一眼，“我看你脑袋也改装了得了，反正也是空的！”

“晕了。”福禄蹦过去在宁谷鼻子下面探了探。

“你给我出去！”九翼说。

福禄把杯子放回原位，转身跑出了洞窟。

“救世主，”九翼把宁谷扶正躺好，“醒了以后不要找我麻烦，我没那么多时间哄小孩儿睡觉，再晚我怕你救不着连川也要跟我拼命……”

宁谷闭着眼睛，看上去状态还可以，不像是被打晕的，就像睡着了。

九翼随便拎了块毯子垫在了他脑袋下，坐回了角落里，靠着洞壁继续看着他：“我一直觉得没什么牵挂才能是优势，现在看来，有牵挂才是无往不利……看你的了。”

没时间了。

宁谷顺着一条银色的金属走廊一直往前跑，两边是他曾经见过的墙壁，是他看到过四张“宁谷”画像的那条走廊。

他要找连川，应该不是在这里，这里不是连川现在所处的位置。

但他也不知道要怎么样才能离开这里。

“连川！”他一边跑一边吼了一声。

接着就觉得脚下的地面突然空了，他猛地往下，沉入了另一条走廊。

这条走廊他也认识，他跟连川去城务厅的仓库拿隔热服的时候走过这条走廊。

“连川！”他又吼了一声。

然后停下了脚步。

但地面并没有变化。

……看来不是声控的。

只能继续跑，找到连川再说。

走廊很长，跑了不知道多少个拐弯，宁谷看到了一扇门，也顾不了这是哪里，冲过去就把门给推开了。

是一个类似之前春三带他去的那个有实验舱的房间。

里面有人。

他看到了刘栋和陈飞，还有雷豫。

三个人的视线都看着前方的实验舱。

宁谷转过头。

看到了一个孩子。

大概十岁左右的样子，穿着简单的短袖短裤，身上脸上全是黑色的伤痕，有新有旧。

这些伤痕看得宁谷一阵心悸。

这是连川。

“杀了它，你就能出来了。”刘栋说。

看得出实验舱里的小连川左腿已经使不上劲了，单膝跪在地上，但还在努力用手撑着地面想要站起来。

“站起来。”刘栋说，“你现在是契合者，杀不了它，你就没有用了。”

小连川抬起头，看了一眼舱外的人。

然后慢慢站了起来。

“今天就到这里吧。”陈飞低声说。

“放。”刘栋没有理会陈飞的话。

实验舱顶的门打开，一个颜色苍白的人形实验体倒挂着慢慢爬进了舱里。

“我去外面，”雷豫转身，“抽根烟。”

他从宁谷身边擦肩而过，推门走了出去。

宁谷盯着舱里的小连川，那个实验体突然脱离舱顶落向小连川头顶的时候，他猛地往前冲了两步：“小心！”

但实验体还在空中的身影突然一顿。

小连川居然用刚才已经使不上劲了的左腿猛地一蹬，向后翻跃而起，右小腿倒勾着踢中了空中的实验体，右小腿处一根黑色的锥刺直接扎穿了它的头部。

参宿四的锥刺。

不过锥刺比宁谷看到过的要小一些。

小连川落地之后，实验体才摔倒了地上，不再动弹。

刘栋“啪啪”地拍了几下手，转头看着陈飞：“看到了没？”

“嗯。”陈飞点了点头。

“感觉怎么样？”刘栋又用温和的语气问小连川，“疼不疼？”

小连川站了起来，看着他：“没事。”

稚嫩而冷漠的声音让宁谷一阵难受。

没等宁谷再细看小连川的伤势，他已经脚下一空，落进了另一条走廊。

宁谷跑着向前，再次看到门的时候，他已经知道会看到什么了。

门后依然是实验舱。

十几岁的连川不断跃起，被击中，摔倒，受伤，但每一次，无论看上去多重的伤，他都能再次站起，击杀。

“你要证明你无可取代，你要杀掉所有威胁，哪怕只是‘可能’，你只有活着，才是无可取代的。”

宁谷再次落入下一条走廊。

他不知道自己为什么会进入这样的一条轨道里。

不一样的走廊，不太一样的实验舱，不同的实验体，不同的训练。

唯一不变的是永远都在搏杀的连川，从孩子，到少年，到青年。

受伤的次数越来越少，速度越来越快，击杀的时间越来越短。

眼神越来越冷漠。

宁谷没有听到过他因为受伤发出的任何声音，没有过哭喊，没有过求助，甚至没有哼过一声。

无论是进攻，还是扛下攻击，他永远安静沉默得像是没有生命。

——我只是个武器。

宁谷不知道连川是什么时候明白了这一点，是一开始，还是在不断的痛苦之中。他想象过连川曾经经历什么样的痛苦和黑暗，但从未像现在这样真切，他甚至能感觉到自己作为一个旁观者，手因为绝望和恐惧而颤抖着。

连川有多少愤怒和恨藏在心里。

这些黑暗一旦被敲开了口子，足够连川成为以毁灭所有为存在目标的仇恨源头。

而连川又是用了多大的努力，才把自己从带着清道夫毁灭无数个世界的轮回里拉了回来。

所有的黑暗都被他再一次压回封存。

连川的确是一个无可替代的强大BUG。

宁谷再一次坠落。

看到了一个黑色的水柱。

他对这个水柱舱已经很熟悉，这东西贯穿了连川二十多年的生活，时不时就会出现。

但现在这个水柱舱里的液体，是黑色的。

不再是以往能看到连川伤痕累累的身体的透明液体。

“连川。”宁谷走到了水柱舱前，伸手摸到了坚硬的外壳。

“九翼！”通话器里传来了雷豫焦急的声音。

“在。”九翼站了起来。

“你去看一下E的情况。”雷豫说，“黑铁屏障有缺口，清道夫过来了，联系不上E，不知道他是不是出了状况。”

“我去看看，不过我找到他也没什么用，除了宁谷，没人能控制傀儡了。”九翼说着还是快步走出了洞窟，回手扬了一下，一张寒光织出的网封在了洞口。

接着他跃上洞壁，指刺弹出鸣音，几个黑戒从黑暗里现身。

“守着宁谷。”九翼说，“如果他状态不对，死多少人也要把他堵在洞里。”

黑戒悄无声息地跳到洞底，守在了洞口。

缺口一直在，但因为傀儡守着，没有了控制中枢的清道夫无法突破。

不过九翼从失途谷出来，往黑铁荒原去了没有多远的距离，就看到了成片的清道夫被清理队的火力压制着，黑戒和一部分留在这边的旅行者正在烈火中不断击杀清道夫。

九翼跃向空中，指刺带出大片寒光，压向清道夫。

清理掉一片之后，他继续往前，地面上清理队的队伍也跟着往前推进，想把清道夫逼回去，修复缺口。

九翼快速越过了两道裂缝火墙，还有好几个分隔区，都没有看到E。

但从现在黑铁荒原上的情况能看得出来，E应该是出事了。

傀儡没有了控制和指挥，战斗力大打折扣，压在几个缺口处的傀儡已经死伤过半，驻守的旅行者也已经在连续的战斗中疲惫不堪。

“救世主，救世主！”九翼在空中盘旋着，指刺不时划破黑暗，成片的清道夫被他切碎，但只靠他这样，清道夫只要最后冲刺的数量足够，冲进失途谷怕也是早晚的事，“救世主你在干什么？”

前方暗银色的光芒闪过，像是带起了涟漪，一片暗银色的光芒呈辐射状铺了出去，傀儡在光芒闪过的瞬间恢复了战力。

九翼松了口气，往前落在了一块大黑铁后方。

E正靠坐在黑铁旁，脸色苍白。

“还能撑多久？”九翼问。

“不清楚。”E说，“宁谷呢？”

“梦里跟连川手拉手散步呢。”九翼蹲下，指刺在E的咽喉附近划了几下，“不知道还要多长时间……要我帮你撑一下吗？”

“现在还不用。”E看了他一眼。

“你死了可就来不及了啊。”九翼说，“我改装不了死人。”

“临死之前叫你。”E说。

“不行，你要留出时间，我又不是变戏法的，一秒改完。”九翼说。

“知道了。”E说完偏开头咳嗽了两声。

“你再撑一会儿。”九翼抬头往主城的方向看过去，“我有预感。”

“露珠要有动作了。”E说，“它能感知清道夫的波动，清道夫大量突破缺口，它可能会抓住这个机会。”

“读心术啊你？”九翼说。

“快去。”E说。

“搞不好是送死呢。”九翼张开了翅膀，“急什么。”

“读数变化！”技术员的声音从监视器里传出来。

“开始过来了吗？”刘栋看着屏幕里的水柱舱，依旧是漆黑一片，看不出有什么变化。

“是的，显示信息开始传送。”技术员回答，同时回头看了看身后的水柱舱，接着就有些惊恐地站了起来，“水柱舱出现裂缝！”

“修补。”刘栋简单地下了命令，又转头看向身边的人，“实验舱封闭。”

画面里能看到实验舱四周开始有金属墙面落下，几秒钟之后，这个实验舱就会成为一个密封的金属箱子。

水柱舱有供氧，只要不出意外，跟露珠的联系会继续下去。

至于还在里面的技术员，就不在他的考虑范围内了。

“刘长官！”技术员扑到了监视器前，“开门！让我出去！”

“镇定！”刘栋提高了声音，“不出意外你可以活着出舱！出了意外我们全都会死，外面里面没有区别！”

“可我不想这样死……”技术员声音颤抖着。

“冷静下来，监视数据变化。”刘栋站了起来，“我现在要去联络舱了，你就是帮我们迎来新世界的英雄。”

宁谷的手伸进了黑色的水柱里，指尖碰到了什么东西。

他轻轻移动了一下手指，摸到了……大概是连川的小腹，还有小腹上的几道伤痕。

“连川。”宁谷的手往旁边摸了摸，抓住了连川的手，“逢赌必赢，我来了。”

连川的手动了动。

“连川！”宁谷提高了声音。

连川的手一把握住了他的手。

宁谷整个人都松了口气，接着狠狠地一拉，把连川拽出了黑色水柱。

没等宁谷看清连川的情况，身后传来了刘栋的声音：“你好，来自新世界的朋友。”

宁谷震惊地转过头，看到了刘栋有些模糊的身影，坐在一张金色的椅子上：“刘栋？”

“你是谁？”连川开口。

宁谷再次震惊地转回头，看到了眼前站着的人，是连川没错，甚至手背上还有闪过的小光斑。

“我是这个已经没有希望了的旧世界的主人。”刘栋回答。

“放你的屁！”宁谷回头骂了一句，“这个世界的主人们还在外面战斗！”

但刘栋似乎并没有发现他在场，视线只在连川身上。

“你想要什么？”连川问。

宁谷感觉自己头都快要在震惊中被扭断了，连川是已经被露珠里的人吞噬了意识吗！

“我是个坦诚的人，时间不多，我就简单地概括吧。”刘栋说，“我想要跟你们合作，好好清理一下这个世界。清道夫解决之后，我们可以分享这个世界。”

不，不对。

如果连川的意识被吞噬，宁谷盯着连川，他不可能还在这里，他还在连川的意识里，刘栋看不到他就是证明。

“怎么分享？”连川问。

“首先我需要知道你们出来的条件和方式。”刘栋说，“另外我还要告诉你，我们合作的第一条件。”

“说。”连川说。

宁谷还是盯着连川。

这个说话的方式，跟连川一模一样，他对连川太熟悉，他知道连川是鬣狗的时候怎么说话，生气的时候怎么说话，开心的时候怎么说话，不想理人的时候怎么说话，嘲讽的时候怎么说话……虽然很多时候听上去没什么区别。

但他就是能分得出来。

这是连川。

这不是露珠里的人。

“你们要帮助我们先清理掉外面还在挣扎的那些渣滓。”刘栋说，“没用的旧领袖和他的那些同僚，无视规矩的旅行者，疯癫的蝙蝠，当然，如果你们觉得有必要，我们可以留下一部分突变体，他们的能力说不定可以帮助我们。”

“好。”连川回答。

“现在请你告诉我，你们从露珠里出来的方式。”刘栋说，“我需要根据情况安排。”

“我怎么判断，”连川说，“你说的是不是实话？”

“你们来了一段时间了。”刘栋说，“对这个世界也有了一些了解，你们的救世主应该也会传递一些信息给你，我是个什么样的人，我想要做什么，应该一目了然。”

“你要做这个世界的神。”连川说。

刘栋笑了起来。

“我们为什么要生活在你的统治下。”连川说。

刘栋收了笑容：“谁说神只有一个呢？这可以是个存在众神的世界。”

“这一串串的屁放得能撑出八个露珠了。”宁谷出离愤怒，指着刘栋，“你真是为了达到目的连另一个世界的人都想骗！你还真觉得所有的人都只是你达到目标的工具吗！”

“我们时间不多。”刘栋说，“我们要抢在外面那些渣滓应对清道夫最艰难的时候出击，请告诉我你们要怎样出来。”

“这样。”连川慢慢抬起手。

一个透明的小露珠慢慢从他的掌心里浮了出来，从一个手指尖的大小慢慢一点点变成了一个手掌的大小。

“连川？”宁谷愣住了。

他本来觉得连川的意识还在，但现在看到这个小露珠的时候他突然害怕了。

“这是什么？”刘栋有些激动地从他的金色大椅子上站了起来，往前凑了两步。

“这是，”连川看着小露珠，“你在等的人，你想要的那个世界。”

“嗯？”刘栋看着他。

“刘长官，”连川说，“我有没有说过，你太不了解我了？”

刘栋猛地僵住了。

“你不知道我到底，”连川说，“有多恨你。”

“你是谁？”刘栋惊恐地喊了起来，头转向旁边，“实验舱的读数正常吗！”

“连川？”宁谷也吼了起来，“你是连狗吗！”

“读数正常。”连川说，“一切都正常。”

“你是谁？”刘栋声音里带上了颤动。

“我是来毁掉你‘神殿’的人，”连川手猛地一收，掌心里的小露珠被他握碎，像是炸开一朵水花，向四周飞溅着，“我叫连川。”

91

刘栋模糊的影子消失了，那把金色的椅子也消失了。

这个大概是用了某种类似全息投影的技术，让刘栋可以在一个安全的地方跟露珠里的人接触。

但刘栋没有想到的是他没有联系到露珠里的人，他只联系到了那个被黑暗包裹着的连川。

宁谷突然反应过来，之前他经过的一个个走廊，一个个实验舱，看到的一个个连川，并不是进入了连川的某段记忆，而是连川正在经历的、刘栋让他想起的那些痛苦的回忆。

这种痛苦，是刘栋刻意造成的，这个水柱舱就像当初连川被诗人带走时，他在连川意识里看到的那个水柱……为了让露珠里的那些意识进入连川的身体，达到他跟露珠沟通的目的。

宁谷非常懊恼，他脑子是真的不太好用，之前居然一直没有反应过来，他应该一开始就打碎那些实验舱，把连川拉出来。

“连川？”宁谷看着连川。

连川没有看他，只是看着自己的手。

手上被他握碎的小露珠已经消失得完全没了任何痕迹。

宁谷犹豫了一下，把自己的手慢慢伸了过去，轻轻地放在了连川的掌心里。

连川定了几秒之后，握住了他的手：“你来了。”

“我来了。”宁谷赶紧开口，“我是不是来晚了？”

“没有。”连川说，“来了就好。”

宁谷抱住了他，用力收紧胳膊：“你没事吧，连川？”

“没事。”连川说，声音里带着些许恍惚。

“你这个状态不对。”宁谷说。

“还行。”连川抬手也抱住了他，“我就是……心情不太好。”

“我知道。”宁谷在他背上轻轻拍着，“我知道，我看到了，刘栋这个人渣！”

“刘栋。”连川动了动。

“嗯，怎么了？”宁谷松开胳膊看着他。

“还有事要做。”连川说，语气和声调都瞬间回到了平时的状态。

宁谷用了起码两秒才适应了连川如此迅速的转换。

“露珠已经被刘栋激活了。”连川说。

“激活？”宁谷愣了愣。

“差不多就是这个意思，N把露珠带过来的时候，露珠就像是个休眠舱。”连川走向实验舱的门，“现在因为强行让我接触露珠，露珠里的那些东西，结束休眠了。”

“我们现在要怎么做？”宁谷说，“毁掉露珠吗？怎么毁？”

“不知道，但如果有人能毁掉露珠，”连川说着伸手抓住了门把手，“只会是你。”

“等等！”宁谷扑过去按住了他的手。

连川看着他。

“找套衣服穿上。”宁谷说，“你这光着要去哪里？”

“哪有？”连川看了一眼他身后的实验舱，空无一物，“而且这里不是真实世界。”

“我知道。”宁谷说。

“你不好意思看吗？”连川问。

“……那倒也不是。”宁谷低头看了看自己，之前倒是有件长的外套，但现在没在身上，如果要脱件衣服给连川，他就得光着。

他还在是让自己光着还是让连川光着之间做着激烈的思想斗争时，连川已经打开了实验室的门走了出去。

宁谷赶紧追出去。

却发现站在门外的连川身上已经有了衣服，这衣服他还认识，这是在鬼城的时候，他帮连川找来的衣服。

“这是旅行者的衣服。”宁谷说。

“嗯。”连川应了一声，“这套舒服。”

“这是哪里？”宁谷看了一眼外面，发现门外只有一个大约两米长的走廊，对面依旧是一个门。

他现在对各种门已经快有阴影了。

“露珠。”连川走过去，一把推开了对面的门。

“旅行者！”九翼越过一道火墙，看着前方开始有了变化的露珠，“当心，露珠有动静了，刘栋的人肯定会同时杀出来，当心他们的武器！”

“你注意自己的安全。”李向说，“你目标太大了。”

“谁能杀我！”九翼笑了起来，张开翅膀向露珠的方向冲了过去，“谁！能！杀！我——”

露珠表面那些一直慢慢变化着的、幻彩一样的光芒正在变暗。

一点一点，以极其缓慢的速度，变成黑色。

而九翼在空中能看得更清晰的是，露珠的表面不再光滑，开始出现一个个小小的突起。

“要出来吗？”九翼侧身开始在外圈绕着露珠飞行，“没可能了。”

相比别的毁灭了的世界，露珠这个也同样会毁灭的世界，更为悲惨。

他们见到过希望。

他们至死都抱着希望。

“惨啊。”九翼一挥手，指刺划出寒光，压向地面的清道夫。

清道夫已经开始减少，看来清道夫的出现的确是依靠连川。

一旦连川离开，清道夫就开始走向终结。

这个地狱一般的随机宇宙里，像连川这样拥有绝对强大的精神力，又同时拥有无人能承受的痛苦经历的人，估计没有几个。

当之无愧的清道夫幕后之王。

一道白色的光从露珠后方的地面之下射出。

九翼猛地翻身，在空中转了一百八十度，才躲开了这一次攻击。

“刘栋的部队行动了，我受到的攻击来自地面之下，他们有地下通道。”九翼说，“那些没有被裂缝切断的地下通道。李向你们小心，我去通知清理队。”

“地下？”李向问。

“是的。”九翼说，“主城的地下轨道，地下的运输管道，还有些战备通道，有些断了，有些肯定还是通的。”

“我知道那些通道。”通话器里传来了陈飞的声音，“我现在带人过去，还有EZ。”

“把EZ全部送到露珠附近。”九翼说，“防止露珠突然爆裂。”

“好。”陈飞说，“李向，给我你们的大致坐标，工程车过去掩护你们。”

“好的。”李向回答。

露珠表面的突起还在变化，从小小的一个点，慢慢变成了拳头大小的球状。

而黑色的幻彩已经占据了差不多一半，露珠变成了一个半黑半白的凹凸不平的大圆球。

“真像个病毒啊。”九翼说。

跟九翼曾经在不知道哪个世界或者是哪一段叶希的记忆里看到的某一本书上画的病毒很像。

陈飞坐在加装了防御甲的工程车里冲向C区，后面跟着几辆同样装备的工程车，还有他几乎全部的战力，以及所有EZ。

这是关键的最后一战，清道夫已经是强弩之末，裂缝中窜出的火焰也都开始减弱，有些地方的火墙已经消失。

扛住露珠和刘栋乘虚而入的最后一击才是他们胜利的关键。

A区收容的流民也加入了战斗，跟着他的车队冲向C区的队伍最末，跟着的就是大批流民，刘栋把库存的武器都分发给了他们。

活下去的希望，留住这个世界的希望，在每一个人身上。

旅行者的动作很快，在废墟上奔跑跳跃，仿佛一阵风刮过。

毕竟是来主城的路上就敢跳车的一生只为追求刺激的人。

李向带着第一波旅行者跟陈飞在C区边界汇合了。

“我们前方就是个地下通道。”陈飞说，“你应该还记得吧。”

“记得。”李向说，“废弃的地下轨道，能通到D区的唯一一条轨道，突变体出现的时候就封锁了。”

陈飞看了他一眼。

这是主城跟旅行者第一次划清界限的时间，突变体作为异类，不再被主城接受。

“他们现在是被我们包围着，”陈飞说，“想要突围，跟露珠内应外合，就要从这里走。”

“切断通道。”李向说完发出了啸声。

旅行者同时横向铺开。

“工程车就位。”身后的手下凑到陈飞耳边说了一句。

“开始。”陈飞下令。

几辆工程车同时发出了轰鸣声，地面都被带出了强烈的震动。

七八条包含着无数电光的巨大光束打向了地面。

地面不断被掀起，被击碎的地面和黑铁层在电光中四下飞溅。

就在通道被从上方打通的瞬间，几个黑色的炮筒从通道下方突然探出。

耀眼的白光射出时，李向迅速撑出了防御。

一道白光从李向脸颊右侧飞过，在他脸上带出了一条火辣辣的伤口。

“他们改进了武器。”陈飞说。

李向已经料到了有可能会出现这样的场景，他撑出了第二道防御。

他的防御能力是旅行者里顶尖的，如果要有所改进，他的能力会是最先被针对的那一个。

身后几个旅行者跟着他，同时都撑出了防御。

“继续。”李向说。

“切断他们！”陈飞下令，“全速运转！”

工程车发出震天的轰鸣，电光继续不间断地打向地面，通道开始塌陷。

“火力压制！”第二波炮筒探头出现的时候，陈飞再次下令，“主城的武器没那么容易改进，全都针对旅行者，别的攻击就一定会下降。”

红色和橙色的光开始从四周射向通道。

“所以他们的人都在掩体之下，躲开主城武器攻击。”李向看着通道的方向，“你给我几个人，我带几个旅行者过去。”

“进通道吗？”陈飞马上明白了他的意思，“不行，太危险了，通道那么宽，距离也长，没人知道下面是什么情况。”

“你看露珠。”李向说。

陈飞看向露珠。

露珠已经几乎通体黑色，突出的小圆球像是要脱离母体了。

“没时间了。”李向说。

空中突然响起一声嗡鸣。

一个黑色的影子从上方掠过，寒光像一张网压到了通道上方，几个黑色的炮筒瞬间被击碎，白光攻击哑了火。

“刘栋的地面部队出动了。”通话器里传来了九翼的声音，“要下就现在。”

李向回头看了一眼，一挥手，几个旅行者冲出队伍，跟着他冲向了通道。

“八小队！”陈飞下令，“激活EZ！跟上他们！其他人掩护！”

“我去后面看看，他们在这里已经有火力，说不定接下去就要打你们个回马枪。”九翼掉头顺着通道向D区的方向飞过去。

“清理队和旅行者到位。”雷豫的声音传出来，“我和团长在通道后方。”

“那我不去了。”九翼又掉头。

“九翼，”团长开口，“你过来，把通道打碎。”

“你以为我是宁谷吗？”九翼说，“我得跟他们一起才打得碎黑铁地面。”

“能打裂就行。”团长说，“如果他们先出来了，你的攻击面积大。”

九翼“啧”了一声，再次掉头。

EZ最先扑进通道里，接着是旅行者和八小队的城卫，跳下通道的时候，几个旅行者就同时撑开了防御。

李向落地的瞬间，八小队城卫立刻向通道两边开火。

通道里的几个巡逻队队员瞬间被EZ扑倒，逃开的几个也被城卫击杀。

但通道里刘栋的人并没有多少，只有一排排的炮筒。

而通道两边也已经被挖出了不少平行排列的洞，里面全是炮筒。

“他们不是要攻击，”李向迅速做出了判断，“他们是要把整个主城炸掉。”

“回来！”团长喊，“马上回来！”

“不能回去。”李向说。

“李向？”团长声音都气出了颤音。

“这些炮必须哑掉。”李向说，“如果同时炸了，我们地面的人根本来不及撤！”

这是刘栋的最后一搏，针对旅行者的武器，地面和地下同时攻击，一旦露珠不能成功，他就要跟所有人拼个鱼死网破。

“还有别的办法！”陈飞吼。

“现在还不会炸，地面部队还没有到！”李向说，“还没有到最后一步，还有时间。”

前方的通道里闪出了白光。

八小队城卫的武器开了火，接着就冲了过去。

旅行者在火力压制下也冲了过去，同时激发的能力在通道里震得人耳朵都有些发疼。

九翼在通道的位置上打出了口子。

清理队同时对着缺口发力，火力压制中团长冲了过去。

“你干什么！”九翼拦住了他。

“我的同伴在里面！”团长看着他。

“外面不是你的同伴了吗？”九翼问。

团长看了一眼四周的旅行者。

“我知道你们几个一起出生入死，”九翼说，“你俩要是都下去了，旅行者谁来指挥，E那边有什么情况谁去帮忙？”

团长没有说话，显然是在努力控制自己的情绪。

“破坏几个炮筒，用不着那么兴师动众。”九翼说，“我下去，旅行者欠我的，记住了。”

“这是露珠的里面吗？”宁谷问。

“是。”连川说。

宁谷看着门后这个巨大的空间，无数的小露珠悬在空中，有着各种不同的颜色，有些已经开始变成黑色。

“黑色的那些是什么？”宁谷问。

“是我。”连川说。

宁谷愣了愣，看着连川。

“想不被露珠吞噬，”连川说，“就要吞噬他们。”

宁谷没再说话，过了一会儿才转回头看着那些小露珠。

距离拉近的时候，他甚至能看到一些露珠里有东西。

他看到一个露珠里有一个屋子，另一个露珠里有几个正在奔跑的孩子。

这就是N的世界，保存在这里准备侵入他们的世界获得新生的另一个世界。

“要毁掉他们吗？”宁谷问，“九翼说我一个人秒不掉露珠。”

“这是我让你要找到我的原因。”连川说，“刘栋一旦利用我跟露珠联系，我就可以把你带到这里。”

“你没跟我说过。”宁谷说，“我以为你只是混进来找春姨和龙彪。”

“刘栋要的就是我过来，否则不会抓春姨。”连川说，“他怎么可能只拿我当个人质。”

“你没告诉我。”宁谷说。

“我怕你不让我过来。”连川说。

“你又知道？”宁谷有点不服气。

“因为我就不会让你来。”连川说。

宁谷盯着他看了一会儿：“以后不要瞒着我，任何事。”

“好。”连川说。

宁谷举起了左手。

“这里没有时间，”连川站在他身后，握住了他的右手，“不知道外面的情况，你必须要一击成功，不能给露珠任何机会，一秒钟都不能。”

“如果没成功，怎么办？”宁谷问。

“必须成功。”连川说，“否则所有人的努力都有可能白费。”

“嗯。”宁谷应了一声。

“我还被锁在实验舱里，”连川说，“没有人知道实验舱在哪里。如果你不成功，我会死。”

“你不会。”宁谷脚下瞬间腾起了银色的光束，“有我在。”

92

春三看了一眼自己身边的两个用枪指着她的城卫，听到基地外传来的大面积开火的声音时，这两个城卫的脸色有些变化。

“失败了。”她说。

“不要说话。”一个城卫的枪口冲着她晃了晃，“刘长官交代你的事，你做就行。”

“没有可以做的事了。”春三抱着胳膊往椅背上一靠，“开始的时候我就告诉过他，不要妄图利用连川去接触露珠。”

“你废话太多了。”另一个城卫说。

“说中你们心里害怕的东西了吧。”被捆在角落里的龙彪说。

城卫猛地转过头，盯着他。

“怕也正常。”龙彪说，“我也害怕他。”

城卫正要转回头去的时候，龙彪又补了一句：“还好我选择了站在他这一边，他是我的队友。”

然后很愉快地笑了起来。

城卫的脸色一下变得铁青，几步冲到他面前，在他的笑声里对着他的脸砸了一下。

“废物。”龙彪说，“我要是你，现在就放了春三，带着她去找雷豫，起码能换条活路。雷豫那种讲情谊的人，说不定还能给你点好处。”

城卫盯着他。

春三身边的那个城卫叫了他一声：“不要听他的，鬣狗没有真话。”

门突然被一脚踢开，刘栋冲了进来，直接冲到了春三身边，将她一把从椅子上拽了起来。

“干什么！”龙彪吼了一声。

“你干什么了？”刘栋掐着春三的脖子把她撞到了墙上，“你干了什么？你对连川做了什么操作？”

“都是你要求的，”春三被掐得说话有些吃力，但语气很平静，“精神力灌注，强刺激，激活露珠，接收意识……”

“那为什么失败了！”刘栋吼出了破音。

“我提醒过你。”春三说。

“什么！”刘栋失去了冷静和镇定。

“参宿四。”春三看着他。

刘栋瞪着她没有说话。

“参宿四是怎么消失的，不记得了吗？”春三说，“我提醒过你，连川能吞噬参宿四，吞噬露珠就不是不可能的事。”

“给你十分钟。”刘栋说，“我要你马上切断连川跟露珠的联系。”

“这不可能。”春三说。

“你们现在还能活着，”刘栋指着她，“只不过是因为我还需要能够牵制连川和宁谷的人。你要是逼得我没有路走，那就大家一起死。”

刘栋转身出去了，接着外面响起了他的吼声：“所有人集合，准备作战。”

春三看着屏幕上实验舱传回来的数据，一切都是正常的。

也就是说连川现在已经跟露珠接触，甚至已经让露珠的某些意识进入，但又已经将所有侵入都吞噬掉，成了他自己。

实验舱已经被封闭，实验舱的所有操作都已经转由春三这边操作，技术员生死未知，也联系不上。

这些都已经不是重点，春三焦虑的是，无论实验舱在哪里，连川要怎么醒过来，又怎么从舱里出来。

她试着几次想要唤醒连川，但都没有成功。

如果连川一直在吞噬露珠，他会不会在露珠被摧毁的时候受伤甚至……

这是她现在根本想都不敢想的问题。

门再次被推开，春三转过头，看到的却是脸色阴沉的萧林。

“你们出去。”萧林看着两个城卫。

“可是……萧长官，刘长官说要寸步不离。”一个城卫说。

“就在门口守着。”萧林说，“这里还有别的地方能出去吗？”

“可是……”城卫还在犹豫。

“出去！”萧林说，“我没有时间了！耽误了露珠的接触是拿你俩祭天吗！在门口守着，出去的只要不是我就开枪！”

两个城卫犹豫了几秒，转身走了出去。

萧林把门关上的同时，春三听到了门外沉闷的敲击声。

“有什么要做的事快点。”萧林走到龙彪身边，打开了他身上的锁，“从这里出去，我们只有三分钟时间。”

“去哪里？”龙彪站了起来。

虽然龙彪已经明白了萧林的意图，但出于长久以来萧林对清理队的态度，龙彪对他还是很防备，他抢在萧林前头，拦在了春三面前。

“放你们走！”萧林压低声音，“外面我已经清理干净了，给你们准备了车，你开出去，车上有坐标。”

“为什么？”龙彪一边拉起春三，一边继续把春三拦在身后。

“我不想成为罪人。”萧林说。

“春三和龙彪逃脱！”刘栋的手下从后座扑过来，在刘栋面前的监视屏上点了几下，画面切到了一辆正在飞速往基地后门开过去的车。

“这是萧长官的车？确定他在车上吗？”刘栋的嘴角抽动着，“他是怎么把人带出去的？”

“他带了几个他的人，守在春三那里的一个小队全被杀了，车确定是他开的，他的车只有他本人能操作。”手下听着通话器里的声音向刘栋汇报着，“现在这是……要去后门吗？那里出不去。”

“不是去后门。”刘栋冷笑了一声，“只有我和他知道，后门东面还有一个缺口，是运输EZ的出入口，他是要把人从那里带出去。”

“等您的命令。”手下说。

“炸掉。”刘栋说。

“春三还在车上。”手下看着他。

"我们用不上了，"刘栋说，"自然也不要让陈飞用上。"

萧林的车在接近缺口的位置时，被几道白光击中，紧接着就是连续的爆炸。

刘栋没有留一丝余地，目的就是确保炸死车上的每一个人。

在震天轰响的爆炸声和裹在烟尘里向四周飞溅的残渣中，龙彪穿着城卫的制服，开着城卫的车，带着同样已经换上城卫制服的春三，从已经激活待发的EZ装载箱中穿过，冲出了基地。

龙彪知道萧林一直看不上清理队，也看不上清理队做的那些脏活儿，更看不上清理队的那些出手必杀不留活口的鬣狗。

没想到会有这么一天，萧林开着自己的车，带着两具尸体，以被刘栋炸死为代价，把他和春三送出了基地。

"他们开始进攻了。"春三不停地在自己手里拿着的控制器上按着，她和龙彪身上有刘栋部队的通话器，留一个作为监听，另一个她要尽快用来联系上陈飞和雷豫，"注意安全。"

"放心。"龙彪说，"我的驾驶技术是清理队最好的。"

春三没有说话。

"行吧，不算连川的话。"龙彪说，"他反正现在也不是清理队的人，算编外吧。"

春三笑了笑，伸手在他肩上拍了拍。

"清理队，陈飞，你们能听到吗？这里春三，我和龙彪正从刘栋叛军基地逃离，他们的地面部队已经从基地出发。这里春三，叛军已经出发。"

雷豫听到通话器里传来的声音时，几乎有些无法控制自己的情绪，泪水瞬间模糊了视野。

他迅速摘下护镜，在眼睛上抹了一把。

"这里雷豫，收到。"他说，"连川的情况怎么样？"

"他在实验舱，没有机会找到确切位置。"春三说，"但刘栋想用连川跟露珠交流的计划失败了。"

"了解了。"雷豫说，"你们从侧翼离开，走东线，龙彪知道路线，不要在主城逗留，回失途谷。”

“我们要去A区。”春三说，“那边有备用通讯桩，失途谷跟主城这边的通讯必须恢复。”

“注意安全。”雷豫没有多说。

“春三，”陈飞的声音响起，“一队城卫和旅行者跟你在A区B2口汇合。”

“好的。”春三回答。

备用通讯桩刚设置完毕，露珠的方向就传来了巨响。

春三回过头的时候，看到了冲天而起的白光，从露珠外围呈扇形向前一路压了出去。

“刘栋的地面部队。”一个旅行者跳上了旁边的废墟往那边看着，“他们的进攻开始了。”

“测试！”春三拿起通话器，“失途谷！”

“失途谷寿喜。”通话器里传来了寿喜的声音，“春三姐姐？你逃出来了？”

“是的，通讯恢复了！”春三说。

“老大！”寿喜立刻喊了起来，“老大你能听到吗！九翼！老大！”

“九翼……进了地道，去破坏刘栋的埋伏，”团长的声音响起，“暂时联系不上。失途谷那边情况怎么样？”

“还好。”寿喜的声音里带上了强压着的哭腔，“傀儡稳定，E不能说话了，旅行者在清理最后的清道夫，宁谷还没醒，但是安全。”

通讯暂时沉默，C区大规模的最后一战已经拉开了序幕。

耳边震天响着的爆炸声，不断在空中闪过的各种武器的光芒，交织出了一张巨大的网，又像是一幕大剧的背景，主城上方的日光天幕上都被映出了色彩。

春三恍惚中莫名其妙地想起了曾经会在主城上空偶尔出现的人工彩虹，像星空一样，因为“浪费资源”而被停止了。

哭泣声。

宁谷耳边能听到很多声音。

哭喊的声音，绝望的惨叫声。

银光所到之处，越来越多的声音涌进他的耳朵里，混乱的，嘈杂的，凄凉的……

“妈妈——”一个细小的声音在耳边响起。

宁谷转头看过去，一个小露珠在他脸旁边，一个孩子正惊恐地在黑色的烟尘里奔跑哭喊着。

这哭喊声让宁谷心里猛地一抽。

但接着连川身影一晃，这个小露珠就被一斩两半，碎成了四溅的水花。

“假的。”连川回头看着他，“N的世界跟我们的世界完全不一样，这是他们自保的最后手段。”

“嗯。”宁谷应了一声。

越来越多的声音，不断有小露珠冲到宁谷身边。

他闭上了眼睛。

连川跃起，不断地劈碎靠近的小露珠。

也不断有小露珠变成黑色。

他知道宁谷不会犹豫，他的成败决定着他能不能保住他想留下的世界，决定着很多人的生死，决定着一定要为了他逢赌必赢的那个人的生死。

但这些真实的、惨烈的、绝望的声音和画面，连川不愿意宁谷看到太多，看到这些自己亲手造成的毁灭。

这些黑暗能给一个人带来什么，他比任何人都清楚。

他希望宁谷永远只是个善良天真有时候不带脑子出门还不介意承认的旅行者。

交错的银色光束已经在慢慢充斥露珠内部，像是一幅抽象的画，无数透明的、黑色的小露珠在被光束分隔开的空间里不断浮动撞击着，像是在寻找最后的生路。

“就是现在。”连川在宁谷耳边低声说。

宁谷指尖泛出的金色光芒瞬间迸出，像是一把旋转的圆刀，猛地拦腰从露珠内部切了出去。

“离开地道！”团长吼，“所有人离开地道附近！”

“工程车护甲打开！”陈飞的声音已经嘶哑，“所有护甲打开，注意找掩护！”

“各组按区域给地面火力掩护。”雷豫指挥着清理队，“注意保持距离，不要靠近地道！”

E喘息着爬到了一块黑铁上，看着远处战火连天的主城，大批黑戒和蝙蝠已经越过城界去增援。

“你可以休息了。”福禄在他脚边蹲着，“他们一定能赢的，连川和宁谷在露珠里，一定能毁掉它。”

E没有说话，他已经无法再发出声音。

最后的一点力气只够让他站在这里。

他本以为自己会死在跟主城的最后一战里，没有想到，自己最后会死在跟主城并肩作战的战场上。

唯一庆幸的是，他撑过了必须咬牙坚持的那一段。

是的。

可以休息了。

他慢慢举起手，指尖暗银色的光芒闪过。

傀儡军团掉转了方向，开始向主城飞速奔去，成片闪烁的黑银色光芒看不到尽头，一直延伸向主城，向着最后的战场。

地下的震动传来。

“李向！”团长对着通话器大吼着，“九翼！出来！出来了没有！回话！”

四周的地面随着震动，开始不断地塌陷。

刘栋启动了地道里的炮筒，爆炸开始。

不断被炸得飞起的黑铁地面在空中飞舞着扬起，落下。

“主通道没有爆炸。”雷豫说，“李向他们成功了。”

“给我冲！”团长吼。

“压上去！”陈飞抱着个炮筒跳进了工程车，架在天窗上，“全部往前压！”

又一波爆炸开始。

团长心里猛地一沉。

李向他们不可能清除所有的爆点，如果第二轮爆炸完全铺开之前不能回到地面上，那他们就有可能被埋在地道里。

“李向！九翼！”团长一边带着人往前压一边继续吼。

“露珠！”有人突然大喊了一声。

团长抬起头看向露珠的时候，感觉有那么一瞬间，四周没有了声音。

说不清的感受，声音、画面，甚至是时间，似乎都消失了。

又明明全都在眼前。

他能看到，也能听到。

露珠半腰处突然亮起了一道金色的光芒。

接着就像是被拦腰斩断，金光猛地从露珠里爆出，几乎就在同时铺满了整个主城的上空。

眼前的所有事物，在这一刹那，全都被染成了金色。

93

一片金色中，战场上有一瞬间像是被定格，所有人都凝固在这一秒的时间里。

只有寥寥无几的清道夫、在进行最后扑杀的EZ和傀儡大军没有停下。

无数银色光束从上方如同云层一般的金色中倾泻而下，在空中猛然加速，像一道道刀刃直刺地面，准确击中清道夫和刘栋的地面部队，炸出无数银色焰火。

“前压！”雷豫在这时吼出了声音。

“全体开火！”陈飞下令。

“跟着我！”团长从一截断墙后跃出，落地的时候能力激发，地面发出轰鸣。

之前被刘栋的地面部队大面积压制的战力瞬间爆发，大量旅行者在陈飞、城卫和清理队的火力掩护之下冲向了露珠前方的刘栋部队。

传令官扑到刘栋的指挥车旁边：“刘长官，我们损失了……”

“不计损失！”刘栋阻止他的话，“全部给我冲！地道都已经打开，地下部队从后方包抄！”

“火力可能不够了。”传令官的嗓子喊得有些沙哑，“之前李向和九翼带着人进地道，很多关键位置的炮筒都被破坏，驻守的人也被杀了不少。”

“他们人呢？”刘栋问。

“二次引爆后就没找到了。”传令官说，“估计是炸死了，但我们的人也损失不少……”

“不要跟我说损失！”刘栋吼了一声。

“刘长官！”另一边站着的手下也吼了一声，“现在这个情况，不说损失要怎么打！宁谷的能力这一爆发，我们已经没办法再打了！”

“闭嘴！”刘栋瞪着他，眼睛红得像是正在燃烧。

手下没再说话。

刘栋转头，看向露珠。

露珠已经通体黑色，被金光从中间一分为二，变成了上下两个半圆。

金光还在不断涌出，银色的利刃也不断从金光中击出，像一道道闪电，不断击中地面，炸出的银光几乎要淹没裂缝中的清道夫之火。

而半圆的露珠，也已经开始毁灭。

不断有黑色的碎片从主体上脱落飞出，像是被风带起，在露珠四周旋转飞舞着，渐渐消失。

那些曾经被包裹在主体内的小露珠，也像是滴落的墨汁，在空中晕出一枚枚黑色小花。

“重石还能用吗？”刘栋盯着露珠，问了一句。

“一门损毁，还有一门能用，”手下回答，“但也有损伤，发射次数受限，大概还能发射三次。”

“能发射就行。”刘栋跳出指挥车。路面上被掀起的黑铁石块密布，车已经无法再行进了。他冲向了最后的一门重石。

“刘长官！”几个贴身守卫紧跟着他，“太危险了，不要过去！”

“怎么，”刘栋看了他们一眼，“坐在车里等死吗？”

“撤吧，回基地安全屋。”守卫喊，“活着一切就还有希望，死了就什么都没了啊！刘长官！”

“我从一开始就说过，”刘栋说，“要么成神，要么死。”

两门重石，都对着主城大军的方向，一门已经被击碎，另一门看上去状态也不怎么样。

刘栋冲进操作舱：“还能转向吗！”

“能。”操作员回答。

“转向，”刘栋说，“向露珠开火，所有的射击次数都用上。”

操作员吃惊地看向他：“刘长官？对露珠开火？”

“这是最后杀掉宁谷和连川的机会了。”刘栋说，“就现在，转向。”

团长远远就看到重石动了，他吼了一声：“找掩护！重石要发动！”

四周的人迅速消失在各种废墟里。

但重石并没有发射，而是开始转向，从正对着他们的方向开始左转，再转向左后方。

“是露珠。”团长在通话器里说，“刘栋要炸露珠。”

“快！”雷豫喊。

所有人从废墟里跳出，飞速冲向重石。

各种远程的武器和能力同时发动，想要用攻击阻止重石。

但距离还太远，重石是重型武器，防御超强，之前那一门是被宁谷的能力摧毁，现在就算他们能赶到，也未必能阻止重石对着露珠开火。

团长在黑铁废墟上拼尽全力奔跑，鞋底已经破了口子，脚下传来的钻心的疼痛也不能让他放慢速度。

李向和九翼生死未卜，E也不知道是什么情况，傀儡军团还在冲刺拼杀，没有别的变化，这有可能是E给出的最后一条指令。

露珠跟连川和宁谷都有关系，如果露珠被重石攻击……

就算最后他们能留下这个世界，对于很多人来说，这都是他们无论如何也不愿意付出的代价。

“瞄准。”刘栋站在操作舱后方，“锁定。”

“锁定系统受损。”操作员汇报，“无法自动锁定，改为手动锁定。”

刘栋听着耳边不断响起的爆裂声、各种武器交火的声音，还有远处不断逼近的旅行者发出的尖啸声，盯着操作屏幕。

“手动锁定方向。”操作员说，“发射准备就绪，等待指令。

“尽数发射。”刘栋说。

在他说出这句话的同时，前方露珠下的黑铁地面突然像是被什么东西顶起，发出震响。

“警戒！”操作员喊。

黑铁地面猛地爆开。

一个黑影从地下冲了出来，跃到了半空。

猛地张开的双翼瞬间把监视屏幕上的画面全部遮住。

“九翼！”有人喊。

“发射！”刘栋吼。

没等操作员伸手按下按钮，一张寒光网扑过来，刘栋四周的人瞬间全部倒地。

九翼猛地扑到操作舱上方，一脚踩碎了舱顶。

刘栋抬起头的时候，九翼蹲在舱顶的大洞边低头看着他：“早安，刘长官。”

刘栋没有说话，伸手对着发射按钮拍了下去。

但刘栋的手没有机会碰到按钮了，手抬起的下一秒，他已经被九翼拽着衣领拉出了操作舱。

“最后一眼。”九翼说，“记住这个世界。”

刘栋没有说话。

“你永远也得不到的世界。”九翼说完一振翅膀，把刘栋拉向了空中。

接着往露珠的方向狠狠一甩。

刘栋张开的胳膊腿在空中摆出一个大字，像是要拥抱什么。

一束银光从露珠里探出，从刘栋身后直插而入，戳穿了他的身体。

刘栋被这束银光悬挂在了露珠前方的空中，瞪圆的双眼看着前方冲到了露珠前的联合大军，眼神渐渐暗淡。

“宁谷。”有人在喊。

宁谷觉得头很疼也很晕，眼睛无论如何也睁不开。

“打他一巴掌。”

“我不敢，你打。”

“一起打。”

“有用吗？会被打醒吗？”

“他就是被老大打晕的，应该也可以打醒。”

宁谷睁开了眼睛。

福禄寿喜的脸迅速从他上方移开了。

“宁谷！醒了吗！”福禄喊。

“快去主城！”寿喜也喊，“战斗结束了！”

“我们胜利了！救世主！”福禄喊，“快去主城！大家在清理战场！还要找人！”

找人。

宁谷一跃而起。

然后摔回了地上。

太阳穴剧痛。

他抱着头慢慢坐起来，缓了一下才站了起来。

“九翼居然敢打我头。”他咬着牙。

“快去！”福禄蹦着喊，“我们一起去！”

宁谷晃了晃脑袋，跟着福禄寿喜跑出洞窟，往失途谷出口跑去。

冲出失途谷的时候，宁谷脚步顿了一下。

四周的景象已经全变了样。

四周一切都带着暖暖的金色。

有一瞬间让宁谷想起了沙湖公园的阳光。

没有了满耳的爆炸和交火的声音，也没有了满眼的火光和腾空而起的武器的光芒。

黑铁荒原上的火已经熄灭得差不多了，裂缝中偶尔喷出的火焰也变得很小。

满目的黑色碎渣透着大战过后的疲惫。

风吹过的时候，能闻到灰烬的气息。

四周有不少旅行者和清理队的人，正在整理装备，清理营地里的杂物。

看到宁谷出来的时候，所有的人都停下了手里的动作，一起看向他。

宁谷除了受罚被挂在钟楼上时享受过这样的集体注视，还没有在别的场合被这么盯着过，顿时站在原地不知道该干什么了。

“团长他们都在主城。”清理队有人说了一句，“你开车过去吧。”

宁谷赶紧点了点头，转身扑到之前连川给他的那辆A01上，发动了车子，往主城方向冲过去。

福禄寿喜抓住车子后座，跟着车飞了起来。

车开出去几十米之后，身后传来了旅行者的尖啸声和欢呼声，宁谷回头往后看的时候，看到清理队的人举起武器对天开枪，闪起一片蓝光。

主城的状况看上去比黑铁荒原更惨。

金色光芒之下，露珠的残体还悬在主城上空，但已经完全失去了光泽，像两个被劈碎了的黑铁碗。

战斗已经停止，裂缝中的火也已经熄灭，但废墟成片，倒塌的房屋，被掀翻的路面，遍布的黑铁碎块。

死去的人也随处可见，有主城的战斗者，也有旅行者，还有不少平民。

宁谷不敢往下细看，他害怕，怕看到自己熟悉的那些面孔。

让他稍微心安一些的，是活着的人更多，陈飞、城卫和巡逻队正在安排平民往A区去，那边的营地没有受损。

九翼指刺的鸣音从前方传来，宁谷抬头看过去。

“欢迎回来。”九翼从他身边飞过，“救世主。”

“老大！”福禄寿喜同时大喊着从宁谷车后跳过去，抱住了九翼的腿。

“撒手！”九翼被他俩拉得猛地往下一坠，用力扑了两下翅膀才又升了上来。

“情况怎么样？”宁谷问，“大家都还好吗？”

“黑戒去找E了，主城这边李向还没找到。”九翼说，“雷豫带着清理队的人去基地找连川……你居然没有第一时间问连川在哪里！”

宁谷没有说话。他想问的太多了。E撑不了多久他知道，现在E什么情况他也不敢多问，但李向的情况他也同样不敢问，甚至不敢问李向怎么了，为什么会“没找到”。

至于连川，宁谷最后的记忆里是连川的声音。

“宁谷，打碎舱体。”

什么舱体？

打碎了吗？

怎么打碎的？

他已经不记得了。

再往前一些，宁谷看到了大批的旅行者，正在一道炸塌了的地道里翻着黑铁。

“李向在地道里？”宁谷心里一沉。

“我知道他在哪儿。”九翼说，“我没法保住下去的全部人，只能尽力，这些人在侧面的地洞里。”

宁谷这时才注意到，九翼的翅膀上全是破洞。

“你受伤了吗？”他问。

“没有。”九翼看了看下方，“你来了正好，把那个塌了的洞顶掀掉，他们这么挖太慢了。”

宁谷马上一扬手，银光掠过，堆积在一起的大大小小的黑铁块立刻被掀开。

下方的人顿时一片欢呼尖啸。

“好了。”九翼冲了下去。

团长抬起头，满脸的黑灰，糊得都快认不出来了。

宁谷正要压低车头下去，团长已经摆了摆手，指着叛军基地的方向：“去找连川！”

“你们怎么样……”宁谷喊。

“都好！”团长说，“快去！”

“嗯。”宁谷应了一声，转了车头，往基地的方向全速冲了过去。

越过残垣断壁，越过冒着黑烟的废墟，越过破碎的车辆，越过无数的尸体……

风在耳边呼啸着，视线里时不时会有黑色碎渣卷过，宁谷指尖迸出金光，一路劈开前方空中各种飞舞而过的障碍。

连川。

我来了。

撑住啊。

刚到基地上方，宁谷就听到了龙彪的吼声：“那边呢！老大你能闻到连川的气味吗！”

宁谷没等车落地，还在悬停状态就直接从空中跳了下来。

“找到了吗！”他一边跑一边大声问。

“还没有。”雷豫回答，看到是他的时候，有些意外，“你醒了？没事吧！”

“没事！”宁谷冲了过去。

清理队和城卫，还有一些旅行者，已经在基地搜了不短的时间，现在所有的人都集中在了破损的地面附近。

宁谷冲过去的时候，看到老大正埋头在黑铁堆里刨着。

“老大！”宁谷扑过去，“你是不是闻到什么味道了？”

老大从鼻子里喷了口气。

“我肯定打碎舱体了。”宁谷说，“我肯定打碎了，你闻到的是水柱舱的味道！”

老大看了它一眼。

“我来。”宁谷看到了老大爪子上的伤痕，“我知道怎么找他。”

宁谷的手按到了地面上。

他肯定打碎了舱体，只要他还活着，他就不可能在打碎舱体之前离开。

他不仅会打碎舱体，他也一定会给连川保护。

连川是无意识状态下留在水柱舱里，如果没有保护，一旦舱体破损，连川就会受伤。

虽然这些宁谷都不记得，但他确定，只要自己没有死，只要自己意识没有留在露珠里，他就一定会做到这些事。

他不可能让连川受伤。

实验舱在地下，刘栋不可能让别人轻易找到实验舱，他控制不了连川，也不会让别人轻易找到连川。

宁谷掌心下的地面漫出了金色的网状光芒，像是流淌着的金色溪流，顺着一片狼藉的地面一点点漫延开来。

所有人都盯着这一片金色。

露珠正下方的地面上突然爆起一束小小的金光。

“就在那里。”宁谷开口的时候听到自己声音都哑了。

几束银光随着他的声音从指尖窜出，在爆裂声中切开了地面，裂缝中瞬间迸出了更多的金光。

宁谷狠狠一扬手，掀起了一片地面，形成了一个大坑。

“还要再深一些！”龙彪在坑边往下看了看。

宁谷再次扬手，身上之前没有完全恢复的伤重新开始疼了起来。

“还是黑铁！”龙彪喊。

雷豫看了宁谷一眼，大概是发现了他脸色不对：“你先停，让陈飞找辆能用的工程车过来。”

“我等不及。”宁谷说。

不得不说，刘栋的狠劲让他能做到很多不可想象的事。宁谷不知道他是怎么做到把实验舱沉入这么深的地下的，三次掀起的黑铁已经堆出了一座小山，这才终于隐约从缝隙里看到了发着光的水柱舱。

如果他没有这样的能力，就算最后大家能挖到水柱舱，连川恐怕也活不成了。

“连川！”宁谷吼了一声，咬牙再一次狠狠扬起手。

随着他的动作，最后一层压在舱上的黑铁被全部掀起，已经破碎的实验舱露了出来，里面的水柱舱也已经完全被破坏了。

连川被一团金色的光芒包裹着，静静地躺在舱里一堆黑铁碎片中。

看清连川的那一瞬间，宁谷松了一口气，一头栽进了大坑里，最后看到的东西是老大身上的毛。

94

雷豫和几个队员把宁谷搬到了旁边平坦些的地面上。要不是老大垫了一下，宁谷的脸就该直接扣到碎渣上了。

“他还有伤。”雷豫在宁谷身上轻轻按了几下，“但是看不出在哪里，能力这么用完估计撑不住了。”

“我先把他送回失途谷？”李梁蹲下看了看。

“看上去问题不大，让他躺一会儿再说，最好能跟着连川一起走。”雷豫说，“要不我怕他醒过来没有看到连川会着急。”

“嗯。”李梁转头看着那边的大坑，龙彪带了人正和几个旅行者往坑里下，“连川的情况也不知道怎么样。”

“宁谷的能力护住他了，安全的。”雷豫说，“看看能不能找个什么装载箱之类的把他带回……”

话还没说完，那边龙彪“嗷”地喊了一声。

雷豫和李梁他们跑到坑边的时候，看到已经下到实验舱顶的几个人都摔倒在旁边的碎铁堆里。

“怎么了？”雷豫问。

“得等宁谷醒过来。”一个旅行者说，“他给连川裹的这层保护能力有攻击性。”

龙彪冲雷豫晃了晃自己的手，他的整个手掌都黑了。

“你先包一下，回去让我们老八叔给你处理一下。”旅行者说，“很快就能好。”

“谢了。”龙彪甩甩手。

宁谷大概只在地上躺了一分钟。李梁带着人去找运输连川的箱子，还没走几步，宁谷就突然从地上一跃而起。

跟着手里就爆出了金光。

两个旅行者吓了一跳，同时撑开了防御，护住了旁边的人。

宁谷落地之后愣了两秒才收起能力，开口问了一句："连川呢？"

龙彪指了指坑里："还在下面，我们弄不出来。"

"我来。"宁谷冲过去，跳进了坑里。

"你状态怎么样？"雷豫追了一句。

"很好。"宁谷从破口处跳进了实验舱里。

水柱舱已经完全碎掉了。宁谷靠近连川，他在一堆碎渣里静静地躺着，金光始终裹着他的身体。

宁谷小心地伸出手，在连川脸上摸了一下。

连川肯定受伤了，怎么伤的，伤在哪里，宁谷都无法判断。最后那些小露珠一个一个变成黑色，最后被毁掉的露珠也通体发黑，让他有些不安。

他记得关于那些黑色的小露珠，连川说过的话。

"是我。"

刘栋是成功了的，他让连川跟露珠联系上了，只是连川阻止了露珠对他的吞噬，而且以不可思议的力量反向吞噬了露珠。

如果是这样，他最后劈开露珠、毁掉那个世界的时候，连川会不会也受到了牵连？

"给我件衣服。"宁谷抬头喊了一声。

一件旅行者的长斗篷被扔了下来，宁谷用斗篷裹住了连川。

能力他没有撤，虽然他觉得一开始自己放出能力可能有一部分原因是连川的衣服没了，自己想挡着他。

不过现在作为一种保护，说不定也有用。

他拉起连川，把他背在了背上。

李梁他们找到一辆运输车，顶子被炸没了，但还能开。

宁谷其实不太想坐这个破车，显得他太弱了，他一个鬼城恶霸，怎么也得把连川扛着然后开着A01回去呀。

但他现在的确有点弱，跳出黑铁坑的时候都感觉有些吃力，能力用得有些太过了。

这状态扛着连川开A01，万一翻车了……

为了连川的安全，他只能暂时放下鬼城恶霸的面子。

把连川放到了破车上，宁谷坐在车里，用自己的腿垫着连川的脑袋。

“出发。”雷豫说。

李梁开车，雷豫和几个旅行者在前面清理出能走的道路。

龙彪带着剩下的人继续清理基地，刘栋到最后一刻都还在为自己偏执的目标努力，所以基地还有不少的武器和物资，这些东西都是往后他们生存下去的关键。

车开动的时候，颠了一下。

宁谷伸手在连川脑袋下面托住了他。

李梁回头看了一眼。

“没事。”宁谷说。

“我现在才有机会说一句，”李梁说，“辛苦了。”

“我以为你要说什么了不起的事呢。”宁谷摆了摆手。

辛苦吗，还行吧，也不算辛苦。

宁谷并不需要谁感谢他，他最初说出要砍掉拿着走马灯的那只手的时候，甚至只是因为不服气。

谁决定我们生？谁决定我们死？

是我们自己。

仅此而已。

后来的这些日子里，他也是想要为自己留下这个世界。

他想要留下他在意的人，他还没有走遍的地，他想永远记住的那些回忆。

虽然鬼城不知所踪，但他相信那些留在鬼城的同伴，也同样能留住想要留住的一切。

鬼城恶霸。

宁谷已经很久没有想到过这个称呼了，那些在鬼城狂妄嚣张不知天高地厚的日子似乎已经离他很远了。

但现在他再次想到这个词的时候，突然发现，相较于救世主，他其实更喜欢这个称呼。

车在之前的地道边停下了。

宁谷收回思绪，把连川放平，急切地直接从没了顶的车上跳了出去。

“找到李向了吗？”他喊。

“找到了，”团长声音很响亮地回答了他，“受了伤。”

“严重吗！”宁谷冲了过去，看到了刚从地道废墟里抬出来的李向，还有三个旅行者和两个城卫。

都有伤，脸上糊满伤痕和黑灰，但无论怎么样，他们活了下来。

这些是九翼尽了最大努力保护下来的人。

破车上还有位置，大家把受伤的人都抬上了车。

宁谷看到了九翼，永远是老习惯，找个最高的地方蹲着，不知道在想什么。

他走到九翼蹲的那根柱子下方：“九翼。”

“连川怎么样？”九翼跳了下来，漏风的翅膀在身后“扑啦扑啦”地响着。

“还没醒。”宁谷放低声音，“你说，会不会我毁掉露珠的时候，也伤到他了？”

“还用想吗？”九翼说，“当然了，他早就跟露珠有关联了，不过他敢冒这个险，就是知道自己有本事挺过去。”

“你们都没有跟我说。”宁谷盯着九翼，想骂几句的时候看到他面具上满布的深深划痕，又开不了口了。

他们做过的每一件事，在这种关键的时刻做出的每一个决定，都是因为别无他法。

“说了也没有用，只会动摇你，影响你的判断。”九翼说。

“凭什么我就会被影响。”宁谷皱了皱眉。

“你有牵挂，你善良，还心软，你相信希望。”九翼竖起指刺数着，“所以你最后能够成功。”

回到失途谷的时候，搜索E的黑戒已经回来了一部分。

宁谷从他们的反应上就能看出来，他们没有找到E。另一部分还没回来，但宁谷感觉可能找不到了。

福禄是最后见过E的人，但在他说的位置也没有找到任何E的痕迹。

宁谷没有多问，安顿好李向他们之后，就跟着福禄寿喜一块儿进了失途谷。

连川躺在宁谷之前被九翼一拳头砸晕的那个洞窟里，还没有要醒过来的意思。

宁谷撤掉了能力，坐在连川身边，拉过他的手握着。

连川的手是暖的。

这一点点温度让他心安，抓着不敢放。

他用了用力，手背上的小光斑闪过，连川手上的光斑也闪了起来。

是连川没错。

九翼进了洞，扔下几盒配给和几瓶水，转身就要出去。

“你那个翅膀，”宁谷叫住他，“还能补吗？”

“不光能补，还能换。”九翼看着他，“羡慕吗？”

“以前也没发现你有翅膀，藏哪儿了？”宁谷往他身后看了看。

“别小看蝙蝠。”九翼弹了一下指刺，出去了。

“你看，”宁谷捏了捏连川的手，“九翼现在狂成什么样了！我去找你的时候睡不着，他居然直接打我一拳！当然，如果他不打晕我，我不知道什么时候能睡着……但是他居然打我一拳！真的没法忍，你醒了以后我还是会找他算账的。”

说到这一拳，宁谷就觉得太阳穴隐隐发疼，顺带着把身上本来已经不太疼了的、那些连川揍出来的伤，带得也疼了起来。

他靠到洞壁上，闭上了眼睛。

什么救世主，什么鬼城恶霸，一天天的谁都能拎起来揍一顿。

连川打几下也就算了，九翼这种无脑怪都打……

大概是大家并肩战斗的时候，自己躺在失途谷里，现在睡着了还能梦到战斗，他不断地奔跑，跃起，打斗……

感觉睡着了比醒着还累。

宁谷挣扎着暂停了梦境，睁开了眼睛。

连川坐在他旁边，正看着他。

宁谷叹了口气，又闭上了眼睛。

“不是做梦。”连川说。

宁谷猛地睁开了眼睛，瞪着他。

“我没事了。”连川说。

“连狗。”宁谷说。

“嗯。”连川应了一声。

“我知道你会没事。”宁谷说，“我一点也不担心。”

“嗯。”连川点点头。

宁谷没再说话，起身扑过去一把搂住了他，非常用力地收紧胳膊，老觉得现在梦还没醒，搂得不够紧，一会儿醒了连川就不见了。

“老大。”连川动了动。

宁谷搂着他没松手，只是偏过头看了看。

洞口露出一只耳朵和一只圆眼睛。

“老大。”宁谷不知道自己为什么声音里居然带着哭腔，“连川醒了，他没事了。”

老大喷了口气，转身走了。

“撒手。”连川说，“我要喝水。”

“哦。”宁谷松开了胳膊，拿过一瓶水递给他。

连川一口气把水都喝光了，宁谷赶紧又给他拿了一瓶。

看着连川喝水的时候，宁谷有些出神。

连川放下瓶子之后又过了好半天，宁谷才开口：“我好像很久没有这么放松了，就坐在这里，不用担心又有什么事情发生。”

“都过去了。”连川说。

“我们成功了对吗？”宁谷问。

“嗯。”连川应着。

“你说，”宁谷看着他，“如果清道夫是因为你才出现，那些要毁灭的世界，现在是不是就可以不毁灭了？因为清道夫没有了。”

"不知道。"连川说，"我们这里是结束，不知道别的世界是不是结束。"

"我们没有毁灭，"宁谷想了想，"叶希知道吗？"

"无所谓。"连川说。

"我希望他知道。"宁谷说，"没有什么结局是必然的。"

宁谷和连川回到黑铁荒原的时候，清理队和蝙蝠们已经把失途谷外面的驻点重新清理干净，正在码放收集回来的各种物资。

春三从一个物资箱上跳了下来，走到了连川面前。

"我没事。"连川说。

"我知道。"春三笑着在他脸上轻轻拍了拍。

"现在什么情况？"宁谷抓住从旁边经过的李梁。

"收拾残局的情况。"李梁说，"陈飞那边安置平民，我们主要负责收集还能用的东西，清理废墟，春三还要重建主城系统。"

"什么系统？"宁谷一听就紧张了。

"没有了管理员，主城也需要一个能运行的系统。"李梁说，"各种设施，要慢慢恢复。"

"嗯。"宁谷点了点头。

"旅行者暂时都在旧商场那边，那边没有被破坏，很多房子还能用。"李梁说，"团长带了人过去清理了。"

"那边的旅行者……"宁谷问。

"都没事，你是要问钉子吗？"李梁说，"团长说你会问，他说钉子安全的。"

"谢谢。"宁谷说。

"要去旧商场看看吗？"连川走了过来。

"钉子没事。"宁谷说，"我想先找找E，你觉得E还活着吗？"

连川没说话。

"死了。"宁谷低声说，"是吧？"

"我们都知道他这一战必死，"连川说，"能撑到最后已经是奇迹了。"

宁谷没再说话。

“雷豫说九翼去找E了。”连川说，“去看看吧，他也许能找到些什么痕迹。”

以前的黑铁荒原比主城要荒凉得多，或者说，完全就是荒凉，什么也没有。

但大战过后，主城一片废墟，倒显得黑铁荒原看上去没那么惨了。

除去巨大的裂缝和翻起的黑铁，和之前没有太大的区别。

宁谷和连川慢慢往荒原深处走过去，顺着裂缝，也不知道能找到什么。

空中传来一声鸣音。

九翼张着他破了八百个洞的翅膀落在了他们前方。

“饭后散步？”九翼问。

“找到什么没？”宁谷问。

“没找到人。”九翼走了过来，“E这个怪胚，我怀疑他故意的，说不定快死的时候撑着一口气跳进裂缝把自己烧成灰了。”

宁谷瞪着他。

“但是找到这个。”九翼伸出手，掌心里放着一个泛着银光的黑色小方块，上面还有一根链子，“这个光一看就是E的东西。”

这是条项链。

宁谷把小方块拿到眼前看了看。

他连E的脸都没有看清过，更不知道他脖子上有没有挂着这个小方块。

但的确就像九翼说的，这个光一看就是E，而拿在手上时，因为同样的能力，他有种熟悉的感觉。

“你拿着吧。”九翼说，“我要回去修翅膀了。”

“在哪儿捡到的？”宁谷问。

“你这不是为难我吗。”九翼看着他，“我哪说得清，从这里过去三条小裂缝，有个熔火管道翻起来的壕沟，就在沟底下。”

九翼走了之后，宁谷犹豫了一下，把小方块挂到了自己脖子上。

“要去九翼说的那个地方看看吗？”连川问。

“不了。”宁谷说，“E躲得那么远，大概就是不想让人再找到他。”

旁边裂缝里的最后一丛小火焰熄灭了，四周一片漆黑，只能看到远处还亮着的主城。

宁谷指尖泛出小小的一团金色。

“干吗？”连川问。

宁谷把手慢慢抬到连川脸旁边：“看不到你有点不踏实。”

“那在我脖子下面挂个灯吧。”连川说。

宁谷又把手慢慢移到连川胸口的位置，看着金光从下往上照亮连川的脸。

“算了。”宁谷又把手举回了他脸侧，“这也就是你，要是换了九翼那个狗头面具脸，我已经吓死了。”

连川笑了起来。

宁谷跟着笑了一会儿，又抬手在连川脸上拍了一下：“这个笑不常见啊。”

“我自己都没见过。”连川说。

宁谷嘿嘿地冲着他嘿嘿笑了好半天：“就是这样。”

“……我还是别笑了。”连川说。

“你什么意思？”宁谷问。

“没有什么意思。”连川说。

“我笑得很难看吗？”宁谷说。

“好看。”连川说，“英俊。”

“我……”

“比九翼英俊多了。”连川又说。

95

大战过后，所有的人因为做到了不可能的事、看到了以为永远不会有的这一天而被激起的兴奋心情到达了顶点。

宁谷本来想马上去旧商场看看钉子，但听说很多人在满主城寻找带他们“找到出口”获得新生的救世主，又蹲在失途谷不敢过去了。

“晚点吧。”宁谷叹了口气，“感觉太吓人了。”

“我开A01带你过去也行。”连川说，“从人少的半空走。”

“不要，雷豫刚说了，现在能源缺，要保障主城生活重建什么的。”宁谷说，“不要随便浪费。”

“送救世主去看朋友，”连川说，“怎么能叫浪费呢。”

宁谷抬起头看着他：“故意的吧你？”

连川笑了笑，蹲在了他旁边：“那晚点去吧。日光还有两个小时就关了，大家都安顿得差不多了，今天肯定会休息得很早，都累了。”

“嗯。”宁谷托着下巴，看着主城的方向，“你说，接下去主城会怎么样？有很多事要做吧，清理城市只是第一步。”

“那就是苏总领和陈飞他们的事了。”连川说，“他们对主城很了解，知道要怎么恢复，又要怎么维持。”

“还会像以前那样吗？”宁谷说，“各种实验，各种……毕竟参宿四只有一个，他们还会继续想要弄出第二个第三个吗？”

“谁知道呢。”连川说，“人永远都是贪心的，陈飞和苏总领他们这一代也许看到了更多，想法和选择会有改变，下一代呢？总有一天我们经历的这些会变成一段模糊的记忆，那时的人又会怎么想，谁知道呢？”

几个小蝙蝠蹦着跑了回来：“去看热闹吗！”

“什么热闹？”一帮在失途谷帮忙清理的旅行者立刻来了兴致。

旅行者大概是这个世界里最有活力的永动机，无论什么时候，对任何事都充满好奇。

“光刺要重新点亮一次，”小蝙蝠说，“象征新生，说过几天还要把这一次毁灭大战刻到光刺上，还有英雄的名字。”

一帮旅行者和蝙蝠一块儿往光刺那边去了。

趁着大家都去光刺看热闹，宁谷和连川进了主城，去旧商场。

路面还有很多地方没有清理完，大量的黑铁不是人力能清理得掉的，主城现在修好的能用的机械有限，光是清理这件事，就不是几天能做完的。

不过没关系，现在有时间。

有很长很长的时间。

旅行者在C区的据点整理得差不多了，几个商场的地上地下，还有老商业区的空置店铺，很多半塌的房子都进行了简单修复，已经住进了人。

对于旅行者来说，这样的房子比他们在鬼城的房子要舒服不少，还不用担心被风吹走。

“我也要去找一间。”宁谷有些兴奋，随便走进一间屋子看了看，“这间大。”

“嗯。”连川跟着走了进去，“是因为塌了才显得大。”

“比我在鬼城的小屋大多了。”宁谷在屋里走了一圈，之前屋里的东西早就已经在混乱中被流民一抢而空了，连条椅子腿儿都没剩下。

“我宿舍那里可以住。”连川说。

“你不跟我一块儿？”宁谷转头看着他，“你要回宿舍住？你都不是清理队的人了，你只是个被驱逐到鬼城的前鬣狗，你还能回清理队宿舍？”

连川沉默着等他一通说完，又过了两秒才开口：“我是说暂时，你可以跟我到清理队宿舍住，那里设施都还在。”

“哦。”宁谷回过神，“为什么是暂时？”

“你不是要去世界的尽头看看吗。”连川说，“不过要是改主意了也没事。”

“要去的。”宁谷走出这个小屋，往旧商场那边走，“我……在主城估计也待不习惯。”

“嗯。”连川跟上他。

旧商场里还有些旅行者没有去光刺凑热闹，正在清点物资。

看到宁谷走进来的时候，琪姐姐尖叫了一声：“宁谷——”

四周的尖啸声紧跟着响了起来，宁谷瞬间有种回到了鬼城的感觉。

琪姐姐从一帮围过来的旅行者中扑出来抱住了他，在他脸上啪啪地拍着：“我看看我看看，还是老样子，一点没变！”

“轻点。”宁谷捂着脸，“钉子呢？我想看看他。”

“在上面房间。”琪姐姐还是很开心地拍着他的脸，然后又在肩膀和胳膊上用力拍了好几下，“刚收拾好，就先把他挪上去了。”

宁谷刚要往楼梯走，琪姐姐的手又伸到了连川面前：“小喇叭啊。”

连川想躲，犹豫了一下还是挺住了没躲。

好在琪姐姐对主城第一鬣狗小喇叭还是有所顾忌，也不像跟宁谷那么熟，只是在他胳膊上拍了两下：“辛苦了，这两天好好休息呀。”

“嗯。”连川应了一声。

在旅行者们放肆的欢呼和尖啸声里，宁谷和连川飞快地跑上了楼梯，上了二楼。

二楼相对安静不少，只有一些受了轻伤的旅行者在休息，还有老八叔和几个有治愈能力的旅行者。

“来。”老八叔一看到宁谷，就知道他是来干吗的，冲他招了招手，“钉子在这儿。”

一间清理好的小屋里，地上铺着几层垫子，钉子安静地躺着。

宁谷蹲到了老八叔旁边，伸手在钉子脑门儿上摸了摸，把他前额的头发扒拉开，又用手指弹了一下：“钉子，好久不见啊，有没有想我。”

“他要是醒了，看到你估计得哭出来。”老八叔说。

宁谷没说话，指尖的光芒泛出，慢慢包裹住钉子。

“能有用吗？”他小声说，“E的能力已经撤了，他为什么没有醒？”

“傀儡从制造的那天开始，”老八叔站在他身后，“就没有想过还要醒过来。他们是要战斗到死的。”

“像E一样。”宁谷说。

“嗯。”老八叔叹了口气，“九翼说不定有办法，失途谷可能会影响到他。”

要不是现在不方便，而且九翼也受了伤，宁谷估计已经把钉子扛到失途谷了。

把钉子裹成个金色的人形团子之后，他才跟连川一块儿离开了旧商场。

走到街上时，光刺灭掉了。

四周一片寂静。

接着光刺再次亮起，连川听到了远远传来的欢呼声。

虽然离得很远，几乎只能听个大概，但他还是能听出这些欢呼声里带着歇斯底里。

歇斯底里地哭，歇斯底里地笑，歇斯底里地大喊尖叫，所有劫后余生的人都在这一刻释放着自己歇斯底里的喜悦。

死去的家人，再也见不到的同伴，战死在烈火中的所有人。

悲伤也在这一刻被歇斯底里地释放。

宁谷有些空落落的，一直以来他都紧绷着神经，每一分每一秒，担心会失去自己想要留下的一切，担心再也见不到连川……他转头看了连川一眼。

现在一切突然就这么结束了，他猛地有些恍惚。

“去哪里？”连川问他。

“不知道。”宁谷说，“你知道哪里有纸和笔吗？”

连川看着他没说话。

“怎么了？”宁谷问。

“你要画画吗？”连川问。

“我也不知道。”宁谷说，“反正现在时间多，我想留点东西。”

“纸留不了多久，太容易坏了。”连川说。

“那我就想把我的事记下来，”宁谷说，“怎么办？”

“去我宿舍吧。”连川说，“有记录设备，你想写想画都行，可以存在系统里。”

“不存在系统里呢？”宁谷问，“我信不过系统。”

“刻在失途谷里。”连川说。

九翼的翅膀已经卸了下来，拆解成了小块的原料，他正用指刺在空气里画着新翅膀的设计图。

“这画个空气的意义是什么？”宁谷看着在空中拖着一小段尾巴转瞬即逝的寒光。

“意义就是你俩走开别烦我。”九翼说。

“钉子的事说好了啊，失途谷恢复秩序以后我把他带过来。”宁谷说，“你想想办法。”

“不用等恢复秩序，失途谷有个屁秩序。”九翼说，“失途谷只有我的暴政。”

“那等你开始暴政了，想想办法。”连川说。

“我暴政没停过！”九翼吼了一嗓子，“我一直都暴得很！”

“那现在。”连川说。

“你怎么跟宁谷一样烦人了？”九翼说，“你以前嗝都打不出一个。”

“说定了。”连川说。

“让旅行者把他弄过来吧，放到吟诵竖洞，说不定能有用，但我也拿不准。”九翼蹲回他的黑铁墩子上，“说吧，还有什么事。”

“我要在失途谷留点信息。”宁谷说。

“什么信息？”九翼说，“尿尿吗？失途谷禁止随地大小便。”

“失途谷有什么地方能永远保存东西？”宁谷问。

“保存什么？”九翼问。

“大小便。”宁谷说。

“你是不是想尝尝暴政！”九翼一声暴吼。

“……我在外面等你。”连川转身走了出去。

老大最近都猫在失途谷附近，连川走出洞口，就看到它正躺在一个小洞窟里打盹儿。

“老大。”连川走了进去，蹲在它旁边。

老大睁开眼睛，伸出尾巴在他脚踝上绕了绕。

“我过几天要离开一阵子，”连川说，“不知道是多久。”

老大坐了起来，在他手上闻了闻。

“宁谷想出去看看。”连川说，“我跟他一起去……也许这个世界没什么好看的，一个主城而已，但也还是想看看。”

老大鼻子里喷了喷气。

“不用担心。”连川说，“你给我的爪子我还留着，算是护身符吧。”

老大抖了抖耳朵。

连川犹豫了一下，伸手在它耳朵尖上捏了捏，又捋了一下耳朵尖上的毛。

老大看着他。

“宁谷问我，有没有摸过老大耳尖上的小揪揪。”连川说，“我还真不记得有没有摸过了，也没想到他会问我这个。”

老大躺回地上，打了个呵欠，爪子往他腿上推了推。

“我不是跟你道别。”连川说，“就是说一声。”

“连川！”外面传来宁谷大喊的声音。

老大从鼻子里喷出了一连串的气声。

“这里。”连川站了起来，走到了洞外。

“我以为你……”宁谷看到他的时候很明显地松了一口气，“九翼让我们去棺材那里，他说那里不在我们的世界里，也不在我们的时间里。”

“嗯。”连川点了点头，“我也觉得只有那里了。”

往那个胖“8”字洞去的时候，宁谷伸手拉住了连川的手。

“丢不了。”连川说。

“你管我呢！”宁谷看了他一眼。

“你想好要画什么写什么了吗？”连川问。

“没有。”宁谷说，“到那儿了再想。”

“你怎么画怎么写呢？”连川又问。

“不知道！”宁谷喊了一声。

“别跟九翼学。”连川说。

“你画你写，”宁谷说，“按我说的就行。”

“嗯。”连川笑笑。

这个藏在失途谷深处的洞窟，经历了这样一次大战，依旧是老样子，没有任何改变。

依旧是那一处开口，依旧是看不到边际的黑暗虚空，依旧能看到那一方蓝天白云。

宁谷仰起头看了一会儿，抬起了手。

指尖泛出一个小小的金色光球，飞出了开口，飘进了黑暗里，然后悬停在空中，一动不动仿佛凝固了。

这一瞬间似乎这一个小小的光球被抽离出了他们的世界，有了遥远的距离。

宁谷盯着光球出神地看了好半天，才回过头：“你好像没法帮我写？”

“可以的。”连川抬手，抓住了他的手，“说吧，写什么？”

“你好，我叫宁谷。”宁谷指尖泛出的金色光芒，像是在阳光下流淌着的溪水，在连川抓着他的手慢慢地移动中划出了字迹，“我旁边的这个人，叫连川。”

我不知道写下这些东西是为了什么，也不知道以后或者以前，会有谁看到这些东西，我只是想要记住。

我们留住了自己的世界，我们没有毁灭。

我不知道一切是怎么开始的，也不清楚一切有没有结束，但是我们都还在。

有人战斗，有人死去，但我们还在，能哭，能笑，会伤心，会害怕，有开心，有难过……无论发生了什么，我们都还在。

我们会一直在。

“画个我。”宁谷看着黑暗中金色的一排排字。

连川的手没有动。

“快，”宁谷说，“画个我。”

“你是觉得我什么都会吗？”连川说。

“你不会画画吗？”宁谷看了他一眼，“那你在鬼城的时候有什么底气嘲笑我画的城标？”

“我不会画，不表示我不能嘲笑你。”连川说。

“那怎么办。”宁谷举着手，“我还想在下面画上我们俩的样子。”

“……你如果不介意的话，”连川说，“我试试。”

“我不介意。”宁谷说，“我不会嘲笑你。”

连川把着他的手，在黑暗中闪着金光的字下面画了一个圆。

“这是什么？”宁谷问。

“你的头。”连川说着，又拉着他的手，在这个圆的下面画了一根竖线，“你的身体。”

宁谷沉默了。

接着连川又在竖线两边各画了四根小线条。

“我的胳膊和腿。”宁谷说。

“对。”连川说着又拉着他的手在旁边画了一个一模一样的，“这个是我。”

“我能收回吗？”宁谷说。

“收回什么。”连川问。

“我不嘲笑你那句话。”宁谷说。

“不能，晚了。”连川说。

“我俩总得有点区别吧？谁分得清哪个是我，哪个是你啊！”宁谷很无语。

连川移动他的手，在两个“画像”下面，写上了“宁谷”和“连川”。

“这就能分得清了。”连川说。

“如果这东西被什么别的世界，别的救世主，别的BUG，别的什么什么，”宁谷说，“被他们看到了，会不会觉得我们这个世界的人……长得……有点……”

“我们自己知道就行。”连川说，“还要画什么吗？”

“……不画了。”宁谷说，“你有什么要写的吗？”

“没有。”连川松开了手。

“等等。”宁谷把他的手又拉了过来，“随便写点，我不想这里只有我一个人说的话。”

“好。”连川想了想，抓着他的手，在几行字的下面又写了一句。

世界未完待续。

96

团长用车把钉子拉到了失途谷，被九翼安排到了吟诵竖洞，放在了当初诗人的那个洞里。

宁谷站在洞口，看着福禄寿喜把钉子放好，还在旁边放了个九翼的蝙蝠小标志。

“这样如果他醒过来的时候旁边没有我们的人，也能知道这是哪里，”福禄说，“就不会被吓着了。”

“在鬼城舌湾碰到了原住民，醒过来的时候到了失途谷这个邪恶的地方，”宁谷说，“反倒会被吓死吧。”

寿喜转过头：“旅行者胆子这么小吗！”

“失途谷哪里邪恶了！”福禄说。

“有诗人在的时候，还是挺吓人的。”宁谷想起来第一次锤子带着他进失途谷的时候，锤子给自己画的三个点，怕自己会迷失在这个地下世界里。

谁能想到，没有多久后的某一天，失途谷会成为他在鬼城之外最熟悉的地方，比他一直向往的主城要熟悉得多。而神秘的诗人，喜怒无常的九翼，最后也会成为他的战友，还是关键时刻能够把后背交给他的那种战友。

也不知道九翼现在还想不想要半个主城了。

离开失途谷，回到黑铁荒原，主城那边的日光已经到了最暗，但是没有像以往那样灭掉换成黑夜，主城的路灯基本已经没有了，临时架了一些，远远不够用，需要借助人工日光照明。

“钉子要是醒了，九翼应该会第一个发现，不用担心。”连川说。

“嗯。”宁谷应了一声，“有时候我觉得九翼跟失途谷是一体的。”

“说不定，毕竟失途谷作为九翼的一部分存在了那么长时间。”连川看向主城上空，已经只剩两半残体的露珠还悬在那里，“说会有某种联系，也是正常的。”

宁谷看了他一眼，顺着也看向露珠。

过了一会儿宁谷开口：“听说苏总领希望保留露珠遗迹，让主城永远记得这一次战斗，让大家永远团结什么的。”

“嗯。”连川应了一声，“留着吧，遗忘是必然的，总有些事是不希望忘掉的。”

连川开着A01，从街道上方穿过，宁谷坐在后面，看着四周。

这个时候，主城的街道上已经没有什么人，基本都已经安置了住处，不过还能看到时不时有武器的光闪过。

主城开始了和以往一样的夜巡。

除去防着刘栋的残部，也有不少流民并没有听从主城的安排，选择了继续在废墟里游荡。

每一个人从这次战胜毁灭的战斗里得到的感悟都不一样，大多数人更珍惜现在，希望重建家园，也有不少人从混乱和动荡中找到了满足。

主城就算表面能恢复秩序，很长的日子里，也依然会有很多的冲突和黑暗。

“去光刺看看吗？”连川问，“你还没有仔细看过吧？”

“嗯。”宁谷点点头，“看看吧，听说很高。”

连川转了方向，车向光刺公园开过去。

公园已经不存在了，唯一还能证明这里曾经是个公园的，就只有依旧在黑暗里发着柔和光芒的光刺。

光刺四周有人巡逻，看到是连川和宁谷的时候，守卫猛地绷直身体，向他们敬了个礼。

“他干什么？”宁谷愣了愣，小声问。

“现在能去看看光刺吗？”连川问守卫。

“可以。”守卫说，“陈部长有命令，两位英雄可以自由出入主城任何地方。”

“谢谢。”连川点点头，拉了拉一脸震惊的宁谷，往光刺脚下走过去。

“他叫我们什么？”宁谷凑到连川耳边，“英雄？两位英雄？”

“嗯。”连川应了一声。

“有必要这样吗？”宁谷小声说，“太尴尬了吧？”

“鬼城恶霸你不是也当得挺自在的吗？”连川说。

“不一样啊，恶霸能跟英雄比吗？”宁谷说，“而且恶霸是我自封的。”

“英俊的鬼城门面也是自封的吧？”连川看了他一眼。

“……你是不是故意的。”宁谷一瞪眼睛。

“看光刺。”连川停下了脚步。

眼前已经是满满的暖白的光，宁谷看向前方，竟然一眼没有看出来光刺在哪里。

眼睛适应之后，他看清了光的中间是一个金属的锥形柱子。

底座很大，两个人站在面前的时候，两边都看不到底座的边缘。

抬起头向上看，锥形的柱子带着暖光一直向上，直插夜空，泛着暗淡的人工日光的天空，在光刺的映衬之下仿佛消失了。

“真高啊。”宁谷说。

“嗯。”连川点点头。

底座的光芒之下，不断循环着字和画面。

宁谷看得出画面是主城和黑铁荒原，还有失途谷的各种场景。有安宁的画面，也有战斗的画面，还有损毁之后的画面。

“写的是什么？”宁谷问。

“介绍这次战斗。”连川说，“还列出了所有为了保护世界牺牲的人，还有死去的平民……”

“每一个吗？”宁谷有些吃惊。

“系统能查到的每一个。”连川说，“现在还不全，会一直更新补充。”

宁谷盯着字看了一会儿，第二次循环开始时，他指着里面几个明显要大一些的字：“如果我没记错的话，那是不是我们的名字，你刚写的就是这样的。”

“是。”连川说。

“为什么？”宁谷不太舒服，“为什么我们要这么不同？这是谁的主意啊！”

“你知道为什么刘栋想当神吗？”连川问。

“不知道，过瘾吧。”宁谷说，“所有人都听他的，觉得他无所不能，神说的就是对的，神做的也是对的……”

“其实就那一句就够了，所有人都听他的。”连川说，“越是乱世，越是需要这样的人。”

宁谷看着他：“你是说，苏总领和陈飞他们想让我们变成神？那跟刘栋有什么区别？”

“区别就是我们不是刘栋啊。”连川笑笑，“无论我们看到了什么，普通老百姓看到的是刘栋不顾平民生死想跟露珠合作，苏总领躲着再也没有出现。他们都是主城的领导者，而陈飞做了什么，清理队做了什么，没有人再会在意。他们做的，都不会被人记得。”

宁谷看着光刺，没有说话。

“最后毁掉露珠，保住世界的，是宁谷和连川。”连川说，“你明白了吗？”

“嗯，明白了。”宁谷叹了口气，“所以陈飞他们想要顺应老百姓，他们觉得是我们救了世界，那么就让我们成为英雄，成为救世的神。老百姓需要这样的人，对吧，比陈飞他们说话管用。”

“嗯。”连川应了一声。

“你喜欢吗？”宁谷小声问。

“不喜欢。”连川说，“只是能理解而已，也相信陈飞现在要重建主城，想要继续让这个世界好好存在，这是他需要用到的手段。”

“那怎么办？”宁谷看着他。

“走啊。”连川说，“去想去的地方，看想看的景色。”

清理队的宿舍区已经清理出来了，不过清理队暂时都还在失途谷，没有搬回来。

楼上楼下都是黑着的，人走近了，走廊的灯才亮起来。

“你如果走了，这间宿舍就给别人了吧。”宁谷跟在连川身后进了他的房间。

“一时半会儿住不满了。”连川说，“清理队损失了不少队员，再有新队员加入的时候，估计也会有新楼了。”

说到损失的人，宁谷心情有些低落，从鬼城一起过来的旅行者，也损失了很多，李向都差点没命。

有时候他突然想起来，会猛地觉得难以置信，一向我行我素怎么刺激怎么来，怎么生是我的事，怎么死也是我的选择的旅行者，会最终为了世界而选择跟世界永不再见。

而那么多人都一样，为了让你看见以后的世界，我选择再也看不见。

“我洗个澡，刚看了一下水还是通的，应该是这边地下的蓄水罐没有被破坏。”连川拉开柜子里的抽屉，“我衣服居然都还在。”

“我看看！”宁谷的情绪顿时又扬了起来，凑到了连川身边。

连川转头看着他：“你没少看吧？还看？”

宁谷也看着他，愣了半天才反应过来：“我说看你衣服，没说看你洗澡，你洗澡有什么好看的，你泡澡我都看过了。”

“看吧。”连川笑着把几个抽屉都拉开了，衣柜门也打开了。

“我都没看过你穿自己的衣服。制服，旅行者的衣服，蝙蝠的衣服。”宁谷看着他的衣服，皱了皱眉，“不过你自己的衣服太没意思了。”

“怎么？”连川随便拿了一套出来，抖开看了看，“不是挺好的吗？”

“没有颜色。”宁谷说。

“你的衣服也没颜色。”连川往客厅里的一个小门走去。

“那是鬼城物资有限没得选。”宁谷说，“你好歹是主城最强鬣狗，通用币管够吧，肯定能选好看的衣服吧，你还是选的黑的白的灰的。”

“我也没什么机会穿。”连川说。

小门里是一个浴室，宁谷在连川打开门的时候往里看了一眼。

说实话，比鬼城洗澡的条件好太多了，他们都是大家挤在一起。每个庇护所只有一个浴室，每次去都跟打架一样。

不，就是打架，每次都会打起来。

连川听到门响了一声，有细小的风卷了进来。

“不是说不看吗？”连川说。

“水够吗？”宁谷的声音从门缝里传进来，“我也洗。”

“你现在进来洗吧。”连川说，“我还真不知道有多少水。”

“好。”宁谷立刻挤了进来。

连川有些诧异地看了他一眼：“你问的时候已经脱好了？”

“嗯。”宁谷把他挤到一边，仰起脸对着水流，“我说的就是我也洗啊，不是我一会儿也洗。”

连川没说话。

宁谷冲了半天，感觉很舒服，转头看连川的时候，因为连川背对着他，他一眼过去就看到了连川颈后的限制器。

“这东西……”他伸手在限制器上点了一下，“不能让春姨帮着拿掉吗？”

“设备是作训部的，刘栋才有权限操作，现在他把设备毁了，春三也没办法。”连川说，“不过影响不大。”

“怎么会影响不大。”宁谷说。

“已经没有需要我全力以赴的攻击了。”连川说，“而且戴着它，我们也活下来了。”

“嗯。”宁谷点点头。

“当个纪念吧。”连川说。

“嗯。”宁谷点点头，“你是最强BUG的证明。”

连川笑了笑。

宁谷手指在限制器上又摸了几下。

纪念。

连川偏过头看了宁谷一眼：“干吗？”

“嗯？”宁谷也看着连川，“我摸了限制器几下。”

“摸限制器？”连川愣了愣，回手在自己颈后摸了摸，“我以为你抠我呢。”

宁谷震惊了：“你的触觉是不是有问题？”

“应该没有。”连川想了想，“你手有点干。”

“你少胡说，我都冲了半天水了！”宁谷吼。

连川又说：“我的就软。”

“你连帅都不跟我比，跟我比谁的手软？”宁谷再次震惊。

“事实。”连川靠近他，抬手拍了拍他的脸，“是不是？”

宁谷看着他，没有说话。

连川也没出声。

不知道是不是还在进行比较。

“连川！”客厅里的通话器里传出了雷豫的声音，“在哪里！”

宁谷还没反应过来，连川已经没在浴室里了。

“在宿舍。”连川拿起了通话器。

“失途谷脱离了。”雷豫说。

“什么？”宁谷听到了这句话，顿时从浴室里冲了出来，“什么脱离了？失途谷脱离？脱离哪里？钉子还在失途谷！”

四周不断有碎裂的黑铁滚落，蝙蝠们惊慌地从失途谷四周的出口跑出来。

旅行者也从主城赶了过来，不断聚集在黑铁荒原上。

失途谷像一个巨大的孤岛，正慢慢从黑铁荒原的地面之下升起。

地面不断裂开，黑铁不断脱落，一个巨大的、看不到边际的隆起，正在黑铁荒原上慢慢出现。

“九翼！”团长在通话器里吼着，“你在哪里，安全吗！”

“安——全。”九翼张着新翅膀，绕着失途谷隆出地面的部分向前飞着，“我终于能看清失途谷到底有多大了。”

“你精神正常点！”团长说，“你知道这是怎么回事吗？”

“不知道。”九翼说，“失途谷也许不属于这个世界，它要飞走了。”

“……那让它飞吗？”团长有些无语。

“它敢！”九翼吼。

“我看它就是敢！”团长也吼了一声。

“叫连川和宁谷过来帮忙。”九翼说。

“他们马上到。”雷豫的声音传来，“怎么帮忙？”

九翼尖锐的笑声从通话器和空中同时传来，还有他兴奋地吼声：“把这个不听话的！小——怪物——”

“捆起来。”九翼说。

97

宁谷没等连川的A01落地，直接从后座上跳了下去。

眼前的景象有些震撼。

清理队驻守的两个失途谷的入口，都已经不在地面上，而是向上抬升了将近三米。

下方的黑铁跟平时看到的黑铁断面不太一样，看上去要陈旧些。失途谷的确是悬空存在于黑铁荒原的地下，外部黑铁的颜色都已经因为氧化而变得有些斑驳。

整个失途谷的大小让宁谷吃惊，哪怕是在看到立体地图的时候，他对失途谷到底占了多大的空间也并没有一个概念。

现在看到荒原上整个抬升隆起的地面时，他才发现失途谷这么大。

相比之下，连川不愧是个认识字还会……画画的人，面对突然要飞走的巨大失途谷要平静得多。

当然，他本来就是这么个人，他根本就没有什么表情。

“九翼？”连川跃上了已经在空中的迷途谷入口。

蝙蝠还在惊慌地上蹿下跳，想要确定他们生活了一辈子甚至几辈子的家园到底发生了什么。

而一向沸点极低的旅行者已经从最初的震惊变成了兴奋，不断地涌上失途谷的顶部，发出震耳欲聋的高呼和尖啸声。

还有些旅行者在顶上，企图用各种重力相关的能力把失途谷往回压。

……当然没有任何作用。

“在。”九翼在通话器里回答。

“解决方案。”连川说，“解决不了就先把钉子扛出来。”

“解决得了也得扛出来，省得救世主一惊一乍。福禄寿喜已经把钉子放到清理队营地了。”九翼说。

“方案。”连川重复了一遍。

“等着。”九翼说，“你还记得给你看过的地图吗？”

“记得。”连川说。

“记得每一个细节吗？”九翼问。

“……你是需要我给你画一个出来吗。”连川说。

“每一个出口下面有什么你还记得吗？”九翼问。

连川对于九翼这种时候还要卖关子的行为有些无语，换了宁谷又得吵一架。

“有一个小的空洞。”连川回答。

这个细节如果九翼不专门问，他就算记得，也不会留意，毕竟失途谷的结构就是无数的通道连接着无数大大小小的空洞。

“里面有什么？”连川问。

“我刚打开了一个。”九翼说，“你猜我发现了什么？”

“固定锚。”连川说。

九翼沉默了。

连川等了一会儿：“说话。”

“跟你说话真是太没意思了，没有悬念。”九翼突然从上空掠过，“宁谷——”

宁谷跃上还在继续上升的失途谷入口，站在了连川旁边：“钉子没事。”

“嗯，九翼说安顿到清理队营地了。”连川往上看了看，“去顶上。”

两人跳上了失途谷顶部。

如果不看四周，失途谷顶部跟以往没有区别，依旧是大片嶙峋的黑铁地面，甚至感觉不到脚下有任何震动，失途谷以一种悄无声息的方式慢慢上升着。

“宁谷——”九翼落了下来，停在了他俩面前。

“干什么。”宁谷说。

“别膨胀。”九翼说，“我叫你，你回答一声。”

“凭什么。”宁谷说。

“凭我刚把钉子弄出去了。”九翼说。

“叫我干吗？”宁谷问。

“打个招呼。”九翼回头看了一眼还在狂欢飞奔的旅行者，“还有个事儿要求你。”

“求吧。”宁谷说。

九翼回过头盯着他。

“什么事快说！”宁谷吼了一声。

“帮我把失途谷捆在地上。”九翼冲他俩招了招手，转身跃起，飞向了空中，“你们来看。”

连川拉了宁谷一把，跟上了九翼。

一直冲到失途谷东侧的边缘，九翼才停下来，蹲到了断崖边上。

宁谷蹲到他旁边，往下看了看。

一条黑色的巨大铁链，从一个出口的下方垂到了地面上，看不出铁链的长度是多少，只能确定很长，在地面上堆成了一团。

“这是谁留下的？”宁谷问。

“谁知道呢。”九翼说，“能有宁谷，能有连川，也就能有失途谷，毕竟也不是只有我们在为活着拼命。”

连川看了看下方：“要把所有的链子都放出来，才能拉得住失途谷。”

“所以我说还要等。”九翼说。

“说不定失途谷的目的就是要离开。”宁谷说，“要不要……”

“不要！”九翼吼了一声，指着主城，“那里还有我一半呢！我为什么要坐着失途谷飞走！”

“可能是为了备着无法挽回毁灭的时候用的。”连川说，“脱离毁灭之地。”

“如果是这样，”宁谷说，“鬼城是不是就是这么来的？”

九翼和连川同时转头看了他一眼。

“你这次脑子怎么这么快？”九翼问。

“怎么，”宁谷说，“你脑子已经慢到不知道我从来脑子都很快的地步了吗？”

“我去那边看看。”连川起身走开了。

失途谷的变化，引起了主城幸存者的恐慌。

陈飞启动了位于光刺旁的巨大全息投影，这个只有庆典日才会动用的设备，在战斗中受损严重，苏总领出现在半空中的时候，只有半个人。

“失途谷升空是计划中的安排。”苏总领说，“为了方便各种物资的传送，也为了方便失途谷的居民出入方便……”

“失途谷的居民。”九翼尖锐的笑声传出去很远，“失途谷的居民……失途谷没有居民，失途谷只有蝙蝠和怪物。”

“失途谷的领袖九翼已经做好了周全的准备。”苏总领的声音远远地继续传来，“这次升空并不会影响主城，也不会对失途谷居民造成影响……”

“虚伪。”九翼“啧”了一声，“主城永远都这么虚伪，主城的人也永远都需要这份虚伪。”

“周全吗？”连川问。

“要把链子全部放出来。”九翼说，“把链子固定到地面只有宁谷能做到，只要他办得到，就是周全的。”

链子固定到地面并不困难，宁谷跳到地面，检查了一下铁链，另一头带着巨大的倒钩，只要打入地面，就很难再脱出。

这种倒钩鬼城也会用。

钟楼的迎风面就有这样带着倒钩的链子，深深地打在地面之下。

宁谷有些恍惚，如果鬼城真是一个曾经像失途谷这样的地方，那它属于哪个世界？它之所以不存在，就是因为它的那个世界已经毁灭，不再存在。

那么原住民，到底是适应了新环境活下来的那个世界的人，还是……那个世界的人本来就是那样？

“当心。”上方传来连川的声音。

宁谷向后跃开，随着黑铁滚落，他看到连川击碎了右上方的黑铁，一条链子滑了下来，垂在了右边。

连川很快地沿着失途谷悬崖边往前去了。

如果那个世界的人都长成那样……算了，还好他留住了自己的世界，留住了这样的连川。

失途谷升起并不是匀速的，越往后越快。

没过多长时间，苏总领的演讲都还没有讲完，失途谷隆出地面的部分已经超过了主城曾经不少楼宇的高度。

打出铁链相对要容易一些，也快一些，清理队的武器，蝙蝠和旅行者，只要知道具体位置，都能帮上忙。

但固定锚钩的只有宁谷一个人，做起来就有些慢了。

固定了二三十条链接之后，宁谷跳上了失途谷顶部，站在了中央。

“怎么。”连川跟了上来。

“我试一下。”宁谷举起了左手，“我打碎露珠的程度，现在应该也能做到。”

“嗯。”连川应了一声。

在指尖金光泛出的同时，连川看到宁谷挂在胸口的那个E留下的小方块，突然也闪出了银光。

接着这银光很快包裹住了宁谷的左臂。

金光向云层一样猛地从头顶迸向四周的时候，暗银色的光芒也跟着铺了出去。

一条条从失途谷四周垂下的铁链瞬间染上了金光，夹着缕缕暗银色。

锚头几乎是在同时击碎了黑铁地面，深深没入，铁链猛地绷直。

一片巨大的金属撞击声中，失途谷悬停在了半空。

宁谷听到了上下左右前后同时爆发出的欢呼声。

失途谷成了黑铁荒原的最高点，悬于主城之侧的巨大浮岛。

九翼振翅跃上了失途谷顶，看着远处的光刺，张开双臂：“我！终于可以！俯视主城——”

失途谷变成失途岛引发的狂欢一直持续了几个小时，旅行者压抑已久的“只要没死凡事都要狂欢到死”之魂得到了彻底释放。

宁谷对失途谷充满了好奇，拉了连川一人一辆车，开始沿着失途谷的边缘向前。

失途谷并没有完全脱离地面，还有极小一部分洞底位置在地面之下，但已经能从边缘看到它脱离之后留下的深坑。

宁谷想要下去看看的想法被所有人集体否决了。

陈飞紧急把春三召回了主城，把库存的探测器修复之后，先用探测器进入检查。

“胆子太小了。”宁谷说。

“下面估计不会有什么东西。”连川说，“你看九翼着急下去了吗，除了吟诵竖洞有诗人他不肯去，失途谷哪一个洞、哪一条通道他会没走过。”

“也是。”宁谷叹了口气，“不过我也不是特别想下去，我想往远处走。”

“明天吧。”连川说。

“什么？”宁谷转头看他，手里车把跟着一转，直接对着连川的车就撞了过去。

连川提了一下车头，往上跃了两米才避开。

“你是说明天就出发吗？”宁谷说。

“嗯。”连川应了一声，“主城那边要开始重建秩序，救世主是最好的秩序……”

“那我们不帮忙吗？”宁谷说。

“没有我们，主城也能恢复正常。”连川说，“不需要我们，我们也不要成为潜在的威胁。”

宁谷沉默了一会儿：“知道了，就像参宿四。”

“决定了吗？”团长问。

“嗯。”宁谷应了一声。

“尽量不要冒险。”李向说，“看看就看看，看完了就回来。”

“嗯。”宁谷点头。

“实时通讯到不了那么远。”雷豫说，“春三给你们的那个信息传送器要好好保护，有什么情况用那个联系。”

“嗯。”宁谷点头。

“那辆运输车，是苏总领私人专用的，改装得很好。”雷豫说，“物资是陈飞特批的，也都装上了……”

“为什么都盯着我说？”宁谷皱了皱眉，“不用嘱咐一下连川吗？”

几个人都没出声。

“行吧知道了。”宁谷说，“连川比我可靠多了。”

团长笑了笑，拍拍他的肩："记着，食物和水就够几个月的，如果找不到补给，要注意返程时间。"

"知道。"宁谷点头。

没有多少人知道宁谷和连川要离开，他们算是悄悄离开。

大战刚过，救世主就要走，对于很多人来说都是没有安全感的事情。

运输车停在失途谷侧面的崖壁下，这边没有出口，没有人注意到他俩离开，也没有人来送行。

连川和宁谷在车上清点随行的物资时，九翼落在了车门外，手里拎了个箱子。

"带着这个。"他把箱子扔到了车上。

"是什么？"宁谷问。

"指刺。"九翼说。

"指刺？"宁谷愣了愣，"多少根？"

"一根。"九翼说。

"一根指刺，你拿这么大个箱子装着？"宁谷无法理解。

"这是失途谷老大的排场。"九翼说。

连川打开了箱子，里面的确只放了一根指刺，用红色的纸扎了一朵小花。

"有危险的时候再用。"九翼说，"虽然不能交流，但是比信息传送器要快，我起码能在第一时间知道你们有危险。"

"怎么用？"宁谷把指刺拿了出来。

九翼伸出自己手上的指刺，蹲下在黑铁地面上敲了一下。

宁谷手里的那根指刺跟着发出了细细的嗡鸣。

"距离？"连川问。

"只要你们还在这个世界，只要我没死。"九翼晃了晃指刺，"这可都是我身体的一部分。"

"我们去旅行，"宁谷说，"还带着你。"

"你以为我稀罕啊！"九翼吼了一声。

"谢谢。"连川说。

"帮我照顾好钉子。"宁谷说。

九翼看了他一眼："走吧，去看看世界尽头有什么，然后活着回来。"

运输车能源已经加满，连川看了看操作台，给车子设定了行进的方向。

"出发？"连川看了看坐在旁边的宁谷。

"出发。"宁谷晃了晃手里的指刺，往车厢的金属框上敲了一下，"去最远的地方！"

车启动。

还没开出去，九翼"咚"的一声落在了他们车头上。

"干什么！"宁谷吼了一声，"吓我一跳！"

九翼指着他手里的指刺："收好，别瞎敲！"

"哦。"宁谷回手拎过箱子，把指刺放了进去。

"快走。"九翼跃到空中，"烦死了。"

连川按下按钮，车往前冲了出去。

98

车顺着失途谷的断崖边缘一直往前，宁谷在车里根本坐不住，发现车顶可以打开之后，他就爬到了车顶上。

车速很高，风刮得很急，宁谷戴上了护镜。

失途谷并不是实心的，眼前浮岛一样的失途谷，比几小时之前看到的样子更接近那个立体地图，有无数的通道和空洞。

到现在为止，还不断有碎裂的黑铁从主体上脱落，坠向地面。

没过多长时间，车就开出了失途谷的范围。

“进车里吗？”连川设置了自动驾驶，从车顶探出头看了看宁谷。

“这样让我想起鬼城了。”宁谷坐在车顶。

连川跳了上来，戴上护镜，坐在他身边：“想鬼城了吗？”

“还行吧。”宁谷说，“就是想知道还留在那里的人都怎么样了。我们在那些意识那些记忆里到处转，但一次也没有进入过鬼城，现在车也不来了……车为什么不来了？”

“也许是因为我们这一站，”连川说，“已经取消了。我们是被认定应该被毁灭了的世界，毁灭开始的时候，车就不再来了。”

“也挺好的。”宁谷说，“希望我们被遗忘。”

“嗯。”连川应了一声。

宁谷回过头看向身后。

主城已经在很远的地方，淡淡的人工日光映亮了上方的天空，失途谷也渐渐变成了可以一眼尽收眼底的大小。

车一路往前，他们熟悉的场景一点一点变小，黑铁荒原变得一望无际，大得让人有些不安。

但又隐隐地夹杂着兴奋。

主城和失途谷完全消失在视界里的时候，四周也暗了下去。

但连川注意到四周不再是完全的黑暗，而是隐隐约约有些能让人看清附近地面的亮度，因为这点亮度实在太不明显，他们平时在主城附近照明强的地方待着，并不会觉察到，尤其是之前还有冲天的火焰。

“你有没有发现，”宁谷也发现了，看着四周，“是不是因为没有黑雾了，好像没有以前那么黑了。”

“嗯。”连川点点头。

宁谷站了起来，在车顶上迎着风看前方：“能看到一百米。”

连川也往前看了一眼：“三百米。”

“知道你厉害。”宁谷说。

“我是想说你的目测不准。”连川说。

“你目测准，还是你厉害。”宁谷说。

“我是连川。”连川说。

“嗯？”宁谷愣了愣。

“我不是九翼。”连川说。

宁谷顿了几秒之后笑了起来，坐了回去：“不管能看到多远吧，反正我知道你比我看得远，也比我能听到的要多。”

“嗯。”连川应了一声。

宁谷拉过他的手，露出来的手腕上有一个清晰的黑色伤痕，宁谷轻轻摸了摸：“不过……以后不要再用参宿四的武器了。”

“该用的时候还是要用。”连川笑笑，“必要的时候这就是我能活着的原因，不用担心。”

“我现在很强。”宁谷说着一扬手。

一束银光飞向前方，在黑暗里炸开，拉出一缕缕的光带。

车飞速地从这一丛银光里驶过。

宁谷又一扬手。

前方迸出一片金色的光晕，车从光晕里穿过的时候，能看到无数的金色小光粒从脸旁飞舞而过。

“当心使用过度。”连川说。

“我能控制好。”宁谷笑着说，“我发现，E的能力，在我需要的时候，会融入我的能力里。”

“嗯，毕竟是一样的能力。”连川说。

脸被风吹得有些发麻了的时候，宁谷才从车顶回到了车里。

连川正坐在驾驶室里看着实时地图。

“有什么发现吗？”宁谷问。

“没有。”连川指着屏幕，“什么都没有，我们四周几公里的范围里，甚至没有超过两米高度的地方。”

“我们现在是黑铁荒原的最高点了。”宁谷说。

“嗯。”连川点点头，“如果有什么，应该也只能在地下了，不过现在还没有扫描到任何空洞和缝隙，只有之前清道夫的那些裂缝。”

“那些裂缝通向哪里？”宁谷问。

“不知道，可以顺着裂缝开过去，反正我们也不知道世界的尽头在哪个方向。”连川说。

“好。”宁谷点头，“你饿吗？”

“不饿。”连川看了他一眼，“我们刚出来几个小时……你是饿了还是馋了？”

“有什么区别吗？”宁谷往车后厢走过去，“都是想吃东西了。”

穿过驾驶室后面的小休息区，打开一扇小门，就是他们的卧室，再过去一个小门，就是物资仓库，里面甚至有一台制作配给和饮料的机器，除了现成的配给，还有很多原料，更方便储存。

宁谷虽然不认识机器上的字，但之前范吕带他去光光的娱乐店时他看过几眼，凭着印象差不多能有个概念。

折腾了一会儿，他做出了两杯橘子水，然后拿了两盒配给，回到了驾驶室后面的小休息区，把吃的喝的都放在了小桌子上。

“来。”宁谷说，“来尝尝我做的饮料怎么样。”

连川本来不想吃东西，也不渴，吃了二十多年的配给对于他来说，也没有任何特别的吸引力。

但他还是很快地从驾驶室里出来，坐到了桌子旁边。

宁谷做的饮料，他还是想尝尝的。

他看着桌上的两个杯子："哪个是我的？"

"我还没喝过！"宁谷瞪着他，"这么嫌弃我？"

"也不是。"连川伸手准备随便拿一杯的时候，宁谷突然扑到桌上，对着两个杯子飞快地一杯喝了一口。

连川的手停在了空中。

宁谷得意地一挑眉毛，坐回了椅子上，往后枕着胳膊一靠，看着他。

连川看了他一眼，手落下去，随便拿了一杯，喝了一口。

"不讲究了啊？"宁谷说。

连川没说话。

"配给我也都舔过了。"宁谷说。

"嗯。"连川说，"我又不吃。"

"仓库里的配给我全舔过了，原料我都舔过了！"宁谷提高声音。

连川忍不住笑了起来，抬眼看着他："舌湾的那条舌头是不是你的？"

宁谷想想也笑了，过了一会儿又叹了口气："舌头也没了，舌湾也不能叫舌湾了。"

"他们会没事的。"连川说，"林凡和老鬼他们，有足够的能力领导留下的旅行者活下去。"

"你说，"宁谷拆开了一盒配给，"我跟他们比起来，是不是很没用？团长，李向，林凡，他们如果是我，现在肯定不会扔下那么多人自己跑了。"

"只要他们需要，"连川说，"你随时都会回去，不是吗？"

那倒是实话，毕竟宁谷还有太多牵挂。

只是这次，如果有什么事，他恐怕不能很快地到达了。

车开得很快，宁谷看着实时地图，依旧是空无一物，但是地图上他们的出发地，已经从一个指尖大小的圆，变成了一个点。

"睡一会儿吧。"宁谷走进了卧室，"我们一直都没好好休……只有一张床啊？”

“这车只是苏总领自己用。”连川说，“他没有孩子，最多就是加上他太太，也没必要弄两张床。”

宁谷去洗漱间飞快收拾了一下，跳起来往床上一躺：“那我们睡一张床。”

“外套脱一下。”连川说，“你平时都这么睡觉的吗？”

“差不多，想脱就脱，懒得脱就不脱了。”宁谷坐起来脱掉了外套，“鬼城风那么大，哪里都是灰尘和渣子，没你们主城人这么讲究。”

连川回驾驶舱检查了一下路线和报警系统，确定都已经设定好之后，他打了个呵欠——的确是很久没有好好休息了。

他转身离开驾驶室，进了卧室。

宁谷已经躺在了床上，很标准地占了半张床，把外面的一半留给了他。

“那个牙膏，”宁谷说，“主城连牙膏都有味道啊？”

“嗯，怎么了？”连川进了洗漱间，“是什么味儿的？”

“不知道，甜的。”宁谷说，“我刚才忍不住吃了一口。”

连川笑了半天，拿起牙膏看了看：“是草莓味儿的。”

“我喜欢。”宁谷说，“明天可以做点草莓味道的饮料尝尝。”

“嗯。”连川应了一声，脱了外套躺到了床上，“认识草莓两个字吗？”

宁谷翻了个身坐起来看着他：“你以为我今天是怎么把橘子水做出来的？”

“不是随机吗？”连川问。

宁谷瞪了他好几秒，自己笑了：“是，我随便按的，但是我看按钮上面也没有字啊，只有数字和字母。”

“上面的小屏幕上有。”连川说，“不一样的编码对应不一样的口味，还可以自己兑出新的味道。春姨就喜欢兑着喝，每次都能做出很好的味道。”

“早知道我应该先去跟她学学。”宁谷靠着车厢壁叹气。

“不用。”连川说，“我来做。”

“嗯。”宁谷重新躺下，跟连川面对面侧着身，“反正时间多，你可以教我上面的字都是什么。”

“我还可以教你别的字。”连川说。

“不用。”宁谷拒绝得非常干脆，“我记不住。”

“好。”连川点点头。

“我以为你会强迫我必须学呢。”宁谷说。

“为什么？”连川说，“你也用不上，一个字不认识也长到二十多岁了，还是救世主。你要是觉得好玩就学，没兴趣当然不用学，主城不识字的人也很多，不是所有人都有机会去学校。”

“有没有一个世界，”宁谷说，“所有人都认识字？”

“不知道，有吧。”连川说。

“但是我觉得我们这里就挺好的了。”宁谷说。

“嗯。”连川应了一声。

也许是太累了，车又开得挺平稳，宁谷和连川本来拉开架式想要聊一会儿，结果不知道什么时候都睡着了。

睡了不知道多长时间，车很轻微地颠了一下，连川睁开了眼睛。

报警系统没有反应，应该只是路面不平。

他偏过头看了一眼旁边的宁谷，睡得很沉，脑袋已经睡到了他的枕头上。

连川感觉自己大概是真的累了，就这样被宁谷占了一半的地盘，他居然之前都没有醒。

“连川。”宁谷低声开口。

“嗯。”连川应了一声。

“连川？”宁谷又说。

“嗯？”连川看了看宁谷，眼睛是闭着的。

“连川呢？”宁谷声音含糊不清，但语气里的焦急却能听得出来。

连川没有等他继续问下去，很快地摇了摇他：“宁谷。”

“嗯？”宁谷有些迷糊地应了一声。

“我在。”连川又拍了拍他的脸，“你做梦了。”

宁谷睁开眼睛，定定地盯着他看了好一会儿，然后一把拉起他的手攥了攥。

“梦到找不到我了？”连川问。

“嗯。”宁谷叹了口气，“我也不知道怎么了，就是缓不过来，总觉得你会不见了。”

“怎么会。”连川说，“我是无论如何也要活下去的人，所以我无论如何都会让你知道我在哪里。”

黑铁荒原没有光的变化，淡淡的那一点亮度始终没有变化。

起床的时间也只能根据车里的时钟判断。

早上九点，时钟报时之后，宁谷才从床上慢慢下来。连川一个小时之前已经起床去了后面仓库，估计是做吃的。

但是一个小时过去了，也没出来。

“你是不是把机器搞炸了。”宁谷慢慢走过去。

刚要推门，连川捧着个托盘出来了，上面放着两杯黑色的“饮料”，还有两盒配给。

“这什么鬼？”宁谷愣住了。

“我兑的饮料。”连川说，“试了几种组合……”

“这还是最成功的？”宁谷震惊地看着杯里的颜色。

“嗯。”连川说，“我尝了，这个是酸甜的，别的都是苦的。”

“这颜色……是兑了多少种啊。”宁谷还是很震惊。

“喝不喝。”连川把托盘往桌上一放。

“怎么，”宁谷看着他，“我不喝你还灌我啊？”

“也不是不可能。”连川笑笑，往桌子旁边一坐，“当然我也不介意你一杯喝一口。”

“不了。”宁谷拿起了一杯，面子还是要给的，“只要你不气我，我也不至于每次都跟九翼一样幼稚。”

杯子里的饮料闻起来并不像看上去那么可怕，甚至能闻到香甜的气息，宁谷尝了一小口，品了品之后更震惊了。

“很好喝啊！”他喊了一声，又喝了一口，品了品之后又喊了一声，“真的是酸甜的啊！”

“还行吧？”连川问。

“嗯。”宁谷点点头，坐下拆了一盒配给，“以后就都你弄吃的吧，配给也可以这么兑吧？”

“看我心情。”连川说，“心情好的话就我来弄。”

“那你最近心情怎么样？”宁谷看着他。

连川笑笑：“很好。”

配给每一盒都配搭好了常规的味道，连川吃着都差不多，宁谷却吃得很欢，吃完一盒之后又跑进仓库里翻了两盒看上去味道不一样的出来。

“我发现不认识字有一个好处，”宁谷看着盒盖上的标签，“拿了也不知道是什么，吃到嘴里才知道，有惊喜。”

“嗯。”连川看了一眼，“这个是……”

“别说！”宁谷喊。

跟他喊声同时响起的，是驾驶舱里的报警提示音。

车速也猛地降了下来，宁谷一下撞在了旁边的门框上。

“有什么东西吗？”他愣住了。

“去看看。”连川飞快地冲进了驾驶舱。

时实地图上，扫描结果显示，前方一公里距离，有一道墙。

“前面有道墙。”连川说。

宁谷看到了屏幕上显示出的那一长条，也看不出是个什么形状的墙，只知道很平，很直，一看就是人工造出来的。

“这是个什么墙啊？”宁谷很吃惊。

连川没有回答他，只是抬头看着前方。

宁谷跟着往前看过去。

虽然四周的微光能见度很低，但他还是看到了那道墙。

这么远的距离也能看到，是因为墙是白色的。

也因为墙的高度。

相比主城高耸半空的界墙，眼前这道墙，像是一座山。

99

“这是什么墙？”宁谷看着前方的白墙。

“应该是……”连川把自动驾驶换成了手动，慢慢向白墙靠近，“不知道多久之前主城的旧城界吧。”

主城正在不断坍塌。

这是几乎每个人都知道甚至已经不知道到底是怎么知道的事实，毁灭一定会来临也是基于这个事实。

但直到现在，连川才算是真实地感觉到，这个坍塌的规模到底有多大。

他们目力所及的黑铁荒原上的那些废墟，只不过是这些年的痕迹而已，是大多数人还记得的曾经。

更早的曾经，更早的坍塌，更早的主城，大概只是主城系统里不再被查阅的记录。

而这道墙之外，可能才是主城曾经探索过的，没有边际的黑铁荒原。

“以前的主城有这么大吗？”宁谷钻出天窗，爬到了车顶站着，“一直能到这里？”

“理论上应该是这样。”连川看着屏幕，等待扫描结果，看看附近有没有缺口能到墙的另一边，“只是主城有这么大的时候，都还没有我们，是很久以前的事了。”

特别是在开始了人口清理之后，这些过往更是没有人知道了。

“这么说起来，”宁谷说，“其实所谓的毁灭，早就开始了，在主城开始一点点缩小、一点点回退的时候，就开始了，对吧。”

“是啊。”连川说，“我们早就已经站在毁灭的终点前了，不是我们以为的从裂缝出现才是。”

“真迟钝啊。”宁谷说。

“也不是都迟钝。”连川说，“你不是出现了吗？”

“你也出现了。”宁谷说。

扫描结果跟连川判断的差不多，往左一段距离，之前裂缝通过的位置，白墙上有一个被裂缝撕开的缺口。

车转头往那边开了过去。

宁谷站在车顶上，看着眼前不断向后掠去的山一样的墙。

“为什么要有这样的一道墙？”他问，“如果只是为了宣示主权，完全没有必要这么高吧？”

“那边没有生物。”连川说。

“你能感觉到吗？”宁谷问。

“嗯。”连川说，“你第一次来主城的时候，躲在断墙后面那个铁箱子旁边，我感觉到了。”

宁谷低头看了他一眼：“不愧是最强鬣狗。”

没多长时间，他们就看到了缺口。

一个裂开了几十米的破口，上方的墙还是连在一起的，像一个空荡荡的巨大门洞。

车从破口穿过的时候，宁谷仰起头看着上方。

墙非常厚，比现在主城的界墙要厚得多。

“这得花多大精力来建墙啊。”他感叹。

“现在的主城是做不到了。”连川说，“那时资源应该还够，供得起大型设备做这么大规模的东西。”

白墙的另一边，依旧是黑铁荒原。

宁谷看着四周跟之前并无二致的景象，有些失望：“我以为这边会有什么不一样的东西。”

“三个月的能源和物资，”连川说，“也许我们不返程一直开够三个月，也还是这样的东西。”

“是吗。”宁谷轻轻叹了口气。

“我在叶希的那个密封的房间里，看到过主城，”连川说，“只能看到现在主城的部分。如果那就是某种暗示，我们现在所处的位置，本身就已经是系统里不再存在的地方，永远的，无尽的。”

“你一开始陪我出来的时候，就想过可能会是这样，对吗？”宁谷趴在车厢上，脑袋探进车里。

“嗯，想过。”连川说。

“那你为什么不跟我说？”宁谷问，“为什么还要陪我一起出来呢？”

“你想去。”连川说，“而且，万一不是呢。”

宁谷愣了愣：“就这么简单吗？”

“不然呢。”连川说。

宁谷没说话，笑了笑，伸手在连川头顶上抓了抓。

车又开了很长时间。

中间连川做了两次新口味的配给，一种是肉类和奶制品混合在一起的味道，还有一种连川说是鸡蛋和苹果混合在一起的。

宁谷吃得一言难尽，但连川觉得很美味。

“下顿我也试试。”宁谷说。

“你是不是觉得不好吃？”连川问。

“不是。”宁谷回答得很干脆。

“好。”连川说，“那下顿你弄吧。”

“还说我幼稚。”宁谷说，“你自己听听你的问题。”

“我觉得还行。”连川看了他一眼，“但我知道你觉得难吃。”

宁谷笑了起来：“你说你是不是挺惨的，谁也骗不过你，谁也瞒不了你，永远能看到真相。”

“我也不关注别人。”连川说，“听听你的实话，看看你的真相，也没有什么问题。你说难吃，也不会打击我。”

“是吗？”宁谷看着他。

“嗯。”连川点头，“你做的只会更难吃啊。”

其实开着车这么一路往不知道在哪里的尽头冲过去，并不太容易感觉饿。

就坐在车上，看着四周有变化又没有什么变化的景物，时不时聊几句，是很放松的事，没有消耗。

就连宁谷这么容易饿的人，也不觉得想吃东西。

甚至他们连时间都不太注意得到。

时间不存在。

现在才是吧。

这样无聊而又放松的，有目的地而又并不是一定要到达的一次旅程。

“右前方有东西。”连川坐直了。

一直半躺在旁边的宁谷蹦了起来，蹲在副驾驶椅子上向外看过去。

模糊的光线里，他看到了右前方有一个方方正正的东西。

“人工的吗？”他问。

“肯定。”连川说着把车往那边开了过去，“像是个什么建筑。”

“谁的小屋吗？”宁谷问。

“那不是个‘小’屋。”连川看了他一眼，“那东西离我们还有两公里。”

“哦。”宁谷看着那边，“那很大啊。”

“嗯。”连川看着屏幕上一点点变得清晰起来的那个建筑。

大致是个正方体，看不出有什么特别的，没有护栏，没有围墙，就那么孤零零地立在荒原上。

“你能感觉到什么吗？”宁谷问，“有没有活的东西？”

“没有感觉到。”连川说，“这边应该不会有生命体了，这么长时间我们没有发现任何痕迹。”

“这个就只能是主城坍塌之前留下的东西了。”宁谷出神地看着远处的方形黑影，“不知道是个什么，挺结实的，这么多年了……你看失途谷附近那些以前的废墟，都已经塌得不成样子了。”

“可能是个比较重要的地方。”连川说，“春三的那几个实验室，也可以长时间保存完整。”

宁谷看了他一眼：“你不要吓我，我不想再碰到什么实验体。”

车上的接收器“滴”的响了一声。

屏幕上显示接收到实时信息。

“什么信息？”宁谷顿时有些紧张，站到椅子上，探出车顶向四周看着，指尖有小小的金光泛出。

“跟我们同一个系统的信息，”连川说，“是主城的。”

“主城？不是说不可能时实联系到这么远吗？”宁谷说，“就算是普通信息，也应该是接收器收到啊，怎么会是车上的系统收到？”

“是以前的……大主城的信息。”连川不知道该怎么说。

“能听到是什么吗？”宁谷问。

“不知道。”连川按下了接通按键。

——你已进入主城防御系统范围，请确认身份。

屏幕上一行字静静地闪烁着。

“要确认身份。”连川说。

“怎么确认？”宁谷问。

“……不知道。”连川说，“信息能接收得到，但是系统已经不是同一个，没有办法交互。”

宁谷没说话，金光从脚下卷出，瞬间漫到了整个车身外。

前方的地面上有星星点点的几下闪光，很亮，闪烁的时间很短，几乎只在眼前留下一个光斑的残影。

“有武器。”连川说。

“没有攻击？”宁谷很警惕地往那边看着。

“武器已经失效了。”连川说，“都已经扫描不到有武器的痕迹了。”

“哦。”宁谷突然有些怅然。

车慢慢接近了这个方形的建筑，他们也慢慢能看清这个建筑的整体结构。

曾经应该是个建筑群，有围墙，有大门，地面上还能依稀看出一些痕迹，而这个建筑是主体，不是很高，大概跟城务厅地面三层差不多的高度，但占地面积要大得多。

连川下了车，检查了一下之前闪光的地方。

是个曾经安装过大型武器的基座。

但基座以上的部分被破坏，完全看不出是什么样的武器了。

这建筑的大门正对着他们，走近的时候还能看到斑驳的、伤痕累累的墙体上有密密麻麻的窗口。

窗框和别的东西都没有了，只剩下满墙排列整齐的空洞，像一个个眼睛看着他们。

大门是锁着的，宁谷扬手两次才把门切开了。

很厚实的大门，按主城的传统思维，这样的建筑里，一定藏着不能让平民知道的秘密。

就像A区核心区里三大建筑的地下部分一样。

不过这个建筑已经没有秘密了，虽然门还完好，破损的那些窗却表示着这里面不会再有任何秘密。

但的确就像宁谷说的，这建筑很结实，在他们走进大门的同时，四周墙面上亮起了灯光，一团接一团的光晕从外向里，从下往上，很快遍布了整个建筑内部。

建筑里所有的东西瞬间一览无余。

这是一个巨大的整体空间，能看得出没有楼层，只有无数纵横交错的金属臂，和金属臂下方一个个吊起的铁笼。

还有从地面向顶上高高排列着的架子，和架子上一个个巨大的玻璃瓶。

玻璃当然都已经碎掉，但金属的固定架还在，连川一眼就能认出来，这样的实验舱现在也还在使用。

“这里还真是个实验室。”宁谷语气里满满都是嫌弃和厌恶。

“实验室可以做很多事，没有实验室是不行的。”连川在他背上轻轻拍了拍，“就看是做什么了。”

宁谷看了他一眼：“反正我对实验室没有好印象，你觉得这个实验室是做什么的？”

“看不出来。”连川走到一个固定架旁边，看到底部有很厚的一层黑色的东西，“这个有点像……”

他伸手按了按，又捏了一些在手里搓了搓。

“像什么？”宁谷也伸手摸了一下，“像泥土？”

连川看了他一眼：“是的。”

“叶希那个世界里满地都是。”宁谷说。

“现在主城实验室里也有，很少。”连川说，“培养少量植物。”

“这个规模……”宁谷看了看四周，“是不是以前的主城还想要有绿色的那些树啊草啊还有花？”

“大概吧。”连川突然有些感慨，“开始的时候，谁也没想到，最后我们连人工星空都要关掉。”

“有人！”宁谷绕到一个架子后面，突然喊了一声。

连川在他喊出第一个字的时候已经到了他身边，接着就被宁谷的金色光芒裹住了。

“裹你自己。”连川说。

他看到了宁谷视线的方向有一张桌子，桌后有一张宽大的椅子。

椅子上有一个人。

确切说，应该是一个躯体。

连川确定这个“人”没有生命。

“喂！”宁谷脚下的银色光束开始向桌子那边延伸而去，他底气很足地跟桌子后面的“人”打了个招呼。

连川走了过去。

距离近了之后，他能看到，这可能连个躯体都称不上了。

这是一套已经非常陈旧了的防护服，但似乎还算完整。

里面装着的……是一个已经干瘪发黑、大部分都碎成渣了的人。

“死了？”宁谷跟了过来。

“死了很久了。”连川走过去，犹豫了一下，伸手把防护服的头盔拿了下来。

随着头盔被拿开，一股不知道封存了多久的气体裹着黑灰从领口处腾了出来。

“啊——”宁谷往后退了两步，手拼命扇着。

防护服里已经碎得差不多了的人，瞬间变成了黑色的粉末。

“我好像吸到他的灰了。”宁谷皱着眉，“这倒霉蛋是谁……”

连川没说话，他看到了防护服手套的位置有一根尖头的金属条，于是伸手在桌上摸了一把。

厚厚的灰尘之下，他摸到了桌上有字。

“写了什么？”宁谷好奇地凑了上来。

两个人也顾不上灰尘，一起用胳膊把桌上的浮尘都扫开了。

一片腾起的灰里，他们看到桌上有两行字。

“不知道看到我的人会是谁，但是至少你还活着。”连川用手摸着这两行字，字刻得很深，桌子是金属的，要刻出这样的力度，这个人估计不是普通人，应该是个实验体，“我诞生于所有人消失之后……”

“什么意思？”宁谷问。

“撤走的时候这个实验室应该还在运行，这是个在撤离之后才被‘生产’出来的实验体。”连川简单猜测了一下，看着后面的字，“我接收到的信息已经无法传递，毁灭是必然的结局，漫长而绝望。”

连川念完之后看了宁谷一眼。

“没了？”宁谷问。

“没了。”连川说。

“他为什么无法传递了？”宁谷说，“主城也不是一开始就退到了现在的位置，走也能走过去吧？”

“他可能有什么缺陷。”连川看了看防护服，“无法传递的意思可能是他根本活不了多久，正常实验体不需要防护服。”

“可惜了。”宁谷过了很长时间才叹了一口气，“他永远也不会知道，世界没有毁灭……带着绝望死掉，真可怕。”

连川没有说话，只是张开了胳膊。

“嗯？”宁谷看着连川。

连川还是不说话。

宁谷也没再问，过去搂了搂他：“别怕。”

“我没怕。”连川说。

“那你是要安慰我？”宁谷转脸看着他。

“就是感慨了一下。”连川说，“你什么时候能不这么多话。”

“我手太干，多说话，多动动，从头到脚滋润一下。”宁谷说。

连川笑了起来：“太记仇了。”

“小时候地王骗走我一颗扣子，我记到现在。”宁谷说，“他要在我面前，我现在还能为这颗扣子揍他。”

连川看着他，往前凑了凑。

100

“我嘴都有点干了。”宁谷摸了摸自己的嘴唇。

“没看出来。”连川说。

“是吗？”宁谷犹豫了一下，又戳了戳自己的嘴唇，笑了出来，“你知道两个人接吻代表什么吗？”

“……你要告诉我吗？”连川问。

“正常没人不知道吧。”宁谷往后仰了仰，看着他，“还是你这个大BUG真的不是人。”

连川笑了笑。

“我小时候偷看琪姐姐约会，被她从一号庇护所打到三号庇护所。”宁谷一边说一边叹气，“鼻青脸肿。”

“这么惨吗！”连川笑着说，“雷豫和春三都当着我面亲吻。”

“我们旅行者没这么腻乎。”宁谷想了想，“主城的人真是弱。”

“这什么逻辑？”连川的视线落在他脸上。

“不知道。”宁谷笑了出来，搂了搂连川的肩膀，非常用力，非常豪迈，非常旅行者。

连川被他搂得扶了一把旁边的一个铁架子。

铁架子比起这个实验室的结构，谈不上有多结实，震动之下，顶层一个吊着的框架断裂，砸了下来。

连川肯定能让两个人躲开，但他没有动。

宁谷也没有动。

脚下迸出的银色光束猛地卷起，在两人上方合拢。

接着金光泛出，坠落的架子像是被定格，停在了半空的金光里。

“探测结果出来了吗？”陈飞走进实验室。

“还没有，只有最后三个通道了。”春三手指撑着额角，皱着眉，“我不太乐观，最有可能有熔火储备的几个通道都是空的，这三个怕是也没有什么希望。”

“顺着清道夫的裂缝呢？”陈飞问。

“已经在试了，但现在能测到的很多是切断了我们之前的熔火通路的裂缝，里面有少量熔火。”春三轻轻叹了口气，“看看连川他们能不能测到什么有用的信息吧，最早主城不用熔火作为主能源，外围荒原上应该会有我们没有探测到的储备。”

“可是要大量使用，要怎么运回来，也是个问题。”陈飞也叹了口气。

“还有时间。”春三说，“三年五年时间，集合所有技术和人力，生产设备，架设通道……这个过程中也许又会发现新的能源。”

“你很乐观嘛。”陈飞笑了笑。

“最难的一战都已经过去了，有什么理由不乐观？”春三说，“不过你和苏总领应该没有这么乐观。”

“嗯。”陈飞点了点头，“在最终解决能源问题之前，我们不可能乐观。这一战之后，很难再用以前的方式管理老百姓，太多人体验过肆无忌惮，太多人经历了背水一战，回不到从前了。”

“是啊，还有旅行者和蝙蝠，不稳定的因素太多，需要很长时间。”春三说。

“领导者不可能做到公平，但现在活下来的人，已经知道什么是反抗，并且在这样的情况下领悟的反抗，比任何时候都要强烈。距离理想中的统治，还有很远的距离。”陈飞声音低了下去。

春三没有说话。

“我先走了，一会儿苏总领和团长他们要碰头，我和雷豫一起过去。”陈飞看了看屏幕，“你先忙着。”

“九翼不参加会议吗？”春三问。

“他连主城都不想进。”陈飞说，“他只要黑铁荒原失途谷那一部分……

具体今后的合作和管理，我私下再跟他谈。”

春三光是听着陈飞这么几句，就已经感到了疲倦。

“有一个设想，从第一次看到E的傀儡大军时，我就有这个想法了。”陈飞往门口走了两步又停了下来，看着春三，“但我没有跟任何人提起过。”

“为什么想跟我提？”春三回头。

“你是技术人员，没有太多别的利益权衡。”陈飞说。

“嗯？”春三看着他。

“团长跟我大概解释过傀儡的状态。”陈飞说，“进入最后的傀儡阶段之前，是处于某种停滞，就像是意识永远停在了时间的某一秒。”

“是的。”春三点头。

“如果，我是说如果，”陈飞说，“我们用这样的方式保存一部分人，减少人口，只留下发展必要的，降低能源消耗，在解决了熔火储备的问题之后……”

春三吃惊地看着陈飞，很长时间才开口：“陈部长，傀儡状态是不可逆的。”

“现在是不可逆，但未必一直不可逆。”陈飞说，“宁谷的朋友钉子，是不是还在失途谷？如果他最终能恢复……”

“你这个想法有些可怕。”春三转过椅子。

“所以我只跟你说了。”陈飞说，“你觉得技术上可行吗？保存这些人，在可逆的前提下，确保他们的安全和健康。”

“可以。”春三看着他，“但是……”

“但是后面的内容是我的事了。”陈飞说，“我知道你想说什么，怎么向所有人解释，是否需要向所有人公开计划，如何确保公平，怎么选人……所有这些我都会考虑。”

“你不怕自己会变成下一个刘栋吗？”春三问。

“我永远也不会变成下一个刘栋。”陈飞说，“我想要的是一个最终可以给所有人安全感的世界。”

“最终？”春三看他。

“一个也许我活着没可能等到的世界，”陈飞说，“但我会去做。过程中的风险我来承担，一定要有一个恶人，我也不介意是我。”

陈飞离开实验室之后，春三对着屏幕发了很久的呆，不知道自己在想什么，也弄不清自己的心情。

直到屏幕上收到了苏总领的运输车发来的信息，她才回过神，有些兴奋地看着信息的内容。

这是连川和宁谷出发之后第一次返回的信息。

——我们找到了曾经主城的遗迹，高墙和一个空了的实验室，没有新发现，接下去会继续前进。

春三看完这短短的几句话，回过神的时候发现自己嘴角已经翘得老高了。

她笑了笑，回复了信息。

——收到信息，大家安好，旅行愉快。

“大家安好的意思就是每一个人都好是吧？”宁谷躺在副驾驶椅子上，一条腿曲着，一条腿从车窗伸出去晃着。

“嗯。”连川应了一声，“不过现在应该还是每天很忙，主城也不会太平，蝙蝠和旅行者现在都能随意出入主城，加上大量流民，主城原有的秩序已经不存在了，要想重建，肯定会有很长一段时间是很艰难混乱的。”

“想想都累。”宁谷看了连川一眼，“如果你没有跟我出来，现在是不是也得跟着他们一起重建秩序？”

“我做不了那些事。”连川说，“我只适合……”

“跟我待着。”宁谷说。

连川看了他一眼：“嗯。”

“你本来想说什么？”宁谷笑了起来。

“也差不多。”连川说。

“差不多是什么？”宁谷追问。

“我本来就是你留给自己的BUG，”连川说，“我只适合继续跟你待着。”

“嗯。”宁谷心满意足地笑了笑，“可惜很多事我们已经没有办法再理清哪里是开始，哪里是结束，从哪里开始循环，哪里停，哪里走……”

“不需要理清。”连川说，“我只要结果。”

“我以为你会说你只要跟着我。”宁谷手指在车窗框上弹了两下，“失望啊。”

“我想想怎么说。”连川说，沉默了一会儿之后，他点了点头，“你就是我存在的原因和结果。”

“不愧是会写字的人。”宁谷笑着说。

离开实验室之后，宁谷和连川再没有见到过曾经主城的遗迹，不知道是已经走出了最远的范围，还是时间已经太久远，所有的痕迹都已经被抹去。

车上的仪器一直工作着，无论是停车还是行驶，他们的行进路线完整地被记录下来，同步绘制出地型和方位图，同时还记录了一路的气候变化，空气中的各种成分变化。

满屏一串串的字符，宁谷看不明白，连川倒是每隔一段时间就会打开记录看看。

“有什么发现吗？”宁谷问。

“没有，就是越走空气质量越好，”连川说，“温度也越来越高。”

“我闻闻。”宁谷打开车窗，把脑袋探出去深吸了几口气，又关上车窗，凑到连川跟前用力吸了两口气，“也就那样吧，还没有你好闻，温度也没你高。”

连川笑了笑：“主城一直需要调节温度，如果温度能像这边这样，就可以节省很大一部分能源了。”

“不调节也没问题啊。”宁谷说，“鬼城那么冷，还一直刮风，我们不也活得很好。”

“合格的统治者，总还是想要让自己领导下的人过上更好更舒服的生活，活着只是最低的要求。”连川说，“主城的老百姓也不是旅行者，普通的人，在那样的环境里早就死光了。”

“嗯。”宁谷想了想，又看着屏幕，“还有什么别的比主城那边好的吗？”

“没了。”连川说。

“那你还一直盯着看。”宁谷说，“你是不是很无聊？”

“我没有无聊的时候。”连川说，“跟你在一起的时候更不会无聊，你话那么多。”

“你是在夸我吗？”宁谷问。

“是的。”连川点头。

“那你不怕我跟你在一起时会无聊吗？”宁谷说，“毕竟你都没什么话。”

“你只要开口，”连川说，“我哪一次说的话少了……”

“也是。”宁谷想想笑了起来，“这么一想，你很惨啊，一个哑巴，现在一天说的话比以前一年都多。”

“嗯。”连川说，“脸都说瘦了。”

“我看看。”宁谷撑起胳膊凑到他面前，盯着他看了半天，一脸认真地说，“没有，还是原来那样。”

车上的仪器“滴”了一声。

“怎么了？”宁谷坐回了副驾驶。

“发现地下高温地区。”连川说，“有可能是熔火层，但是这个面积很大。”

“那不是很好？”宁谷立刻盯着屏幕，虽然也看不明白。

“太远了。”连川说，“这辆运输车已经是速度最快的状态了，也开了这么久，想从这里取到熔火……实在太难了。”

“总比找不到强。”宁谷说。

“嗯。”连川点点头。

旅行者永远乐观的天性有时候的确能给人带来很强的精神支撑。

前方的地面上窜出了一小丛火苗。

“明火？”宁谷愣住了，他见过熔火层，没有明火，都是熔化了的金属一样的状态，明火都是清道夫带来的。

“不是熔火。”连川做出跟他一样的判断，迅速降低了车速，但接着又一小丛火苗从地下窜出之后，他得出的结论连他自己都有些吃惊，“是生命体。”

“什么？”宁谷声音有些拐弯。

“没扫描到。”连川看着屏幕读数，“这是系统数据里没有的东西。”

“那个火是生命体？”宁谷还是没回过神。

“是能吐出火的生命体。”连川盯着前方，“得弄清是什么。”

车子左前方很近的位置突然也窜出了小火苗，没等他们看清，又一丛窜出，接着两团小火苗就扭成了一团。

“控制！”连川喊了一声，车还没有完全停下，他已经从车窗跳了出去。

宁谷对连川的话基本不需要进行任何思考就会照做，他几乎是下意识地一扬手，一团金光扑向了两团火苗。

连川扑到火苗旁边的同时，金光裹住了火苗。

也是这时宁谷才发现，这真的是活物。

而且估计是有一部分在地面之下，被金光裹住之后才看出来，这两团东西的体型比狞猫都要再大上两圈。

连川用手利索地往这两团东西上砍了两下，这两个东西立刻就不动了。

“你弄死了？”宁谷跳下车，“是什么东西？”

“没死。”连川蹲到了那东西旁边。

金光慢慢消失之后，他们看清了地上躺着的两个生命体。

体型的确跟狞猫有些像。

都是四条腿，但这东西的前腿比后腿要短不少，虽然没有后腿那么粗壮，但巨大的弯钩状爪子却异常锋利，钝圆的嘴里能看到獠牙，圆耳朵，没有尾巴。

但跟狞猫完全不同的，是它们身上没有毛，覆盖着厚厚的一片片的菱形甲片，甲片是深蓝色的，表面能折射出各种变化着的光晕。

“真……漂亮啊。”宁谷说着伸手在甲片上戳了两下，“就是不好摸。”

甲片质地相当硬，像是摸在了黑铁地面上。

“这个甲片……”连川轻轻敲了两下。

“怎么？”宁谷问。

“感觉有点儿像熔火管道的材料。”连川说，“黑铁扛不住核心熔火，所以需要有管道才能控制熔火的方向……”

“你的意思是，这东西的甲片不是天然的？”宁谷愣了愣。

“说不定是变异实验体。”连川说，“适者生存。”

“它们吃什么活着啊？”宁谷摸了摸这东西的肚子，看着挺圆的，吃得很饱的样子，但除了硬硬的甲片，也摸不出个所以然来。

“主城的各种支撑都来自熔火。”连川说，“它们依靠熔火生存，也不是没有可能，生命总会找到出路……”

“怎么办？”宁谷问。

“回去的时候捉一只带回去。”连川在附近的地面上找到了一块甲片，估计是之前这两只打架的时候脱落的，“先把这个情况告诉春三。”

收集了甲片之后，连川又在地上找到不少小洞，取了些洞口的黑铁样本，这些都可以送回主城给春三做分析。

收集好这些东西，正要回车上的时候，他俩感觉到了四周的气氛有些不一样。

往旁边看过去的时候，发现远远的地面上出现了一片晃动的小黑影。

“它们的同伴？”宁谷愣住了，“它们在看我们。”

“嗯。”连川慢慢从地上的两个东西身边退开了，“回车上。”

“怕什么？”宁谷不屑，“老大我都不怕，我怕这些小硬壳玩意儿？”

“如果这些是变异实验体，”连川说，“你不知道主城的实验体……会有什么样的能力。”

宁谷瞬间想起了在连川记忆里看到的那些实验体，还有连川身上那些实验体留下的伤痕。

“好。”他点点头，猛地跑起来，跳进了车窗。

连川紧跟着也跳了进来，车子几乎是同时向前冲了出去。

四周地面上大片的小黑脑袋突然都变成了一大坨，向宁谷和连川扑了过来，发出的“嘶嘶”的叫声像是舌湾刮过的狂风。

“这么大！”宁谷忍不住吼了一声。

“刚那两个大概是幼崽。”连川按下了武器按钮，一排红光射向地面，激起一片飞溅的碎铁，车从还没有收拢的包围圈里冲了出去。

“难怪。”宁谷向四周转着脑袋，“快！加速，太多了……”

一片火焰向车体卷了过来。

之前看到的幼崽的火跟现在这火根本没法比，宁谷甚至看到了火里有像是熔化的黑铁，不断地砸在车身上。

“他们会吐火！”宁谷吼了一声，“太凶了！”

“救世主，”连川看了他一眼，“你是不是应该保护一下我们的车。”

“我忘了！”宁谷还在吼，金光瞬间裹住了车，“除了老大，我还没见过小动物呢……”

“它们不是小动物。”连川说，“它们是猛兽。”

“也有点可爱。”宁谷把脸贴在车窗上看着，“是不是？”

“……可能吧，耳朵圆的。”连川说。

“别怕。”宁谷说，“再也不会有这些东西在实验舱里伤害你了，有我呢，来一个我弄死一个。”

“嗯。”连川应了一声。

“感动吗？”宁谷问。

“感动。”连川伸手拍了他一下，“坐好。”

车往前冲了很长时间，才终于看不到这些东西跟着了。

仪器返回扫描结果，他们刚从一个巨大的熔火空洞上方经过，这个空洞的体积向下的部分甚至超出了仪器探索的最大距离。

“我们像是从火上开过来的。”宁谷看着屏幕上刚绘制出的地形图。

“它们就生活在有熔火的地区。”连川说，“哪里有熔火，哪里就有它们。”

“对主城有什么好处吗？或者坏处？”宁谷问。

“不清楚。”连川拿过刚才收集到的样本，放进了样本舱，“这些发给春三之后，她能分析出来。”

“回去的时候捉一只小的吧。”宁谷说，“大的跟我们个头差不多，太大了，都没东西能装，我不想一路担心被它烧死。”

“嗯。”连川笑了笑。

离开之前的那个熔火空洞之后，连川发现他们像是进入了一个巨大的熔火洞阵，虽然没再发现之前那样的巨大的空洞，但的确很多。

离开主城这么长时间了，他们终于能返回些有用的资料给春三。

就算找不到世界的尽头，也是值得的。

连续半个月的时间，他们一直能从地型扫描上看到附近有熔火洞，靠近的时候就能看到火崽。

火崽是宁谷对那些生命体的称呼，连川被迫跟着一块儿管那些东西叫火崽，居然已经习惯了。

“我停一下车。”连川说。

“嗯？”宁谷看着他。

“地面好像有些不一样了。”连川说。

“扫描没有检测到啊？”宁谷说。

“是。”连川打开了车门，“但我就是感觉不一样，地面是松动的。”

“这都能感觉到？”宁谷赶紧跟着也打开了车门。

脚刚一落地，就感觉小腿上有什么东西轻轻撞了他一下。

“有东西！”宁谷瞬间蹦上了车顶，在腿上一通搓。

接着才发现并没有什么伤。

他顿时感觉有些没面子。

出来的时间太长了，轻松舒服的日子享受不了几天，人就会松懈，一松懈，就会被鬣狗嘲笑。

宁谷看到连川扫了他一眼。

“看什么？”他“啧”了一声，跳下了车顶。

落地的时候又感觉脚踝被什么东西轻轻撞到了。

“到底是什么？”他有些恼火，一扬手，铺出了一大片金光，附近的地面立刻就被映成了明亮的金色。

接着他就看到了有些诡异的场景。

四周一望无际的地面上，飘浮着无数小小的黑色方块。

“这些是……什么？”宁谷震惊地问。

连川缓缓蹲下，用手轻轻地拿起了一块，仔细看了看：“是黑铁地面。”

“什么意思？”宁谷没听明白，走到连川身边也蹲下了。

“是脱离的黑铁地面。”连川看了看四周，“我也说不清是什么意思，引力应该没有问题，为什么会这样？”

“就算引力有问题，”宁谷也拿过了一块黑铁，松手的时候这些黑铁就那么悬在了空中，“引力变了还能让地面碎开吗？”

“还碎得这么……”连川皱了皱眉，“形状规则。”

地面上也能看到一个个方形的缺口，就像是什么力量把这些小黑铁块一个一个切割下来，扔在了空气中。

“不会是……快到世界尽头了吧？”宁谷说。

“往前再看看。”连川起身看了看前方，“前面肯定有什么异常。”

“嗯。”宁谷跟他一块儿又回了车上。

车再次往前开出去的时候，连川发现仪器失灵了。

“把指刺拿过来。”他说。

“失灵了是什么意思？”宁谷立刻起身，去把代表着失途谷老大的排场的那个箱子抱了过来。

“扫描不到任何东西了。”连川说，“跟主城的信息传输也失效了。”

宁谷没说话，把九翼的指刺拿了出来，塞到了外套里。

沉默着又开出了一段路，宁谷看着车窗外开口：“如果这就是世界尽头，还真有些，不够浪漫啊。”

“但这就是你想去看一看的地方。”连川说，“看到了，就是浪漫。”

“你觉得会是什么样的？”宁谷问。

“不知道。”连川说，“也许会是个惊喜。”

“万一是惊吓呢？”宁谷看着他。

“你觉得呢？”连川也看着他。

“只要你在旁边，”宁谷挑了挑眉毛，“已经不会有什么东西能吓到我了。”

你在，我就是我。

就是这世界最强的那个人，就是开始，就是结束，就是救世主，就能打碎毁灭。

悬浮的小黑铁开始有变化，是在车又开了将近一天之后。

本来只悬浮在膝盖之下的大片小黑铁，高度开始有了变化，不少已经到了腰的位置，他们不得不把车前方的挡板装上，以防撞击。

小黑铁块的密度也有变化，比之前看到的要更密集一些了。

而继续往前，在小黑铁块慢慢超过了车子高度的时候，他们已经没有办法让车按正常速度前行。短时间撞击没事，但长时间撞击，车体会有损伤，他们还要考虑到回程的安全。

而在下车检查车况和四周情况的时候，连川看到了几颗不太一样的小黑铁块。

带着熔火颜色的小黑铁块。

“怎么是硬的？”宁谷捏了一块在手里，发现这熔火没有温度，也不是熔火的状态，像是在黑铁上涂上了熔火的颜色。

“这是凝固之后被切割下来的。”连川说。

“凝固？”宁谷愣了愣，接着就低下头看着脚下的地面，“你是说……这边的东西开始凝固了，然后脱落下来……”

连川心里一直有种隐隐地猜测，但还不确定。

他拉着宁谷回到了车上，再继续缓慢地从悬在空中的小黑铁块中穿过。

没开出多远，他就看到了更大范围的熔火块。

大片的，像是把一个整体的凝块切成了无数小块，甚至还保持着之前的大致形状。

就像是放大了的图片上模糊的一个个像素。

“车开不了了。”宁谷说，“要往前走还是掉头？”

“你肯定想要往前走。”连川说。

“你一定会陪我。”宁谷说。

“嗯。”连川笑了笑，“拿个随行车，带点补给。”

“好的。”宁谷点头。

随行车能装不少东西，足够一星期的吃喝都放好了之后，他们就继续向着前方步行出发了。

四周很静，没有风，没有声音。

但如果停下来，就能发现四周已经看不到顶的密布着的小方块都在移动，以极其缓慢的速度跟他们往同一个方向去。

所以前方一定有什么东西。

只是这个地方，就像走进了一个什么都没有的意识空间里。

明明视线所及之处都填满了方块，需要他用能力在前面推开方块清出空间才能前进，可又空洞得让人窒息。

如果不是有连川在旁边，宁谷不确定自己还会不会如此执着地想要去一探究竟。

黑雾外面是什么，世界的尽头是什么样。

这是宁谷一直以来想要知道的事。

但他已经记不清一定想要知道的原因。

他已经知道了太多。

这一趟旅程对于他来说，带给他更多愉快的，是连川在身边。

整整一天，他们就在这种死寂里往前走着。

就在宁谷有些动摇，想问问连川要不要继续走下去的时候，连川停下了。

“嗯？”宁谷立刻看着他，脚下瞬间迸出一片银色光束。

“前面，它们的移动速度变快了。”连川说，“我感觉地形有变化。”

“我试试。”宁谷蹲下，手按在了地面上。

金光从他掌心下漫延出去，一直铺向前方。

悬在空中的小方块下方都被映出了金色。

一片绚烂的明暗光影中，金光在前方一两百米的位置突然消失了。

“没有路了！”宁谷喊了一声。

一片死寂中他的声音传出很远，带着空旷的寂寞。

“去看看。”连川说。

宁谷握住了连川的手，把两人都裹在了金光里。

不出所料，前方是一个断崖。

但意料之外的是，断崖之下，再没有路。

宁谷的金光顺着断崖倾泻而下，仿佛挂在黑暗中的巨大瀑布。

他们的前方空无一物，无尽的黑暗吞噬着一切。

那些不断脱离地面、悬浮在空中缓缓前移的小方块到了这里，都慢慢失去了颜色，消散了形状，悄无声息地融进了前方没有边际的黑色里。

“这是……尽头吗？”宁谷轻声问。

“也许吧。”连川看着前方。

“那这些……东西，”宁谷伸手，轻轻触碰着向前飞出的小方块，“我们的世界正在破碎吗？”

连川没有说话。

如果他们看到的是真实的尽头。

那他们的世界的确，正在以一种缓慢的方式，一点一点地瓦解。

慢慢地凝固，慢慢地脱落。

也许很久很久之后的某一天，这个世界会这样走到尽头。

只是那时会怎么样，他们已经不会再知道。

“我们算是留住了世界，”宁谷声音里有些迷茫，“还是没有留住？”

“我们就算有一天要消失，也不能是被杀死。”连川说，“也许我们依旧会走向终结，但不到最后一秒，总会有人不放弃。”

“那里有东西。”宁谷指向前方。

远远的地方，有一方亮光。

像是一盏暖黄色的灯。

又像是一扇透着光的窗。

这一方亮光从左到右，缓缓地横向移动着。

“是什么？”宁谷问。

光亮里有一个黑影晃动，接着停在了中间。

“是叶希。”连川说。

“叶希？”宁谷有些疑惑，“我们怎么会看到他？”

“那是我曾经看到过主城的房间。”连川说，“没有人进去过，我在那里见过一个无法离开的叶希。”

“那个记录者吗？”宁谷说，“正好。”

“嗯。”连川握住了宁谷的手。

宁谷拉着连川的手缓缓举过头顶。

“叶希！”他吼了一声，声音传出很远，“叶——希！”

连川被震得都有些耳鸣，但他没有阻止宁谷。

宁谷指尖迸出一束银光，像一道利刃，划破了黑暗，直冲向前，指向那扇窗户。

接着金光在这束银光四周出现，猛地在黑暗里无声无息地爆裂，炸出了一场巨大的焰火。

“我们永远都不会放弃！”宁谷吼，“没有人能决定我们生！没有人能决定我们死！我们是开始，不是结束！永远都不会有结束！永远都会有那个寻找出口的救世主！”

“我叫宁谷！”宁谷放轻了声音，看了连川一眼。

“我叫连川。”连川说。

“我们是你永远也控制不了的那个变数。”宁谷说，“你会一次一次，记下我们。你的记录里，每一页都会有我们，一定要活着的我们。”

连川握紧了宁谷的手。

两串小小的光斑从手背闪过。

远处那个窗口慢慢变小，最后隐入了黑暗里。

“回去吗？”连川问。

“回。”宁谷说，“我要联系管理员。”

“嗯。”连川应了一声。

“你不问问我要干什么吗？”宁谷说。

“我们死去之前，世界不会消失。”连川说，“但总会有那一天。在那之前……”

“我们要再次见面。”宁谷说。

（正文完）

番外二

Melting City

世界未完待续·前篇

“他们是什么时候开始返回的？”陈飞走进实验室。

“半个月之前。”春三看了一眼屏幕上的正在不断更新的数据，转了一下椅子，回身看着他，“之后没有新的消息。”

“数据分析有结果了吗？”陈飞问。

“边界那边有大量熔火储备，但是我们现在没有足够的转换设备。”春三回答，“就算有设备，运输也是巨大的难题。”

“主城之前的范围如果能覆盖到那里，就应该还有曾经铺设的通道。”陈飞说，“可以派探测队出去。”

“人手和时间，都是现在我们紧缺的，眼下要解决的首要问题恐怕不是能源。”春三皱了皱眉，转头看向窗口，窗户是关着的，只能看到并不明亮的光，但能听到很多声音，曾经戒备森严的核心区，现在充斥着难民。

陈飞走到窗边，隔着窗户往外看着，过了一会儿才转身往门口走去：“这些我会处理，你继续你的工作……希望连川和宁谷能给我们带回来更多的惊喜。”

“这些不需要汇报给春三吗？”宁谷半蹲在地面上，低头看着自己的手。

“先不汇报。”连川说，“信息是公开的，有权限都能看到，这些东西……在无法确定意味着什么之前，必须保密。”

宁谷点了点头，手里的东西他熟悉而陌生。

见过，却又不是真的见过。

这是一团带着板结的泥土的枯萎青草。

他们的世界里，这是不可能在荒原上存在的东西。

而现在，这是他捡到的第二坨了，是在他们开始从另一个方向踏上返程，想要探索更宽的区域时，从无尽边界的那一边移动过来的。

之所以说移动，是因为这里一片死寂，没有声音，也没有风，所有脱落的残块都像是慢慢移动着消失在黑暗里。

而这两坨枯草，是逆着地面脱落的方向而来的。

一时间说不清是他们脚下的世界在移动，还是枯草在移动。

“我们的储备还有多少？”宁谷问。

连川看了他一眼，没有说话。

“如果我们不过去，”宁谷说，“永远也没法确定这东西意味着什么吧！”

“如果能及时返回的话，”连川说，“大概回到主城范围前的最后几天只能喝水。”

“有水就行。”宁谷站了起来，把手里的两坨枯草连同泥土一起放进了样本袋里，“我想去看看。”

从第一次看到坍塌边界的位置开始，一直到发现枯草的地方，他们沿着边界过来的这几天的路程里，边界都没有明显变化，所有能看到的地方都是相同的，地面正在不断地凝固中被分割飘散，再被无尽的黑暗吞没。

这次也没有什么不同，他们再一次走到了尽头，宁谷释放出的金色光芒依旧从断崖处向下，像一道坠入深渊的金色瀑布。

而枯草来的方向，也同样看不到任何东西。

“那边肯定有什么东西。”宁谷盯着黑暗，“可能离我们还很远。”

“你觉得会是什么？”连川问。

宁谷犹豫了一下，转头看着他：“你应该也有一样的想法吧？”

“另一个世界吗？”连川看着前方的黑暗，“是过去，还是以后，或者是现在？”

“不知道。”宁谷皱了皱眉。

“露珠能找到过来的通道，就表示两个世界相遇并不是不可能出现的事。”连川说，“如果我曾经控制过清道夫，那现在很多世界有可能从未出现过清道夫。”

“一个没有走向毁灭的世界？”宁谷问。

“或者是另一种方式毁灭的世界……”连川话还没有说完，前方的黑暗里闪过一小团白色，飞快地向他们移动过来。

宁谷一场手，抓住了这团白色的东西。

“这是什么？”宁谷感觉这东西有些重量，但判断不出来是什么。

一块不规则的实心残骸，是他从未见过的材质，上面有一个圆形的孔。

唯一能看出来的是这个孔应该并不是这个东西上本来存在的，孔壁并不光滑，还有灼烧过的痕迹。

“某种弹孔。”连川说。

“这武器跟我们的不太一样吧？”宁谷问。

“我没见过这样的。”连川看向黑暗。

“怎么办？”宁谷问。

“等。”连川回答。

这些残骸并不是一直都有，从四周空无一物的黑铁地面就能看出来，这是他们来到这里之后才开始出现的。

想要获得更多的信息，就只有在这里等，等到有足够的材料去猜测，前方黑暗中的那个未知的可能。

“你害怕吗？”宁谷坐在地上，拿着一块黑铁碎屑在地面上轻轻敲着。

“暂时没有。”连川说，“按叶希的设计，两个不一样的世界不可能直接接触，一定需要某种通道和方式，这就是我们的优势。”

“万一前面是另一个露珠，”宁谷说，“我们现在一片狼藉，不知道能不能扛得下来。”

“你狼藉了吗？”连川问，“我狼藉了吗？”

“没有。”宁谷笑了笑。

福禄和寿喜一上一下顺着失途谷的崖壁一路向前，把几个趁着蝙蝠守卫的空档企图爬进失途谷的流民踢了下去。

“越来越多了。”福禄说。

“比昨天多了两个。”寿喜说。

大战过后，所有的等级和分隔都被打破，在主城系统和武装无法完全控制的地方，一个个有着相同却又不尽相同目的的小集团不断集结，建立秩序和破坏秩序每天都在上演。

黑铁荒原从原来的禁忌之地变成了寻找生机和物资的旅游胜地，而曾经给主城提供过大量非法交易物资的失途谷，在很多人看来，是个取之不尽的宝库。

“告诉陈飞，”九翼蹲在失途谷顶端的一根柱子上，“明天下午之前他不派人封锁城界，我就直接把那里炸出一道墙来。”

这根柱子是九翼新做的，为的就是站得更高一些，现在他能够清楚地看到主城上方露珠的两半残骸，以及残骸之下灰暗的主城。那里弥漫着可能还需要好几个月甚至更久才会散去的烟尘。

虽然电力已经恢复了不少，但日光暂时还无法恢复到往日的程度，更不要说主城人民早已经习惯了的恒温系统。

“那里本来就有炸出来的掩体。”福禄扒在柱子中部仰着头提醒他。

“还很高！”寿喜在下面喊。

“那我就杀人。”九翼的指刺在柱子上轻轻敲了两下。

无论怎样的混乱，每一方势力都需要保证自己范围内秩序的恢复。九翼不管主城和旅行者那边会怎么做，他只确保失途谷不被干扰。

“龙彪带一队人过去。”雷豫在通话器里下了命令，“春三那边会优先恢复城界警戒系统，这之前你们要控制流民不能通过。”

“失途谷够霸道的。”龙彪说，“收到。”

“这些都是必要的界线。”雷豫说，“几方势力要合作，总得有规矩。”

“明白。”龙彪一摆头，“一队跟我走。”

连川靠着一块突起的黑铁，看着前方的黑暗。

碎片消失的速度很慢，如果不盯着某一块看，几乎无法察觉，时间在这样难以看到变化的景象里似乎都停滞了。

听到身后传来的宁谷的脚步声时，连川才能感觉到真实。

“给。”宁谷递给他一瓶清水。

连川拿过瓶子看了看，又晃了晃，确定这就是一瓶什么原料也没有加入的清水，他抬头看着宁谷：“现在就没吃的了？饮料都没有了？”

“你之前说回到主城前的几天我们只能喝水，对吧？”宁谷问。

“嗯。”连川点点头。

“无论这个几天是几天，”宁谷说，“我们在这里都已经超过了十天了，就是说已经超过几天了，我们得分段挨饿。你知道吗，饿几天吃几天不会死，饿十天就死了。”

连川仰头喝了一口水。

“这几天我们在这里收集到的就是一些植物，一些可能是建筑碎块的东西，还有几个带着弹孔。要想收集到更多有用的，肯定还得等，这是最好的办法了。”

连川笑着看了他一眼：“知道了。”

“有什么好笑的。”宁谷说，“你在主城，好歹吃喝没缺过。你要是在鬼城长大，就知道我这是生存技能。”

“嗯。”连川点头，“厉害。”

“不要不服气……”宁谷蹲下，正想往他身边挤着坐下时，连川却猛地一下站了起来。

宁谷在那块黑铁上撑了一下，也迅速地站了起来，往黑暗里看了过去。

能让连川有这么大反应，说明这次“移动”过来的东西，不会再是这样的小碎碎。

在一片零乱无序的黑铁残块中，宁谷看了黑暗里慢慢显现出来的一个轮廓。

这不是一坨枯草，也不是几块建筑垃圾，而是一个大得多的物体，只能看出它在黑暗中泛着微光的一圈方形轮廓。

“那是个什么？”宁谷往前走过去，在距离断崖边缘两三米的地方停下了，虽然他知道往前这么点距离对于看清这是个什么东西完全没有意义。

“一个方形的东西。”连川说。

“堂堂最强大BUG，”宁谷说，“就给出这么一个没屁用的答案。”

“像个箱子。”连川给了一个有屁用的答案。

这个猜测让宁谷猛地联想到了用来装EZ的那些巨大的箱子，他顿时有些不安。

“另一个世界送来的EZ吗？”宁谷压低了声音。

连川没有说话，相比之前出现的小残骸，这个东西的移动速度极慢，几乎看不出明显的位置变化，应该是个很重的物体。

“光从哪里来的？”宁谷问，“那一圈是反光吗，之前过来的东西都没有这样的光。”

"不是反光。"连川说，"像是边缘透出来的光。"

"里面肯定有东西。"宁谷说出这句话的同时，两人开始后退，地上铺出了大量的金色光芒。

站定之后，宁谷甚至在两人面前扬起了一片金色的光盾。

"别这么消耗。"连川说，"它过来起码还得半小时。"

"你是让我保留体能准备打一场吗？"宁谷转头，"你觉得这东西有危险是吗？"

"我没有感觉到活物。"连川说。

"说不定是一箱吃的。"宁谷说，"有青草的那种世界里的食物，肯定很好吃。"

"有也变质了。"连川说。

"冷冻送过来的。"宁谷坚持。

在把这东西当成一巨箱食物等待了十几分钟之后，宁谷和连川终于看清了这是个什么东西。

这是一间屋子。

方正的，仿佛是被从某个建筑中切割出来的，一间屋子。

有门，没有窗。

四周的轮廓也能看清，并不平整，带着残缺，而透出光来的，应该是墙壁上的裂缝。

"这个世界是已经毁灭了吗？"宁谷低声说，声音里带着些许沙哑。

他并不希望这个不明物体带来的是另一个世界的通道，在这个混乱绝望的走马灯世界里，任何未知都是危险，但他也不愿意再看到毁灭。

主城陷落时人们慌乱绝望的哭喊，被永远切断联系再也不会相见的那些人，包括露珠里的那个世界消失时带给他的那些冲击，都是他不愿意再看到的画面。

"试一下能不能碰到它。"连川也低声说，"如果有危险，不要让它靠近。"

"嗯。"宁谷盯着前方，一束暗银色的光芒划破黑暗，直冲远处的那个房间。

几秒钟之后击中了外墙右侧的墙壁。

本来纹丝不动的房间晃了一下，开始逆时针缓缓地转动。

这个变化让宁谷一阵紧张，下意识地想要站到连川身前。

而连川大概也有相同的想法，两人同时向前一步，撞在了一起。

“你掩护我。”连川说。

宁谷没有跟他争，指尖闪出了光芒。

因为施加了外力，这个神秘房间转动的速度比它向这边移动的速度要快得多，很快就变成了侧面对着宁谷和连川。

“窗户。”宁谷说。

侧面有一扇半开着的窗户，但窗帘遮得很严实。

而房间继续转动了几度之后，两人看到了更亮的光线。

“后面没有墙了。”连川慢慢蹲下，准备随时发起进攻。

房间转动着，很快就转了一百八十度，又逆时针转了小半圈才停下了。

但连川和宁谷都还在原地没有动，只是看着眼前的一大片光芒。

在这个基本没有色彩的黑暗边界，这一大片光芒看上去刺激强烈却又异常不真实。

而屋里的景象，更像是他们进入某个空间时才会出现的单一场景。

走马灯里的某一秒，走马灯里的某一格。

屋里有一张床。

床边小桌上的台灯照亮了整个屋子。

还有一张摇椅。

一个人像是睡着了，静静地躺在摇椅上。

这是一间布置简单的屋子，一目了然，连个柜子都没有。除去这些，还能看到的，就是墙壁上一道道深深的划痕和裂口，还有地上散落着的残渣。

在转动停止之后，一切又回到了原样，这个敞着一面墙的房间，继续以缓慢的速度移动着，向这个世界的边界缓缓靠近。

“活人还是死人？”宁谷问。

“死人。”连川回答。

“怎么死的？”宁谷又问。

“我判断不了。”连川回答。

“等它过来？”宁谷看着前方，虽然这屋子看上去没有任何危险的东西，但整个屋子透露出来的最直接的信息，就是危险。

“等。”连川声音很冷静，“它未必能过来。”

宁谷不知道他们等了多长时间，总之他俩的状态都已经从“戒备”换成了“等待”，这个房间才终于开始跟悬停在空中的黑铁残块相碰撞。

而连川的那句“它未必能过来”的预判也成了现实。

房间跟黑铁残块碰到的位置，都开始变成黑色的灰烬，就像宁谷在鬼城时看到的那样，微微在空中散开，接着就消失了。

“过不来了。”连川说完这句话的时候，人已经冲到了边界，站在了房间面前。

宁谷没顾得上跟过去，先是一扬手，金色的光芒隔开了连川和房间，他才冲过去跟连川并肩站在了深渊前。

房间移动的速度似乎在加快，不断有黑铁残块与它相撞，它也不断地在消失。

屋里的一切都没有动静，那个躺在椅子上的人，一只脚已经化成了灰烬。

一种细细的像是受到了重物挤压而发出的“咔嚓”的断裂声开始从房间内外同时传来。

而宁谷顺着那人的脚往上看过去的时候，看到了他身体侧面被撕开几道口子的衣服，以及衣服里几道如同爪痕一样从腰一直向上延伸到脖子的伤口。

“那是……”宁谷正想说话的时候，连川抬手在他嘴上按了一下。

“有声音。”

宁谷猛地停了下来，在连川说出这句话的同时，他听到了“咔嚓”声里夹杂着的另一种声音。

是人说话的声音。

确切地说，是人在嘶吼的声音。

这声音从低到高的转换只有两三秒。

“是鬼城——”

短短的三个字，从听见到听清，没有给他任何的缓冲，就那么带着惊恐和绝望地砸了过来。

接着又是一声。

“是鬼城——”

宁谷感觉自己的呼吸开始不太顺畅，说不清是听到了这个熟悉的名称带来的激动，还是这惨烈的叫声里带出的恐惧。

而这声音并没有停止。

如同主城上空反复播放的广播一样，不断地重复着。

是鬼城。

是鬼城。

直到整个房间在黑铁残块中完全消失，连川拉着宁谷往回退开，宁谷都没从这声音里回过神来。

“你听到的是什么？”回到他们的车旁边时，宁谷才开口问了一句。

“是鬼城。”连川递给他一瓶水，“这应该就是被定格了的某一个世界的某一个瞬间。”

“是同一个鬼城吗？”宁谷的目光慢慢收回，落到了连川脸上。

“你看到那个死人的伤口了吗？”连川问。

“看到了。”宁谷说，“跟原住民进攻的伤很像。”

“不是很像。”连川看着他，“是一样。”

“我可不可以这么猜，”宁谷说完又沉默了很长时间才开口，“这就是我的那个鬼城，它没有离开，只是毁灭开始了，车不会再来了，他们也没有过来的通道了。”

“嗯。”连川应了一声。

“鬼城没有毁灭。”宁谷说，“他们甚至还能毁灭别人。”

连川没有出声。

“但是说不通。”宁谷拧起了眉头。

“你是觉得，林凡和老鬼他们那些留在鬼城的旅行者，”连川看着他，“不会做出这样的事，也不会放任原住民做出这样的事。”

“你不觉得吗？”宁谷也看着他。

“除非……”连川没有说完这句话，“毕竟我们只看到了原住民的攻击。”

“不会。”宁谷肯定地说。

沉默了一会儿，两人同时转头，看向了之前房间过来的方向。

只有黑暗和已经恢复了之前状态的黑铁残块，就像是刚才他们看到的一幕，只是一场幻觉。

“有宁谷他们的消息吗？”九翼蹲在铁柱子顶上，对着通话器问了一句。

这个带着清理队标志的通话器是雷豫给他的，他看到通话时闪起的蓝光就想把这玩意儿给扔了，多一秒也不想拿着。

但他现在不仅得拿着，还要用。

失途谷已经不是以前的失途谷，他也不再是以前的九翼。

被迫的，但也没办法。

“春三已经发出消息，还没有收到回复。”雷豫说，“按时间来看，他们十天前应该就进入主城能探测到的范围了。”

“但是没有。”九翼说。

“你那边有没有收到过他们的消息？”雷豫问。

“没有。”九翼说，“收到我还问你吗！我很喜欢玩通话器吗！”

雷豫没再说话。

“通话结束。”九翼说。

“这句可以不说。”雷豫说。

“那你闭嘴就可以了！”九翼吼了一声。

福禄从失途谷断崖的位置跳了上来，一路跑到了柱子下面：“旅行者和城卫打起来了！”

九翼往主城里旅行者据点的方向看了一眼，隐约能看到掀起的烟尘。

“为什么？”九翼跳下了柱子。

“不知道。”福禄说，“我去看看。”

“不用。”九翼转身走向失途谷边缘，“不打才奇怪。”

“你去哪里？”福禄追过来。

“晒翅膀。”九翼猛地往前一冲，跃向空中，巨大的黑色翅膀展开来。

“是吹翅膀。”福禄说。

主城的混乱每天都在继续，所有的人都觉得自己在努力，但并没有太大的改观，什么时候陈飞承诺的物资稳定供应能实现，估计才会有转机。

而获得新能源新物资的希望，除了进攻另一个世界，就只有连川和宁谷了。

九翼往黑铁荒原的外围飞去，风在耳边刮得很猛，目力所及之处一片清冷，一开始还能看到零星游荡的蝙蝠，再出去，就什么都没有了。

连川和宁谷不会死，但未必不会碰到意外，他打算去迎一迎，肚子饿了之前返程。比起看着主城混乱一片，什么也没有的黑铁荒原还清净些。

指刺微微一声嗡鸣，在烈风中几乎细不可闻。

九翼猛地收了翅膀，落在了地面上，在被他砸碎溅起的碎铁中，指刺的第二声嗡鸣清晰了很多。

他垂下手，指尖在地面上轻轻一敲。

等了很久，那边却不再有回应。

“前面就到了。”连川说，“吃一口吧。”

宁谷拿过最后一盒配给，捏了一块塞进嘴里，把剩下的都递到了他面前。

“你吃一半。”连川说。

“不饿。”宁谷说。

“马上就到了。”连川说，“不需要这么……”

“那你别吃了。”宁谷拿回盒子，低头吭吭几口，盒子里就还剩了一小块，他看了连川一眼，“这是你最后的机会。”

连川张开嘴，宁谷把最后一块配给扔到了他嘴里。

“前面有人。”连川咽下配给。

“谁？”宁谷凑到了屏幕前，一个模糊的影子出现在探测画面上。

“九翼。”连川说。

能不依靠工具离开主城这么远，到达黑铁荒原深处的人，只有九翼。

“他想我们了？”宁谷看着车头前方。

不知道为什么，这次离开回来，宁谷对再次见到九翼有些期待，那种既不属于朋友，也不属于战友，期待中还带着点厌烦的期待。

九翼蹲在黑铁荒原上，像一尊塑像。

连川和宁谷从车上下来的时候，他的视线才从自己手上移开，抬头看了他俩一眼。

“指刺呢？”九翼站了起来。

“你手上呢。”宁谷说。

“我给你们的那根。”九翼说。

宁谷顿了顿，九翼刚才的样子，和见面第一句话，让他顿时心里紧了一下，回头看了看连川。

“埋在边界了，用材料箱装着。”连川脸上看不出什么表情，“除非有人打开，否则不会被碰到。”

九翼看着他。

“什么时候有动静的？”连川问。

“两小时前。”九翼说。

“你回应了吗？”连川又问。

“嗯。”九翼应了一声，“但是那边没再有变化。你们干了什么？边界是哪里？”

宁谷从兜里拿出了黑铁残块，慢慢张开手掌递到九翼面前：“我们的世界在一点一点碎掉。”

九翼看着他掌心的残块：“还有什么？”

“一个可能被鬼城灭了的世界。”连川回答。

九翼的翅膀猛地从身后张开了。

“换新的了？”宁谷问。

“你们把指刺留在那里了。”九翼收起了翅膀，“现在有人打开了箱子。”

“或者是别的什么东西。”连川说。

“跟主城汇报了吗？”九翼问。

“没。”连川说。

“有什么计划？”九翼的指刺在面具上轻轻敲着。

“只有一个粗略的。”连川回答，“我没有想到这么快就会有变化。”

“说。”九翼看着他。

“再去一趟，叫上几个靠得住的旅行者。”宁谷说，“还有你。”

九翼转身就走。

“怕啊？”宁谷挑了挑眉。

“我不去送死！”九翼喊。

“如果真有什么变数，”连川说，“迎战才有活下去的机会。”

九翼没回头，继续往前走。

“再给我们一根指刺。”宁谷喊。

九翼停了两秒，转身快步走了回来，一直跟连川他俩面对面都快贴上了才停下，压着声音：“我跟你们去是因为太无聊。”

“如果我死了，”九翼说，“我就拉你俩陪葬。”

“三天时间，”连川说，“不让主城知道的话，需要失途谷给我们找齐物资。”

“偷陈飞的就行。”九翼说完转身就走，“记住了，我去是因为不想死。”

“刚还说是太无聊。”宁谷说。

“也是因为无聊！”九翼吼。

“活着才能无聊。”连川拉开车门。

宁谷上了车，看着张开翅膀迅速消失在黑雾中的九翼，过了一会儿才叹了一口气：“我以为我们至少能安稳一段时间。”

“现在就是安稳。”连川说，“能说能笑能思考，有期待，会害怕，而且逢赌必赢。”

“逢赌必赢。”宁谷看了他一眼，转头看着前方，“走吧。”

番外三

—Melting City—

世界未完待续·后篇

陈飞坐在办公桌前，盯着面前的屏幕，上面是很简短的一份文件。

关于暴民集团的驱逐方案。

这个方案写得很直白，没有按照标准格式，也没有他看惯了的官方用词。大战过后他们已经放弃了很多形式上的东西，主城的基本运转恢复之后，他们需要的是在尽可能短的时间里向前继续走下去，甚至文字性的东西都因为时效而在很多时候被暂时放弃。

而这些永远不会进入主城历史记录、不会被除了他们这些所谓的领袖们之外的任何人看到的东西，也就更没有了形式的意义。

而这样直白的东西，刨去了需要解析的迂回缓冲之后，拥有了更强的冲击力。

核心区取消所有安置点，清理滞留难民，所有剩余安置点由新成立的主城联合护卫队接管。

不接受主城管理的各种团体，即日起将被护卫队驱离到C区之外。

苏总领办公室里还有人在等着最后的决定。

陈飞的视线一直停留在这两条上，相对别的，这两条足以制造出又一场大战。

除去主城的叛军、流民，甚至之前并肩作战过的蝙蝠和旅行者都有分离出去的队伍，分裂和矛盾来得比所有人想象的都要更快，甚至在大战起时就已经开始。

这些人有不一样的想法，不一样的做法，陈飞能理解。

但经历了这么多之后，他在很多事上都不会再有犹豫，哪怕他能预见这样做的后果，也还是会做出这样的决定。

傀儡状态保存生存实力的提议暂时还无法实施，眼下主城最需要的就是稳定，无论是通过什么手段得到的稳定。

办公室的门被很快地敲了两下，没等陈飞回应，门已经被推开了。

雷豫快步走了进来，几天前他刚成为联合护卫队的指挥官，身上还是清理队的制服，但手臂上的标志已经换成了新的——护卫队的黑色菱形标。

“领导团已经不再接受对方案的任何更新意见了。”陈飞在他开口之前说了一句。

“我不对无法阻止的事情发表意见。”雷豫说，“我只处理已经发生的事件。”

“有什么情况？”陈飞问。

“失途谷正在往外转移物资。”雷豫站到桌前，“蝙蝠还从主城偷了一辆车。”

“九翼知道吗？”陈飞下意识地问了一句，经过大战，所有人都清楚，九翼是土城强大的盟友，虽然疯癫，但值得信任。

“就是他干的。”雷豫说。

陈飞有些吃惊地挑了一下眉毛，看着雷豫没有说话。

“马上就会有人跟你汇报这件事。”雷豫说，“我希望你不要阻止。”

“阻止什么？”陈飞问。

“他们要去边界。”雷豫说，“这是秘密行动。”

“我能得到一个详细解释吗？”陈飞说这句话的同时，他桌上的电话响了，他伸出手，看着雷豫。

“不能。”雷豫说，“因为我也不清楚，我只是无条件相信连川。”

陈飞接起了电话，听着那边汇报，沉默了几秒钟之后，他开口：“忽略此次异常行为，清除相关记录。”

“主城的人看到了。”福禄把一箱配给扔到车上。

“看不到才奇怪。”宁谷说，“你们老大这动静像是要带着失途谷投奔叶希。”

“叶希是谁？”寿喜问。

“去把人带过来。”九翼落在车顶，“我们出发。”

“连川不去了吗？”寿喜问。

“我早晚！”九翼一翅膀扇在他脑袋上，“把你头拧下来换个带齿轮的！连川不去我们去捡垃圾吗！”

“宁谷去啊。”福禄说。

“宁谷去啊。”寿喜说。

“连川不去宁谷为什么要去！”九翼吼了一声，“闭嘴！”

宁谷远远看到一辆车从主城方向开了过来，他跑了几步，跳到了一块黑铁上，站在了连川身边。

“谁开过来的？”他问连川。

“龙彪。”连川说。

“这是以前清理队的车吧？”宁谷说，“雷豫的那辆。”

“嗯。”连川点点头。

“为什么开他的？那不是很容易就被他发现了……”宁谷往更远的地方看了看，“他知道了主城就会知……居然没人追过来？没人发现吗？”

“他那个车性能好，要偷肯定偷这辆。”连川说，“他当然也肯定会发现。”

“那你之前还说不让主城知道。”宁谷皱了皱眉，“现在主城不就知道了？”

“有人追过来吗？”连川问。

宁谷又往四周观察了一圈，除了龙彪开过来的车，没有别的异常：“没有。”

“那就是不知道。”连川说。

宁谷看了他一眼：“懂了，你一开始说的就是这种‘不知道’吧。”

“嗯。”连川跳下黑铁，“出发吧。”

几辆车停在失途谷外侧悬崖下的一片阴影里。

就像谷内的几个竖洞是禁地，谷外的这个区域也是禁地，除非九翼允许，任何人，包括驻守在这里的清理队，都不能进入。

他们这次出去准备的车和物资都在这里。

虽然主城可以“不知道”，失途谷的人却必须不知道，九翼非常清楚蝙蝠有多难以控制。

连川、宁谷和九翼，加上七个黑戒，就是这次探查的全部人马。

得力助手福禄寿喜虽然很想参加，却不得不留下。

“总得有人管着他们。”九翼说。

“就他俩？”宁谷看了一眼远处站着的福禄寿喜。

“就他俩。”九翼说，“你有什么疑问。”

“没有。”宁谷说。

在问出这个问题之前，他的确是有疑问的，但当他看到远处站着的福禄寿喜时，突然有一种像是看到了九翼的踏实感觉。

虽然他不知道自己为什么会觉得九翼能给他这样的感觉，但至少说明福禄寿喜的作用并不只是吉祥物，对于失途谷的人来说，他俩在，九翼就在。

“你不跟你的人坐一辆车？”宁谷上了车，坐在副驾驶位，回头看了一眼打开车门上来就躺在了后座上的九翼。

“这辆车安全。”九翼说。

“你只管自己安全？”宁谷又问。

“我跟黑戒挤在一辆车里有失身份。”九翼说。

“……你不是很爱你的黑戒小队吗？”宁谷很不屑。

“能不能开车！”九翼吼了一嗓子，“他很烦！”

“跟我说话吗？”连川偏过头，车并没有如九翼所吼开出去。

“我去后面的车。”九翼蹦了起来，伸手要去开车门。

连川发动了车子，车发出轰鸣，猛地向前冲了出去。九翼为了在突如其来的惯性中保持平衡，翅膀都打开了一半。

九翼回头看了一眼，黑戒的车和物资车也跟了上来，他有些出神地一直看着后面：“我从进失途谷那天开始，就没有离开过。家一样的地方。”

宁谷沉默了一会儿，轻轻叹了口气：“起码你还能看到，就算离开了也知道它还在那里。”

“你这次去了也未必就能找到鬼城。”九翼说。

“用你说？”宁谷瞪了他一眼。

“没有不切实际的期待，”九翼说，“才会有意外的惊喜。”

连川一直没有说话，他脑子里不断地反复回放着那个房间出现的前后，想要找到被自己忽略的细节。

不过就像车窗外开始渐渐变得没有区别的世界一样，回放的画面也并没有什么新的发现。

“这个世界真是无聊啊。”九翼说。

“是吗。”连川看着前方。

“但是自由。”九翼说。

“我睡会儿，你累了就换我。”宁谷把椅子放倒。这车虽然性能很好，但设施和之前苏总领的那辆完全不能比，只是一辆最普通的车，椅背甚至都没有一点缓冲，直接砸在了后面的九翼腿上。

“我要下车。”九翼收回腿。

宁谷回手在他腿上拍了拍以示歉意，然后闭上了眼睛。

九翼不说话，连川又一个字都没有，宁谷在车子单调的行进声中很快就睡着了。

再醒过来的时候是因为九翼开口说话了。

相对第一次旅程，这一次因为有了明确的目的而变得不再那么新奇，而是带上了几分沉重。

破碎的世界的尽头，破碎的黑暗中的未知。他们不太轻松得起来。

吃东西，睡觉，偶尔的几句交流。

他们的车一直在前头，黑戒的车在离开高墙之后换到了物资车的后方。

相比九翼和他的左膀右臂福禄寿喜，训练有素的黑戒简直不像是来自失途谷，不像是由九翼一手打造。

车上的接收器“滴”的一声。

——你已进入主城防御系统范围，请确认身份。

“这是以前的主城的边界。”九翼说。

“嗯。”连川应了一声，“要去看看吗？一个废弃的大型实验室。”

“不了。”九翼说，经过高墙的时候他就很平静，现在看到巨大的实验室也还是很平静。

“你都没有好奇心吗？”宁谷看了他一眼。

“好奇什么？”九翼说，“那是这个世界正在一点一点枯竭的证据，好奇的小宝宝。”

每当九翼身体里“诗人”的那一部分显现时，宁谷就会有些感慨。

还是无脑九翼更招人喜欢。

车往前继续行进，渐渐跟第一次旅程相比有了最明显的变化。

火崽消失了。

一只都没有看到。

“是我们之前走的那条路吗？”宁谷把头伸出车窗。

“是。”连川点点头，外面的确没有了那些凶猛的小东西，他也完全感觉不到任何活动的物体，更不要说生命体了。

他们之前穿过的那些熔火洞群就在脚下，几天的时间里一直都在，但没有再看到火崽。

不过他们下车查看的时候，连川还是发现了很多火崽留下的痕迹。

“被什么东西吓跑了吗？”九翼的翅膀在身后猛地张开，他跃起飞向空中，穿进了黑雾，“你们继续开，我会跟上你们。”

“你能感觉到什么吗？”宁谷看着连川。

“没有感觉。”连川说，“你呢？”

“没有。”宁谷有些不安地动了动，又抬头往上看了看，“九翼呢？怎么看不到了！”

“别紧张。”连川拍了拍他，“九翼没有那么脆弱。”

九翼过了差不多一天时间，才重新回到他们的视野里。

连川这么长时间以来唯一感觉到的车外的生命体，只有九翼。

“有什么发现吗？”宁谷喊。

九翼落到了车头上，脸色有些难看。

连川停了车，后面的车跟着也停下了，黑戒悄无声息地从车上下来，隐入了四周的黑暗里。

“我看到了。”九翼说，“那些碎块。”

“你看到了？”宁谷声音扬了起来，“那马上就要到了，你还看到什么了吗？”

“你用过能力吗？”九翼问，“在那个……碎了的世界尽头。”

宁谷愣了愣，转头看向连川。

“他用过，我们需要探测边缘的位置。”连川看着九翼，“有什么异常吗？”

“上车，去看了就知道。”九翼一扬手，几个黑戒不知道从哪里冒出来，迅速回到了后面的车上，九翼也飞快地跳回车上，“上车！”

连川和宁谷也上了车。

“你看到什么了？”宁谷盯着他。

“你猜。”九翼脸色依旧难看。

“我猜你下一秒不说就要死在我手里。”宁谷说。

“他的能力还留在那里吗？”连川问。

宁谷猛地转过头：“怎么可能？”

“是。”九翼说。

“怎么可能？”宁谷又一个猛转头看着九翼，“用完就消失了！”

“那它们就是又回来了。”九翼说，“很多。”

宁谷无法理解九翼的话，直到他们看到了黑色的无尽空间里如同凝固的焰火一般的金色时，他才明白了九翼为什么会说不清到底是什么样的场景。

一切都像是第一次他们看到的样子，碎成小方块的黑铁依旧在缓缓脱离地面，以难以觉察的慢速汇入黑暗。

但之前空无一物的黑暗中，是一团团的金色光芒。

这光芒宁谷太熟悉，他不用看也能感受得到。

那是他的能力。

“怎么会……这样？”宁谷轻声问，他随便数了数，至少上百团。

“有变化吗？”连川看向九翼，“大小位置数量，跟你之前看到的时候。”

“没有。”九翼回答得很确定，“完全没有变化。”

“无论是什么，现在都停止了。”连川说，“从我们上次来到现在，时间不算长，这样的数量，有变化肯定会很明显。”

“外面是什么？”九翼往前走了几步，跃到空中。

“不要试。”连川说，“那边是虚无，过去就会消失。”

“那个房间，就是在这里碎掉消失的对吗？”九翼问。

“嗯。”连川盯着那些金色光团。

“宁谷的能力，”九翼低声说，“外面有东西需要他的能力，如果真是这样，需要这能力做什么呢？”

三个人都沉默了。

过了很长时间，宁谷才盯着前方说了一句：“某种媒介吗？”

“媒介？”九翼猛地落回地面，“什么媒介？”

“离开这里。”连川一把抓住了宁谷的衣领。

在这句话说完的时候，宁谷已经被他拽到了车子旁边。

九翼没有这样的速度，但也猛地往后退开了一大截。

转身往车这边跑过来的时候，光团突然亮了起来，连川和宁谷的脸都瞬间变白了两个度。

“来不及了。”九翼说了一句，回头的同时跃起，指刺划破黑暗。

光团像是被这边的什么东西吸引着开始变形，如同被某种力量拉扯着靠近，不断有细小的光芒被拉离光团，逆着黑铁小块向内飞来。

“有东西要出来。”连川借着九翼翅膀的掩护冲出，顺手把宁谷往车门上一推。

这一推力量很大，宁谷脑袋磕得“嗡嗡”响。他非常恼火，就算现在情况不明，他的能力不能用，也不表示他是一个需要被这样保护的人，更不表示能撞脑袋！

但这念头只有一瞬。

他在“嗡嗡”响中看到了连川手臂上泛着暗光的锥刺。

光团里的东西随着不断被拉扯出的光斑，一点点地从金色光晕里探出来。

细细的，暗绿色的触丝。

“活的吗！”九翼吼了一声，指刺划出，为冲向最近的那条触丝的连川清空了前方的阻碍。

“不是生命体！”连川一扬手，斩断了一条触丝。

黑戒悄无声息地跟着冲了上去。

几根触丝被齐齐切断。

触丝断掉的部分在空中悬浮着，接着就像之前的房间一样，迅速地分解，消散在四周。

宁谷走到了队伍的后方，慢慢蹲下，手按在了地面上。

这东西看上去像是某种动物，连川没有用“不是活的”来回答九翼。

不是生命体，但不表示它不是活的。

他有一种说不上来的感觉，也许是因为这些东西是通过他的能力而来，他隐隐能感觉到一些异常，但又无法确切判断这种感受是什么。

熟悉，却又完全找不到痕迹。

一颗细小的暗绿色碎屑从前方被风带到了宁谷面前，又随着空气的流动晃动着，渐渐变小。

在它消失前，宁谷伸出手指一夹，把它捏在了指间。

什么也没有。

这一星暗绿色消失在了他手指之间。

“是意识！”宁谷的吼声从身后传来。

“什么？”九翼吼。

“是意识！”宁谷声音都带着撕裂的沙哑。

不是有什么东西要过来。

而是有什么东西的意识要过来。

连川明白了宁谷的意思。

“九翼！”连川跃起，被他扫起的大片黑铁碎块，在他落下时带着尖啸声猛地扑向前方的触丝和光团，“拦住它们！”

宁谷一扬手，几道暗银色的光芒划破黑暗，将一片触丝击成了碎末。

九翼同时双臂一展，十根指刺从黑暗中划过。在他收拢双臂时，空中出现了他们曾经在诗人的洞口看到过的闪着寒光的网。

触丝被挡在了那边。

“撑不了多久。”九翼落回地面，顺手带回了一个不知道什么原因倒地的黑戒，“那些是什么东西的意识？”

连川看向宁谷。

宁谷脚下的暗银色光芒还在不断涌出，他慢慢抬起头，眼睛有些发红：“鬼城。”

“鬼城？”九翼愣住了。

躺在他脚边的黑戒突然痛苦地弓起了身体，张大了嘴。

“怎么伤的！”九翼按住他的肩。

黑戒努力地喘息着，接着发出一声像是被掐住了喉咙的嘶鸣。

“是原住民。”连川对这声音太熟悉了，他和宁谷曾经跟原住民有过太多的接触。

但他怎么也想不到，他们会以这样的方式，再次听到原住民的声音。

“鬼城的原住民？”九翼按着不断挣扎的黑戒，吼了一声，“那些东西怎么可能出现在这里！”

“鬼城的意识。”连川看着他。

九翼跟他对视了几秒钟，低头看了一眼黑戒：“我会一直记得你。”

指刺扎进了黑戒的胸口，嘶鸣声停止了。

随着嘶鸣声的停止，涌动着的光团也突然静止下来。

四周陷入了让人窒息的死寂。

“停了？”九翼问。

连川转头看着宁谷：“有什么感觉？”

“没有了。”宁谷皱着眉，茫然中带着焦虑，他向四下看去，“没有了……但是……”

“宁谷，”连川抓住了他的胳膊，“有没有受伤？”

“没。”宁谷摇摇头，看着他，“是真的吗？鬼城？”

“还不确定，只是可能。”连川说，“你刚刚感觉到什么了？”

“我听到了舌湾的声音。”宁谷轻声说，“那一瞬间，我在舌湾。”

“那些东西，”九翼站了起来，“只是这里有，还是在别的地方也有？”

“如果需要宁谷的能力才能侵入……”连川看了看远处一眼看不到尽头的边缘，“应该就只有这里。”

“如果在我们来之前，”九翼说，“这些东西就已经爆发过了呢？”

“回去。”宁谷猛地跳了起来，“要通知雷豫他们。”

“那这里呢！”九翼往光团的方向一指，指刺闪着光，“这里如果……”

他的话还没有说话，指刺突然传出一声嗡鸣。

“怎……”宁谷盯着指刺。

第二声嗡鸣响起，接着是第三声，第四声，最后连成了一片。

“谁还拿着你的指刺？”连川问。

“这一根，”九翼动了动食指，“是福禄。”

“确定不是之前我们埋的那一根吗？”宁谷问。

“不是。”九翼收起指刺，“失途谷有状况。”

福禄站在洞口，看着里面靠着洞壁的钉子。

九翼把钉子转移回失途谷之后，这个洞口就一直被封着，直到五分钟之前才打开。

因为钉子醒了。

团长来的时候钉子反复醒来晕过去了好几次，每次都会吃力地说着什么，但福禄听不懂。

“是不是老大给他改装坏了？”寿喜把团长带来之后小声问了一句。

“老大没有改装他。”福禄说。

“你说什么？”团长扶着半昏迷状态的钉子，努力凑近想要听清他的呓语，“钉子，我是团长，你能听到我说话吗？”

“九翼有没有给你们留点药之类的。”李向的声音在福禄寿喜身后响起，“一直是他照顾钉子，有没有什么能让他舒服点的办法。”

他俩整齐地转过身看着李向，福禄叹了口气：“没有，老大说他不会醒。”

“那找点吃的还有水吧。”李向走进洞里。

团长摸了摸钉子的额头：“他一直在说话，像是发烧说胡话，听不清在说什么。”

“钉子？”李向蹲下，也凑近了仔细听着。

“我是……”钉子突然说出了两个稍微清晰一些的字，但后面又糊成了一团。

“你是什么？”李向轻声问，凝神屏息地听着他的每一个音节，“你想说什么？你是谁？”

寿喜拿了水和配给进来，团长正想起身接过来的时候，李向猛地直起了身体，脸上满是震惊。

“怎么？”团长问，“他说什么了？这孩子说他是什么？”

“老鬼。”李向看着他。

图书在版编目（CIP）数据

熔城：完结篇 / 巫哲著. -- 北京：九州出版社，2021.9
ISBN 978-7-5225-0372-1

Ⅰ.①熔… Ⅱ.①巫… Ⅲ.①长篇小说－中国－当代 Ⅳ.①I247.5

中国版本图书馆CIP数据核字（2021）第161123号

熔城：完结篇

作　　者　巫　哲　著
责任编辑　陈丹青
出版发行　九州出版社
地　　址　北京市西城区阜外大街甲35号(100037)
发行电话　(010) 68992190/3/5/6
网　　址　www.jiuzhoupress.com
印　　刷　三河市中晟雅豪印务有限公司
开　　本　700毫米×970毫米　16开
印　　张　29.5
字　　数　500千字
版　　次　2021年9月第1版
印　　次　2021年9月第1次印刷
书　　号　ISBN 978-7-5225-0372-1
定　　价　49.80元